AA.VV.

SEI. SOLO. MIA.

HARLEQUIN hm MONDADORI

ISBN 978-88-6183-491-0

Titoli originali dell'edizione in lingua inglese:
A Paris Affair © 2011 Adelaide Cole
A Very Personal Assistant © 2012 Portia Da Costa
Seven Day Loan © 2010 Tiffany Reisz
For Your Pleasure © 2010 Elisa Adams
Forbidden Ritual © 2012 Saskia Walker
Night Moves © 2010 Eden Bradley
Cuffing Kate © 2012 Alison Tyler
Taking Her Boss © 2011 Esperanza Cintrón
Taste of Pleasure © 2011 Lisa Renee Jones
The Challenge © 2010 Megan Hart
The Envelope Incident © 2009 Emelia Elmwood
Under His Hand © 2011 Anne Calhoun

SPICE BRIEFS
Traduzioni di:
Alessandra De Angelis, Velia De Magistris, Flora Dipera,
Marta Donati, Rossana Lanfredi, Eleonora Motta

Prima edizione HM settembre 2012
Questa edizione HM gennaio 2015

Desiderio nascosto
di Adelaide Cole

. 1 .

Le strade di Parigi

«Oh, accidenti! Sei davvero uno schifo, Parigi!» sbottò Valérie con rabbia mentre cercava di rimuovere dalla suola delle scarpe un maleodorante escremento. Le caratteristiche stradine di ciottoli erano ridotte a un campo minato. Non solo, ma erano anche state trasformate in circuiti per scattanti minivetture guidate da ragazzini incoscienti.

Localizzò l'edificio. Con il piccolo Mathieu al seguito, entrò nel cortile e tentò ancora una volta di ripulire la scarpa sporca sfregandola su un tappetino. Poi lei e suo figlio salirono a piedi le quattro rampe di scale che portavano all'ambulatorio medico.

La segretaria le rivolse uno sguardo annoiato. «Sono spiacente, *madame*, ma non c'è nulla che io possa fare per lei. Suo figlio ha bisogno di questo modulo» disse, mentre ne sollevava uno con lo stesso atteggiamento saccente che un maestro delle medie avrebbe avuto nei confronti di un bambino dell'asilo, «prima di poter avere un appuntamento con il dottore.»

«Ma io ho già un appuntamento. Proprio adesso» replicò Valérie, indicando il suo orologio. «Perché mai qualcuno avrebbe dovuto fissarmi un appuntamento, se non mi era permesso? Non ha alcun senso.»

Mathieu prese a lamentarsi, come del resto aveva fatto per gran parte del tempo che avevano trascorso fra una commissione e l'altra. «*Maman*, succo! Sete! Succo!» strillò, appendendosi alla gamba dei pantaloni di sua madre.

Valérie frugò nella borsa, trovò una bottiglietta d'acqua

e gliela porse. Il bambino bevve. L'interruzione del suo piagnisteo alleviò la pressione che le tormentava le tempie. Mathieu, il minore dei suoi due figli, aveva cinque anni e ormai avrebbe dovuto parlare usando frasi di senso compiuto. Ma non era così e, quando la fase di negazione del problema era stata superata dalla mancata ammissione alle scuole elementari proprio a causa delle difficoltà di linguaggio, lei aveva malvolentieri cominciato a percorrere le strade necessarie per aiutare i bambini con un ritardo nello sviluppo psicomotorio. La segretaria sospirò. «Gli appuntamenti vengono fissati con sei settimane d'anticipo» spiegò. «E queste sei settimane devono essere impiegate per completare i vari accertamenti, prima di cominciare i controlli in questo ambulatorio. Lo sanno tutti. Mi dispiace terribilmente che a lei la cosa sia sfuggita, ma non sfugge agli altri pazienti del dottore.»

Da quando era tornata a Parigi, Valérie aveva combattuto così tante di quelle estenuanti battaglie burocratiche da sapere che era inutile insistere. «*Bon. Merci, madame.* Arrivederci» concluse con ostentata cortesia.

«*Au revoir, madame*» le fece eco la donna.

Valérie recuperò le buste della spesa e infilò il modulo nella borsa. Lei e il bambino uscirono dall'ambulatorio e scesero le quattro rampe di scale. Mathieu si appese al suo soprabito mentre camminavano sotto una fastidiosa pioggerellina evitando ostacoli viventi e motorizzati. «Fai attenzione a dove metti i piedi!» lo ammonì Valérie.

Raggiunsero la stazione della metropolitana, dove una delle tasche del giubbotto di Mathieu si agganciò al tornello d'ingresso. Il bambino si bloccò e cominciò a piangere. Le persone alle sue spalle, borbottando qualche lamentela, si diressero verso gli altri varchi. Valérie lo liberò e insieme si avventurarono nella ressa sulle banchine e sui treni, con la prospettiva di fare sei fermate e due cambi di linea. L'aria era calda e soffocante, le carrozze strapiene. Lei localizzò un posto libero e ci piazzò Mathieu nel tentativo d'impedirgli di lagnarsi almeno per l'ultimo tratto. Poi scale mobili e ascensori fino a tornare in strada, dove Valérie inciampò in una donna che, seduta per terra, chiedeva la carità. La mendicante le lanciò un improperio e lei decise che quella città era senza ombra di dubbio un inferno. Dopo aver camminato per quattro isolati fino al loro condominio, si trascinarono su per tre piani. Ogni gradino prosciugava un po' delle ultime energie che le erano rimaste. Infine, una volta sul pianerottolo, Valérie provò una bizzarra sensazione, come se tutta la sua vitalità fosse stata assorbita da quelle strade sporche, dalla burocrazia inflessibile, dai negozi con le commesse poco disponibili, dalle carrozze gremite della metropolitana e, infine, da quelle infinite rampe di scale. Philippe era già tornato. Dopo il lavoro era andato a prendere Manon, la sorella di Mathieu, al campo estivo. Per quanto avesse un aspetto affaticato e il viso pallido, cercò di inventare un sorriso quando li vide aprire la porta. Sudata e sfinita, Valérie lasciò le scarpe ancora maleodoranti sul pianerottolo, prendendo mentalmente nota di pulirle più tardi, una volta che i bambini fossero andati a letto. Mathieu si gettò per terra e scoppiò in un pianto a dirotto. Valérie appoggiò su una mensola le buste della spesa, si tolse il soprabito e andò dritta in bagno. Forse si sarebbe sentita meglio dopo una doccia calda, ragionò. «Che ne pensi di un buon bicchiere di vino fra qualche minuto, caro?» domandò al marito, prima di chiudere la porta. Si svestì, seminando gli indumenti sul pavimento. I vecchi rubinetti emisero gemiti e stridii quando li aprì.

Uscendo dal bagno, scoprì con gioia che le lacrime di Mathieu si erano esaurite. Il bambino stava osservando un giocattolo, mormorando fra sé. La doccia aveva contribuito ad attenuare almeno in parte lo stress accumulato durante la giornata e Valérie, avvolta in un accappatoio, prese posto su uno sgabello della cucina, si frizionò i capelli bagnati con un telo di spugna e sorrise a Philippe.

Lui le restituì un sorriso privo di entusiasmo e le porse un calice di vino rosso. «Salute» dissero insieme, sollevando i loro calici. *A giorni migliori*, pensarono entrambi in quello stesso momento.

Valérie strinse il bicchiere in una mano e con l'altra continuò ad asciugarsi i capelli. Sospirò. «Allora, come è andato il lavoro?» si informò, pentendosi subito di averlo fatto.

Lui alzò gli occhi al soffitto e scosse la testa. «Politica, politica» borbottò con tono debole.

Lei non chiese dettagli e lui non ne offrì. Come succedeva a tante coppie sposate, quella era l'ennesima replica di troppe conversazioni simili. In silenzio, sorseggiarono il vino.

Si erano conosciuti all'università di Parigi. Lei era cresciuta al sud, in Provenza. Lui era originario della Bretagna, a nord. Lei era minuta, la pelle olivastra, una gran massa di riccioli scuri. Lui era biondo, carnagione chiara, alto e magro. Lei era sensibile, espansiva e molto mediterranea. Lui era freddo, controllato e intellettuale. Ma, poiché è pur vero che gli opposti si attraggono, un tempo si erano divertiti come ogni giovane coppia. Avevano attraversato la nazione da nord a sud per conoscere le rispettive famiglie. Il loro amore si era consolidato grazie alla passione comune per i viaggi e le avventure. A volte Valérie pensava che il loro matrimonio fosse così difficile adesso perché quegli interessi erano svaniti, sconfitti dalle esigenze dell'attuale fase della loro vita. Dopo le nozze lei aveva trovato lavoro come bibliotecaria e Philippe presso il ministero degli Esteri. Era intelligente e aveva fatto una rapida carriera. Aveva ottenuto un incarico al consolato francese di Copenaghen prima, poi a Los Angeles e Hong Kong. Gli anni trascorsi all'estero erano stati eccitanti e Valérie non aveva avuto nulla di cui preoccuparsi se non della cura della casa e dei vestiti giusti da indossare ai vari eventi ufficiali. Avevano vissuto in luoghi tranquilli dal punto di vista politico e non c'erano mai stati problemi. Ma nuove tappe della loro vita avrebbero portato le prime difficoltà.

Avevano deciso di allargare la famiglia durante l'ultimo mandato all'estero, quando vivevano a Vancouver.

Entrambi avevano desiderato diventare genitori, ma Valérie aveva avuto gravidanze e parti complessi e crescere due bambini non si era rivelato un compito facile. Era sempre stata molto sensibile dal punto di vista fisico ed emotivo e passare ventiquattro ore al giorno a risolvere le piccole crisi dei figli aveva avuto un effetto devastante su di lei. Philippe era sempre stato un marito e un padre attento e premuroso, ma non aveva potuto sottrarre al lavoro il tempo di cui Valérie avrebbe avuto bisogno. La sua era una posizione professionale importante, che non gli aveva lasciato molto spazio per la famiglia. Philippe e Valérie condividevano un ottimo rapporto prima di avere figli, ma non erano riusciti a superare con successo le complicazioni comportate dall'essere genitori. L'amore che li univa non era svanito, ma la gioia e la felicità che avevano trovato insieme dal principio sì. Lei aveva cominciato a soffrire di solitudine e la sua ansia era aumentata quando Mathieu aveva dato i primi segni del suo disagio. Nello stesso periodo a Philippe era stata offerta una posizione a Parigi. Non si trattava di un incarico particolarmente prestigioso e il salario era inferiore a quello percepito all'estero, ma aveva un'importanza strategica dal punto di vista della carriera, così avevano lasciato il verdissimo Canada per tornare nella caotica Parigi. Questa volta con due ragazzini, uno dei quali manifestava seri problemi di sviluppo. Se all'estero avevano potuto permettersi l'aiuto di governanti e babysitter, a Parigi non era stato possibile. Il peso della famiglia ricadeva completamente sulle spalle di Valérie e Philippe era di ben poco aiuto, costretto com'era a lunghe giornate in ufficio.

Entrambi sentivano la mancanza dei loro giorni all'estero, di tutti i benefici che la posizione diplomatica aveva concesso loro, dei party in cui lo champagne scorreva a fiumi, pubblicizzando i pregi della Francia agli occhi del mondo.

Valérie aveva nostalgia di quelle feste. Aveva nostalgia del tono che le dava essere una donna francese all'estero. Essere francese le era valso un marchio che non le era per niente spiaciuto. «Oh, Valérie» esclamavano le sue amiche negli altri paesi, «non riesco a non guardare il tuo foulard! Solo una francese poteva sceglierne uno simile. Sei sempre così elegante!» E lei si sentiva così felice.

Ma quella sicurezza era scomparsa dopo il ritorno a Parigi. Adesso lei era solo una moglie e una madre quarantenne in mezzo a milioni di splendide ragazze francesi. Cercava di mantenere i suoi standard, ma le esigenze di due bambini la privavano delle motivazioni e del tempo che aveva avuto prima, quando una baby-sitter si occupava dei suoi figli e una governante di quei compiti che adesso spettavano a lei e a lei soltanto.Le necessità della famiglia, aggiunte al nuovo lavoro di Philippe, avevano sferrato un colpo letale alla loro vita romantica. Non erano mai soli nel piccolo appartamento e il sesso era diventato un'operazione meccanica e fredda. L'amore e l'impegno reciproci erano intatti, ma la passione era svanita, specialmente in giorni come quelli, fra la spesa al supermercato e il tentativo di ottenere un sostegno psicologico per Mathieu.

«Preparo la cena ai bambini» disse Valérie. Si alzò e prese il suo bicchiere.

«Ti aiuto. All'insalata ci penso io» si offrì Philippe.

Lei mise sul fuoco la pentola per la pasta e raccontò al marito la sua giornata, inclusi gli scarsissimi passi avanti che aveva fatto per la diagnosi e la cura di Mathieu. La vita all'estero era stata relativamente semplice e loro avevano dato molte cose per scontate. La disinvolta scena internazionale li aveva indotti a credere che l'esistenza non fosse altro che un'allegra e scanzonata passeggiata e forse anche per quello non si erano resi conto che loro figlio aveva un ritardo nello sviluppo. Se avessero notato subito i sintomi, avrebbero potuto chiedere aiuto prima ed evitare tutte le difficoltà che adesso si trovavano ad affrontare.

Scoprire che Mathieu poteva essere affetto da autismo li aveva gettati nello sconforto proprio mentre cercavano di riguadagnare un equilibrio come coppia, genitori e famiglia. Si sforzavano di non trascurare Manon e di non disperarsi troppo al pensiero di non avere due figli perfetti, ma la vita era diventata pesante a Parigi.

«Ah, una buona notizia» annunciò Philippe. «I miei genitori hanno telefonato: vorrebbero vedere i bambini per qualche giorno. Le ferie che ho chiesto mi sono state accordate, così ho pensato che potrei accompagnarli mercoledì con il treno.» Sapevano entrambi che Valérie non andava d'accordo con i genitori di Philippe, dunque lui non provò nemmeno a proporle di andare con lui. «Tu potrai concederti un po' di meritato riposo» riprese. «Potrai restare tutto il giorno in pigiama e rilassarti.»

Valérie sorrise, gli prese la mano e la strinse. «Sei il mio angelo.»

Lui si sporse in avanti e le baciò la fronte.

Philippe era molto attento con Valérie da quando avevano scoperto i problemi di Mathieu e lei aveva avuto un accenno di esaurimento nervoso. Le ricordava sempre di prendere i farmaci antidepressivi e cercava in ogni modo di darle una mano nei suoi compiti.

«Papà! Mathieu ha staccato la testa di Chloe!» esclamò Manon irrompendo in cucina, le prove del misfatto nelle mani.

«Io non... Io non... Io non...» urlò Mathieu dall'altra stanza. Valérie chiuse gli occhi. Aveva bisogno di una tregua da quel caos. Da tutto. Le mancavano le grandi case dove avevano alloggiato all'estero. A Parigi, invece, lo spazio era un lusso e, anche se il loro era un appartamento piuttosto ampio considerata la media cittadina, diventava comunque opprimente se ospitava una famiglia sotto stress.

Philippe guardò sua moglie e, quando vide l'espressione esasperata dipinta sul suo viso, si affrettò a portare la figlia fuori dalla cucina.

. 2 .

Preparativi e partenze

Il giorno prima della partenza, Valérie preparò la valigia per Philippe e i bambini. Stava elencando mentalmente tutto ciò di cui avrebbero avuto bisogno in Bretagna per le gite sulla spiaggia, quando il suo cellulare squillò.

Affondò la mano nella borsa per prendere il telefono. «Pronto?»

«Valérie?»

«Sì?»

«Non mi riconosci? Naturalmente, è passato molto tempo... Sono Oscar, da New York.»

«Oscar... L'amico di Nathalie? Sì, sì, certo, Oscar. Come stai? È davvero tanto che non ci sentiamo.»

«Vero, ma la nostra è stata una cena così piacevole che penso spesso a voi due. Come sta tuo marito? E i bambini?»

«Bene, bene. Sei in Francia?»

«Sì, ecco perché ti ho chiamata. Trascorrerò un paio di giorni a Parigi. Spero non ti dispiaccia, se ho chiesto il tuo numero a Nathalie. Mi ha detto che eri tornata qui. Mi piacerebbe mangiare qualcosa con te e Philippe mentre sono in città.»

Una telefonata sorprendente. Valérie sentì il cuore martellarle nel petto. Piccole gocce di sudore le imperlarono la fronte. E per fortuna quella conversazione non si stava svolgendo a faccia a faccia! Fu costretta a concentrarsi per mantenere disinvolto il tono della voce.

Accidenti, proprio Oscar?

Qualche anno prima, durante la loro permanenza a Los

Angeles, erano andati a New York per fare visita alla sorella di Valérie. Nathalie aveva sposato un americano e lavorava come insegnante di francese presso alcune ditte. Oscar era un dirigente di una federazione sportiva internazionale e, poiché il suo lavoro lo portava in giro per il mondo, aveva bisogno di parlare più lingue. Era diventato uno studente di Nathalie prima, e un suo amico poi, ed era stato invitato alla cena. Valérie aveva provato un'immediata attrazione nei suoi confronti. Seduta davanti a lui, avevano chiacchierato per tutta la cena, alla quale la moglie di Oscar non era intervenuta. Lui non era molto alto, ma a lei non era dispiaciuto il suo aspetto. Aveva percepito un fisico forte e massiccio sotto la giacca da sera e una corrente di sensualità emanare da lui. Oscar aveva un viso regolare dalla carnagione piuttosto scura e un bel collo, tanto che lei aveva desiderato che non portasse la cravatta, in modo da poter dare una sbirciatina al petto.

Aveva sempre apprezzato i toraci muscolosi – che la inducevano ad abbassare lo sguardo verso l'inguine di un uomo – e ricordava ancora di aver pensato che Oscar avesse un torace molto virile. Aveva un atteggiamento sicuro, tipico di un atleta. Philippe, per quanto molto attraente, non si manteneva particolarmente in forma e, come spesso accade agli intellettuali, viveva con la testa staccata dal corpo. Oscar era diverso. La sua mente e il suo corpo formavano insieme una formidabile squadra. Sembrava circondato da una luce che aveva offuscato tutti gli altri uomini presenti in sala.

Era di diversi anni più grande di Valérie, aveva deliziosi capelli brizzolati e l'ombra della barba che sottolineava la linea della mascella. Gli occhi verde scuro non avevano abbandonato i suoi nemmeno per un istante. Il che era insolito, considerata la formalità dell'occasione.Valérie era rimasta incantata da lui e più di una volta era stata costretta a chinare la testa nel tentativo di nascondere le emozioni che di certo erano riflesse sul suo viso. Rammentava che, mentre parlava, Oscar aveva appoggiato i gomiti sul tavolo e, fissandola, si era sfiorato le labbra con il pollice. Lei aveva trovato quel gesto molto sexy e anche un po' sfacciato. Per la moglie di un diplomatico, cene di lavoro ed eventi sociali erano come un lavoro e lei aveva incontrato molti uomini attraenti. Valérie, però, non aveva mai pensato di poter intrattenere una relazione extraconiugale, e in quella fase della loro vita lei e Philippe erano felici insieme.

Ma Oscar aveva lasciato un segno dentro di lei che non era sbiadito con il tempo. Non avevano condiviso altro che una conversazione durante una cena, eppure lei aveva notato una calda tensione sensuale stabilirsi fra loro. Anche Oscar l'aveva avvertita? Lo aveva sempre creduto, proprio perché gli occhi di lui non avevano mai lasciato i suoi, se non per gli attimi necessari a posarsi sui suoi capelli, o sulla scollatura della sua camicetta. Si era sentita come sottoposta a un attento scrutinio e ne era stata lusingata, perché Oscar era un uomo molto bello. Non aveva però potuto investigare al riguardo. Lei e sua sorella non erano mai state inclini alle confidenze, così Valérie aveva accennato a Oscar solo in termini vaghi, sperando che nessuno si fosse reso conto di quanto era accaduto fra loro durante la cena.

Sulla strada del ritorno, Philippe le aveva detto di avere scambiato con Oscar i numeri di telefono, perché lui viaggiava molto e a volte capitava a Los Angeles. Lei non aveva fatto commenti al riguardo, ma dentro aveva esultato. Anche se Oscar non aveva più dato notizie, lei non lo aveva mai dimenticato.

Chiaramente, l'infatuazione che aveva provato per lui a New York era sopravvissuta negli anni, perché in quel momento era emozionata come un'adolescente alla prima cotta. «Philippe porterà i bambini a far visita ai nonni in Bretagna per qualche giorno, quindi io sarò sola. Che ne pensi di un caffè domani?»

«Perfetto. Abiti nel sedicesimo distretto, all'indirizzo che mi ha dato tua sorella?»

«Sì, sì, e c'è un grazioso bar proprio all'angolo, il *Café Liberté*. Ha una tenda blu, lo vedrai, si trova di fronte a un piccolo supermercato.»

«D'accordo. Alle quattro va bene per te?»

«Certo. Allora ci vediamo domani alle quattro.»

«Non vedo l'ora! Sono felice di avere compagnia. Parigi può essere inospitale quando si è soli.»

«Oh, tua moglie non è qui con te?» azzardò Valérie. *Che diavolo sto pensando?*, si chiese.

«No, no. Sono in viaggio di lavoro. Lei è a New York.»

«Che peccato» mentì Valérie. «Be', allora... a domani!»

«A domani.»

Riagganciarono contemporaneamente.

Valérie rimase ferma al centro della stanza, il telefono in mano. Poi si sedette sul letto, fra vestiti e valigie aperte. Ripose il cellulare in borsa e prese il pacchetto di sigarette. Philippe disapprovava quell'abitudine, ma lasciava correre se fumava di tanto in tanto e a patto che fosse sola. Si alzò, si avvicinò alla finestra e la spalancò, poi accese la sigaretta e tirò una profonda boccata. Guardò il traffico in strada e i vicini senza nemmeno vederli, la mente persa nel ricordo del suo unico incontro con Oscar. Rammentava perfettamente il colore dei suoi occhi e adesso, dopo la telefonata, anche il tono profondo della sua voce. Aspirò di nuovo il fumo, sentendo qualcosa nel corpo che non sentiva da anni. Desiderio sensuale, puro e semplice. Una percezione assopita, risvegliata dalla voce di un uomo che aveva visto solo una volta. Un crampo le aggredì il bassoventre, come se anche il suo sesso stesse tornando alla vita.

Non era mai stata infedele e non si era mai spinta oltre qualche maliziosa occhiata con un altro uomo. Ma adesso... *Adesso cosa?*, si chiese. La situazione a casa era pesante e il sesso tiepido. Non aspettava neanche più il sopraggiungere dell'orgasmo con suo marito. Voleva solo che finisse presto, per potersi addormentare.

Il suo scontento apriva un varco dentro di lei. Non nel suo cuore, ma nel suo corpo, e lo percepiva in tutti i muscoli, in tutti i nervi. Adesso, invece, era come se un raggio di luce stesse penetrando nella nuvola grigia che avvolgeva la sua vita, offrendole qualcosa che nulla aveva a che fare con il matrimonio. Un tempismo perfetto, decise, ma evitò attentamente la parola *relazione*. Non desiderava allontanarsi da Philippe e dai bambini, eppure, mentre loro si concedevano la loro piccola vacanza, non poteva svagarsi un po' anche lei? Moriva dalla voglia di scoprire se Oscar era interessato a lei e se si concedesse a volte qualche piccolo svago. Quale uomo non lo avrebbe fatto, se si fosse presentata l'opportunità? Avvertì la stessa tempesta di anticipazione erotica che aveva avvertito a New York. Da tanto tempo un uomo non la coinvolgeva dal punto di vista sessuale. Fisicamente viveva in un deserto, fatto di rapporti neutri e aveva dimenticato la scossa data dal terremoto del desiderio che adesso, in quel preciso istante, la squassava dentro. I nervi tesi, ripensò alla corrente di maliziosa complicità che si era stabilita fra lei e Oscar. Voleva solo bere un caffè con lui, oppure qualcosa in più? Per scoprirlo, doveva aspettare. E se quel qualcosa in più avesse danneggiato il suo matrimonio, la stabilità della sua routine... Erano problemi troppo grossi per essere esaminati adesso, decise. Valérie non era una pianificatrice, né tanto meno amava ordire inganni. Ma le circostanze e la sua situazione emotiva la spingevano a cogliere l'attimo. Aveva bisogno di un momento di tregua dalle difficoltà che stavano attraversando. E, a meno che non si stesse sbagliando, l'improvvisa apparizione di Oscar era la soluzione ai suoi problemi. Guardando fuori dalla finestra, ricordò Oscar e l'impressione che aveva avuto di lui. La sua primitiva sensualità. Gli occhi verdi fissi nei suoi. Un brivido le corse lungo la schiena. Gettò la sigaretta per strada, chiuse la finestra e tornò a organizzare i bagagli per il marito e i figli.

Il giorno seguente tutto era pronto. Il taxi era stato chiamato, le valigie chiuse e i nonni li avrebbero aspettati alla stazione ferroviaria. La partenza era prevista per l'ora di pranzo, così Valérie ebbe il tempo per preparare una colazione al sacco.

«Pronti?» Philippe chiese ai bambini. Guardò sua moglie. «Questo farà bene a tutti, non credi?»

Valérie sorrise e lo abbracciò. Rimasero stretti per qualche istante, osservando i figli che infilavano gli ultimi giocattoli nei loro zaini. Il citofono squillò, annunciando l'arrivo del taxi.

«Ragazzi, andiamo! Il taxi è qui» disse Philippe.

Dlin dlon... Il suono precedeva di continuo la voce che, all'altoparlante, elencava i treni in arrivo e in partenza.

«Sentiremo la tua mancanza, amore» affermò Philippe. «Mathieu, tu sai che la mamma non verrà con noi, vero? Andiamo a fare visita ai nonni solo noi tre.»

Il bambino guardò i suoi genitori, poi riprese a scrutare la folla, aggrappato alla gamba della madre.

«Farà scoppiare un putiferio non appena saliremo sul treno e capirà che mamma non c'è» commentò Manon con l'aria di chi la sa lunga.

«Cerca di rilassarti e non fumare troppo» si raccomandò Philippe rivolto a Valérie. «E mangia a sufficienza. Ti telefonerò appena arrivati.»

«Non preoccuparti, se non mi trovi in casa. Forse andrò al cinema, o in un bar, per distrarmi. O forse comprerò qualche vestito per i bambini. Voi divertitevi.»

Dlin dlon... Treno 632 per Lorient in partenza dal binario quindici fra cinque minuti...

. 3 .

Café Liberté

Di nuovo a casa, di fronte allo specchio della camera da letto, Valérie pensò che la maglia verde chiaro le metteva in risalto il decolté, ma che la gonna nera non era nulla di speciale. D'altra parte, pensò mentre studiava i vestiti appesi nell'armadio, l'abitino di lino rosa le sottolineava la vita e aveva anche una scollatura provocante. Scelse quello e lo indossò. Era in una buona forma, nonostante l'età e due gravidanze. I seni non erano tornati precisamente alla gloria di un tempo, ma conservavano una forma accettabile. La pelle del viso aveva ancora una lucente sfumatura olivastra, la vita era sottile, le gambe snelle e toniche. Non era alta e doveva fare attenzione a cosa mangiava per non mettere peso adesso che si avvicinava ai quarantatré anni. Teneva al suo fisico, ma non aveva mai previsto di ritrovarsi nuda con un altro uomo. Semplicemente, il pensiero non l'aveva neanche sfiorata. Si guardò allo specchio e decise che i capelli erano il suo punto di forza. Ricci, folti e scuri le ricadevano sulle spalle in morbide onde.

Oh, ma è solo un caffè dopo tutto, si disse, sperando di sbagliarsi, temendo di non sbagliare. Emozioni conflittuali la spingevano prima in una direzione e poi nell'altra. Sentiva di avere il diritto di concedersi qualche momento di spensieratezza pura. Sapeva che così avrebbe violato l'impegno che aveva preso nei confronti del marito. E poi, ancora, Oscar poteva essere soltanto un amico con cui bere un caffè...

Il lamento della sirena di una volante della polizia che

passava per la strada la strappò dalle sue riflessioni. Raddrizzò la schiena e guardò la sveglia sul comodino. Ancora quindici minuti e avrebbe incontrato Oscar. Affondò le dita nei capelli per dar loro volume e sistemò un ciuffo in modo che le ricadesse su parte del volto, poi fermò una ciocca dietro l'orecchio per mettere in mostra il cerchio d'argento che le adornava il lobo. Passò il mascara sulle ciglia e osservò la sua immagine. *Sono ancora carina?*, si chiese. Piccole rughe avevano iniziato ad apparirle intorno agli occhi color nocciola. *Solo un caffè*, ripeté. Spruzzò qualche goccia di profumo sui polsi ed evidenziò le labbra con il rossetto.
Il bar non era affollato, c'era il numero giusto di avventori. L'atmosfera non era troppo intima, né troppo caotica. Oscar era già seduto a un tavolo.

«Oscar!» esclamò lei andandogli incontro.

«Valérie, mia cara!» Lui si alzò e le baciò le gote alla maniera parigina. «È bello rivederti.»

«Sì, anche per me» replicò lei, sperando subito dopo di non aver rivelato troppo. Oscar era esattamente come lo ricordava. In meno di un secondo avvertì la tensione sensuale stabilirsi fra di loro. Indossava una giacca scura che gli enfatizzava in maniera meravigliosa le spalle ampie. Il suo cuore ebbe un tuffo, ma provò a esibire una certa noncuranza.

«Hai visto Nathalie di recente?» gli chiese, solo per dare inizio alla conversazione con un argomento che condividevano.

«Qualche mese fa» rispose Oscar, «per avere il tuo numero di telefono. Sei molto legata a tua sorella?»

«No, non molto» ammise Valérie. «Abitiamo in posti diversi ormai da tanti anni.»

La chiacchierata si manteneva su toni leggeri, ma lo stesso non si poteva dire dell'aria intorno a loro. Assaggiarono dei pasticcini e Valérie si ritrovò a fissare quegli occhi verdi che così bene ricordava. Provò una forte attrazione per Oscar.

«Tutti bene in famiglia?»

«Sì. I bambini sono felici di andare a scuola e studiano con impegno. Come va il nuovo lavoro di Philippe? Sarete tutti contenti di essere tornati in Francia.»

Valérie annuì. «Sì, certo. È sempre più facile quando si parla la propria lingua. E la carriera di Philippe va alla grande. È stata una buona mossa.» Aveva mentito, ovviamente, perché riteneva che confidare la verità sulla propria vita fosse del tutto inadatto a un incontro del genere.

«Dunque, va tutto bene per entrambi» commentò Oscar. Fece un cenno a una cameriera che passava lì accanto e tornò a rivolgersi a Valérie. «Che ne pensi di un bicchiere di vino, invece del caffè? So che è un po' presto, ma è così bello essere qui... Vorrei sfruttare al meglio il mio tempo a Parigi.»

«Sì, sì, perché no?» replicò Valérie. «Un bicchiere di vino è perfetto.» Il vino avrebbe interferito sul suo controllo. Un altro passo verso il precipizio, ragionò. Una prospettiva che la eccitava e al tempo stesso la spaventava. Oscar lesse il menu e ordinò vino per entrambi. Il suo francese era sicuro e fluente. La cameriera si allontanò. «Il tuo francese è eccellente, sai?» si complimentò Valérie.

«È facile imparare, quando hai un'insegnante come Nathalie. Comunque, non avevo scelta. Il mio lavoro mi impone di parlare francese. E tu? Stai lavorando?»

«Io? Oh, no. Sono troppo impegnata con i bambini. Quando cresceranno mi troverò un'occupazione, ma al momento è impossibile.» Il vino arrivò e Oscar alzò il suo bicchiere per proporre un brindisi. «Alla salute» dissero insieme, poi i loro sguardi si incrociarono. Lui sorrise, lei sentì fiamme divamparle dentro. Ebbe una fugace visione dei possenti muscoli nascosti dalla giacca. Provò il desiderio di allungare una mano per toccargli i bicipiti. Immaginò una pianura verdeggiante e la cima rocciosa di una montagna. Il suo matrimonio era la pianura, Oscar invece era in cima alla montagna e spiccare con lui un balzo nel vuoto da lassù sarebbe stata un'avventura estrema, frizzante. Più lo guardava negli occhi, più si avvicinava alla montagna.

«Allora» esordì Valérie, sottolineando la parola con uno sguardo provocante. Era da tanto che non civettava con un uomo e sentiva di muoversi su un territorio sconosciuto.

«Come mai hai potuto sottrarre tempo al lavoro questo pomeriggio?»

«Oh, non ho niente da fare a Parigi» rispose Oscar, poi vuotò il suo bicchiere. Allungò le gambe, incrociò le braccia sul petto e le regalò un mezzo sorriso. «Ero a Madrid per un impegno professionale e ho deciso di concedermi qualche giorno di relax qui. Con mia moglie sarebbe impossibile, è oberata di lavoro. Perché non sei partita con Philippe e i bambini?»

Lei appoggiò gli avambracci sul tavolo e si sporse in avanti. «I genitori di Philippe desideravano vedere i nipotini e mio marito e io abbiamo deciso insieme che sarebbe stato meglio se io non li avessi accompagnati. Sai, non vado molto d'accordo con i miei suoceri» spiegò, chinando la testa da un lato.

Oscar annuì. «E io non volevo sprecare tutte le lezioni di francese che ho fatto restando in Spagna!» Rise e Valérie lo imitò. I loro sorrisi e il vino che rapidamente diminuiva nella bottiglia intensificarono la tensione di cui era carica l'aria. Lei provò la sensazione di essere in procinto di liberarsi da un peso e vide la montagna avvicinarsi ancora.

Oscar le lesse nella mente. «Ascolta, Valérie.» Allungò la mano per prendere la sua con un gesto fluido e dolce, senza interrompere il contatto visivo. Il cuore di Valérie prese a martellarle nel petto. *Che sfacciato!*, pensò. *Sa che sono sposata.*

«Invece di restare qui, perché non mi mostri Parigi? Magari possiamo fare una passeggiata lungo la Senna. Avevo intenzione di invitare te e Philippe a cena, ma lui non c'è. Forse potresti farmi compagnia tu. Non è bello mangiare soli.»

Prima che lei potesse rispondere, o anche ritrarre la mano – la cui pelle bruciava – Oscar lasciò la presa e fece cenno alla cameriera di portare il conto.

È davvero uno sfrontato, pensò Valérie, attratta adesso non solo dagli occhi verdi, dalle spalle larghe e dai fianchi stretti, ma anche dalla sua audacia. *Deve desiderarmi*, si disse mentre la fiducia in se stessa aumentava a dismisura. «Non vedo motivo per cui dovrei rifiutare il tuo invito» dichiarò. Sostenne il suo sguardo, infilò un ricciolo dietro l'orecchio, gli sorrise.

«D'accordo, allora è deciso» confermò Oscar.

Uscirono dal bar e si avviarono lungo il marciapiede inondato dai raggi del sole. Lui la prese per un braccio. Lei annullò la distanza che li separava, percependo la sua forza, il suo calore. *Quando è stata l'ultima volta che ho visto il sole splendere alto nel cielo?*, si chiese.

. 4 .

Cena al ristorante

Quella stessa sera Oscar portò Valérie a cena in un ristorante dove, le disse, aveva sempre pensato di andare durante uno dei suoi viaggi a Parigi senza mai averne la possibilità. Le raccontò di aver letto ottime recensioni del locale sulle riviste americane di turismo e che il proprietario, nonché chef, era rinomato per la sua cucina, risultato di una fusione fra la tradizione francese e quella americana.

Ordinarono una bottiglia di vino rosso e brindarono alla loro *piccola vacanza*, parole di Oscar. Assaggiarono ognuno le pietanze dell'altro e alla fine si scambiarono anche i dessert, una festa di sapori dolci e speziati. Grossi fichi avvolti nella pasta frolla, spruzzati con acqua di fiori d'arancio e miele, pesche servite su un letto di couscous condite con vaniglia e cannella. «Posso?» chiese Oscar.

Valérie posò la sua forchetta e gli rivolse un'occhiata interrogativa. Non aveva idea di cosa volesse.

Lui prese un succoso fico color dell'ambra fra l'indice e il pollice, lo intinse nella salsa di fiori d'arancio e miele e lo portò alle bocca di lei. Valérie sorrise e schiuse le labbra, poi affondò i denti nella parte superiore del frutto, i piccoli semi rossi che le rotolavano sulla lingua. Un crampo di piacere le aggredì il bassoventre. Un sorriso illuminò il viso di Oscar. Leccò il fico laddove lei lo aveva morso, poi ne staccò a sua volta un pezzo. Il succo gli scorse lungo il dito. Non parlarono. L'intensità dei loro gesti oscurava qualsiasi cosa li circondasse. Valérie lo voleva. Il vino stava alleviando la tensione dei suoi nervi e lei si sentiva sempre meno vincolata alle rigide regole imposte dal matrimonio. Sentiva che l'universo le permetteva di amare suo marito e di fare l'amore con Oscar. Doveva vivere l'emozione scaturita dal peso del corpo di lui sul proprio, pensò, ma le mancava il coraggio di confessarlo ad alta voce. Ci avrebbe pensato lui a dire qualcosa?

Giocherellò con la lunga catena di argento che portava al collo e si sporse in avanti. Il vino le scorreva nelle vene, fiamme le lambivano il viso. Il suo sesso pulsava.

Oscar la guardò negli occhi. «Sei una bellissima donna, Valérie. Devi aver capito che lo penso. Credi che questo sia un momento che possiamo condividere? In caso contrario, dovremmo fermarci subito.» Le sfiorò la mano con la punta delle dita e continuò a sostenere il suo sguardo. «Non devi rispondere subito» aggiunse, senza lasciarle il tempo per dar voce alle sue emozioni. «Sto benissimo con te, ma adesso ti chiamerò un taxi.»

Lei sgranò gli occhi.

«Concediamoci del tempo per riflettere su ciò che stiamo facendo» aggiunse lui. «Se dobbiamo andare avanti per questa strada, devi essere sicura. Entrambi abbiamo molto da proteggere. Ascolta, devo fare una telefonata di lavoro a New York prima di andare a dormire. È ancora presto là.»

Valérie non sapeva cosa replicare. Avrebbe voluto dirgli che moriva dalla voglia di accarezzarlo, di toccarlo, ma temeva di rivelare troppo. «Magari potrei offrirti un cognac?» propose, augurandosi che fosse la cosa giusta da dire in una situazione i cui confini non erano ben delineati. Al momento non erano amici, né amanti. Mentre uscivano dal ristorante, lui le prese una mano. Il portiere chiamò un taxi e, ancor prima che Valérie se ne rendesse conto, Oscar stava aprendo lo sportello posteriore della vettura. «Ho trascorso una splendida serata con te, mia cara» affermò. «Che bella sorpresa. Grazie per avermi dedicato un po' del tuo tempo. Cosa fai domani?»

«Non ho progetti e mi piacerebbe farli con te...» Un'immagine le lampeggiò nella mente, loro due abbracciati contro una parete, lui che spingeva con foga fra le sue gambe. Valérie scosse la testa come per sottrarsi a quel sogno a occhi aperti. «Cioè, non ho impegni, la mia famiglia è in vacanza, per cui anch'io sono in vacanza. Perché non mi chiami in mattinata? Sono secoli che non vado al Centre Pompidou...»

«Sì, dai, fingiamo di essere turisti» confermò Oscar ridendo. Poi si guardarono negli occhi e l'atmosfera cambiò di colpo. Lui le mise una mano dietro la nuca, l'attrasse a sé e la baciò sulla bocca con un'urgenza che la fece vibrare per il desiderio. Il bacio era caldo, profondo e avido. Entrambi rabbrividirono. Senza smettere di baciarla, Oscar le fece scorrere una mano sul corpo, dal punto fra le cosce dove esercitava una certa pressione, fin sopra i seni che strinse con delicatezza. Quindi, bruscamente, interruppe il contatto e la prese per le spalle, allontanandola.

Si guardarono, i respiri affannosi. «Ci sentiamo domani» concluse Oscar. La invitò a salire sul taxi, disse al conducente dove accompagnarla e gli porse alcune banconote. Mentre l'auto si inseriva nel traffico, la salutò con un cenno della mano. Presa dalla sensazione d'euforia data dal vino e dal bacio, dal ricordo dei loro dessert condivisi, Valérie non poté far altro che rivivere quei momenti. Il vento passava dal finestrino aperto, scompigliandole i capelli. Osservò le luci e i cartelli stradali. Il tocco di Oscar aveva impresso un marchio indelebile sui suoi sensi e l'energia sensuale scatenata dal loro breve incontro vibrò nel suo corpo fin quando la vettura si fermò davanti al suo condominio. Valérie infilò la chiave nella serratura ed entrò in un appartamento buio e tranquillo. Si tolse le scarpe e si lasciò cadere su una sedia accanto al piccolo tavolo della cucina.

Si rese conto allora di non essere mai stata sola in quella casa. Il silenzio era opprimente.

Non ci era abituata.

Niente voci dei bambini. Niente.

Si avvicinò alla finestra per aprirla e fare entrare i rumori della notte parigina. Guardò il cielo stellato e gli appartamenti dei vicini. La testa le girava, il vino, l'inaspettato appuntamento con Oscar che si era concluso in modo altrettanto inaspettato... Era ancora sorpresa perché lui era andato via. Non che si fosse aspettata il contrario, rammentò a se stessa.

Si girò e notò che la luce rossa della segreteria telefonica lampeggiava.

Sapeva che si trattava di Philippe, ma voleva vivere ancora per un po' il momento creato da Oscar. Andò in bagno e poi subito a letto. Non ricordava quando fosse stata investita l'ultima volta da quell'onda di elettricità e anticipazione. Era una sensazione sensuale e al tempo stesso estenuante.

. 5 .

Giri turistici

La mattina si preannunciava grigia e piovosa. Valérie si alzò e fece la doccia, rivivendo gli eventi della serata con Oscar. Lasciò andare un sospiro, sapendo che nessuno poteva sentirla.

Si vestì e telefonò al marito. «Philippe! Come è andato il viaggio? I bambini stanno bene?»

«Ti abbiamo telefonato, ma non eri in casa. Dov'eri? Hai avuto problemi? Hai sentito il messaggio?»

«Oh, sono andata al cinema e poi a mangiare un panino. Al ritorno non ho chiamato nel timore di svegliare qualcuno.» I suoi sensi di colpa la inducevano a pensare che la sola presenza di Oscar a Parigi fosse illecita, così decise di evitare di menzionarla. In fin dei conti, lei e Oscar avevano già oltrepassato il limite consentito e non c'era modo di tornare indietro.

«Capisco. Noi stiamo bene, credo che l'aria di mare sia un toccasana per i bambini. Dopo tutte le ore trascorse sulla spiaggia, hanno dormito come ghiri.»

Parlarono un po' del viaggio e dei figli e presto non ebbero più nulla da dirsi. «Ti amo, cara» dichiarò Philippe. «Ti amo. Dai un bacio ai bambini» replicò lei e interruppe la comunicazione.

Il campanello squillò. La vicina di casa bussava praticamente ogni mattina per chiederle di tenere il bambino per qualche minuto mentre lei andava a comprare il pane. «Sì, Therèse» disse Valérie, aprendo la porta prima ancora di chiedere chi fosse.

«Ti disturbo?»

«Oscar!»

Lui entrò e chiuse la porta. «Sembri così sorpresa... Vuoi che me ne vada?» Sollevò un sacchetto. «Qui all'angolo c'è una fantastica pasticceria, le brioche sembrano squisite. Se sei impegnata, ti lascio subito. In caso contrario, però, potremmo fare colazione insieme.»

«Oh, no, non sono affatto impegnata! Vieni, accomodati, ti preparo un caffè.» Per fortuna si era già vestita, pensò Valérie, ma era preoccupata per lo stato dei suoi capelli e per il viso privo di trucco. Affondò le dita nei riccioli per ridare loro un po' di volume. «Pensavo che avresti chiamato, ma va bene così. Sei proprio un birbante, vero?» scherzò. Prese il sacchetto e gli fece strada verso la cucina.

D'improvviso sentì la pressione della sua mano sul braccio. Oscar l'attirò a sé con fermezza e lei sussultò per la sorpresa. La indusse a girarsi e fece aderire il proprio corpo al suo. Le mise una mano dietro la nuca e la baciò sulla bocca. Rafforzò la presa sul braccio in modo da impedirle di muoversi. Il bacio fu imperioso, provocante e intenso. Valérie rabbrividì. Oscar aveva un buon profumo. Si perse in lui.

Con un gesto brusco, la prese per le spalle e l'allontanò per guardarla negli occhi. «Dobbiamo essere sicuri di sapere cosa stiamo facendo. Io ti desidero, ma entrambi abbiamo famiglia...» Non aveva dubbi su quali sarebbero stati gli sviluppi del loro incontro e voleva che la loro intimità fosse in un certo senso riconosciuta, lecita. Le stava concedendo il tempo per rifiutare, per avere ripensamenti. Sollevò una mano e l'affondò nella massa arruffata dei suoi capelli. Lei lo guardò negli occhi, ma non aveva voglia di valutare i fatti. Non le importava nulla della moglie di Oscar e non le interessava conoscere le motivazioni che lo avevano portato lì. Al momento non le importava neanche della sua stessa vita. Era in un certo senso stregata da quell'uomo dalle spalle forti e lo desiderava. «Come hai detto tu, definiamola una vacanza» sussurrò, passandosi un dito sulle labbra. «Una vacanza da tutto e tutti, senza strascichi.» Poi lo abbracciò e lo baciò sulle labbra. *Final-*

mente, pensò, accarezzandogli il petto. «Oh, sì» mormorò. Le parve che tutte le sue terminazioni nervose confluissero nelle labbra. Il suo corpo ricordò perfettamente sensazioni fisiche da tempo assopite. Gli sbottonò piano la camicia e toccò i muscoli ben delineati del torace. «Ti voglio» gli sussurrò all'orecchio, poi gli mordicchiò il lobo. Si baciarono con fiera energia. Le loro bocche giocarono insieme, le labbra e le lingue cominciarono una danza selvaggia. Oscar prese a esplorarle il corpo con le mani, evocando in lei vibrazioni che confluivano tutte nel suo sesso, già umido per il desiderio. Valérie percepì in lui la stessa brama dalla forza del suo abbraccio. La sua fretta, quando si spinse verso di lei, la fece gemere. Il pene eretto premeva contro il suo ventre. Il cuore le martellava nel petto. Fra le cosce era calda e bagnata. Era consapevole della gravità di ciò che stava facendo, tuttavia non vedeva alcun motivo per smettere. Era stata attratta da Oscar fin dal primo istante e il destino li aveva fatti incontrare di nuovo, nel posto giusto e al momento giusto. Da decenni non avvertiva un tale trasporto nei confronti di un uomo. «Ti ho desiderato da quando ti ho conosciuto a New York» confessò. «Ho desiderato toccarti non appena hai posato gli occhi su di me.» La cima della montagna sulla quale si erano inerpicati la sera prima adesso si stava sgretolando sotto i loro piedi. Le mani di Oscar vagavano sul suo corpo, Valérie sentì le labbra di lui sul collo e sul petto... E poi sobbalzò, quando le sfiorò un capezzolo con la lingua. Gemette. Era come se all'improvviso le ginocchia non fossero più in grado di sorreggerla. Non traeva tanta gioia da un altro essere umano da tempo immemorabile.

«Mettiamoci comodi» propose Oscar, le labbra che le sfioravano l'orecchio. Si guardò intorno, identificò le stanze della casa e la condusse nella camera matrimoniale di Valérie e Philippe, dove la prese fra le braccia e con lei crollò sul letto ancora disfatto. Mille sensazioni esplosero in lei mentre le mani di Oscar la liberavano dalla camicetta e poi le accarezzavano la pelle nuda. Inarcò la schiena per offrirsi al suo tocco. Dopo tanti anni passati a fare l'amore con un unico uomo era quasi in uno stato di shock. Lui aveva un odore diverso che lei non conosceva. Era deciso ed esigente, mentre Philippe procedeva con tenerezza ed esitazione. Quello di Oscar era *fare l'amore*, non l'esercizio meccanico che era diventato il matrimonio di Valérie.

Tornò a vivere quando lui prese fra le labbra uno dei capezzoli inturgiditi e succhiò con vigore. «Oh!» urlò Valérie, quasi senza rendersene conto.

«Piccola...» replicò lui, stringendole l'altro capezzolo fra il pollice e l'indice. Per un breve istante lei provò incertezza riguardo al proprio corpo. Quanto tempo era passato da quando uno sconosciuto l'aveva toccata così? L'ultima volta la sua pelle era stata giovane e fresca, i seni pieni e alti, la carne soda della gioventù. Eppure adesso erano lì e Oscar non sembrava intenzionato a fermarsi per dare inizio a una conversazione basata su convenevoli. Si esplorarono a vicenda come tutti gli amanti. Lui le toccò ogni parte del corpo, indugiò sulla schiena e sulle natiche. Le sue dita corsero lungo l'interno coscia e in ogni fessura.

Valérie emise gemiti di piacere. Lo allontanò da sé in modo da poterlo ammirare e scoprì con sollievo che il suo fisico era muscoloso e definito, proprio come lo aveva immaginato. Il pene era lungo, vigoroso, e vibrò quando lei gli accarezzò il petto e i fianchi. Poi Oscar borbottò qualcosa e le fece scivolare gli slip lungo le cosce. Ben volentieri lo aiutò nell'opera. Infine lui la spinse sul materasso e con un ginocchio le divaricò le gambe. Con una mano le strinse una natica e le appoggiò l'altra sull'inguine. Scoprì che era umida e pronta e la penetrò con un dito. «Ho desiderato farti mia da quando ti ho vista la prima volta» le sussurrò all'orecchio. Disteso sopra di lei, si appoggiò su un braccio. Con la mano libera afferrò la propria virilità e forzò Valérie a divaricare di più le gambe. Entrò in lei con un colpo deciso e, quando rimase fermo per un attimo, a lei parve che le fosse penetrato in ogni parte del corpo. Oscar riprese a muoversi, spingendo con forza, dentro e fuori, fuori e dentro, e lei gridò, travolta da ondate di piacere. «*Baby*... voglio farti mia!» disse lui, chinando la testa per leccarle il lobo dell'orecchio. Quelle parole resero la situazione ancora più bollente. Valérie rifletté sul fatto di aver portato un altro uomo nel letto di Philippe e per un istante si sforzò di accettare quella realtà. Ma Oscar interruppe subito quei pensieri fluttuanti. «Hai un vibratore, tesoro?» Un sopracciglio inarcato in un'espressione incerta fu la sua risposta. Doveva discutere con quel tizio dei giocattoli erotici che usava nella sua vita coniugale? Lo fissò con aria stupida.

«Gli uomini sposati sanno cosa piace» insistette Oscar.

Valérie rise e indicò il comodino.

Lui rise a sua volta, ma non perse tempo. Scese dal letto e aprì il piccolo cassetto con una tale foga da rovesciare il mobile e far cadere la lampada che vi era appoggiata sopra. Lì, fra gli oggetti sparsi per terra, c'era il vibratore dalla punta rosa.

Oscar lo prese e lo accese. La indusse quindi a stendersi sulla pancia e la penetrò di nuovo. «Tesoro...» sussurrò, riprendendo a spingere. Le sollevò i fianchi e le fece scivolare un cuscino sotto il ventre in modo da sollevarla abbastanza da appoggiare l'aggeggio vibrante sul clitoride.

Valérie percepì la tensione aumentare. Avvertì l'orgasmo sopraggiungere ed ebbe la sensazione di spiccare il volo da quella cima su cui si erano arrampicati. La sua mente associò il ronzio del vibratore al rumore di un aeroplano. E quella fu la fine. Qualcosa esplose dentro di lei e il suo nocciolo teso ruggì come un felino pronto ad attaccare. E, quando l'estasi sopraggiunse, vide un caleidoscopio di luci vivide ed emise un urlo a pieni polmoni.

Era durato un secondo oppure un'ora? Aveva perso la cognizione del tempo. Tornò piano alla consapevolezza, il respiro affannoso, la fronte imperlata di sudore. Ma Oscar non aveva finito. Uscì da lei e la fece girare. Valérie ebbe la possibilità di dare un'occhiata al suo pene. Era più grosso di quello di Philippe, il che spiegava l'eccellenza della sua prestazione. O, almeno, così credeva. Oscar la inchiodò con il peso del proprio corpo ed entrò in lei mentre si impossessava delle sue labbra. Con la lingua esplorò ogni parte della sua bocca, infine abbassò la testa per succhiarle prima un capezzolo, poi l'altro. Un gemito gli risuonò in gola, un gemito che esordì come un mormorio per trasformarsi in un ruggito. Valérie rimase folgorata. Era come se stesse facendo l'amore con una tigre. Infine Oscar si girò sulla schiena e rimase disteso fra le lenzuola, il petto che si alzava e abbassava al ritmo del suo respiro affannoso. Gocce di sudore brillavano sulla sua pelle olivastra. Valérie ebbe la possibilità di osservarlo nei dettagli per la prima volta. La pelle era più scura di quella di Philippe ed era molto più villoso. Il che gli si addiceva, poiché lui era un animale selvaggio, pensò. «Mi piace il tuo corpo» disse piano. Aveva braccia muscolose. Non era troppo massiccio, ma non si era sbagliata riguardo al suo potere sensuale. Era forte, solido. Ma, siccome non riusciva ad accettare di aver fatto l'amore con lui nel letto di Philippe, decise di non pensarci.

«Il tempismo era perfetto» Oscar dichiarò. «Così doveva essere» aggiunse, appoggiandole una mano sul seno.

«Avevo dimenticato quanto fosse bello restarsene distesi l'uno accanto all'altra dopo aver fatto l'amore» commentò lei.

«La tua chioma è ribelle. Mi fa pensare a una regina esotica» replicò lui, attorcigliando un ricciolo su un dito.

Valérie scelse di cancellare dalla mente l'immagine di suo marito e scelse di vivere il momento, poiché il tempo a loro disposizione era poco e stava passando in fretta. «Mi piace il tuo corpo» ripeté, facendogli scorrere una mano su un braccio, sul petto e fino al ventre, dove la fermò. «Forse gradisci un caffè?» chiese, reclinando la testa per guardarlo. Oscar rise e si mise seduto. Con il lenzuolo si asciugò il sudore dalla fronte. «Sì, grazie. E ci sono anche le brioche... Sono affamato. Posso usare la doccia?»

La raggiunse in cucina a petto nudo, con indosso solo i boxer. Sulla pelle aveva il profumo del bagnoschiuma della famiglia di Valérie e questo la confuse. Prese posto accanto al tavolo che lei aveva già preparato per la colazione.

«Serviti pure» lo invitò.

Oscar riempì due tazze di caffè. «Siediti» la esortò, afferrandole una mano mentre lei camminava avanti e indietro nella piccola cucina. «Va tutto bene?»

«Non saprei» ammise Valérie. «Non ho mai fatto niente di simile prima d'ora. Ma ti volevo... Ti ho voluto sin dal primo momento in cui ti ho visto» ripeté, accomodandosi sulla sedia di fronte a lui. «A volte si conosce qualcuno e poi, se si è fortunati, si riesce a condividere un momento con questa persona, credo. E questo è il mio momento con te.»

«Lo penso anch'io. E cose stupende possono accadere quando si ha a disposizione un momento solo.» Oscar allungò una mano sotto il tavolo per accarezzarle una coscia. «Nessun impegno, solo una breve vacanza dalle nostre vite. E non è necessario che lo sappia qualcuno oltre a noi.» Bevve il caffè e prese un croissant.

«Affare fatto. Non immaginavo che fosse così facile.» Valérie sorrise. «Tu lo hai già fatto altre volte da quando sei sposato?»

«Forse una o due. Sai, sono sposato da molto tempo.» Oscar le strizzò l'occhio. «Dunque, siamo d'accordo. Resterà fra noi.» Tese la mano.

Valérie la prese e lui l'attirò verso di sé per baciarla. Lei rise e si ritrasse. «Continuando di questo passo, non riusciremo a visitare Parigi.»

«Non mi importa. Tu sei tutto ciò che mi interessa vedere a Parigi» affermò Oscar. Le sollevò la maglietta e le accarezzò un seno. «Torniamo a letto» decise. Si alzò e la condusse in camera.

Caddero sul materasso e lui la baciò ovunque, arrivando fino all'inguine. Erano anni che Philippe non badava al sesso orale. Adesso, invece, la lingua di Oscar la sollecitava gentilmente, facendola tremare per il piacere. Poi le sue labbra si richiusero sul clitoride e, nello stesso tempo, introdusse un dito nella sua femminilità.Pochi minuti dopo Valérie sentì la tensione aumentare, ma lui non le concesse la possibilità di trovare sollievo nell'orgasmo, perché si alzò, si distese sopra di lei e la penetrò. «Dammi la lingua» le disse Oscar. «Voglio farti sentire il tuo sapore.» Valérie schiuse le labbra e lui la baciò, spingendosi profondamente in lei, colpo dopo colpo, scivolando nella sua umidità. E poi raggiunse l'estasi, inondandola con il suo seme. Rimasero l'una fra le braccia dell'altro, madidi di sudore e degli umori dei loro corpi. Ma quella pausa non durò a lungo. Ripresero a baciarsi, a toccarsi.

«Ho bisogno di un'altra doccia» disse Oscar. «Ma questa volta tu verrai con me. Poi ci vestiremo, usciremo e ci godremo la città, come avevamo deciso.»

«Io mi sto già godendo la città» sottolineò lei, «poiché tu sei in città.»

Oscar la prese per mano e la portò nella doccia. L'acqua tiepida scorreva su di loro mentre si insaponavano a vicenda, le bolle di sapone che accarezzavano la pelle nuda, morbidi seni e forti muscoli. Valérie strinse il pene di Oscar in una mano che mosse piano, riportandolo immediatamente alla vita. «Girati» le ordinò lui. «Ho bisogno di farti di nuovo mia...» Valérie obbedì e lui la prese da dietro, afferrandole i seni, mentre lei si accarezzava e roteava i fianchi.

«Adesso con la bocca» le disse poco dopo, scivolando fuori da lei, ancora in piena erezione. Lei si inginocchiò, ma era più grosso di Philippe. Incapace di fare altro, gli prese il glande fra le labbra e succhiò fino a farlo venire.

Oscar rise, si inginocchiò a sua volta e la baciò. «Va bene» disse poi. «Adesso è davvero arrivato il momento di uscire.» Si lavarono e si vestirono, quindi si prepararono a lasciare l'appartamento.

. 6 .

Turisti in città

Decisero per il Centre Pompidou. Valérie non ci andava da anni e Oscar, da sempre più interessato agli sport che ad altro, non aveva l'abitudine di frequentare gallerie d'arte.

Le collezioni di pittura moderna fornirono loro argomenti di conversazione e continuarono a discuterne mentre pranzavano in un bistrot. Ordinarono bistecche con patate fritte e una bottiglia di vino rosé. Condivisero il dessert come se fossero davvero una coppia di amanti. Passeggiarono nei quartieri antichi e ammirarono edifici che Valérie non aveva mai notato. Ma chi aveva il tempo di contemplare l'architettura del XVII secolo con due bambini piagnucolosi al seguito? Chi si fermava a notare i dettagli dei mosaici medievali, mentre si trascinava dietro pesanti borse della spesa? Oscar era davvero affascinante e la fece ridere raccontandole aneddoti dei suoi viaggi di lavoro. Si tennero per mano e mangiarono un gelato. Si baciarono per la strada, e spesso Oscar le appoggiava un braccio sulle spalle. Terminarono la giornata con una passeggiata nei giardini del Lussemburgo, splendenti e maestosi in quel periodo dell'anno. «Avevo dimenticato quanto è fantastica Parigi» commentò Valérie. «Oppure sei tu quello fantastico?»

Lui sorrise e le fece l'occhiolino.

«È fantastico il momento che stiamo vivendo insieme. E sei fantastica tu.» La strinse a sé e la baciò. «C'è un ristorantino dove voglio portarti» aggiunse, mentre uscivano dai giardini.

«Abbiamo già cenato fuori ieri sera. Cucino io a casa questa volta.»

«Ma non avevi detto che questa è una vacanza?» scherzò Oscar. «E in vacanza si va al ristorante. Lascia che ti inviti. Amo la buona cucina. Mia moglie compra tutte quelle riviste culinarie e le leggo anch'io, così sono venuto a conoscenza di questo nuovo bistrot.» Prese il palmare dalla tasca e cercò l'indirizzo. «Eccolo. Andiamo.» Scrutò la strada in cerca di un taxi.

«Tua moglie...» cominciò Valérie.

Oscar la zittì mettendole un dito sulle labbra. «Mia moglie, tuo marito... Non pensare a nulla. Questo è il nostro fine settimana, lontano da tutto e tutti. Quando sarà finito, torneremo alla nostra quotidianità.» La baciò ancora e alzò una mano per richiamare l'attenzione del conducente di un taxi che passava lì davanti.

In auto Valérie pensò che lui aveva ragione. Era inutile riflettere troppo su un breve incontro di sesso e promise a se stessa di non pensarci più. La realtà, si disse, avrebbe fatto irruzione nel sogno fin troppo presto. Cenarono in un ristorante che rendeva omaggio alla cucina classica francese. Assaggiarono ottime sardine alla griglia in salsa di rosmarino e piatti tipici parigini, il tutto accompagnato da un fresco vino bianco. Per dessert scelsero mele avvolte in un sottile strato di pasta sfoglia e condite con una salsa di zucchero di canna.

«È bello mangiare con te» commentò alla fine Oscar, sfiorandole una guancia con la punta di un dito. «Ti piace il buon cibo e ti piace il sesso. È qualcosa di molto, molto sensuale.» Abbassò la mano sotto il tavolo e le toccò una gamba.

«A noi e alla nostra piccola vacanza» propose Valérie, alzando il bicchiere. Oscar sollevò il calice a sua volta ma, prima di bere, le prese la mano e la baciò. Valérie sorrise. «Penso che mi piacerebbe proprio un'altra vacanza a New York!» esclamò.

«Perché non passi la notte nel mio albergo e ti godi il lusso di una struttura a quattro stelle?» propose lui. «Da solo non mi diverto.» Di nuovo le accarezzò il viso. «Avviamoci a piedi e, se saremo troppo stanchi, chiameremo un taxi.»

Passeggiarono sulla riva del fiume, fermandosi di tanto in tanto per ammirare le vetrine dei negozi d'arte. Oltrepassarono una libreria dove uno scrittore stava leggendo alcuni brani del suo ultimo romanzo. Confrontarono i loro gusti in fatto di letteratura. L'unica nota stonata in tanta perfezione era la consapevolezza di Valérie di non poter restare fuori di casa per un'intera notte senza fornire una scusa valida a Philippe. Odiava mentirgli, odiava quei sensi di colpa che la tormentavano, ma il suo desiderio nei confronti di Oscar era più forte dell'esigenza di esaminare la sua vita oltre i confini di quelle tre brevi, preziose giornate. «Ascolta» disse, «devo telefonare... a Philippe. Ci metterò solo pochi istanti» aggiunse, avviandosi verso un cortile fra due edifici antichi.

Oscar annuì. «D'accordo. Ti aspetto qui.» Valérie prese il cellulare dalla borsa e cercò nella rubrica il numero di suo marito.

«*Mon amour!*» esordì Philippe con tono allegro. «Ho lasciato un messaggio questa mattina. Ho provato anche sul cellulare, ma non mi hai risposto.»

«Oh, forse ero in metropolitana e non ho sentito. Sono stata in giro tutto il giorno. Sai, fare spese è più facile senza i bambini.»

«Naturalmente. Meriti di rilassarti un po'.»

«Be'... adesso ho appuntamento con delle vecchie amiche che non vedo da tempo. Volevo solo dirti che ho intenzione di andare a letto presto e di concedermi una buona notte di sonno senza interruzioni. Probabilmente spegnerò il cellulare. Se non rispondo, sai che è perché sto dormendo, d'accordo? I bambini stanno bene?»

«Sì, si stanno divertendo molto, certo sentono la tua mancanza. Come me, del resto. Tranquilla, non ti chiamerò, così potrai dormire senza interruzioni. *Je t'aime, mon amour.*»

«Tornerete presto, vero? Dopodomani? *Je t'aime...*» Valérie interruppe la comunicazione. Si girò verso Oscar. Lui stava controllando i messaggi sul cellulare. Sollevò la testa e i loro sguardi si incontrarono. Sorrisero. Gli andò incontro.

«Tutto a posto?» si informò lui. «Bene. Andiamo.»

Mano nella mano, si avviarono lungo il marciapiede. Il pomeriggio aveva lasciato il posto a un tiepido crepuscolo. I lampioni erano accesi e Oscar indicò il cielo. «Camminiamo lungo la Senna. Forse vedremo una stella cadente.»

Su Pont Neuf si sporsero dal parapetto per guardare le acque scure del fiume. Le barche scivolavano lente sulla sua superficie. Oscar abbracciò Valérie e la baciò. Lei udì i sussurri delle altre coppie e il campanello di una bicicletta. Sentì il dolce tocco della brezza sulla pelle e il profumo tipico della notte. Percepì lo spirito dei tanti amanti che su quel ponte si erano abbracciati e baciati, come se quello fosse un posto fatto per la tenerezza e la passione, il contatto fra le anime.

«Vieni» la invitò lui quando mise fine al bacio. «Andiamo alla Tour Eiffel.» Trovarono un taxi e si diressero verso il Jardin des Tuileries.

. 7 .

Una notte in città

«Ti propongo un cambio di programma» disse Oscar quando la silhouette della Tour Eiffel si delineò contro il cielo. «Da quanto tempo non sali sulla ruota panoramica?»

«La *Grande Roue*?» Valérie rise. «Da un'eternità.»

Nel parco i turisti, stanchi dopo una lunga giornata in giro per la città, scattavano foto ai loro figli. L'odore dei popcorn permeava l'aria. Oscar le passò un braccio intorno alla vita mentre si avvicinavano alla ruota, un enorme cerchio perfetto scintillante di luci. «Due, per favore» disse all'impiegato della biglietteria. Aspettarono il proprio turno e presero posto in una cabina. In quelle accanto, ragazzini ridevano e si baciavano.

Cominciarono l'ascesa sopra gli alberi verdi e la città illuminata. Ammirarono Parigi, il traffico come sempre caotico degli Champs-Élysées. E poi Valérie alzò la testa per guardare le stelle.

«La Città delle Luci... Bella, vero?» commentò Oscar. Giunta in cima, la cabina si fermò per qualche istante ed entrambi contemplarono il panorama.

«Avevo dimenticato di vivere qui...» disse Valérie. Oscar l'abbracciò. La baciò. «Ti voglio» dichiarò con tranquillità.

Alla fine del giro uscirono dal parco e, con un taxi, raggiunsero l'hotel.

«Com'è possibile che basti un grazioso albergo per farti credere di non avere una sola preoccupazione al mondo?» chiese Valérie allegra mentre entravano in camera. Caddero sul letto insieme, le loro lingue che davano inizio a una danza antica ed erotica. Si spogliarono frenetici, strappando bottoni, abbassando zip, fino a restare nudi sulle lenzuola candide. Oscar la indusse a inginocchiarsi davanti a lui. Dopo anni trascorsi a fare sesso con un unico uomo, Valérie si chiese cosa potesse piacergli. Seguendo l'istinto, passò la lingua sulla punta rosea del pene e lo sentì gemere. Poi schiuse le labbra e lo accolse in bocca, le mani di Oscar affondate nei suoi capelli che la guidavano nei movimenti. Si sentì giovane e seducente, anche un po' volgare, e le piacque quell'emozione. Si sentiva finalmente libera dalla sua opaca, piatta vita sessuale.

Succhiò con foga fino a provocargli l'orgasmo. Allora, con un sospiro, Oscar si lasciò cadere sui cuscini, esausto. «Oh, *baby*...» mormorò, poi l'attirò a sé per baciarla sulle labbra. Le loro lingue si sfiorarono. Valérie si sentì percorrere da un vibrante piacere, ma non solo. Provava un'immensa felicità, perché stava vivendo quel momento con quell'uomo. Oscar la invitò a sdraiarsi, poi si chinò su di lei e con la lingua le accarezzò il centro della sua femminilità, soffermandosi sul clitoride.

Agiva con sicurezza, senza indugi, diversamente da Philippe. Valérie urlò tutta la sua gioia e Oscar continuò l'opera, leccandola, stuzzicandola, fin quando l'eccitazione gli impedì di andare avanti. «Devo averti subito» disse, montandole sopra e penetrandola con furia, spingendosi dentro e fuori, le mani ovunque sul suo corpo. Valérie raggiunse l'orgasmo con un grido, ma lui continuò a muoversi con maggiore concitazione, finché non svuotò tutto se stesso dentro di lei. Si separarono, i corpi rilucenti di sudore. A occhi chiusi, Oscar le appoggiò una mano sul seno. Le strinse il capezzolo fra il pollice e l'indice. «Una doccia e poi chiamiamo il servizio in camera?» propose. «Ho di nuovo fame.»

Mentre lui era in bagno, Valérie vagò per la stanza. Si fermò accanto alla finestra per ammirare la città.

Oscar comparve alle sue spalle, avvolto in un morbido accappatoio bianco. «È il tuo turno, mia cara. Cosa vuoi mangiare?» chiese, prendendo il menu. «Io ordinerò un sandwich al prosciutto.»

«Va bene anche per me. E un bicchiere di vino, grazie.»

Nella cabina della doccia Valérie pensò che era felice di trascorrere la notte lì. L'ambiente lussuoso dell'albergo la spingeva a credere che il suo mondo fosse davvero dall'altra parte del pianeta e così anche la sua vita di moglie e di madre. Rimase a lungo sotto il getto dell'acqua tiepida e, quando tornò in camera in accappatoio e con un telo di spugna sulla testa come un turbante, l'ordinazione era già arrivata.

«Non volevo disturbarti mentre eri sotto la doccia. Spero non ti dispiaccia, se ho già iniziato.»

Lei rise. «Stai scherzando? Nulla di tutto questo potrebbe dispiacermi. Ristoranti, servizio in camera... fare l'amore con te» aggiunse a bassa voce. «Cosa potrebbe mai disturbarmi?»

Brindarono al divertimento che stavano condividendo, mangiarono e si rilassarono. Valérie trascorse la notte con lui, fecero l'amore e si addormentarono nell'enorme letto. Quella notte i sogni di Valérie si manifestarono in un turbinio di immagini e movimenti. Sognò musei e taxi e un posto che le ricordava la costa italiana, dove tanto tempo prima era stata in vacanza con un ragazzo. Si spostavano di continuo e facevano l'amore nelle camere d'albergo con le finestre aperte per fare entrare l'aria dell'estate.

La mattina seguente ordinarono la colazione, croissant e cappuccino per entrambi. Nei loro accappatoio bianchi sfogliarono insieme il giornale.

«Bene» esordì Oscar, «abbiamo ancora una giornata a nostra disposizione. Cosa vorresti fare? Vedere dei monumenti? Andare al mercatino delle pulci?»

«Il mercatino delle pulci... Buona idea! Non ci vado mai, sarebbe impossibile con i bambini.» A bordo di un taxi raggiunsero il posto. Camminarono lungo i vialetti, soffermandosi accanto alle varie bancarelle. Oscar mercanteggiò con i venditori solo per divertirsi, mangiarono baguette con i wurstel e accompagnarono il pasto con una birra ghiacciata.

«Non ricordo più l'ultima volta in cui mi sono divertita tanto» confessò Valérie abbracciandolo. Oscar disse che non aveva mai visitato le chiese più importanti di Parigi, così passarono il pomeriggio a Notre Dame e a Saint Germain des Pres.

Ferma sul marciapiedi mentre leggeva la mappa della città, Valérie si sentì distaccata dalla caotica vita parigina, proprio come una vera turista.

«Che ne pensi di un bicchiere di vino?» propose Oscar. «Magari troviamo una taverna e mangiamo un boccone per cena. Non vorrei essere io a ricordartelo, ma questa è la nostra ultima serata insieme.»

Valérie lo sapeva bene, ma non voleva pensarci. «Allora torniamo in albergo, così possiamo stare soli.»

Salirono su un taxi tenendosi per mano.

«Non ho voglia di dirti addio» affermò Valérie.

Oscar le prese il viso fra le mani e la baciò. «Non parliamo di addii. Abbiamo ancora qualche ora... E chi può dirlo? Magari un giorno ci rincontreremo.»

Una volta in albergo, chiamò il servizio in camera. «Prenderemo una bottiglia di *Chateau Margaux 1983*, pâté di *foie gras* e scaloppe di vitello.» Diede un'occhiata al menu. «E tartine al formaggio come antipasto» aggiunse.

«La nostra ultima cena» mormorò Valérie, un sorriso triste sulle labbra, la testa china da un lato.

«Ascolta, mai dire mai» replicò lui. «Pensiamo solo ai bellissimi momenti che abbiamo trascorso insieme e... procuriamoci un ultimo ricordo che ci terrà compagnia fin quando ci vedremo di nuovo.» La portò sul letto. Lei si tolse le scarpe e si distese. Lui la baciò ovunque. Si rotolarono sulle lenzuola, l'uno fra le braccia dell'altra.

«I nostri corpi sembrano fatti per stare insieme» sussurrò Oscar.

Il cameriere bussò. Lui firmò il conto e richiuse la porta.

«Torna qui» lo invitò Valérie.

Fecero l'amore per l'ultima volta. Lo fecero con tenerezza, lo fecero con passione. Oscar le accarezzò il corpo con le mani e con la lingua. Poi, quando pensò che fosse pronta, la penetrò e la condusse con sé oltre il limite. Giocarono come due nuovi amanti, inconsapevoli di ciò che avrebbe portato loro il momento successivo. Alla fine Oscar stappò la bottiglia di vino e portò due bicchieri a letto. «A noi» disse, alzando il suo calice. «A noi e alla nostra piccola vacanza dalla realtà. E ai nostri piccoli segreti.»

Avvicinarono i loro bicchieri e si baciarono.

. 8 .

Ogni vacanza finisce

Philippe e i bambini tornarono e tutti furono felici di ritrovarsi insieme. I piccoli erano abbronzati e sereni e Philippe sembrava essersi divertito, nonostante la permanenza a casa dei genitori. Era felice perché lo era la sua famiglia. I visetti sorridenti dei suoi figli gli ricordavano che aveva speso bene il suo tempo ed era contento perché anche sua moglie sembrava più tranquilla e rilassata. Valérie avvertiva la spossatezza che seguiva ogni vacanza e forse era anche un po' sollevata di essere tornata nel suo ambiente abituale. I bambini e il loro chiasso, Philippe, questo era il suo ambiente naturale. Guardò il marito, alto e magro nonostante l'accenno di pancetta. Notò che stava iniziando a incurvare un po' le spalle. Non gli raccontò molto di come aveva passato quei giorni senza di lui. Non c'era poi molto da dire. «Solo riposo e relax» confidò a Philippe. «*R&R*, così direbbero gli americani

Un assistente personale
di Portia Da Costa

. 1 .

«Grazie a Dio è finita!» sospirò Miranda Austin.

Buttò il faldone sull'ampia scrivania, si accasciò sulla poltrona e si tolse le scarpe. A volte, quando tornava in ufficio dopo una riunione estenuante e importantissima come quella, aveva l'impressione di essere passata attraverso un tritacarne.

Chiuse gli occhi e si sforzò di calmarsi e riprendere la sua abituale compostezza.

«Incontro impegnativo?» le chiese il suo assistente, Patrick Dove, avvicinandosi.

«Puoi dirlo forte...» Miranda fece un respiro profondo, ancora troppo turbata per trovare la calma. «Però alla fine l'ho avuta vinta, anche se ho dovuto faticare parecchio con quelli dell'Ufficio Estero.»

«Ne dubitavi? Riesci sempre ad averla vinta» commentò Patrick in tono disinvolto e pacato. La sua non era un'adulazione, ma una semplice constatazione. «Un caffè, capo?» Patrick faceva un ottimo caffè, ma Miranda era ancora troppo nervosa. A occhi chiusi, scosse la testa. «Posso fare altro per te?» Fece una pausa, e nell'ufficio scese un silenzio innaturale, come se entrambi stessero trattenendo il fiato. «Posso esserti utile in qualche altro modo?»

Patrick pronunciava quelle frasi centinaia di volte alla settimana, sia a lei sia ai colleghi e ai molti clienti con cui aveva a che fare per suo conto. Ovviamente ai clienti si rivolgeva con maggiore deferenza; Miranda aveva insistito sin dal primo giorno affinché Patrick le desse del tu. Visto che era il suo braccio destro, troppa formalità le sembrava fuori luogo.

Però quella volta le aveva offerto il suo aiuto con particolare convinzione. La voce suadente sembrava diversa, carica di sottintesi, come se lui stesse cercando di condizionarla con discrezione, con un intento che le sfuggiva.

Miranda aprì gli occhi di scatto e aggrottò la fronte. Forse stava solo immaginando allusioni e sottintesi inesistenti, per colpa della stanchezza dopo giorni di trattative estenuanti. Era compiaciuta della sua posizione prestigiosa all'interno dell'azienda e, in generale, affrontava con piglio combattivo qualsiasi confronto, anche il più ostico, ma a volte ne usciva stremata, come in quell'occasione, come se fosse stata prosciugata di tutte le energie. Le serviva qualcosa per risollevarsi, un diversivo. Guardando Patrick che la fissava intensamente con i suoi occhi seri e profondi, ma al tempo stesso seducenti, improvvisamente le uscirono dalle labbra parole che non si aspettava di poter dire un giorno.

«Non so. In effetti avrei voglia di fare qualcosa per distrarmi, cambiare aria... Perché non mi porti via?»

«Ma certo, con piacere.» Ora la sua voce sembrava diversa, più decisa, come se avesse preso in mano il controllo della situazione. Il suo sguardo sempre comprensivo aveva assunto una luce determinata, audace, come se Patrick avesse appena raccolto una sfida. «Questo pomeriggio non hai altri appuntamenti. Andiamo a fare un giro in macchina fuori città. Sarà un po' come marinare la scuola...» aggiunse malizioso.

Miranda si accorse di avere il cuore in gola per un'improvvisa emozione, come se stesse per accaderle qualcosa di meraviglioso, ma non sapesse cosa. Assentarsi dall'ufficio per un intero pomeriggio era impensabile in un periodo impegnativo come quello, in cui avrebbe già avuto bisogno di giornate di quarantott'ore per fare tutto. Tuttavia il sorriso suggestivo di Patrick e l'atteggiamento sfrontato e provocante con cui lui la guardava erano allettanti, come una scatola di cioccolatini o un cocktail troppo alcolico: una tentazione pericolosa ma irresistibile. E quando lui si umettò il labbro inferiore con la punta della lingua, un brivido d'eccitazione la fece fremere.

«Ho troppo da fare» protestò debolmente. La sua voce, solitamente fredda e determinata, sembrava insolitamente tremante e insicura.

«Be', hai detto tu che avevi bisogno di staccare la spina.» Lui continuava a guardarla intensamente, stuzzicante...

«Sì, ma non dicevo sul serio, lo sai.»

«Ah, ma io leggo nel pensiero! Non lo sapevi? E ti posso assicurare che invece dicevi proprio sul serio.»

Patrick non discuteva mai con lei, non sollevava mai obiezioni, ma stavolta sembrava deciso a tenerle testa. Il suo sorriso di sfida divenne più luminoso e l'irragionevole fremito che Miranda avvertiva s'intensificò, specialmente nel bassoventre. Patrick le era sempre piaciuto, ma l'attrazione che provava nei suoi confronti era piuttosto impersonale e non aveva mai pensato a possibili sviluppi.

«No, non sei un veggente. Non esiste il potere di leggere nella mente. Sei solo un bravissimo assistente, efficiente e dotato di un buon intuito, che di solito riesce a prevedere le mie esigenze. Però questa volta ti avverto che sei fuori strada.»

«Se lo dici tu...» Patrick inclinò la testa di lato. Aveva i capelli biondi e mossi, che risplendevano sotto le luci al neon. Sembrava quasi un angelo, di quelli dipinti negli affreschi, con l'aria maliziosa e il sorriso ammiccante. «Però continuo a essere convinto che ti farebbe bene prendere un po' d'aria. Qualche ora lontano dall'ufficio ti ritemprerà, vedrai.» Le fece l'occhiolino. «So io quello che ti ci vuole.»

Ora, più che un angelo, sembrava un diavolo tentatore.

Il palpito che le faceva pulsare il sesso si trasformò in un calore intenso che l'avvolse tutta e le annebbiò la mente.

Miranda aveva l'impressione di essere sull'orlo di un precipizio o sul punto di aprire una porta segreta, senza sapere cos'avrebbe trovato quando avesse varcato la soglia.

«E va bene» capitolò infine con un sospiro. «Ma ti concedo un'oretta di pausa, non di più.» Si rimise le scarpe, raddrizzò la schiena e sporse la mano verso il telefono. «Dove andiamo?»

Prima che potesse premere il pulsante dell'interfono per chiamare l'autista, la mano calda e forte di Patrick le circondò il polso, immobilizzandola. In altre circostanze si sarebbe divincolata, interrompendo quel contatto inopportuno, ma una sensazione conturbante la indusse a cedere e a non reagire. Dio, non avrebbe mai pensato che Patrick potesse farla sentire così debole!

«Non serve l'auto aziendale. Andiamo con la mia» puntualizzò lui con voce calda e profonda. «Fa' quello che devi fare e raggiungimi al parcheggio. Ti aspetto lì.»

Le strinse di più il polso per un breve istante, poi mollò la presa, ammiccò di nuovo e uscì dalla stanza con passo baldanzoso.

È una follia. Io sono il suo capo, lui è il mio assistente, santo cielo! Non avrei dovuto accettare.

Se ne era veramente convinta, perché si era ritoccata il trucco, sistemata i capelli, lavata e profumata nel bagno dell'ufficio?

Il lato razionale della sua mente le diceva che non era niente di cui preoccuparsi. Un paio d'ore lontana dall'ufficio, una boccata d'aria, magari un caffè o un aperitivo in un locale carino. Patrick era un'ottima compagnia, brillante conversatore, colto e spiritoso. Avrebbero chiacchierato, lei si sarebbe rilassata... tutto qui.

Ma il suo lato irrazionale le diceva che Patrick le aveva mandato un chiaro messaggio subliminale con lo sguardo: sesso.

Più ci pensava, e più si rendeva conto che avrebbe preferito se avesse avuto ragione il lato irrazionale, specialmente quando vide l'auto di Patrick e lui appoggiato alla portiera.

Era già eccitata.

Patrick in realtà non era assolutamente diverso dal solito, elegante e distinto nel completo dal taglio impeccabile che valorizzava il suo fisico prestante. L'unica differenza rispetto a prima era l'assenza della cravatta e il primo bottone della camicia slacciato. Per quanto impercettibile, questo cambiamento gli conferiva un fascino più rilassato. Il suo corpo atletico trasudava energia e sembrava trasmetterle la certezza che, con lui, tutto fosse possibile.

«Ciao!» La nota acuta nella propria voce la fece sentire nervosa alla stregua di una ragazzina al primo appuntamento e non come una manager rampante ultratrentenne e sicura di sé.

«Ma ciao...» rispose Patrick, aprendole lo sportello.

L'auto sportiva era bassa e Miranda si rese conto che la gonna le era risalita sulle cosce mentre si accomodava sul sedile. Il sorriso di Patrick divenne sornione, malizioso. Lei ebbe l'impressione di notare un luccichio improvviso nelle sue iridi quando il suo sguardo si posò sul bordo di pizzo nero delle autoreggenti che gli aveva fatto intravedere.

«Mmh, interessante...» mormorò lui.

Lei fu così sbalordita per il suo commento sfrontato da restare senza parole. Si agganciò la cintura di sicurezza, aspettandosi che lui le chiedesse dove voleva andare. Invece Patrick si sedette al posto di guida, mise in moto e partì senza farle domande.

«Dove andiamo?» gli domandò lei, incapace di trattenersi.

Inghiottì a vuoto; era un fascio di nervi.

Non era la prima volta che si trovava in automobile con Patrick per andare a un incontro o a un convegno, ma la vicinanza fisica non le era mai parsa tanto intima. Tutte le sue percezioni erano acuite, i sensi all'erta.

«Oh, ti porto in un posticino simpatico che non conosci» rispose lui con studiata indifferenza. «Niente di particolare, ma ti piacerà, vedrai.»

«Sì, ma dov'è?» insistette lei.

Patrick si fermò al semaforo e si voltò a guardarla. Aveva un'espressione compiaciuta e divertita. Sembrava perfettamente padrone di sé. Miranda aveva l'impressione che la vettura fosse diventata un mondo parallelo in cui Patrick era il capo e lei la dipendente. In effetti, ora che si soffermava a pensare al loro rapporto in ufficio, anche se era lei a dargli ordini e incarichi, a livello inconscio si era spesso lasciata controllare da lui, seguendo i suoi consigli e i suoi commenti dispensati con apparente noncuranza.

La questione si andava complicando...

«È un segreto. Perché rovinarti la sorpresa?» commentò

lui mentre ripartiva. Aveva preso una strada che conduceva fuori città ed erano già circondati dal verde. «Mi hai chiesto di portarti via, ed è quello che sto facendo. Ti allontano dal mondo in cui devi avere il controllo e ti porto in un'oasi in cui dovrai lasciar fare tutto a me.»

Miranda tremava per l'emozione. Le parole di Patrick le stavano spalancando le porte di una dimensione deliziosamente pericolosa. Il pensiero di essere sottomessa al suo volere la eccitava moltissimo, suo malgrado.

Come se avesse veramente potuto leggerle nel pensiero, Patrick le lanciò un'altra rapida occhiata e lei capì che, in quella frazione di secondo, aveva visto tutti i suoi desideri, anche quelli più nascosti e inconfessabili.

«Facciamo un gioco» le propose. «Giusto per rilassarti, per lasciarti andare.»

«Che gioco?»

Malgrado la sua domanda diffidente, Miranda si accorse che era stranamente rilassata. Con Patrick si sentiva al sicuro, tranquilla, perché sapeva di essere in buone mani. La cosa strana, però, era che contemporaneamente provava una sensazione di allarme. Quello che le proponeva Patrick sarebbe stato eccitante, ma anche pericoloso, ne era sicura.

Perché Patrick era pericoloso... ormai non aveva dubbi in proposito.

«Va bene...» mormorò lentamente, dubbiosa.

Lui non perse tempo. «In tal caso togliti gli slip e dammeli» le ordinò.

Miranda rimase a bocca aperta, senza parole e senza fiato. Si aspettava di ricevere una richiesta del genere, ma sentir pronunciare quelle parole audaci dalla voce suadente di Patrick era stato come ricevere una secchiata d'acqua gelata in faccia.

«Come?»

Un'altra rapida occhiata maliziosa. «Dai... È solo per divertirci un po'. Prova a fare qualcosa di diverso per distrarti. Puoi definirlo un cambio di prospettiva.»

Miranda stava per protestare, ma obbedire alla sua richiesta era allettante, eccitante. Cosa avrebbero detto in azienda se avessero saputo che una dirigente pragmatica e seria come Miranda Austin si dilettava a fare sciocchi giochetti erotici con il suo assistente?

In quel momento era veramente un assistente *molto* personale...

«E va bene!» si arrese. «Divertiamoci.»

Fece una risatina e vide che il sorriso di Patrick si era allargato ed era diventato trionfante e malandrino. Stranamente, non le dispiaceva vederlo gongolare per la vittoria.

Sollevò i fianchi puntando i piedi e riuscì a infilare alquanto goffamente la mano sotto la gonna e tirare giù gli slip senza esibire troppo. Anche se stava obbedendo a un suo ordine, lui non le aveva chiesto altro e lei voleva mantenere un minimo di controllo. Non gli avrebbe fatto vedere niente di più, almeno per il momento. Dimenando i fianchi e contorcendosi sul sedile riuscì a sfilare l'indumento e Patrick, pur senza staccare lo sguardo dalla strada, seguì con la coda dell'occhio gli slip di seta bordati di pizzo color crema che scivolavano verso le caviglie.

Miranda arrossì e, quando si accorse del suo sguardo, il suo rossore s'intensificò. Era molto eccitata e il pensiero di consegnargli degli slip bagnati la imbarazzava moltissimo.

«E ora?» gli chiese appallottolando l'indumento incriminato nel vano tentativo di nascondere la prova concreta della sua eccitazione. Era una sciocchezza, pensò poi; eccitarla era proprio l'intento di Patrick, dopotutto.

«Buttali fuori dal finestrino.»

«Eh? Sei pazzo?» Le batteva forte il cuore. Erano ancora in una strada piuttosto trafficata. «Ci sono altre macchine intorno e poi questo è un completo intimo piuttosto costoso a cui sono affezionata.»

Patrick fece una risatina. Sentendosi stupida per le sue rimostranze, Miranda premette il pulsante per abbassare il finestrino ma lui la fermò.

«No, a ripensarci hai ragione. Sarebbe un peccato perdere degli slip così seducenti» si corresse quindi lui. «Avevo pensato che sarebbe stato divertente immaginare l'espressione di chi li avesse trovati, ma credo che sia meglio tenerli per ricordo. Scommetto che odorano di te...»

Miranda era invasa da un'eccitazione incontenibile che le fece sprigionare un intenso calore tra le cosce, ancora più percepibile ora che le sue parti intime erano scoperte.

«Mettimeli in tasca» le ordinò lui in tono disinvolto.

Miranda non ne fu stupita. Era convinta che tutti gli uomini avessero un certo grado di perversione, e aveva constatato che Patrick non faceva eccezione. Fece come lui le aveva chiesto ma, sporgendosi verso di lui, vide che la stoffa dei pantaloni era decisamente tesa all'inguine.Non fu sorpresa di notare che Patrick aveva un'erezione molto pronunciata. Alzò lo sguardo sul suo volto e lui le strizzò l'occhio. Che demonio! Si era accorto che lei l'aveva guardato *lì*.

«Mi spieghi che significa tutto questo?» brontolò, sempre più incerta.

«È un atto terapeutico, simbolico. Farti buttare via gli slip avrebbe rappresentato la tua liberazione dalle preoccupazioni e dallo stress del lavoro.»

«Certo, lo fai solo per me, capisco...» insinuò Miranda, ironica. «Per te non fa alcuna differenza sapere che non porto nulla sotto la gonna» osservò, guardandogli allusivamente l'inguine.

«Ma certo che fa differenza, lo sai benissimo» mormorò lui con voce meno controllata e pacata di prima. «Mi eccita moltissimo sapere che sei nuda sotto la gonna. Credi che non ci pensi?» La guardò per un istante, poi si concentrò sulla guida mentre imboccava una strada laterale. «Se vuoi proprio saperlo, penso in continuazione al tuo sesso, al tuo sedere, ai tuoi seni e alle tue cosce... e a tutto il resto del tuo corpo. Sono un uomo, e tu sei una donna stupenda. Non posso evitare di desiderarti.»

«Come se io fossi un donna oggetto? Ti interessa solo il mio corpo, non la mia personalità?»

Lui le lanciò un'occhiata mortificata che lei trovò tenerissima, come se Patrick fosse stato un bambino che aveva ricevuto un rimprovero ingiusto.

Miranda aveva le pulsazioni a mille e, se non fosse stata bloccata dalla cintura di sicurezza e lui non fosse stato al volante, gli avrebbe buttato le braccia al collo per baciarlo.

«Ma io ammiro *moltissimo* la tua personalità, capo» la rassicurò lui. «Altrimenti perché mi piacerebbe tanto lavorare per una donna? Se fossi l'assistente di un'altra, meno intelligente di te, sarebbe irritante e... andrebbe contro la mia natura.»

Miranda rifletté sulle sue parole. «Mi stai dicendo che ti piace dominare?»

Lui sorrise sicuro. «Certo.»

Patrick lavorava per lei, ubbidiva ai suoi ordini, eppure la sua inclinazione naturale era di comandare. Che ironia! E quanta bravura dimostrava lui nel nascondere le sue propensioni! Non aveva mai mostrato il minimo segno d'irritazione o ribellione.

Miranda tacque per un istante mentre Patrick seguiva una stradina tortuosa di campagna, guidando con scioltezza. Governava con disinvolta sicurezza l'auto sul terreno accidentato, tra buche e curve, così come controllava lei. Con vero piglio da dominatore.

«Ora che devo fare?»

Lui cambiò marcia e affrontò una curva prima di risponderle con un sorriso ma senza guardarla. «Mi piacerebbe che tu ti sollevassi la gonna e mi facessi vedere il tuo sesso senza remore, ma temo che per il momento sia una richiesta eccessiva, perciò che ne diresti di mostrarmi solo il bordo di pizzo delle calze? Non mi pare di averti mai detto quanto apprezzi il fatto che indossi solo autoreggenti e mai i collant.»

«E tu che ne sai?»

Patrick rise allegro. «Quando ti chini a prendere qualcosa o accavalli le gambe dietro la scrivania a volte intravedo il bordo delle calze» osservò, sempre con il suo tono tranquillo e spigliato, come se stesse parlando di un argomento neutro, discorsivo. «E poi nel cassetto di destra hai un paio di calze di ricambio. Sapessi quante fantasie erotiche mi hanno ispirato!»

Senza dire niente, Miranda sollevò lentamente la gonna, centimetro dopo centimetro. Patrick occhieggiava mordendosi il labbro, eccitato e compiaciuto.

Proseguirono ancora un po' in silenzio. Miranda era invasa da un'eccitazione incredibile. Nessun amante l'aveva mai portata a vette simili di desiderio, neppure dopo ore di sapienti preliminari. E Patrick non l'aveva ancora toccata!

Mi toccherà, mi bacerà, mi accarezzerà dappertutto... e mi prenderà. Mi farà godere. La situazione in ufficio diventerà terribilmente complicata ma...

Chi se ne frega!

Alla fine del lungo tragitto in auto arrivarono davanti a un villino di legno, l'ultimo di una fila lungo la riva alberata di un canale. Era chiaro che si trattava di cottage usati dai vacanzieri, e in quel momento sembravano disabitati. Forse gli occupanti ci venivano solo nel fine settimana.

«La casa è di mia nonna» le spiegò lui in risposta alla sua muta domanda. «Le piace venire qui per trascorrere qualche giorno di vacanza, ma la usiamo anche noi in famiglia quando abbiamo bisogno di un break. Comunque ora non c'è nessuno, è tutta per noi.»

Miranda non aveva paura si trovarsi in totale isolamento, anzi, era eccitatissima.

«Vieni, entriamo» la esortò lui.

Lei annuì e Patrick scese dall'auto, fece il giro e le aprì lo sportello. Miranda si abbassò la gonna ma con il movimento fece scivolare involontariamente il bordo di una calza.

«Lascia, faccio io» intervenne subito Patrick.

Si abbassò davanti a lei e lisciò la fascia di pizzo rimettendola a posto. Il contatto delle sue dita calde con la pelle le provocò un brivido, anche perché lui insinuò la mano per un istante sotto la gonna, passando brevemente il pollice sui morbidi peli del pube.

Un gemito sommesso sfuggì dalle labbra di Miranda mentre il suo sesso si contraeva come se lui l'avesse accarezzata a lungo per portarla all'orgasmo. Le sembrava di essere quasi sul punto di venire, nonostante lui l'avesse eccitata solo con le sue parole, gli sguardi e la sua mera presenza.

Patrick si rialzò e le porse la mano per aiutarla a scendere dall'auto, poi si chinò a prendere la borsa e gliela porse, da perfetto e impeccabile assistente. Sembrava tutto come sempre, Patrick era garbato e attento come in ufficio; bastava non pensare che le aveva appena sfiorato il sesso e aveva i suoi slip umidi nella tasca della giacca.

Le fece strada verso il cottage, aprì la porta e la fece passare, proprio come faceva sempre al lavoro.

«Eccoci qua.»

Patrick entrò, aprì le persiane e scostò una delle sedie intorno al tavolo della stanza che fungeva da soggiorno e cucina.

Lei si sedette e di nuovo l'orlo della gonna si sollevò sotto l'occhio vigile di Patrick. «E ora che facciamo?» Agitata, Miranda appese la borsa allo schienale della sedia.«Abbiamo un'ampia gamma di possibilità, ma direi che la prima cosa che vorrei da te è che mi facessi vedere bene il tuo sesso» rispose lui, sempre disinvolto, togliendosi la giacca e buttandola su una poltrona. «Non penso ad altro da quando sono venuto a lavorare per te» le confessò.

«Davvero? Non mi sono mai accorta che fossi interessato a me in tal senso» mentì Miranda. In realtà inconsciamente era sempre stata consapevole di piacergli... e anche di essere attratta da lui.

Patrick si sedette e distese le lunghe gambe davanti a sé in una posa rilassata, un gomito sul tavolo che era accanto a lui e l'altra mano sulla coscia. Sembrava tranquillo... ma pronto a scattare.

Per fare cosa?

«Ma certo che sono interessato, Miranda.» Scosse i capelli biondi e angelici, in netto contrasto con i penetranti occhi azzurri, luciferini. «Però la tua stima professionale nei miei confronti diminuirebbe se il tuo assistente ti sbavasse dietro tutto il tempo, no?»

«Hai ragione.» Anche lei posò una mano sul bordo del tavolo, a pochi centimetri da quella di Patrick.

«Be', ora che siamo su terreno neutrale perché non soddisfi la mia curiosità e non mi fai vedere la mercanzia?» replicò Patrick, ironico.

Lei ebbe un tuffo al cuore. Non era inesperta in materia di sesso, aveva avuto diversi amanti ed era anche abbastanza disinibita e propensa ai giochi erotici, ma quella situazione era diversa, strana, emozionante e proibita. Prese l'orlo della gonna tra due dita e lo sollevò. Gli occhi di Patrick seguivano i suoi gesti con attenzione anche se lui restava immobile. Era affascinante, pensò Miranda; il completo elegante con il colletto della camicia sbottonato gli conferiva un'aria formale e allo stesso tempo disinvolta, molto sexy. Lo vide trattenere il fiato quando la gonna arrivò all'inguine.

Miranda esitò. Lui sorrise. Lei si morse il labbro, lo tenne in sospeso ancora per qualche secondo poi, con un gesto deciso, sollevò l'orlo scoprendo il triangolo di peli scuri.

Ora la gonna era tutta spiegazzata, raccolta all'altezza del punto vita. «E adesso?» gli chiese, avvicinando i fianchi al bordo della sedia e combattendo l'impulso istintivo di allargare le gambe e sporgere il pube verso di lui in un chiaro invito.

Patrick rimase in silenzio. Si limitò a sollevare un sopracciglio mentre abbassava lo sguardo verso il suo sesso, poi lo posava sulle labbra di Miranda e infine tornava a fissarla negli occhi.

Sa che mi sta facendo impazzire senza neanche toccarmi, pensò lei.

«Allora?» insistette. Era tesa, agitata, pronta all'azione.

«Eccitata, eh?» Patrick mosse le dita in piccoli cerchi sul tavolo, sempre più vicine alla sua mano, con movimenti allusivi, tanto che la frase che pronunciò poi non la colse affatto di sorpresa. «Se hai tanta voglia perché non ti tocchi?»

Il primo pensiero di Miranda fu *Non posso farlo!* Tuttavia sapeva di poterlo fare, di *volerlo* fare, disperatamente. Non c'era cosa che desiderasse di più in quel momento, tranne essere presa da Patrick sul tavolo.

«E va bene» acconsentì.

Allargò le gambe e mise la mano sul pube, poi appoggiò due dita sul clitoride pulsante. Avrebbe voluto esibirsi per lui con gesti stuzzicanti, provocarlo, eccitarlo, ma la realtà era che non poteva aspettare. Desiderava venire.

«Oh!»

La scossa di piacere che la trafisse fu improvvisa, immediata, e le tolse il respiro. Il clitoride pulsava, vibrava, portandola subito vicina al piacere e lei allontanò le dita per rimandare il momento.

Lui la fissò con aria pragmatica, come se stesse analizzando i suoi gesti. «Visto che vuoi tanto venire perché non lo fai? Perché ti trattieni?»

«Non lo so... vorrei che durasse un po'...» annaspò lei.

Lui serrò leggermente le palpebre. «Be', io no» disse con durezza. «Voglio vederti venire. *Ora.*»

Patrick mise la mano su quella che Miranda aveva ancora sul bordo del tavolo e le appoggiò il pollice sul polso, come un medico, per sentire i battiti affrettati del suo cuore. Quel contatto le parve estremamente intimo, come se fosse legato al suo sesso da un filo diretto.

Sussultando, Miranda tornò a dedicare le sue attenzioni al clitoride che strofinò energicamente. Passò solo qualche secondo e sentì già il sesso che si contraeva, come se annaspasse in cerca del membro di Patrick.

Con un gemito, chiuse gli occhi come faceva sempre quando era sopraffatta dall'orgasmo, ma Patrick le intimò: «No, guardami! E continua, non fermarti... Voglio vederti venire di nuovo».

Lei fissò le sue iridi azzurre, e fu come tuffarsi in un mare limpido e profondo, cristallino e scintillante. Riprese a muovere le dita ma con maggiore delicatezza, consapevole dello sguardo di Patrick e del suo pollice premuto sul polso, che sembrava trasmetterle energia. Il piacere si risvegliò di nuovo, tornò a invaderla prepotente mentre negli occhi di Patrick sembrava accendersi una fiamma viva.

«Vieni, Miranda...» La sua voce era come quella di un mago che la stava ipnotizzando. Miranda sentiva il sesso pulsare e, mentre si abbandonava al piacere, incurvò le spalle in avanti e Patrick si avvicinò a sua volta a lei e appoggiò la fronte contro la sua.

«Sì, così, brava...» la incitò, accarezzandole la guancia con il suo respiro.

Accidenti, pensò Miranda. Non le era mai capitato di venire così, due volte di seguito senza alcuna interruzione.

Quando tornò in sé e raddrizzò la schiena, Patrick le passò una mano dietro la nuca e poi la fece scivolare lungo il braccio. Lei staccò la mano dal pube, mentre lui l'afferrò e la strinse, quasi come se si stesse congratulando con lei mentre le sorrideva con un'espressione compiaciuta, di trionfo.

«Wow!» esclamò Miranda senza fiato. «Non me lo aspettavo proprio.» Lo stupore che avvertì nella propria voce sembrava quello di una vergine dopo aver fatto sesso per la prima volta.

«E cosa ti aspettavi?» Lui le prese entrambe le mani nelle sue, come uno psicologo che cerca di far concentrare un paziente sull'argomento di cui stanno discutendo.

«N... non so» balbettò Miranda. «Pensavo che avresti fatto sesso con me.»

Lui annuì come se lei avesse dato la risposta giusta. «Sì, mi piacerebbe.»

Anche a lei sarebbe piaciuto, e anche tanto! Improvvisamente, al pensiero di essere penetrata da Patrick, fu invasa dal desiderio. Era di nuovo eccitata, nonostante i due orgasmi appena avuti o forse proprio perché il piacere che aveva provato l'aveva risvegliata, come un motore acceso e lasciato al minimo. La curiosità sessuale che aveva sempre provato nei confronti di Patrick la rese smaniosa.

«Qui c'è un letto, no?» chiese a Patrick alzandosi e guardandosi intorno mentre si riabbassava la gonna.

Quando era entrata nel cottage era così presa da Patrick che non aveva fatto caso all'ambiente, ma ora notò due porte che davano sulla zona giorno. Erano entrambe aperte e in una stanza intravide un comò e nell'altra un lavandino.

«Sì, se vuoi...» Anche Patrick si alzò e la guardò come se fosse titubante.

Ma come? Non voleva andare a letto con lei?

Miranda abbassò lo sguardo sul suo inguine e notò l'eccitazione.

«Che significa *se vuoi*?»

Mettendole le mani sulle spalle lui si piegò in avanti e passò le labbra leggermente socchiuse su una guancia.

Miranda si rese conto che non l'aveva ancora baciata. Appena ebbe notato quella mancanza, Patrick provvide subito a colmare la lacuna. Le diede un bacio stranamente casto, leggero, premendo appena le labbra sulle sue, poi tirò fuori la punta della lingua e la fece scorrere sul contorno della sua bocca.

«Che ci sono altre cose che mi piacerebbe sperimentare» sussurrò, mescolando il respiro a quello di Miranda. «Forse potresti accontentarmi...»

«Cosa dovrei fare?»

Patrick spostò le mani verso i suoi fianchi e Miranda si sorprese a desiderare che l'attirasse a sé per premerle l'erezione contro il pube nudo sotto la gonna.

Con un sorriso provocante, lui non si fece pregare a esporle la sua fantasia. «Fingiamo che il tavolo sia la tua scrivania. Ho sempre immaginato che mi sarebbe piaciuto sbatterti sul quel ripiano e prenderti. Sin dal primo giorno in cui sono entrato nel tuo ufficio non ho pensato ad altro.»

«E c'era bisogno di venire fin qui?» obiettò lei. «Avremmo potuto farlo lì così avresti realizzato la tua fantasia. La porta del mio ufficio si chiude a chiave, sai?»

«Sì, lo so, certo che lo so. Non hai idea di quante volte, quando ti chiudevi in ufficio per cambiarti, ti ho immaginato mentre ti spogliavi per metterti un vestito elegante e uscire dopo il lavoro senza tornare a casa! Pensavo alla biancheria intima sexy che avresti indossato e che poi un fortunato ti avrebbe tolto alla fine della serata...» Miranda si guardò bene dal precisare che negli ultimi tempi non c'era stato nessuno nella sua vita.

Meglio fargli credere di avere davanti una maliarda sexy e seduttrice.

«E allora?»

«E allora niente» tagliò corto lui. «Sarebbe uno sbaglio farlo in ufficio. Complicherebbe il nostro eccellente rapporto professionale. Qui siamo su un terreno neutro, in una dimensione lontana dalla realtà, che non ha niente a che fare con il lavoro.»

Miranda avrebbe voluto dirgli che per lei non c'era alcun problema ma, come se avesse intuito le obiezioni che stava per sollevare, lui la tacitò con un altro bacio, stavolta un po' più ardente. Le infilò tra le labbra la lingua guizzante e insistente che le esplorò la bocca, leccando, assaggiando, con una certa prepotenza che le fece capire che la stava sottomettendo al suo volere. L'avrebbe posseduta sul tavolo, era inevitabile. Miranda emise un gemito soffocato dalla bocca di Patrick quando lui le afferrò le natiche sopra la gonna.

Miranda sentiva che le gambe stavano per cederle per la potenza del desiderio che l'aveva invasa. Lui la fece voltare e la spinse riversa con la guancia sul tavolo, poi le sollevò la gonna senza tanti complimenti.

Miranda chiuse gli occhi, immaginando le proprie natiche chiare e rotonde esposte allo sguardo di Patrick, una tentazione irresistibile. Sapeva di avere un bel fondoschiena e sperava che lui lo apprezzasse.

Il modo famelico con cui lui le afferrò le natiche le diede la conferma che Patrick gradiva molto lo spettacolo. Essere palpata in quel modo rude la eccitava moltissimo. Dimenando i fianchi, assecondò i movimenti circolari dei palmi di Patrick, premendo il pube contro il tavolo.

«Ah, sì, così...» la incalzò lui. «Muovi il bacino in quel modo. Fammi vedere quanta voglia hai...» Miranda era eccitata dal modo in cui si rivolgeva a lei. Sembrava il regista di un film erotico che incitava la sua pornodiva mentre filmava una scena. Incoraggiata, Miranda roteò i fianchi, sussultando per il piacere che le provocava l'attrito del tavolo contro il clitoride mentre Patrick emetteva esclamazioni di approvazione.

«Smettila e prendimi!» gli ordinò, esasperata e sempre più impaziente.

«Sì, capo, immediatamente» rispose lui con il consueto tono deferente ed efficiente che adottava in ufficio. Il contrasto della sua risposta con la situazione in cui si trovavano era così comico che li fece scoppiare a ridere contemporaneamente.

Miranda si scoprì eccitatissima, quasi sul punto di venire di nuovo, il che le parve prodigioso perché non le capitava spesso di arrivare all'orgasmo con tale facilità. A quanto pareva, con Patrick il piacere era semplice da raggiungere.

Il rumore della cerniera dei pantaloni di Patrick che si abbassava fu lieve, ma a Miranda parve incisivo come il suono di un gong che indica l'inizio di una rappresentazione, o forse un incontro di arti marziali. Forse l'immagine del corpo a corpo era più appropriata, pensò.

Udì un fruscio; Patrick stava frugando in tasca per prendere qualcosa, sicuramente un profilattico, a giudicare dal rumore dell'involucro che veniva lacerato. Era venuto preparato, si disse Miranda. Non le dispiaceva che avesse dato per scontato che l'avrebbe sedotta. Dopotutto anche lei ne avrebbe tratto beneficio. Era sicura che Patrick fosse un bravo amante; considerato quanto riusciva a eccitarla con la voce e lo sguardo!

Incuriosita, torse il collo per cercare di sbirciare dietro le spalle e vedere come fosse il membro di Patrick mentre lui trafficava per infilarsi il preservativo.

Oh, interessante..., pensò.

Era ben dotato, notò Miranda con soddisfazione. Si era abbassato i boxer e la sua ragguardevole eccitazione era puntata verso di lei come un missile pronto a colpire l'obiettivo.

«L'attrezzatura è di suo gradimento, capo?» scherzò Patrick.

«Sì, è soddisfacente» rispose lei in un altezzoso tono di sufficienza.

«Ah, sì? Mi provochi? Adesso ti faccio vedere io se riesco a farti abbassare la cresta.»

Patrick si afferrò il membro alla base, con l'altra mano le allargò le cosce con un gesto sicuro e guidò la punta turgida verso la sua apertura fremente. Lei sporse i fianchi all'indietro, ma lui la bloccò.

«Sta' ferma. Lascia fare a me, tu resta immobile» le ordinò.

«Mi è venuto spontaneo» si difese lei. «E se volessi muovermi?»

«Ah, vuoi sempre comandare, eh? È più forte di te!» osservò Patrick penetrandola.

Il suo membro era decisamente eccitato e Miranda ebbe un fremito mentre il suo corpo si adattava all'invasione per accoglierlo.

«Credevo che questo pomeriggio ti saresti dedicata a rilassarti, senza cercare di controllare sempre tutto.» Con uno slancio repentino affondò completamente in lei facendola trasalire.

L'impulso a protendere il fondoschiena all'indietro per strofinarsi contro il bacino di Patrick era incontenibile. Miranda si aggrappò al bordo del tavolo e dimenò i fianchi.

«Cosa ti avevo detto?» la rimproverò lui, mettendole una mano sui fianchi per bloccarla. «Sta' ferma, buona.» Avanzò penetrandola lentamente e la tenne immobile contro il tavolo.

«Ma a me piace muovermi quando faccio sesso» protestò Miranda.

La sua mano sulla schiena era un blocco irremovibile, e il suo membro dentro di lei le impediva di muoversi con altrettanta determinazione.

«Prova a fare qualcosa di diverso, tanto per cambiare» le suggerì lui. «Siamo qui per questo, dopotutto.»

Si chinò su di lei, e Miranda sentì il suo corpo forte e protettivo, familiare e al tempo stesso sconosciuto ed eccitante.

Patrick strofinava il naso e la bocca chiusa contro i capelli e la nuca di Miranda, come un gatto che fa le fusa.

Sebbene immobile, le trasmetteva sensazioni mutevoli. Miranda ubbidì e s'immobilizzò, tenendo a bada la frenesia fino a trovare un'insolita quiete grazie alla presenza solida e irremovibile del suo amante, sopra di lei e dentro di lei, che le trasmetteva serenità.

«Miranda...» bisbigliò lui, quasi con sorpresa. Le cercò la mano sul tavolo e intrecciò le dita con le sue mentre spostava l'altra mano verso il fianco per accarezzarle la coscia e insinuare le dita sotto a cercare il centro pulsante della sua femminilità.

Patrick aveva mani robuste e virili ma agili. Miranda

aveva sempre ammirato i suoi gesti aggraziati, la sua efficiente sveltezza nel digitare sulla tastiera del computer, o raccogliere documenti, anche solo posare una tazza di caffè sulla sua scrivania. E ora quelle dita si muovevano con cura e precisione letale, nel centrare perfettamente l'obiettivo.

Il suo tono era lieve, provocante. Il motore erotico di Miranda andò nuovamente su di giri e ripartì nella folle corsa verso il piacere.

«Se proprio vuoi muoverti, stringimi dentro di te» le sussurrò lui all'orecchio mentre continuava a stimolarle il clitoride. Le aveva dato il permesso con il tono magnanimo di chi fa una concessione. Per un attimo la parte femminista di Miranda si ribellò, ma poi si rese conto della verità. Cedere alle richieste di Patrick non era segno di debolezza ma di forza, perché sceglieva di farlo, era la *sua* decisione, era ciò che *lei* voleva in quel momento. Patrick era al servizio del suo piacere e le dava esattamente le sensazioni che lei desiderava, penetrandola con il corpo atletico chino sulla sua schiena.

La fragranza del dopobarba l'avvolse più intensamente del solito, facendola sorridere. Patrick aveva sempre un profumo discreto in ufficio, ma ora era più forte e muschiato, segno che anche lui era accaldato.

«Hai un buon odore» ansimò mentre si sforzava di concentrarsi per contrarre i muscoli interni e serrarlo dentro di sé. Era difficile trattenersi per non venire subito, ma voleva accontentarlo... Patrick lo meritava.

Con soddisfazione, pochi secondi dopo anche lui aveva il respiro affrettato.

«Dio, che bello!» mormorò Patrick con voce roca. «È sconvolgente.»

Eppure aveva un forza di volontà così potente da riuscire a non muoversi. Continuava a restare chino su di lei, profondamente dentro di lei, inamovibile e durissimo come una roccia. Però i suoi sussulti e i suoi gemiti soffocati le fecero capire che lo stava eccitando moltissimo. Aveva persino smesso di muovere la mano.

Patrick appoggiò la bocca aperta sul lato del suo collo e

la baciò, facendole perdere definitivamente il controllo. Dei brividi elettrici si diffusero in tutto il corpo di Miranda mentre il suo sesso fremeva contraendosi ritmicamente intorno al membro di Patrick.

«Sto... per... venire...» mormorò con voce rotta, ansante.

«Anch'io» le fece eco lui in una specie di singulto strozzato.

Patrick si tese come una corda sul punto di spezzarsi e lei s'irrigidì, preparandosi a essere assalita da affondi ritmici e furiosi, come le era sempre capitato con gli uomini con cui aveva fatto sesso, che si scatenavano quando erano vicini all'orgasmo.

Invece Patrick era diverso e unico anche in questo. La penetrò con piccoli slanci brevi, scatti contenuti, dimostrando di essere in grado di controllarsi anche nel momento di maggiore abbandono. Riprese ad accarezzarle il clitoride mentre il suo membro la stimolava con l'attrito frequente dei movimenti.

«Vieni ora!» le ordinò ringhiando mentre esplodeva all'apice del piacere.

Con un lungo gemito, Miranda si unì a lui nell'estasi.

Dopo, una volta che si furono rivestiti, si sedettero a bere un tè. Miranda era incredula dell'atmosfera di quiete composta e rilassante che regnava nel villino. La sensazione di essere esausta e abbattuta che l'aveva travolta solo un paio di ore prima era stata cancellata dalle fiamme del piacere.

Il suo rapporto con Patrick sembrava essere rimasto immutato eppure, stranamente, rafforzato. Aver fatto sesso con lui non aveva complicato le cose; i ricordi creati in quell'amplesso erano stati chiusi in uno scrigno nascosto della sua memoria da cui poterli tirare fuori quando ne avesse avuto bisogno.

Si era tranquillizzata, ora, sapendo che il loro rapporto di lavoro non sarebbe stato influenzato negativamente. Il cottage rappresentava una dimensione separata dalla vita quotidiana, era un'oasi di quiete, né ufficio né casa, perciò non invadeva né la sfera lavorativa né quella privata. Vi tornarono diverse volte nelle settimane seguenti, di solito al termine di una giornata particolarmente faticosa o dopo un incontro estenuante. Quando Miranda rientrava nel suo ufficio dalla sala riunioni, brontolando e imprecando sottovoce anche se aveva ottenuto ciò che voleva, le bastava incrociare lo sguardo di Patrick per capire dai suoi occhi scintillanti che lui si sarebbe occupato di lei.

A volte pensava a lui quando era a casa da sola, più di quanto fosse disposta ad ammettere. Per fortuna aveva delle giornate piene; il lavoro la impegnava moltissimo e il tempo che restava lo dedicava alla vita sociale... e non a quella sentimentale.

C'erano stati momenti in cui avrebbe voluto telefonargli per chiedergli di uscire con lei, ma lo spettro delle complicazioni sul lavoro incombeva su di lei, suggerendole di desistere. Aveva visto troppi casi di storie d'amore nate in ufficio e poi destinate a rovinare tutto sul versante personale o lavorativo... o entrambi.

Un giorno, dopo una mattinata particolarmente difficoltosa in cui aveva dovuto fare appello a tutte le sue doti di diplomazia per trattare con una delegazione particolarmente ostica, Miranda era allo stremo delle forze. Quando rientrò nel suo ufficio dopo la riunione non trovò Patrick e la sua assenza la fece infuriare, tanto che per sfogare la frustrazione scagliò la cartella da un lato all'altro della stanza rovesciando una pianta in vaso.

Patrick non era tenuto a restare incollato alla scrivania, questo lo sapeva bene. C'erano decine di ragioni perfettamente logiche per cui potesse essere altrove, però non trovarlo al suo posto le fece perdere il lume della ragione.

«Dove sarà mai quel disgraziato?» sbottò, esasperata. «Proprio quando avevo bisogno di lui, il signorino ha pensato bene di darsi alla macchia. Al diavolo Patrick Dove e quei maledetti svizzeri! Gli uomini sono tutti uguali.»

La sua sfuriata era assurda e immotivata, ma Miranda aveva voglia di far volare con una manata tutto quello che era sulla scrivania e spaccare vasi e soprammobili.

«Cazzo...» borbottò chinandosi a raccogliere le carte, ma si bloccò quando sentì una voce maschile alle sue spalle.

«Se è quello che vuoi, credo proprio che dovremo prenderci una lunga pausa pranzo.»

Miranda ebbe un tuffo al cuore e fu invasa dal sollievo per il suo ritorno, ma cercò di mascherare le sua emozione. Piegandosi per raddrizzare il vaso rovesciato, replicò: «Sì, certo, è proprio quello che voglio».

Era accovacciata e, quando si rialzò di scatto, perse l'equilibrio ma Patrick accorse a sorreggerla prima che cadesse.

Appena lui la toccò, la sua ira e la sua frustrazione si sciolsero come neve al sole e Miranda scoppiò a ridere insieme a lui per l'assurdità della situazione.

«Un'altra riunione impegnativa, eh?» mormorò Patrick puntandole una ciocca di capelli dietro l'orecchio con un gesto confidenziale e affettuoso che le provocò un altro tuffo al cuore.

Patrick non la toccava mai in ufficio, era una delle regole tacite che si erano imposti senza parlarne apertamente. Avrebbe dovuto essere ancora più irritata per quell'infrazione, invece quel breve contatto le parve proprio ciò di cui aveva bisogno e le lasciò il rammarico di non poterlo prolungare.

«Non immagini neanche quanto!» sbuffò. «Quei bastardi degli svizzeri sono i più subdoli ed esasperanti dirigenti sulla faccia del pianeta. Mi ricordano gli squali.» Si accorse che tremava, ma non per l'indignazione, bensì per l'emozione causata dalla vicinanza di Patrick.

«Però hai ottenuto ugualmente ciò che volevi.»

Non era una domanda, ma un'affermazione. La fede di Patrick nelle sue capacità era incrollabile.

«Sì. Come facevi a saperlo?»

Mi conosci bene, eh?, pensò Miranda. *Riesci sempre a vedere oltre le apparenze e a raggiungere il nocciolo della questione.*

Quell'improvvisa consapevolezza fu esaltante e allarmante al tempo stesso. A turbarla ancora di più c'era anche la fragranza seducente del suo dopobarba che la stuzzicava e le faceva girare la testa, riempiendola di desiderio.

«Ho tirato a indovinare» rispose lui scrollando le spalle

con un sorrisetto sornione. «Lascia, metto in ordine io qui, impiego un attimo. Prendi le tue cose, ci vediamo al parcheggio fra dieci minuti.» Patrick s'interruppe ed esitò, come se per la prima volta fosse insicuro di sé. Quell'attimo d'incertezza e vulnerabilità la intenerì e le fece venire voglia di abbracciarlo. «Sempre che tu voglia...» aggiunse poi sottovoce.

«Ovvio!» Miranda dominò l'impulso di scompigliargli i capelli o dargli un bacio e si affrettò a prendere la borsa e correre via per andare a rinfrescarsi in bagno prima di scendere al parcheggio. «Ci vediamo fra dieci minuti, non uno di più, eh?»

Dieci minuti dopo lo vide avvicinarsi all'auto facendo tintinnare le chiavi. Aveva la giacca che gli pendeva da una spalla, appesa a un dito, e le maniche della camicia celeste arrotolate. Miranda ammirò i suoi avambracci forti e torniti, chiedendosi se ci fosse una sola parte del suo corpo che non fosse perfetta. Aveva un fisico statuario, natiche di marmo, fianchi stretti e muscoli ben disegnati. Lo conosceva in dettaglio, anche se fino ad allora non l'aveva mai visto completamente nudo. I loro amplessi non erano sempre stati affrettati, ma li avevano invariabilmente consumati parzialmente vestiti.

Senza parlare, Patrick le aprì lo sportello per farla accomodare, poi girò intorno all'auto, si mise al posto di guida e buttò la giacca sul sedile posteriore. Si voltò per rivolgerle un sorriso rassicurante, poi partì, diretto verso il loro mondo segreto di piacere erotico.

Aprì bocca quando erano a circa metà strada verso i cottage. Miranda si aspettava che lui le chiedesse di togliersi gli slip, cosa che a volte faceva. Invece Patrick esordì: «Queste riunioni mettono a dura prova i tuoi nervi, eh?».

La guardò con comprensione e Miranda, con sollievo, gli sorrise e rispose: «Sì, sono estenuanti. Intendiamoci, sono molto stimolanti e di solito ottengo ciò che voglio, ma è faticoso, anche al giorno d'oggi, farsi rispettare in una sala piena di uomini. Devo essere sempre lucida, valutare ogni singola parola che pronuncio, e non è facile...».

«Sì, immagino.»

Miranda sospirò e si sistemò meglio sul sedile dell'auto. «So che mi capisci, ed è per questo che mi piacciono i nostri incontri. Non devo avere il controllo della situazione quando sono con te, posso lasciarmi andare e... e...»

«Sottometterti?»

«Sì, esatto. Con te non devo prendere decisioni, badare sempre a quello che dico e che faccio, assumermi la responsabilità delle mie azioni. Posso abbandonarmi al momento, senza pensare.»

Era facile dirlo, riconoscerlo, però allo stesso tempo Miranda era turbata ad ammettere una situazione così complessa. La stessa parola *sottomettersi* aveva delle sfumature complicate e le parve che, pronunciandola, Patrick l'avesse portata a un altro livello, decisamente più eccitante.

L'ultima volta in cui erano stati insieme, Patrick le aveva dato una pacca sul sedere durante i preliminari, mentre si baciavano avvinghiati sul divano. Miranda era rimasta sbalordita dall'intensità dell'eccitazione che aveva provato. Quel giorno avevano poco tempo e il loro amplesso era stato breve, per cui non avevano avuto modo di dilungarsi in giochi erotici. Ma stavolta avevano molto più tempo a loro disposizione. Miranda non aveva nessun altro appuntamento quel giorno.

Lei e Patrick rimasero in silenzio per tutto il resto del tragitto, ognuno immerso nei propri pensieri. O almeno così credeva Miranda, perché in realtà non aveva idea di cosa pensasse Patrick. Nonostante tutta la sensibilità e l'attenzione che le dimostrava, per lei restava un enigma. Non sapeva se soddisfare le sue esigenze fosse appagante anche per lui, perché Patrick non le aveva mai detto quali fossero le sue aspettative.

In realtà sapeva ben poco di lui al di fuori dell'ambito lavorativo e delle parentesi che trascorrevano nel cottage.

Arrivati a destinazione, lui aprì la porta, la fece entrare, poi spinse il battente con il piede, le tolse di mano la borsa e la posò su un mobile basso, poi le mise una mano sulla schiena all'altezza dei fianchi e la sospinse delicatamente verso il centro della stanza.

Si fermò e le girò intorno fino a starle di fronte, fissandola negli occhi.

«Devi lasciarti andare, Miranda.» Le mise una mano su una guancia. Lei spostò il volto inclinandolo fino a baciargli il palmo. «Ricorda cos'hai detto. Hai bisogno di abbandonarti e non pensare.»

Davanti alla sua esortazione suadente e persuasiva, Miranda si sentì invadere da un'incredibile leggerezza che, come un'ondata d'acqua cristallina e purificatrice, lavò via lo stress e l'ansia. Tutte le preoccupazioni per il lavoro, per la sua vita privata e anche per il suo rapporto con Patrick svanirono come per magia. Il contatto con la mano di Patrick la liberò, il suo bacio la fece librare come se non avesse più peso.

«Ora spogliati.»

Lei avvertì un brivido d'eccitazione per quella novità. Immediatamente un calore intenso si radunò in mezzo alle cosce, il desiderio la fece inumidire. Aveva voglia di dimenare i fianchi, serrare insieme le cosce, persino toccarsi per spegnere la fiamma che le divampava nel ventre.

Ma lo sguardo determinato e azzurrissimo di Patrick le impediva di prendere l'iniziativa.

Miranda fece un respiro profondo e si tolse la giacca. Rimase ferma per un istante e Patrick venne in suo aiuto e la prese per posarla sullo schienale di una sedia. Poi fu il turno del top di seta. Miranda slacciò il bottoncino dietro il collo e sfilò l'indumento che consegnò a Patrick.

Lui la guardò con aria di apprezzamento, fissando il reggiseno di pizzo bianco. Miranda aveva cominciato a indossare completi intimi sexy tutti i giorni al lavoro, per non farsi cogliere impreparata nell'eventualità di un incontro con Patrick. Spesso la sua biancheria di pizzo e seta non veniva vista, ma il solo fatto d'indossarla la eccitava. C'erano dei momenti in cui fantasticava di trovarsi al cottage con lui, allora incrociava lo sguardo di Patrick e lui le sorrideva malizioso, lanciava un'occhiata al suo seno e si umettava le labbra nel vedere i suoi capezzoli inturgidirsi sotto la camicetta, come se pregustasse il momento in cui li avrebbe baciati.

Mentre armeggiava goffamente con il gancio del reggiseno, resa impaziente dall'eccitazione, lui si avvicinò e prese il controllo. Le abbassò le spalline del reggiseno, lo sganciò e racchiuse i seni nei palmi accarezzandoli prima di buttare via l'indumento.

Nuda dalla vita in su, Miranda fu invasa assurdamente dal pudore. Si sentiva vulnerabile, in balia di Patrick, e reagì istintivamente raddrizzando le spalle per offrire a Patrick la sua nudità. Non doveva resistere, opporsi, ma solo essere sua.

«Sei così bella!» sussurrò lui. «Quei bastardi degli svizzeri avrebbero dovuto inginocchiarsi ai tuoi piedi e baciarti le scarpe per dimostrarti la loro gratitudine con umiltà.»

Miranda rise, elettrizzata da quell'immagine.

Lui le mise un dito sulle labbra per richiamarla all'ordine. Anche se era una dea da adorare, in quel momento Patrick era il suo dio, e lei doveva obbedire.

«E ora concentrati.»

Miranda fu invasa dal rammarico quando il dito di Patrick abbandonò le sue labbra. Avrebbe voluto baciarlo, succhiarlo. Le bastava il minimo contatto per eccitarsi immensamente. Stava perdendo la testa per il suo assistente!

La gonna si dimostrò meno ostica del reggiseno. Gancetto, cerniera, e via, Miranda se la tolse tenendosi in equilibrio prima su un piede, poi sull'altro, attenta a non inciampare nell'orlo per non deludere Patrick. Voleva essere perfetta per lui, elegante e ubbidiente.

Da dove le veniva quel desiderio di sottomissione? Era bizzarro, eppure le piaceva, vi si sentiva a suo agio come se avesse indossato un indumento che le calzava a pennello. Abbassò lo sguardo con modestia e sottomissione, resistendo al desiderio di contemplarlo, di bearsi della sua bellezza. Così sofisticato e atletico nel suo completo scuro, con la camicia bianca che valorizzava i suoi occhi azzurri e i capelli biondi, sembrava un principe.

Miranda si tolse le scarpe e si sfilò le autoreggenti, rimanendo in ridottissimi slip di pizzo. Era l'ultima barriera da togliere.

Infilò i pollici nell'elastico, ma Patrick scosse la testa e lei scostò le mani con prontezza, completamente in balia della sua volontà.

Insicura di poter osare alzare lo sguardo su di lui, lo guardò negli occhi. Lui le sorrise indulgente e autoritario al tempo stesso, poi si avvicinò e la guardò. Non era tanto più alto di lei, ma abbastanza per ribadire la sua supremazia. Le mise le mani sui fianchi e aderì a lei finché Miranda non si trovò con tutto il corpo quasi completamente nudo premuto contro il vestito di lui. Il contatto del tessuto contro i seni, il ventre e le cosce era allettante, perverso, così come la bocca di Patrick che la baciava profondamente. Le infilò la lingua tra le labbra e s'impadronì della sua bocca.

Fu un bacio intenso, esplorativo. Lui aveva il controllo assoluto mentre la divorava e Miranda sapeva di dover restare immobile e subire. Non poteva toccarlo, le sue braccia pendevano immobili lungo i fianchi.

Lui la baciò a lungo, con una mano sul suo fondoschiena per premerla contro il proprio ventre e l'altra tra i suoi capelli per bloccarle la testa. La sua bocca era insistente, prepotente, quasi crudele. Non le dava tregua, ma Miranda era inebriata nel sentirsi completamente in suo potere.

Alla fine lui si ritrasse e disse in tono pacato: «Ora ti sculaccerò forte e a te piacerà, anche se credi di no».

La sua voce era ipnotica, gentile, calma, come un pugno in un guanto di velluto.

Lei ascoltò le parole di Patrick ma non obiettò, pur sapendo già che le sarebbe piaciuto. L'unica sculacciata che lui le aveva dato l'aveva eccitata incredibilmente. Malgrado il fastidio puramente fisico, era sicura che sarebbe stata un'esperienza intensa, meravigliosa. Anni prima aveva avuto un fidanzato con cui aveva provato dei giochetti erotici blandamente sadomaso e si era eccitata parecchio. Il suo compagno si era stancato presto e non aveva seguito quell'inclinazione, ma Miranda avrebbe voluto sperimentare qualcosa di più.

Sapeva che stavolta sarebbe stato tutto diverso, perché avrebbe fatto quei giochi erotici con Patrick. Se lo guardava negli occhi capiva immediatamente che lui si divertiva a dominarla, ma non si eccitava esclusivamente in quel modo. Era un gioco, tutto lì, una piccola perversione a cui lei poteva abbandonarsi senza pensarci troppo. Con Patrick, poteva provare di tutto, fare di tutto.

«Vieni.» La prese per mano e la condusse verso il divano. Si sedette continuando a tenerla per mano e piantò bene i piedi a terra. «Avanti, mettiti in posizione.»

Miranda non sapeva cosa fare, perciò si lasciò guidare dalla sua mano e si trovò a faccia in giù sulle sue ginocchia in equilibrio piuttosto precario. Le affluiva il sangue al volto, un po' per la posizione e un po' per l'imbarazzo di trovarsi in quella situazione nuova... ma anche perché sentiva inequivocabilmente la sua erezione che le premeva contro il fianco.

Quello che lui le disse poi la sorprese. «Puoi sempre cambiare idea se non vuoi più, se pensi che non ti piacerà.»

Le batteva forte il cuore. Davvero lui si sarebbe fermato se lei gliel'avesse chiesto? A Patrick piaceva, ma sarebbe stato disposto ad andare contro le proprie preferenze per lei. C'era di che riflettere...

«Miranda?»

«No, non voglio cambiare idea. Va bene così» lo rassicurò.

«Brava...» la lodò lui.

Patrick cominciò ad accarezzarle il fondoschiena, palpando le sue natiche toniche. Miranda andava in palestra tre volte alla settimana ed era attenta ad adottare un'alimentazione sana per cui era in ottima forma fisica e il suo fondoschiena era forse la parte del corpo di cui andava più fiera.

Le carezze di Patrick la eccitarono moltissimo. Come le accadeva sempre con lui, non appena la toccava lei era invasa dal desiderio di dimenarsi e strofinarsi contro di lui per sfogare il desiderio che divampava in lei. Le bastava averlo vicino per aver voglia di lui; quando era in ufficio incanalava nel lavoro tutta quell'energia che le ribolliva dentro. Quando erano soli era travolta dalla necessità spasmodica di arrivare all'orgasmo.

Cominciò a muoversi impercettibilmente ma lui la redarguì subito. «No, no.»

Le premette la mano sulla schiena per fermarla e lei ubbidì all'istante. Appena fu immobile, Patrick le denudò il fondoschiena sfilandole lentamente gli slip che fece scivolare lungo le cosce, fino alle caviglie.

«Che splendore!» mormorò... poi la sculacciò.

Le diede una pacca forte su ogni natica e Miranda emise un gridolino acuto come se avesse preso la scossa. Non era come la sculacciata leggera e giocosa che le aveva dato l'altra volta, questi colpi erano ben assestati, potenti, decisi.

Altri due, e Miranda sentì che stava andando a fuoco, ma non per il dolore.

«Oddio... oddio...» annaspò. Ora non riusciva a evitare di contorcersi. Le pulsavano contemporaneamente il sesso e le natiche. Era a un passo da un potente orgasmo.

Patrick continuò a sculacciarla senza pietà, e il calore si diffuse in tutto il fondoschiena di Miranda. Probabilmente era arrossato, di sicuro lo sentiva incandescente e ipersensibile. Il dolore era delizioso e i momenti di pausa tra un colpo e l'altro le facevano venire voglia d'incitare Patrick a sbrigarsi. Ora sollevava i fianchi per andare incontro alla sua mano, in un gioco sincronizzato di azione e reazione.

«Ho voglia di venire!» gemette improvvisamente.

«Allora fallo» fu la risposta divertita di Patrick che non smetteva di sculacciarla.

Lei aggiustò la posizione e strofinò spudoratamente il sesso contro la sua eccitazione, poi infilò una mano fra le cosce e trovò il clitoride. Le bastarono due carezze per raggiungere l'orgasmo che la travolse potente. Le prime pulsazioni arrivarono all'unisono con i colpi di Patrick.

Annaspò e gemette, muovendo le gambe e scalciando mentre lui interrompeva la sua posizione per infilarle dentro due dita. Il suo sesso le afferrò avido e le risucchiò nelle profondità calde.

L'orgasmo parve prolungarsi all'infinito. Miranda si sentiva come un naufrago e si aggrappò alla sua ancora di salvezza, le ginocchia di Patrick, con immensa gratitudine.

Quando si riprese notò l'erezione di Patrick che tendeva la stoffa dei pantaloni e sembrava chiamarla. Senza soffermarsi a chiedere il permesso scivolò giù dalle ginocchia di Patrick e gli allargò le gambe poi, con gesti maldestri, gli slacciò i pantaloni e abbassò l'elastico dei boxer per scoprirgli il pene. Stranamente, lui la lasciò fare senza commentare né protestare.

Poi, senza perdere tempo, Miranda passò le labbra sul contorno del glande poi cominciò a baciarlo con vigore, timorosa di essere fermata.

«Oh, che bello!» sussurrò Patrick in tono quasi disperato. Le infilò le dita fra i capelli per guidarla e le fece abbassare la testa in modo da penetrare più profondamente la sua bocca.

«Fammi sentire la lingua... Sì, così mi piace» approvò con voce strozzata. Lei leccò e mosse la lingua guizzante tutt'intorno al glande, poi lo prese il più possibile in bocca e continuò ad accarezzarlo con la lingua mentre Patrick gemeva e la incitava in un parossismo di piacere.

Quando lo sentì irrigidirsi, Miranda lo afferrò ai fianchi stringendolo forte per impedirgli di ritrarsi e aumentò il vigore con cui lo succhiava mentre lui si contraeva nei primi spasmi del piacere. La sua lingua dardeggiava come quella di un serpente e Patrick gridò mentre le inondava la bocca.

Ti amo!

Quella frase terrificante riecheggiò nella mente di Miranda mentre nella stanza risuonavano le grida roche e i gemiti di Patrick, perso nell'estasi. Quell'improvvisa rivelazione la sconvolse, lasciandola confusa. Non era sicura se quella dichiarazione d'amore fosse stata il prodotto della sua mente o se l'avesse sentita pronunciare da lui tra le parole sconnesse che aveva detto durante l'orgasmo.

Però Miranda era sicura che fosse la verità. Di certo lo amava, ormai ne era consapevole, che lui ricambiasse o no i suoi sentimenti. Si ritrasse lentamente e alzò lo sguardo sul viso di Patrick, aspettandosi di vederlo ancora stordito, con gli occhi chiusi, abbandonato al languore che segue il piacere. Invece no. Lui era lucidissimo, perfettamente in sé, anche se i suoi occhi azzurri erano torbidi, come se fosse stupito, o forse impaurito.

Patrick si accigliò, poi emise una specie di ringhio cupo, di gola, come una bestia ferita, e si scagliò addosso a Miranda per ghermirla. Le afferrò le spalle e la sospinse senza alcuna delicatezza sul tappeto davanti al divano, avvinghiata a lui in un groviglio di braccia e gambe, Miranda si ritrovò distesa supina. Le natiche arrossate e infiammate le dolevano al contatto con il tappeto ruvido. Miranda cercò di attirare a sé Patrick ma lui sfuggì alla sua presa, si divincolò e, invece di mettersi sopra di lei, scivolò in ginocchio tra le sue gambe aperte e si piegò in avanti. Miranda emise un gemito di dolore quando lui le afferrò le natiche per sollevarle il bacino, aprendola come un frutto maturo, tutto da gustare. Tuffò il viso tra le sue cosce e la sua bocca avida la divorò.

«Patrick!» esclamò lei in un'invocazione agonizzante mentre lui la faceva godere con la bocca e la lingua. Quando le leccò energicamente il clitoride, Miranda fu scossa da un orgasmo violento e intensissimo, quasi doloroso. Gli spasmi del piacere si mescolavano con l'indolenzimento delle sue natiche in cui Patrick stava affondando le dita senza alcuna pietà.

In quel turbinio di emozioni sconvolgenti, le parve di sentire la voce di Patrick che mormorava qualcosa, con le labbra premute sul suo sesso pulsante.

«Ti amo» singhiozzò.

Aveva ripetuto quello che aveva detto lui? O semplicemente aveva dato voce alle parole che avrebbe voluto sentire?

Tutto era uguale a sempre... e tutto diverso.

Il giorno dopo, Miranda non sapeva come comportarsi nei confronti di Patrick, come guardarlo o rivolgersi a lui. Aveva rovinato tutto facendosi sfuggire di bocca quelle parole. Lui, al solito, era perfettamente padrone di sé, composto ed efficiente come ogni giorno.

Non posso andare avanti così. Lo amo, ho bisogno di lui.

Vorrei parlarne ma Patrick mi sembra così distaccato!

Il lavoro era impegnativo. Due riunioni furono devastanti perché i suoi interlocutori erano dei veri ossi duri. Miranda riuscì comunque a tenere in pugno la situazione, Patrick si comportò da perfetto assistente come sempre ma, quando arrivò la pausa pranzo, le chiese il pomeriggio libero. Miranda glielo accordò volentieri, sperando che le proponesse di andare al cottage. Invece Patrick la lasciò sola e lei si ritrovò alla finestra a guardare la sua auto che usciva dal parcheggio.

Non poteva biasimarlo per averla piantata in asso. Dopotutto aveva infranto una delle regole fondamentali del loro rapporto, e non ignorava certamente che le relazioni sentimentali tra colleghi non erano ben viste in azienda.

Aveva complicato qualcosa che era stupendo e perfetto nella sua semplicità, accidenti a lei: incontri di sesso terapeutici, senza legami né impegno, piacevoli per entrambi. Perché volere di più?

Il pomeriggio solitario si trascinò lentamente in un tormento d'incertezza. Miranda si rese conto che non avrebbe potuto sopportare un solo minuto di più quell'agitazione, perciò decise di andare a casa e fermarsi a comprare una bottiglia di liquore per stordirsi con l'alcol e non pensare. Controllò la posta elettronica un'ultima volta prima di spegnere il computer e il suo cuore perse un battito quando trovò un messaggio di Patrick con un allegato. Lo aprì e, quando lo lesse, rimase senza fiato, con il cuore stretto in una morsa.

Era una lettera di dimissioni.

Spense in fretta il computer, uscì di corsa dall'ufficio e salì in macchina. Doveva andare a casa di Patrick. Non sarebbe bastato telefonargli o rispondere all'e-mail. Le circostanze erano troppo gravi e richiedevano una spiegazione a tu per tu. Non era mai stata a casa sua, pur sapendo dove abitava, perché le loro esistenze non si erano mai incrociate fuori dall'ufficio e dai loro incontri saltuari nel loro rifugio erotico.

Ma esigeva una spiegazione e, se possibile, un ultimo amplesso.

Patrick abitava in un bel palazzo vecchiotto, ma signorile. Miranda premette il pulsante del citofono accanto al portone nero e attese a lungo prima che lui si degnasse di rispondere.

«Sì?»

«Sono io» disse semplicemente.

«Sali.»

Patrick non aveva neppure chiesto *Io, chi?*

Arrivata davanti al suo appartamento, Miranda suonò ripetutamente il campanello, con impazienza. Voleva entrare, vederlo, toccarlo...

Quando la porta si aprì, lo vide come non l'aveva mai visto prima. Nei loro incontri, Patrick non si era mai spogliato completamente. Invece ora sembrava essere appena uscito dalla doccia ed era in vestaglia corta di seta blu con dei disegnini cachemire, molto raffinata, che gli scopriva i polpacci torniti. La scollatura lasciava intravedere un'ampia porzione di torace abbronzato e coperto da una peluria biondo scuro.

«Non posso perderti!» gridò lei, isterica, entrando con la furia di un invasore e costringendolo ad arretrare. «Non potrei sopportarlo! Non posso stare senza di te.»

Le iridi azzurre di Patrick furono attraversate da un lampo di confusione mista a desiderio. Forse era risentito per quell'irruzione inaspettata? Per un istante Miranda ebbe l'impressione che le mancasse il terreno sotto i piedi, poi si fece forza e strinse i denti, sbatté la porta, buttò la borsa a terra e si gettò addosso a Patrick senza dare né a lui né a se stessa il tempo di pensare.

Lo spinse contro il muro e aderì completamente a lui poi gli prese il viso fra le mani e lo baciò con ardore. Le sue labbra formularono con disperazione ciò che lei non aveva il coraggio di chiedergli a voce.

Un'intensa gioia, seppure passeggera, invase Miranda quando sentì che Patrick ricambiava il bacio e la stringeva a sé con forza.

Sentì il suo membro inturgidirsi all'istante tra i loro corpi. Patrick cominciò a muovere i fianchi mentre la baciava con la stessa passione disperata con cui lei baciava lui.

Le loro lingue si sfidarono in un duello tra ansiti e gemiti soffocati mentre le labbra si cercavano fameliche. Miranda annaspava per togliersi la giacca senza interrompere il bacio, ma lui la ghermì per le braccia e la immobilizzò. Quando erano entrambi senza fiato e boccheggianti, Patrick si staccò da lei e la guardò truce. Miranda non capiva se fosse arrabbiato con lei; di certo la sua espressione era come un calderone in cui ribollivano mille emozioni intense e violente.

Patrick la fece ruotare su se stessa e la sbatté con le spalle al muro al suo posto poi, con un gesto elegante, si liberò della vestaglia che lasciò cadere a terra e tornò ad aderire contro di lei con tutto il corpo, riprendendo a baciarla.

Le mani di Miranda volarono istintivamente alle sue natiche e alla sua schiena per esplorare tutto ciò che fino ad allora le era stato negato. Pensò che l'idea di paragonare la pelle alla seta, per quanto fosse un luogo comune, era assolutamente pertinente nel caso di Patrick. Fare scorrere le dita sul suo corpo era un piacere.

Quello era il culmine di tutti i suoi desideri. Averlo davanti nudo, al naturale, privo dell'affettata eleganza che esibiva ogni giorno al lavoro con i suoi sofisticati completi di sartoria.

Mentre lui continuava a baciarla, le infilò le mani sotto la gonna e le fece scivolare lungo le cosce. «Anch'io non voglio perderti» le disse con voce roca, carica di emozione, staccandosi per un istante da lei.

Riprese a baciarla famelico e sollevò la gonna per toccarla, insinuando le dita all'interno degli slip.

«Ti amo, non intendo ritrattare» dichiarò lei. «Non posso farci niente, devi fartene una ragione.»

«Va bene, però per il momento ti voglio, e non intendo parlare di altro» replicò Patrick mentre l'accarezzava, stimolandole il clitoride con lenti cerchi concentrici. «Devo averti... subito.»

Miranda era così eccitata che annuì, incapace di parlare.

«Togliti gli slip, torno subito» le ordinò lui.

Sparì per qualche secondo e, quando tornò con un preservativo, ruppe l'involucro con i denti e annuì in segno di approvazione nel vedere i suoi slip a terra. S'infilò il profilattico poi l'avvertì: «Reggiti forte».

Lei ubbidì, pregustando l'attimo in cui l'avrebbe penetrata. Si leccò le labbra nell'osservare l'eccitazione di Patrick, per quanto fosse dubbiosa di riuscire a farlo contro il muro.

«Cadremo...» obiettò, incerta.

«No, fidati di me» replicò lui, perfettamente padrone della situazione, come sempre. «Collabora, e andrà tutto bene.»

Fletté le gambe forti e muscolose e appoggiò la punta del pene contro la sua apertura fremente, poi le sollevò una coscia sostenendole la gamba per penetrarla con maggiore agio. Lei gli circondò i fianchi con la gamba mentre lui scivolava profondamente in lei in uno slancio deciso.

«Ora tira su anche l'altra gamba e aggancia le caviglie dietro la mia schiena, dai che puoi farcela» la incitò Patrick.

Per quanto fosse precaria la posizione, Miranda si rese conto che, tenendola per le natiche, Patrick poteva penetrarla completamente.

Non si era mai sentita tanto riempita, e non solo nel corpo.

Patrick riusciva a penetrarle anche l'anima.

«Non ti farei mai cadere, amore» la rassicurò guardandola negli occhi con serietà. «Credimi, puoi contare su di me» aggiunse in tono grave.

Lei si aggrappò a lui, rimanendo sospesa, con le braccia intorno al suo collo mentre Patrick cominciava a muovere i fianchi penetrandola ritmicamente.

Ogni affondo forte la scuoteva tutta. La pressione del corpo scultoreo di Patrick che la sbatteva contro il muro faceva irradiare scosse di piacere in ogni sua cellula a partire dal punto in cui erano uniti.

Sorreggendosi forte, avvinghiata a Patrick, lei mosse i fianchi all'unisono con lui e fu gratificata dall'esclamazione entusiastica con cui lui la incitò.

«Sì, brava, così, così!»

Benché lei fosse vestita e lui no, Miranda si sentiva completamente messa a nudo, come se si stesse fondendo con Patrick.

Avvertì un contatto profondo con lui, carne contro carne, e fu quel legame magico e indefinibile a portarla al piacere ancora più che l'attrito del membro di Patrick contro il suo clitoride e i suoi slanci decisi.

«Oddio, Patrick!» gridò contraendosi spasmodicamente in un orgasmo intenso.

Lo serrò dentro di sé e lui emise un gemito agonizzante. «Oh, ti amo... Ti amo...» esclamò ansante. «È troppo bello stare dentro di te, ma se venissi ora ti farei cadere. Reggiti forte» l'avvertì.

Tenendola saldamente sotto le natiche, Patrick la staccò dal muro e si avviò verso il corridoio con passo deciso, continuando a essere unito a lei. Entrò in camera e depose Miranda sul letto. Lei ebbe appena il tempo di notare che era arredata sui tono dell'azzurro ed era incredibilmente ordinata, ma soprattutto che sulla poltroncina accanto al letto era poggiato accuratamente un vestito pronto per essere indossato, completo di camicia, biancheria intima e calzini.

«Dovevi uscire?» gli chiese istintivamente, incerta. Magari aveva un appuntamento con una donna... Forse era addirittura fidanzato e lei non lo sapeva!

«Non preoccuparti, tesoro, mi stavo preparando per venire da te...» la rassicurò lui chinandosi su di lei e penetrandola più profondamente dopo essersi sistemato sul letto.

«Mi fa piacere» fu tutto ciò che lei riuscì a dire prima che Patrick cominciasse a martellarla con vigore.

Anche se si trovavano in una situazione piuttosto tradizionale, a letto con lui sopra di lei, l'eccitazione non diminuì affatto. Anzi, Miranda ebbe l'impressione che fosse addirittura amplificata, sicuramente anche grazie alla consapevolezza che Patrick teneva a lei e l'amava. Tra loro c'era qualcosa di più importante e sublime di un'esperienza puramente sessuale.

Ma non era il momento di concentrarsi sul futuro della

loro relazione. Ora era il tempo di godere, e anche tanto...

Dopo una lunga parentesi erotica molto movimentata e passionale da entrambe le parti, Miranda e Patrick rimasero nudi e distesi sul letto, a sonnecchiare languidi. O, meglio, lui cadde in un tranquillo dormiveglia mentre lei contemplava il suo bellissimo profilo da angelo caduto, con i capelli biondi scompigliati. Lo adorava, ed era stata sciocca a non accorgersi prima di essersi innamorata di lui.

Se, quando lui si era presentato al colloquio di lavoro, gli avesse chiesto di uscire insieme invece di assumerlo, sarebbe stato tutto molto più semplice tra loro.

Chissà, a quell'ora sarebbero stati già sposati...

Come se avesse avvertito il suo turbamento, Patrick si mosse e si girò verso di lei sorridendole.

«È bello aprire gli occhi e trovarti qui, sai?» le disse accarezzandole una guancia. «Ho immaginato mille volte quanto mi sarebbe piaciuto svegliarmi e vederti accanto a me. Mi sembra impossibile che stia succedendo veramente!»

Miranda avrebbe voluto gettargli le braccia al collo e baciarlo, ma la donna d'affari pragmatica e razionale che era in lei prese il sopravvento. C'erano questioni da risolvere, accordi da prendere, e non potevano rimandare il confronto.

«Ti prego, dimmi che ora ritirerai le dimissioni!» lo implorò. Sarebbe stato imbarazzante lavorare insieme e mantenere una relazione, ma Miranda era sicura che ci sarebbero riusciti con un po' di discrezione e di sensibilità.

«No, non posso tornare in azienda» obiettò lui con fermezza.

Miranda avvertì un buco nero che le si spalancava all'altezza del cuore alla prospettiva di non vederlo ogni giorno in ufficio. Non era neanche per il sesso, avrebbe sentito la mancanza di *lui*, Patrick. Era una costante nella sua vita, una presenza assidua e necessaria, e non avrebbe potuto farne a meno.

«Non posso tornare perché le relazioni tra colleghi non sono viste di buon occhio, perciò preferisco stare con te per tutto il resto del tempo, e trovare un altro impiego» le spiegò lui sfiorandole la bocca con il pollice. «Mi è stato offerto di entrare in società in un'agenzia di collocamento, come cacciatore di teste. Credo che sarebbe un lavoro stimolante» osservò.

«Stare con me per tutto il resto del tempo?» ripeté Miranda, attonita, con il cuore in gola. Non era sicura di aver capito bene.

«Sì, tranne quando lavoriamo» precisò lui. «Credo che sia ciò che vuoi anche tu, o sbaglio?»

«No, non sbagli. Però sono stupita perché, in effetti, non ci siamo mai frequentati fuori dal lavoro... e dal letto» ammise lei con franchezza, sconcertata dall'enormità del sottinteso. Le stava proponendo di vivere insieme? O addirittura di sposarsi?

Lui sollevò un sopracciglio con aria eloquente. «Da sei mesi ci vediamo tutti i giorni in ufficio, e secondo me è sufficiente per capire se due persone sono compatibili... Che a letto facciamo faville è un dato di fatto, perciò vedi? Siamo una coppia perfetta!»

«Sì, è vero» mormorò lei, stringendosi a Patrick.

Lui la baciò e ben presto il suo bacio da affettuoso divenne ardente. La sua mano scivolò verso il seno di Miranda. Lei era distratta dai pensieri riguardo ai programmi per il futuro che avrebbero dovuto fare, ma per il momento mise tutto da parte per abbandonarsi al piacere. Ci sarebbe stato tempo per discutere su dove avrebbero vissuto e stabilire le date.

Avrebbero risolto qualsiasi problema, come sempre. Erano abituati a organizzarsi insieme, a lavorare in perfetta sintonia e sinergia, per cui non sarebbe stato diverso occuparsi degli aspetti pratici della loro futura convivenza.

Tuttavia c'era un'altra domanda che voleva fargli. Si staccò dalle sue labbra e gli chiese, guardandolo negli occhi: «Quindi se non lavorerai più per me, chi sarà il capo fra noi due?».

Lui le lanciò una lunga occhiata carica di passione che le provocò un rimescolio delizioso. «Sei proprio brava nelle trattative, eh, amore? Stai già negoziando con me, ma ti avverto che anch'io sono bravo a capire esattamente cosa vuoi, quando e come lo vuoi... Perciò penso che troveremo un accordo, no?»

Miranda annuì e si strofinò contro di lui con fare provocante, soddisfatta nel sentire la sua erezione premerle contro il ventre.

Patrick la strinse a sé e le sussurrò all'orecchio: «E se tu dovessi diventare troppo prepotente, possiamo sempre andare al cottage...».

Lei provò un brivido di eccitazione al ricordo dei loro torridi e trasgressivi incontri rubati al lavoro.

«Forse potremmo passare lì la luna di miele» gli suggerì, insinuando una mano tra i loro corpi per sfiorarlo.

«Stavo giusto per proportelo!» esclamò Patrick ridendo. «Vedi che siamo in perfetta sintonia?»

La sua risata allegra si trasformò in un gemito di piacere mentre lei lo accarezzava.

Decisamente il futuro si prospettava stuzzicante, pensò Miranda.

Avrebbe avuto un assistente *molto* personale a sua disposizione, notte e giorno, per sempre...

Sette giorni in prestito
di Tiffany Reisz

. 1 .

«A ventitré anni compiuti, speravo che mettere il broncio fosse una cosa superata, Eleanor.»

Lei si voltò a guardare fuori dal finestrino e alzò gli occhi al cielo. Non prestò la benché minima attenzione agli alberi coperti di neve che si avvicendavano al loro passaggio, semplicemente non voleva che lui vedesse la reazione infantile al suo rimprovero. Era già abbastanza nei guai con lui.

Lui... Eleanor non avrebbe mai pronunciato il suo nome, né tanto meno si sarebbe azzardata a pensarlo.

«Non sto mettendo il broncio... padrone.» Esitò il più a lungo possibile ad aggiungere il titolo di rispetto, ma alla fine cedette per salvaguardare la propria incolumità. «Mettere il broncio è ciò che faccio quando mi mandi a letto senza cena. Tu mi stai lasciando per una settimana con l'intenzione di cedermi a un estraneo. Questo non è mettere il broncio.»

Lo sentì sospirare e avvertì un moto di empatia che si affrettò a scacciare. Sapeva che stava facendo la difficile, ma lui aveva avanzato una richiesta impossibile.

«E allora cos'è?»

Eleanor tenne la mascella serrata. «È legittima indignazione.»

«Legittima...» le rispose. «Ti rendi conto che Daniel è un estraneo solo per te?» le fece notare.

Ma lei si limitò a guardare di nuovo fuori dal finestrino. Daniel... qualcosa. Non conosceva il suo cognome, né tanto meno possedeva un'informazione qualsiasi sul suo conto. Evidentemente, però, i soldi non mancavano a quel tizio.

Aveva mandato una limousine che la portasse da lui. Eleanor riteneva che la scelta di quel mezzo fosse un po' ridicola, ma almeno le dava la privacy necessaria a sfogare tutta la sua frustrazione sul proprio Master durante il tragitto.

«È un mio vecchio e carissimo amico» continuò lui. «Una delle persone migliori che abbia mai conosciuto. Come ti ho già detto, sua moglie è morta circa tre anni fa. È diventato una sorta di eremita, da allora.»

«Quindi cedermi a lui per una settimana di sesso dovrebbe sanare il suo povero cuore spezzato?» lo sfidò. «Devi avere una gran considerazione delle mie abilità a letto.»

«Per quanto ragguardevoli, non sono le tue abilità in camera da letto che immagino aiuteranno Daniel a uscire dal suo guscio. Mi auguro soltanto che tu gli tenga compagnia mentre io sono via. Che lui decida o meno di saggiare i tuoi talenti, è una sua scelta.»

«E io non posso dire la mia?»

Eleanor sobbalzò al suono del divisorio che veniva alzato fra loro e l'autista. Ma non fu sorpresa quando lui la prese per le ginocchia e la fece avvicinare a sé con uno strattone. Finì con la schiena sul sedile di pelle nera, le mani di lui che le sollevavano la gonna e le strappavano i collant.

Con due dita la penetrò rapido e a fondo. «A chi appartieni?» le chiese, la voce pacata ma intimidatoria.

Lei si sforzò di respirare. Si sforzò di incontrare il suo sguardo. Occhi grigi e minacciosi come una tempesta che avanza. «A te, padrone» gli rispose a denti stretti per contrastare quella violazione improvvisa.

«E questo?» aggiunse lui categorico, muovendo più in fretta le dita dentro di lei. Eleanor si sentì sempre più umida a quel tocco e fu costretta a maledire il proprio corpo traditore che rispondeva di continuo alle sollecitazioni di quell'uomo. «A chi appartiene questo?»

«A te, padrone.»

«Ne posso disporre per il mio piacere?»

«Sì, padrone.»

«Ne posso disporre per il piacere di altri?»

Lei deglutì prima di rispondere: «Sì, padrone».

«Ne posso disporre al punto che mi è concesso rivendicarlo?»

Lacrime provarono ad affacciarsi ai suoi occhi, ma Eleanor le ricacciò indietro. Annuì e sussurrò: «Sì, padrone».

Lentamente l'uomo estrasse le dita. Lei si mise seduta e sistemò la gonna mentre lui si puliva le mani dagli umori di Eleanor con un fazzoletto nero. «Ecco» le disse, senza curarsi di guardarla, «adesso hai detto la tua.»

Lei non aggiunse altro mentre la limousine faceva il suo ingresso nel lungo vialetto sinuoso di una villa colonica spruzzata di neve. Almeno il tizio aveva una bella casa, si disse Eleanor. Si era quasi aspettata di vedere una sorta di prigione. Be', in fondo una bella casa le era di ben poco conforto, se pensava che avrebbe trascorso una settimana in compagnia di un individuo che non aveva mai visto prima.

La limousine si fermò davanti alla porta d'ingresso e un uomo, presumibilmente Daniel, uscì a salutarli. Lei rimase in disparte, infreddolita, mentre i due vecchi amici si scambiavano saluti e strette di mano. Studiò Daniel con la coda dell'occhio. Doveva essere sui trentasei, trentasette anni. Di certo non poteva averne di più. E, ammise a malincuore, era molto bello.

Lontano anni luce dall'eremita scarno e diafano che si era immaginata, Daniel era abbastanza muscoloso e aveva il volto cesellato di un vecchio divo di Hollywood. I capelli biondi lo facevano sembrare leggermente meno minaccioso, però, quando rivolse a lei la sua attenzione, Eleanor si irrigidì per la paura. Il suo sguardo non era freddo né maligno, ma colmo di dolore. La tristezza lo rese più umano ai suoi occhi e questa era l'ultima cosa che lei desiderava o di cui aveva bisogno. Per superare quella settimana doveva tenere alta la guardia. Gli avrebbe concesso il proprio corpo, se glielo avesse chiesto, ma non gli avrebbe dato nient'altro.

«E così, questa è Eleanor» disse il padrone di casa, offrendole la mano.

Lei la strinse velocemente prima di lasciarla cadere e portare le braccia sul petto.

«La mia Eleanor, sì» disse il Master con un sorriso carico di affetto e di orgoglio. Il suo evidente amore per lei non la frenava dal pensare a lui semplicemente come *lui*. E trovarsi ad affrontare la realtà di quel che l'aspettava la settimana a venire la faceva infuriare più che mai.

«È un piacere conoscerti» disse Daniel. «Sarà bello avere di nuovo degli ospiti. Sono stato un po' come Miss Havisham, negli ultimi tempi.»

Eleanor si morse il labbro inferiore per non ridere al sottile, per quanto ridicolo, riferimento letterario. Non si era proprio immaginata che un tipo del genere potesse essere un amante di Dickens. «Starò bene attenta a non mangiare la torta nuziale» ribatté prima di riuscire a frenarsi. Era una lingua lunga per natura e nemmeno una giornata storta avrebbe potuto impedirle di rispondere a tono.

«Ah, vedo che la signorina legge» commentò il padrone di casa. «Bene. Ho intenzione di sistemare la mia biblioteca, questa settimana. Un paio di mani in più mi farebbe proprio comodo.»

«Eleanor adora i libri» disse *lui*. «E lavora in una libreria. Mal che vada, ti ritroverai con una collezione sistemata in ordine alfabetico.»

«Oh, ma i miei libri sono già in ordine alfabetico» rispose Daniel mentre faceva strada dentro casa. «Solo non sono sicuro di quale alfabeto si tratti. Di certo non di quello inglese.»

Eleanor diede un'occhiata intorno mentre si incamminavano verso quello che pensava fosse il salotto. La villa pareva immensa ma ben riscaldata e sarebbe stata anche accogliente, se non fosse stato per il suo enigmatico proprietario. In presenza di un simile dolore, lei dubitava che avrebbe potuto sentirsi a casa.

Daniel fece un cenno verso una sedia e *lui* si accomodò. Uno sguardo da parte sua ed Eleanor si sistemò in ginocchio ai suoi piedi. In privato si sedeva sempre ai suoi piedi. Il fatto che avesse dovuto assumere la posizione *standard* di sottomissione di fronte a Daniel significava solo una cosa: quel tizio era uno di loro. O, almeno, lo era stato prima della morte della moglie.

«Posso offrirvi qualcosa da bere?» domandò il padrone di casa mentre prendeva posto sul divano di fronte a loro.

«No, grazie.» Eleanor lasciò parlare *lui* per entrambi. «Adesso devo proprio andare. Il mio aereo decolla fra tre ore.»

«Vai di nuovo a Roma?» si informò Daniel.

«Già, di nuovo» gli rispose, dando l'impressione di essere stufo della faccenda.

«Ti accompagno alla porta.»

In condizioni normali, *lui* non l'avrebbe mai lasciata senza un lungo e intimo addio. Ma questa volta si limitò ad alzarsi in piedi, passarle un dito sulla guancia e sotto il mento in una carezza delicata per poi abbandonarla in quella stanza.

Eleanor rimase a terra, sebbene desiderasse con tutta se stessa rincorrerlo e pregarlo di portarla con sé. Ma aveva avuto un grande Master e non avrebbe mai abbandonato una posa di sottomissione per dare sfogo a quella che sapeva essere un'inutile dimostrazione di affetto.

Qualche istante dopo, Daniel tornò in salotto. All'inizio non disse nulla ed Eleanor non poté far altro che restare in silenzio e mantenere gli occhi bassi. «Ti prego, siediti» le disse infine, la voce gentile e vagamente divertita. «Su una sedia.»

«Ah, su una sedia. Molto generoso da parte tua» gli rispose, incapace di mantenere il comportamento sottomesso adesso che era rimasta sola con Daniel.

«Capisco che tu sia arrabbiata per la situazione.»

Eleanor sorrise. *Arrabbiata?* «Ah, ci sono» disse, mentre si sedeva sulla poltrona dietro di lei. «Stiamo giocando al poliziotto buono e al poliziotto cattivo, no? Il poliziotto cattivo mi dà una bella ripassata e se ne va, poi arriva il poliziotto buono e mi offre latte e biscotti e una poltroncina comoda. Che tenero!»

«Me lo aveva detto che eri un tipo sveglio. Ha omesso di specificare che sei altrettanto strafottente.»

Era impressionante quanto poco Daniel fosse rimasto colpito dal suo sarcasmo. Era più forte di quel che dava a vedere, questo doveva riconoscerglielo. «Anche se *lui* vivesse cent'anni, la parola *strafottente* non lascerebbe mai quelle sue labbra perfette e tu dovresti saperlo» ribatté.

Daniel fece un mezzo sorriso. «È una persona troppo per bene per dire una cosa del genere, non è così? Immagino direbbe che sei...»

«Impudente» suggerì lei.

«Un giudizio piuttosto calzante, penso. Avrebbe potuto avvertirmi che eri *impudente*.»

«Immagino abbia ritenuto che non ci fosse bisogno di esplicitarlo. Dal momento che tu stai interpretando la parte del poliziotto buono, mi devo aspettare una lauta cena adesso? Magari anche un massaggio? O che ne dici della storiella strappalacrime della tua povera mogliettina defunta e di quanto tu sia triste da dovermi sbattere in tutti i modi possibili da qui a venerdì?» replicò Eleanor, cercando deliberatamente di farlo uscire dalla grazia di Dio.

Eppure pareva ancora imperturbabile. La cosa la preoccupò più di quanto avrebbe fatto una reazione emotiva. Il dolore di quell'uomo era così radicato da essere intoccabile. Faceva sembrare Daniel al di sopra delle sue umane possibilità.

«Vedo che ci siamo lasciati alle spalle l'impudenza per la stronzaggine.»

Eleanor per poco non rise.

Stronzaggine, ecco un'altra parola che *lui* non avrebbe mai pronunciato. «*Un giudizio piuttosto calzante*» commentò, ripetendo le parole di Daniel.

Il padrone di casa inspirò ed espirò sonoramente. Si vedeva che stava soppesando le sue prossime parole. «Non ti annoierò con una *storiella strappalacrime*» la rassicurò. «Ma meriti una spiegazione da parte mia che giustifichi la tua presenza qui. Sono stato sposato, felicemente, per sette anni. Io e mia moglie eravamo come te e...»

«Se vuoi che ti prenda in simpatia, ti prego di non fare il suo nome. Sarà molto più facile per me superare questa settimana, se non dovrò sentir pronunciare il suo nome o parlare di *lui*.»

Daniel annuì. «Come te e *lui*» proseguì. «Lei era molto più di una moglie. Era una mia proprietà, in mio possesso... ed era la mia migliore amica. È morta tre anni fa. Non sono più stato con nessuna da allora. Quando l'ho detto a S... a *lui*, ha insistito che passare del tempo con te mi avrebbe fatto bene. Dal momento che gli appartieni, non c'è pericolo di un coinvolgimento emotivo fra noi. E, poiché tu già conosci quel che il ruolo richiede...»

«Siamo nello stesso giro, non c'è bisogno che tu ricorra a eufemismi.»

«Allora il mio passaggio dall'astinenza alla riscoperta della sessualità sarà molto più semplice.»

«Quindi, alla fine, hai intenzione di possedermi?» gli chiese, sebbene conoscesse già la risposta.

«Quando ti sentirai pronta e se non avrai obiezioni.»

«Sono qui, no? Nessuno mi ha puntato una pistola alla tempia.»

«La forza bruta è per i principianti. Dovrò dormire in solitudine per secoli prima di portarmi a letto qualcuno contro la sua volontà. *Lui* ti ha già prestata ad altri in passato, non è così?»

«Certo, mi pare ovvio. Ma...» Eleanor fece un respiro profondo. «Ma *lui* c'è sempre.»

«Capisco. Come ho detto, quando ti sentirai pronta, non prima.»

«E quindi?» gli chiese lei dopo un attimo di pausa.

Daniel si alzò e si avviò alla porta. Lei lo seguì in fretta. «Sono sicuro che avrai bisogno di disfare i bagagli e riposare. Direi quindi che per stasera mi limiterò a mandarti nella tua stanza.»

«*Mandarmi nella mia stanza?* Dopo la stronza che sono stata?» ribatté Eleanor in tono sarcastico. «Da poliziotto buono a codardo, wow! D'accordo, andrò nella mia stanza.»

Fece per muovere il primo passo, ma Daniel l'afferrò per il mento. Lei restò senza fiato a quel gesto inatteso, sciocata dall'improvviso cambio di atteggiamento.

La obbligò a guardarlo negli occhi. «Non faccio questo gioco da anni» le rivelò, la voce bassa e minacciosa. «Tuttavia non significa che abbia dimenticato come funziona.»

Eleanor non osò battere ciglio, né fiatare.

Daniel allentò la presa, però non la lasciò andare. «Forse

non ti toccherò più per il resto della settimana» disse, «o magari ti possiederò senza concederti possibilità di replica. Ma tu mi porterai rispetto mentre soggiorni in questa casa, quali che siano gli accordi per la notte. Siamo intesi?»

Lei sbatté le ciglia e annuì.

«Bene. La tua camera confina con la mia. È in cima alle scale, la seconda stanza in fondo sulla destra. I tuoi bagagli si trovano già lì.»

«Grazie» gli disse, la voce poco più di un soffio.

Daniel sorrise, ma il suo non era un sorriso gentile. Le fece correre un brivido lungo la schiena, sebbene le sue dita sulla pelle le trasmettessero un calore tutt'altro che confortevole. «Hai sobbalzato» le fece notare. «Dev'essere così che *lui* di solito ottiene la tua attenzione.»

«Niente affatto. *Lui* mi prende per il collo. O per i polsi.»

«Tu quale approccio preferisci dei due?»

Lei alzò le spalle.

«Li odio entrambi allo stesso modo.»

Una risata repressa illuminò per una frazione di secondo gli occhi di Daniel, ed Eleanor rimase di nuovo colpita da quanto fosse bello quell'uomo. Sarebbe stata una lunga settimana.

«Vai» le ordinò. «Ci vediamo domani.»

Lieta di essere stata congedata dalla sua presenza inquietante, Eleanor quasi corse verso le scale. Arrivò in cima facendo due gradini alla volta e in men che non si dica si ritrovò nel corridoio davanti alla sua stanza. Aprì la porta e se la chiuse alle spalle con un tonfo, grata di essere sana e salva e finalmente sola dopo quella lunga giornata. Be', forse non proprio salva, ma di certo sola.

Le era stato detto il motivo per cui si trovava in quella casa e cosa ci si aspettava da lei. Ma soltanto adesso si rendeva conto che per quella settimana sarebbe stata proprietà di quell'uomo a pieno titolo.

Andò alla finestra e guardò fuori, cercando di capire dove finivano i possedimenti di Daniel e dove iniziava il mondo esterno. Ma aveva ricominciato a nevicare ed Eleanor aveva vissuto nel New England per tutta la vita. Sapeva bene che i pesanti fiocchi che cadevano dal cupo cielo grigio preannunciavano una tempesta. Era intrappolata lì, intrappolata con quell'uomo. Si trovava in quella casa e per il momento era di Daniel.

Le ci volle poco per disfare le valigie e, sebbene la stanza fosse elegante e spaziosa e avesse un altrettanto elegante bagno adiacente, c'era ben poco da esplorare.

Cercò di leggere – aveva riempito una valigia intera di libri – ma la sua mente vagava ormai per sentieri troppo pericolosi. Era logorata dal pensiero costante di Daniel. Distesa sul letto, fissò il soffitto, ricordando la presa potente della sua mano sul viso. Aveva percepito tutta la sua forza, aveva sentito sulla propria pelle che quell'uomo sapeva farsi rispettare.

Rimase sdraiata fino al momento in cui non si addormentò e sognò di annegare in un mare di neve nera.

Un'ora o, forse, un giorno dopo si svegliò al buio, intirizzita. Si guardò intorno, cercando di ricordare dove si trovasse. Allungò una mano verso l'abat-jour sul comodino e provò ad accenderlo. Non accadde nulla. Andò a tentoni verso un muro e premette l'interruttore, tuttavia l'oscurità rimase tale. Aveva addosso solo una semplice camicia da notte bianca di cotone, ma cercò comunque di godere del minimo tepore che quell'indumento le offriva.

Tornò a letto e fu allora che notò una luce sotto la porta che separava la sua stanza da quella di Daniel. Com'era possibile che da lui ci fosse ancora corrente? La curiosità ebbe la meglio sulla paura ed Eleanor sgusciò piano fuori dalle coperte per avviarsi con passo leggero sul pavimento. Prese in considerazione la possibilità di bussare, ma il silenzio in cui la casa era avvolta sembrava troppo penetrante da rompere. Con mano incerta abbassò quindi la maniglia e scoprì che la porta non era chiusa. Fece un respiro profondo ed entrò.

«Non riesci a dormire?» La voce di Daniel proveniva da una sedia di fronte a un imponente camino. Il fuoco arancione e scoppiettante era la fonte da cui proveniva la luce che lei aveva scorto.

«Ho freddo» gli disse e si mosse nervosa verso il punto da cui proveniva la voce. «Cos'è successo alla corrente?»

«È saltata per colpa della neve.» Sembrava stanco della vita, esausto. «Tornerà domani mattina, ne sono certo.»

Eleanor notò che era ancora vestito, aveva solo slacciato il primo bottone della camicia del completo e adesso stringeva in mano un bicchiere di vino. «Sei la benvenuta davanti al mio camino. Non ti farò nemmeno pagare.»

Lei gli rivolse un sorriso tirato, consapevole di quel che la parola *pagare* significava, e si accomodò sul morbido tappeto davanti al camino. Si abbracciò stretta e incamerò nei polmoni tutto il calore denso di fumo.

Rimasero in silenzio per quella che parve un'ora, l'unico suono nella stanza lo scoppiettio dei ceppi di legno che ardevano.

«Mi dispiace.» Fu Eleanor a rompere il silenzio.

«Per cosa?» le chiese Daniel, bevendo un tranquillo sorso di vino.

«Per quello che ho detto su tua moglie. Era inappropriato.»

«Inappropriato? Be', immagino di sì. Ma capisco che questa non sia esattamente una situazione facile per te.»

Lei alzò le spalle. «Nessuno mi ha puntato una pistola alla tempia. Io faccio quello che *lui* mi dice di fare, quello che vuole che io faccia. Perché lo amo. È semplice.»

«Semplice... Davvero? Non ci eravamo mai incontrati prima, Eleanor. *Lui* si aspetta... *lui* pretende che tu ti conceda a me. Non è così semplice, per come la vedo io.»

«*Lui* sa essere esasperante, indubbiamente, ma lo conosco e lo amo da quando ero una ragazzina.»

«Hai ventitré anni, giusto? Sei ancora una ragazzina.»

«Ma *lui* non mi ha mai portato oltre i limiti consentiti dalla mia età. Non mi ha mai chiesto di fare niente...» La voce le si spezzò mentre si rendeva conto delle implicazioni di ciò che stava dicendo. Inspirò rapida. «... niente per cui non fossi pronta.» Incontrò gli occhi di Daniel per una frazione di secondo, poi tornò a guardare il fuoco.

«Sei pronta?» le chiese e appoggiò il bicchiere sul tavolino accanto alla sedia.

Lei contò fino a dieci prima di rispondere. All'uno conosceva già la risposta, ma quel briciolo di orgoglio femminile che le era rimasto le fece attendere altri nove secondi. «Sì.»

Se Daniel fosse soddisfatto della sua risposta, il suo viso non lo diede a vedere. La sua espressione era imperscrutabile.

Si sporse in avanti sulla sedia. Lei lo studiò mentre si muoveva. Sembrava che stesse guardando la propria mano destra. Aprì le dita a ventaglio, osservò il palmo. La mano si chiuse a pugno. Ma fu il rumore delle sue dita che schioccavano, forte e inaspettatamente nitido, a richiamare l'attenzione di Eleanor. Fece schioccare le dita di nuovo e indicò il pavimento.

Lei rispose con l'ubbidienza di chi è stato ben istruito, alzandosi dal tappeto e gattonando ai suoi piedi. Inspirò a fondo mentre lui le posava una mano sul volto.

Con il pollice le accarezzò la guancia. «Non ti bacerò, se la cosa ti mette a disagio.»

«A essere sincera, non baciarmi renderebbe le cose più difficili.»

«*Sincera...*» ripeté Daniel. «Sì, sii sincera. Sono passati più di tre anni per me, quindi, capisci, ho bisogno che tu mi dica se c'è qualcosa che non ti piace.»

«E se...?» Si interruppe e inspirò di nuovo. La mano di Daniel era sul suo collo adesso, le sue dita nerborute premevano sulla pelle di Eleanor in un modo che le faceva annodare lo stomaco e inumidire la carne fra le cosce. «E se invece mi piacesse?»

Lui sorrise alla domanda e per la prima volta lei ebbe l'impressione di vedere un barlume dell'uomo che doveva essere stato prima che il dolore gli scavasse nell'anima e prendesse dimora nel suo cuore. «Dimmelo ugualmente. Siamo intesi?»

Eleanor gli sorrise. «Sì, padrone.»

«*Padrone...* Era una vita che non mi chiamavano così. Avevo dimenticato quanto mi piacesse. Alzati, Eleanor» le ordinò e lei scattò subito in piedi. Allungò una mano e le sciolse il fiocco sul davanti della camicia da notte. Il tessuto cedette e diede libero accesso alle sue dita. Le fece scivolare l'indumento giù dalle spalle e lasciò che cadesse a terra. Lei non portava biancheria e adesso era nuda di fronte a lui, tremante a dispetto del fuoco.

Daniel le mise le mani sul ventre prima di farle scorrere piano sulla sua silhouette e sulle curve del suo corpo. Un gesto che parve stranamente poco sensuale. Eleanor sentiva che quel tocco la stupiva e la rendeva curiosa tanto quanto l'accendeva di desiderio.

Le prese i seni a piene mani. Le sfiorò i capezzoli con i pollici e lei trasalì dal piacere. L'afferrò per i fianchi e l'avvicinò ancora di più a sé, abbastanza da prenderle un capezzolo fra le labbra. Lei gli conficcò le dita nelle spalle per mantenere l'equilibrio mentre Daniel le succhiava i seni e le titillava i capezzoli, prima con la bocca e poi con le dita, finché non divennero gonfi e doloranti.

Eleanor fece piccoli, rapidi respiri mentre lui continuava l'assalto ai suoi sensi. Le fece correre una mano sulla coscia e la invitò a sollevarla, sistemandole il piede sulla sedia accanto alla propria gamba.

Rafforzando la presa sulle spalle di lui, lei abbassò lo sguardo e osservò Daniel che faceva scivolare un dito dentro di lei. Udì un gemito di piacere, ma non era certa se fosse sfuggito alle sue labbra o a quelle di lui.

Un secondo dito raggiunse il primo e il respiro di Eleanor si fece affannoso mentre Daniel si muoveva dentro e fuori finché le sue dita non brillarono alla luce del camino dei suoi umori.

Con la mano libera le esplorò il clitoride, sondando la zona con movimenti dolci, delicati, fino a quando trovò il ritmo di Eleanor, la sincronia perfetta e la pressione giusta che la portò ai margini dell'orgasmo.

«Non riesco...» gemette lei. «Non riesco a stare in piedi.»

Daniel rimosse la mano all'istante. La prese fra le braccia e la portò nel suo letto.

Era buio lontano dal fuoco, faceva freddo. Lei si infilò svelta sotto le coperte mentre lui accendeva dei mozziconi di candela.

In quel momento, Eleanor vide che la stanza era virile e molto elegante. Mobili di legno scuro contrastavano con il bianco delle lenzuola e dei tappeti. Ma, quando Daniel si portò accanto al letto e iniziò a spogliarsi, i suoi occhi colmi di apprezzamento non furono che per lui.

Il suo petto nudo era persino più ampio e forte di quel che si intuiva sotto i vestiti. Il suo ventre era una spianata di muscoli. La luce tremula delle candele sulla sua pelle metteva in evidenza ogni linea, ogni angolo.

Eleanor si portò le pesanti coperte fin sotto il mento, d'improvviso incerta all'idea di vedere ogni centimetro di quel corpo.

Si sdraio e fissò l'oscurità che saliva fino all'alto soffitto mentre lui si sbarazzava del resto dei vestiti. Dal movimento del materasso accanto a lei, Eleanor comprese che Daniel l'aveva raggiunta a letto. Poi furono il viso di lui, il corpo nudo a invadere il suo campo visivo.

Le scostò le coperte e così facendo poté godere di nuovo di ogni centimetro della sua femminilità. «Apri le gambe» le ordinò.

E questo, senza dubbio, era un ordine. Lei percepì il tono imperativo della sua voce, il comando. Obbedì. Era stata addestrata a obbedire, addestrata a voler obbedire.

Mentre apriva le gambe, Daniel si sporse a prendere una delle candele che ardevano sul comodino. L'avvicinò a sé piano, facendo attenzione che la cera non colasse. Si sistemò davanti alle cosce di Eleanor e la guardò. «Usa le mani» le disse. «Apriti.»

Lei allungò una mano e con dita tremanti dischiuse le labbra della sua vulva quanto più possibile.

«Il tuo clitoride» proseguì lui. «Mostramelo.»

Eleanor arrossì al buio, ma l'imbarazzo non la trattenne dall'usare il pollice per svelare il suo cuore pulsante. Adesso non c'era proprio più niente di lei che fosse nascosto alla vista di Daniel.

Lo guardò mentre lui la scrutava. I suoi occhi sembravano divorarla. Non si era mai sentita tanto esposta in vita sua.

«Avevo dimenticato quanto fosse bello» commentò Daniel in un sussurro. Passò la candela nella mano sinistra e con la destra toccò Eleanor. Una alla volta fece scivolare le sue dita dentro di lei... prima il pollice, poi l'indice... inserendone una, ritirandola lentamente e facendo scorrere la successiva come se dovesse saggiare Eleanor da ogni angolazione. Con un solo polpastrello umido le allargò l'ampio ingresso con movimenti concentrici.

Fece scivolare di nuovo due dita dentro di lei. Eleanor inarcò i fianchi verso la sua mano. Daniel esplorò la parete frontale di quel corpo impaziente che d'improvviso rimase senza fiato quando premette forte sul suo punto G, i muscoli interni che si contraevano intorno a lui.

Eleanor sentì la sua risata leggera e arrossì di nuovo, questa volta per lo spudorato bisogno di lui che manifestava.

«Sei una piuttosto reattiva, o sbaglio?» la prese in giro Daniel mentre usciva da lei ancora una volta e si chinava in avanti per rimettere la candela sul comodino. «Mi chiedo come risponderai a questo...»

Adesso su di lei c'era la sua bocca, la sua lingua era dentro di lei. Eleanor ebbe un attimo di esitazione per lo shock dovuto alla lieve brutalità dell'atto. Daniel le prese il clitoride fra le labbra e succhiò. Lei conficcò le dita nel materasso, alla disperata ricerca di qualcosa a cui aggrapparsi, qualsiasi cosa la sorreggesse mentre un'ondata di piacere – talmente forte da darle l'impressione che avrebbe potuto affogarla – la travolgeva una volta e un'altra ancora.

Lui la portò di nuovo ai margini dell'orgasmo e si fermò. Risalì il suo corpo e le premette le labbra ancora umide del suo desiderio sulla bocca. Lei dapprima sentì il proprio sapore, poi quello di Daniel.

Mentre la baciava famelico, Eleanor lo sentì raggiungere le sue ginocchia. Si staccò dalle sue labbra, le fece sollevare le gambe e se le posizionò sopra le proprie spalle. Si chinò in avanti per baciarla di nuovo, una mossa che le spinse le cosce quasi a toccare il petto.

Questa volta fu Daniel stesso a raggiungere il nocciolo al centro della sua femminilità e a farle divaricare le gambe. Lei sentì la punta fremente del suo membro contro la propria carne. Ebbe a malapena il tempo di prepararsi prima che lui la penetrasse con una tale forza da farla quasi piangere.

Eleanor cercò di respirare mentre Daniel la cavalcava con affondi lunghi e potenti. Era enorme, ma lei era abituata a dimensioni fuori dall'ordinario. Quello che la scioccava era piuttosto l'insistenza. A ogni nuova spinta affondava sempre più in lei, al punto che le parve di percepirlo fin nello stomaco.

Il rapporto fra loro lasciò rapidamente il regno del semplice sesso per diventare un amplesso estremo. E lui la possedette con la foga di chi è affamato da tempo. Tre anni di astinenza e dolore avevano trasformato il suo corpo in uno strumento famelico.

L'afferrò per i polsi e la prese di nuovo, tenendola ferma con forza. Se lei avesse voluto scappare, non avrebbe potuto. Ma lei non aveva nessuna intenzione di fuggire. Eppure qualche scintilla residua dell'insolenza che era in lei respinse il climax che minacciava di esplodere nel suo corpo. Daniel era diventato di colpo così possessivo nei suoi confronti e così consapevole che, in qualunque modo l'avesse presa, lei non sarebbe stata sua, perché Eleanor si rifiutava di dargli la soddisfazione di appagarla.

Rallentare il respiro, però, non riuscì a fermarla. Raggiunse l'estasi e, quando lo fece, le parve che l'orgasmo le fosse stato strappato a forza.

Il suo ritmo si fece sempre più incalzante, violento, e lei si aggrappò alla testata del letto mentre lui si spingeva dentro di lei, riempiendole il ventre con il suo calore liquido.

Il cuore di Eleanor batteva impazzito nel petto anche quando il respiro affannoso si stabilizzò. Guardò Daniel che ancora era disteso sopra e dentro di lei. Aveva gli occhi chiusi e la fronte corrugata in un'espressione concentrata, come se stesse cercando di imprimersi nella memoria il momento in cui era stato dentro il suo corpo.

Eleanor lo osservò in volto. Lunghe ciglia bionde riposavano su guance chiare come la luce del sole sulla neve e lei provò un'inaspettata fitta di tenerezza.

Lui aprì gli occhi lentamente. Lei cercò di sorridergli, ma lo sguardo che le rivolse era colmo di shock. Sembrava avesse visto un'estranea e lei si rese conto con una stretta allo stomaco che, in effetti, quello era, un'estranea. «Era *lei* che stavi possedendo, non è così?» gli chiese, la voce un soffio leggero privo di accusa. «Tua moglie? Che donna fortunata.»

Daniel si limitò a ritrarsi. Scese dal materasso e si rivestì in tutta fretta. «Tieniti il letto» le disse senza nemmeno guardarla. «Stanotte questa è la camera più calda di tutta la casa.»

«Ma tu dove...?» fece per chiedergli, ma se n'era già andato.

Eleanor emise un gemito di frustrazione e ricadde con la schiena sul materasso. Spense le candele e si tirò le coperte fin sotto il mento.

Dopo qualche minuto al buio, sentì la presenza di fantasmi nella stanza. Sentì lo spettro della defunta moglie di Daniel e il ben più spaventoso spettro dell'uomo che lui era stato prima della sua morte. Eleanor sapeva di trovarsi fra loro nello spazio di quello che era stato il loro talamo.

Scostò le coperte, trovò la camicia da notte e tornò nella propria stanza. Si trascinò fino al letto ghiacciato, dove almeno avrebbe avuto la certezza che l'unico corpo freddo sotto le lenzuola era il suo.

Si svegliò il mattino seguente e sentì il debole ma rassicurante ronzio della corrente che era stata ripristinata. Fece una doccia, si vestì e scese a fare colazione nella cucina immensa ma vuota. Eppure, per quanto la cucina sembrasse abbandonata, qualcosa le diceva che non era sola in casa. La neve era caduta in abbondanza la notte precedente e le strade di certo non erano ancora sicure.

Una volta riempito lo stomaco, Eleanor partì per una rapida esplorazione. Le orecchie tese per captare anche il suono più lieve, fece una pausa davanti a una porta chiusa sul retro della casa e sentì un inconfondibile rumore di libri che venivano messi sopra una mensola.

Entrò con un fischio di ammirazione. La biblioteca era decisamente più grande di quel che la porta discreta avesse rivelato e disponeva di file e file di libri e innumerevoli ripiani. C'erano abbastanza titoli da avviare una libreria in proprio. «Mi pareva di aver sentito dei libri» disse, nella voce nessuna intonazione particolare.

«*Sentito* dei libri?» La voce, leggermente sarcastica, di Daniel proveniva dall'angolo in fondo a sinistra della biblioteca. «Interessante. Pensa, molta gente è costretta a leggerli.»

«È un dono» ribatté lei alzando le spalle. «Cosa stai facendo?»

Daniel si trovava in piedi dietro una scrivania con una pila di libri che gli arrivava alle spalle. «Sto liberando la mia biblioteca da questo intruglio alfabetico.»

Lei inarcò un sopracciglio mentre gli si avvicinava.

«Pensavo che fossi una bibliofila» la schernì Daniel in risposta allo sguardo perplesso che gli aveva rivolto.

«Io sono una bibliofila. E sono pure una brava. Ma non ho idea di quel che tu voglia dire.»

«Be', dal momento che la tua conoscenza dei libri viene dalla componente al dettaglio del settore, posso perdonare la tua ignoranza.»

Le fece l'occhiolino, mentre le sue guance prendevano un leggero colore al ricordo sensoriale della notte appena trascorsa che la colpì al ventre con una fitta leggera e al tempo stesso insistente. E la luce, quella particolare luce bianca creata solo dai riflessi del sole del mattino sulla neve fresca, rendeva meravigliosi i tratti di Daniel raggianti.

Eleanor quasi dimenticò ciò di cui stavano parlando.

«Vediamo, nella tua libreria i libri sono divisi per argomento e poi disposti in ordine alfabetico in base al cognome dell'autore, dico bene?»

«Giusto, con qualche eccezione.»

«Be', nelle biblioteche non sono contemplate eccezioni. I libri devono sempre essere disposti secondo un ordine perfetto. E non è possibile farlo dividendoli prima per genere e poi in ordine alfabetico.»

«Sì, ecco perché hanno inventato la classificazione decimale Dewey, no?» replicò Eleanor.

«Ma non è l'unico metodo. Esiste anche quello della Biblioteca del Congresso. Il primo è chiaro ed efficiente, dieci classi divise per dieci e così via. Il secondo è alfanumerico e basato su ventisei classi, una per ogni lettera dell'alfabeto inglese. Paragonata alla classificazione Dewey, quella del Congresso è rudimentale e confusionaria e, se l'ho usata per la mia biblioteca, è stato solo per Maggie. Lei era abituata così.»

«Alfanumerico... Ecco perché lo hai definito *intruglio*.»

«Sì, e questa biblioteca è stata un intruglio disorganizzato per troppo tempo.» Daniel scosse la testa mentre segnava una serie di numeri su un foglietto che poi inserì nella copertina di un libro.

«Oh, mio Dio!» esclamò Eleanor, visibilmente turbata.

«Che c'è?»

«Ma tu sei un *nerd*!»

Daniel la guardò un istante prima di scoppiare a ridere. «Non sono un *nerd*. Io sono un libraio.»

«Niente affatto!» controbatté lei. Poi ricordò la passione feroce e l'abilità che lui aveva dimostrato la notte precedente. «Direi che hanno ragione.»

«Chi ha ragione?»

«Ma sì, chi dice che le acque chete...»

La bocca di Daniel si contorse in un mezzo ghigno. «Io sono un'acqua cheta» disse, lanciandole un'occhiata che per poco non la fece cadere in ginocchio.

Eleanor diede un colpo di tosse e si riscosse dalla fantasia erotica in cui era precipitata. «D'accordo» gli concesse, andando verso di lui con entusiasmo. «Posso accettare il fatto che tu sia un libraio e un dio del sesso...»

«Be', considerato che il tuo amante è un pr...»

«No. *Nein*. *Niet*. Te l'ho detto ieri sera...»

«Ah, già. Me n'ero scordato. Il nostro conoscente comune è un argomento off-limits.»

«Se vuoi che io sopravviva a questa settimana con la lucidità intatta, allora sì.»

«Certo, perdonami. Ma, dal momento che ci conosciamo così poco, trovare un argomento di conversazione che non includa il nostro amico comune sarà difficile.»

«Oh, ne dubito» gli rispose, sedendosi sulla scrivania accanto alla pila di volumi. «Abbiamo i libri in comune, il sesso...» iniziò a enumerare usando le dita.

«Sono solo due» puntualizzò Daniel, scettico.

«Be'...» Eleanor allungò una gamba e con il piede nudo gli sfiorò una coscia. «E poi abbiamo te.»

«*Me?*»

«Sì! Sono una curiosa. E tu mi incuriosisci. A patto che non ti scocci rispondere a domande personali...»

«Quanto personali?» la interruppe Daniel.

«Purtroppo importunamente moleste, conoscendomi. Ma lo faccio involontariamente.»

«Che grandi parole usi, Eleanor.»

«E tu che grande...» Si bloccò mentre lui la guardava in un modo che la fece ardere. «Che grande casa hai.»

«Vero.»

«Com'è possibile che un semplice libraio possa permettersi una dimora simile? Questa era la domanda importunamente molesta numero uno, per chi volesse tenere il conto.»

Daniel sorrise, ma Eleanor vide lo spettro del dolore che gli attraversava gli occhi. «Un libraio non se la può permettere un'abitazione del genere, ma il socio di uno studio legale di Manhattan sì.»

«Tua moglie era un avvocato?»

«Sì. E anche uno molto bravo.»

«Hai sposato uno squalo?» gli chiese ridendo.

«Uno squalo societario, a voler essere precisi.»

«Wow!» esclamò Eleanor, colpita. «Come vi siete conosciuti?»

«In biblioteca, mi pare ovvio.»

«Le piaceva leggere?»

«Lei...» iniziò Daniel, «... lei organizzava spesso balli, galà, feste, eventi di beneficenza, raccolte fondi di tutti i tipi. Aveva davvero un cuore e una coscienza. Era il volto umano di un vecchio studio tutto d'un pezzo. Un anno organizzò un galà per raccogliere fondi per un'istituzione letteraria alla *New York Public Library*...»

«Santo cielo, non mi dire che tu lavoravi alla *New York Public Library*!»

«Fifth Avenue, sede centrale» le rispose con malcelato orgoglio.

«Con Lenox e Astor?» gli chiese, citando i nomi dei due

famosi leoni che fanno la guardia all'ingresso della leggendaria biblioteca.

«Nei giorni di sole pranzavo all'aperto con Astor.»

«E perché non con Lenox?»

«Perché faceva troppe domande personali.»

«Già mi piace. Allora, eravate entrambi ospiti della serata?»

«Oh, no. Lei era l'organizzatrice. Io mi ero solo fermato un po' più a lungo del solito nella Sala delle mappe. Ero un modesto archivista, non ero abbastanza importante da ricevere un invito.»

«Quindi tu te ne stavi in un cantuccio polveroso a suddividere in ordine alfabetico mappe del XVIII secolo della Terra del Fuoco...»

«Qualcosa del genere.»

«Quando lei sgattaiolò via dalla folla soffocante di ricchi bacucchi...»

«Te lo ha mai detto nessuno che dovresti fare la scrittrice?»

«Nessuno che abbia mai provato a cimentarsi con la scrittura, no. Ma torniamo a voi due. Dunque, tu eri immerso fino alla cintola nella Terra del Fuoco, quando arrivò lei in tutta la sua eleganza scarmigliata, il fiato corto, alla disperata ricerca di un momento di solitudine...»

«A dire il vero, stavo esaminando una mappa dell'Eurasia e lei entrò con passo calmo, scusandosi in modo molto educato quando si accorse della mia presenza. Mi disse che voleva solo vedere la biblioteca di notte.»

«Preferisco la mia versione. Ma anche la tua è abbastanza romantica. Le hai fatto fare un giro? È stato amore a prima vista?»

«Fascinazione a prima vista. Pensavo che fosse una semplice ospite della serata. Era bellissima, intelligente. È raro incontrare una donna di trentanove anni dall'aspetto così fresco.»

«Oh, una donna più grande di te... Adoro!»

«La mia età o la sua non sono mai state un problema. O forse sì. Lei era maggiore di me, influente, benestante, ma la sera, quando eravamo soli...»

«Era la tua schiava» disse Eleanor, terminando la frase al posto suo.

«La mia schiava. Una mia proprietà. Era in mio possesso.»

«Capisco come doveva sentirsi. La pressione di essere responsabile per il mondo intero. Un peso significativo. Tutto il mondo sulle sue spalle... Poteva lasciarsi andare e donarsi a te, arrendersi a te...»

«Mi fa piacere che tu capisca» disse Daniel, mentre si concentrava su un'altra pila di libri. «Poche donne sono in grado di comprendere.»

«Oh, comprendono eccome. Hanno solo paura di ammetterlo. Sì, pari opportunità, *l'utero è mio e lo gestisco io*, Gloria Steinem e chi più ne ha più ne metta, ma nell'antro più scuro e recondito del cuore di ogni donna in cui custodiamo le nostre mappe della Terra del Fuoco vive la voglia di portare a un uomo potente le ciabatte in ginocchio.»

Fu soddisfatta di vedere che le sue parole stavano avendo su Daniel lo stesso effetto che avevano avuto su di lei. Il suo respiro si era fatto leggermente più rapido e le sue mani avevano iniziato ad accarezzare la rilegatura in pelle di un libro che stava esaminando.

«E così» riprese Eleanor, incontrando il suo sguardo, «tu sei un libraio. E questo cosa fa di me? Un prestito per sette giorni?»

Daniel rise mentre metteva da parte il volume. Le si avvicinò e le sfiorò le ginocchia con tocco gentile. «*Prestito per sette giorni*... Non sono sicuro che l'idea di restituirti mi piaccia.» Fece scorrere le dita lungo le sue cosce e la prese per i fianchi.

«Ma dovresti pagare una penale per il ritardo!» gli fece notare Eleanor, battendo le palpebre verso di lui.

«Penso di potermelo permettere» le rispose.

Lei cercò di dar voce a un'altra protesta, ma la sua bocca era già stata depredata. Daniel la baciò con un'urgenza che non aveva sentito la notte precedente. La notte precedente era andato in avanscoperta per abitudine, ma quella mattina lei sentiva il suo bisogno di averla. Non desiderava il suo corpo come sostituta della moglie. Eleanor lo faceva ridere, rappresentava una pausa – per quanto momentanea – da tre anni di dolore. Questa volta lui non si stava imponendo. Questa volta era solo riconoscente.

La fece scendere dalla scrivania. Lei si chiese se l'avrebbe posseduta sul pavimento o l'avrebbe riportata in camera da letto. Lui, invece, si limitò a farla voltare in modo che gli mostrasse la schiena e le posò un lento bacio sul collo prima di spingerla in avanti sul ripiano.

Eleanor si sforzò di rallentare il respiro per calmarsi, mentre Daniel la spogliava dalla vita in giù. Si preparò al suo ingresso dentro di lei, aspettandosi che fosse improvviso e potente come la notte appena trascorsa. Ma lui attese, facendo correre le mani sulle gambe di Eleanor, lungo la schiena, scivolando fra le sue cosce per accarezzare le sue grandi labbra finché lei non lo desiderò con un tale ardore da alzarsi in punta di piedi in attesa spasmodica.

Quando infine lui la penetrò fu lento e metodico. L'afferrò per la nuca mentre cominciava a spingere. Non si addentrò quanto la notte precedente, ma con movimenti circolari entrò e uscì da lei, raggiungendo ogni punto della sua femminilità.

Lei gemette sommessamente, il respiro caldo che appannava il freddo mogano della scrivania sotto la sua guancia.

«Ti piace prenderlo da dietro» le disse. Non era una domanda.

«Oh, mio Dio, sì...!» confessò lei senza vergogna.

«Esiste più di un modo per entrare da dietro.»

«Se pensi che questa sia una minaccia, allora non mi conosci molto bene» gli rispose Eleanor compiaciuta, pur continuando a contorcersi sotto di lui.

«Hai ragione» ammise Daniel, quasi senza fiato eppure ancora nel pieno controllo di sé. «Ma le cose cambieranno.»

A dimostrazione di quanto aveva appena detto, spinse forte dentro di lei, strappandole il respiro e facendole contrarre i muscoli per la sorpresa.

Eleanor chiuse gli occhi. Lui intensificò le spinte. Quando lei raggiunse l'orgasmo, lo fece nel modo più pacato che le fu possibile, ma abbastanza da farsi sentire da Daniel, e rise poco prima che anche lui la raggiungesse sulle vette dell'estasi con tre colpi finali e un grugnito soffocato.

Il respiro di Eleanor si stabilizzò. Batté le palpebre e alzò la testa. Vedeva solo migliaia di libri uno sopra l'altro, o riposti su scaffali e sistemati con ordine. Daniel era ancora dentro di lei. «Dio, amo gli uomini che leggono!» esclamò d'un fiato e appoggiò la testa sul tavolo, esausta.

Con il sesso fuori dai giochi – per il momento, almeno – Eleanor e Daniel fecero progressi nella biblioteca. Lui smistava e catalogava, mentre lei spolverava i ripiani in questione e risistemava nel giusto ordine i nuovi libri classificati secondo il metodo Dewey.

A volte, parlavano durante il lavoro. Eleanor sentì la storia dell'infanzia di Daniel in Canada, fonte della sua indifferenza agli inverni del New England, e lei gli confessò la propria frustrazione per la mancanza di ambizioni. In teoria, avrebbe voluto fare molto più che lavorare in una libreria, ma era così felice con *lui* per la maggior parte del tempo, che non se la sentiva proprio di fare un cambiamento drastico di qualsiasi tipo.

«L'appagamento può essere un nemico» concordò Daniel. Sembrava sapere ciò che Eleanor gli stava dicendo. «Ma non ti preoccupare, ci penseranno la vita, la morte o un evento naturale a intervenire. Quindi... Goditi l'appagamento finché dura. Non sarà per sempre.»

Lei rabbrividì all'amara verità di quelle parole. «Se tre anni di solitudine ti hanno appagato, io rappresento la vita, la morte o l'evento naturale mandato a sconvolgerti l'esistenza?»

«Tu» iniziò Daniel, «sei una forza della natura.» Le diede una sculacciata sul sedere e le ordinò di tornare al lavoro.

Continuarono a classificare i volumi della biblioteca restando in silenzio per la maggior parte del tempo, un silenzio complice dopo quell'episodio. Parlavano solo di libri e di come avrebbero dovuto sistemarli.

Durante una pausa per sgranchire la schiena, Eleanor finì nell'angolo di una rientranza priva di finestre. Una ventina di scatoloni o poco più erano impilati uno sopra l'altro in modo ordinato. «E questi, cosa sono?» gridò a Daniel.

«Scarti» le rispose, avvicinandosi. «Sono vecchi libri di diritto di Maggie. Qui in città c'è una facoltà di Economia con dei corsi di legge. Pensavo di donare i libri alla loro piccola biblioteca.»

«*Pensavo?*»

«Be', è mia intenzione farlo, ma non ho mai avuto...»

Eleanor lo guardò dritto negli occhi. «Da quant'è che questi libri stazionano negli scatoloni?»

«Un anno, credo.»

Lei non distolse lo sguardo.

«Ti ricordi che il dominatore sono io in questa relazione, sì?» le chiese Daniel.

Eleanor non fu intimidita. «E allora comportati come tale.»

«Lo farò.» Detto ciò, la sollevò di peso e se la sistemò su una spalla, riportandola recalcitrante al ripiano a cui stavano lavorando. «Al lavoro!» le ordinò in tono gentile ma fermo, mentre la rimetteva a terra.

«Sì, padrone.» Lei si voltò e salì sulla scala della grande libreria.

«Eleanor...» la chiamò Daniel qualche minuto dopo aver ripreso a lavorare.

«Sì, padrone?»

«Chiamerò la facoltà domani.»

Lei sorrise, ma il suo sorriso lo videro solo le mensole. «Sì, padrone.»

Eleanor emise un gemito che non celava affatto il suo stato d'estasi. «Mio Dio... Ma è una meraviglia...!»

«Lo so» rispose Daniel, addentando un altro boccone per esserne sicuro. «Ho una vicina, una vecchia signora che vive nella proprietà accanto alla mia. L'ha fatta lei.»

Eleanor leccò la forchetta e la rituffò nella lasagna. «Che Dio la benedica! Sei andato a prenderla mentre ero sotto la doccia?»

Gli occhi di Daniel si illuminarono a quella domanda innocente. Dopo una giornata fra libri polverosi, le ci era voluta un'ora buona per farsi la doccia e cambiarsi per la notte e, quando era riemersa dalla sua stanza, lui era là che l'attendeva insieme alla cena pronta.

«No.» La sua voce era neutra. Qualsiasi cosa lei avesse visto era sparita così com'era arrivata, in un lampo. «Me l'ha portata suo marito. Si occupa della manutenzione di parte della mia proprietà. E ha portato anche qualche altro ceppo per il camino.» Prese un pezzo di legno e lo gettò nel caldo fuoco arancione. Il legno crepitò.

Eleanor inspirò il fumo con piacere. Rimase in silenzio per qualche istante. Quando ebbe la certezza che Daniel la stava guardando, disse: «Stavo pensando...».

«Mmh, sentiero pericoloso.»

«Non me ne parlare!»

«A cosa stavi pensando?» le chiese Daniel, una nota prudente nella voce.

«Perché sono qui? Sul serio. Voglio dire, tu mi sembri un tipo a posto. Forse un po' triste – molto triste – ma di certo non un caso disperato. Cosa ci faccio io qui?»

«Non lo sai?»

«No. Cioè, *lui...*» Ancora non voleva pronunciare il nome dell'amante che l'aveva abbandonata lì, anche se si stava divertendo più di quanto era pronta ad ammettere. «*Lui* ha detto che ti sarei stata di compagnia, che ti avrei aiutato a rimettere il naso fuori da qui. Ma, come ti ho detto, non mi pare che tu abbia un granché bisogno di aiuto.»

«*Rimettere il naso fuori da qui?* Bel modo di intendere le cose. Tipico da parte sua conoscere l'assoluta verità, eppure mantenere il segreto.»

«Allora qual è la verità? E qual è il segreto?»

«*Rimettere il naso...*» ripeté Daniel. «È un cliché. Uno divorzia, viene scaricato, o resta vedovo e, dopo un po', arriva il momento di rimettere il naso fuori casa. Ricominciare a uscire, fare nuove amicizie, trovare un'altra compagna. Lo si dice in senso figurato, lo so, ma io...»

Eleanor comprese qual era il segreto prima che lui lo svelasse. «Daniel, quand'è stata l'ultima volta che sei uscito di casa?»

«Oh, ma io esco di casa di continuo. Però possiedo otto acri e...»

«Quando?»

«Mia moglie è morta tre anni, cinque mesi e undici giorni fa. Quindi fanno...»

«Tre anni, cinque mesi e undici...»

«Nove giorni. Sono stato al funerale. Mi ero preso una dose da cavallo di tranquillanti, però ce l'ho fatta.»

Lei scosse la testa. «Mi dispiace tanto. Non lo sapevo. Ma com'è possibile che tu abbia fatto passare tre anni?»

«Maggie mi ha lasciato in buone mani. Soldi, vicini disponibili e Internet sono tutto ciò di cui una persona ha bisogno, se ci pensi. Sono stati i miei custodi, i miei guardiani sulle torri. Una bella prigione» disse, guardandosi attorno nel salotto ben arredato in cui si trovavano. «Non servivano le sbarre. Immagino che il nostro amico comune sperasse che una settimana con te potesse darmi un assaggio di ciò che mi sto perdendo.»

Eleanor sbuffò per contraddirlo. «*Lui* non è una persona altruista. Non quando si tratta di me. Pensa che mi possiederai finché non ti innamorerai di me. Ci cascherai come una pera e, quando io uscirò di qui, tu mi seguirai.»

«Sono rimasto chiuso in questa prigione a piangere il mio dolore tutti i giorni per tre anni e *lui* crede che potrei innamorarmi di te in una settimana?»

Lei alzò le spalle e distolse lo sguardo, concentrandosi sulle fiamme nel camino. Lo fece quando sentì le dita di Daniel che si infilavano sotto i suoi capelli e le sfioravano la base del collo.

«Non so davvero cosa pensare» proseguì lui. «Forse ha ragione.» Si chinò e baciò il punto sensibile dietro le orecchie di Eleanor, la cui attenzione si spostò quando le prese il piatto con le lasagne e lo mise da parte.

«Ma non avevo finito!» protestò lei, anche se non desiderava altro che Daniel in quel momento.

«Io dico di sì.»

«Sì, padrone.»

«Sdraiati.»

«Con molto piacere, padrone.»

Daniel le sorrise dall'alto quando lei si posizionò sul tappeto soffice accanto al camino. «Potresti almeno fingere di essere intimorita.»

«Non ti offendere, ma ho sentito insegnanti di ginnastica più autoritari di te. E ricordati che io appartengo a...» Si fermò. Non voleva ricordare proprio in quel momento. «In confronto a *lui*, tu sembri un coniglietto morbido con le orecchie basse.»

«Ahi. Neanche un coniglio adulto, ma solo un semplice *coniglietto*.»

«Sì.» Allungò le mani e gli sfiorò una guancia. Quell'uomo era davvero troppo bello. E non era affatto necessario.

«Brutta cosa, eh?»

Eleanor scosse la testa. «Va bene.»

Daniel sorrise. «Continuo a dimenticare con chi ho a che fare. La regina della perversione.»

«Io sono una sottomessa addestrata, quindi più che altro la compagna del re. Non valgo tanto da meritare un titolo» disse, facendogli l'occhiolino.

«Be', sono contento di godere della tua compagnia, allora.»

Eleanor gli rivolse il suo migliore sorriso malizioso. «E allora forza, approfittane.»

Daniel sorrise a sua volta. «Sì, signora.» La percorse con lo sguardo e qualcosa nei suoi occhi cambiò, come se d'improvviso gli fosse venuta un'idea niente male e non vedesse l'ora di metterla in pratica.

«Dove stai andando?» gli chiese Eleanor quando lo vide alzarsi e in procinto di andarsene.

«A prendere l'attrezzatura. Resta.»

Lei rimase distesa davanti al camino. Chiuse gli occhi e si chiese che genere di sconcezze avesse fatto Daniel con sua moglie su quel tappeto.

Riaprì gli occhi e lo vide sopra di lei. Daniel mise un tubetto di lubrificante e un asciugamano pulito sul pavimento all'altezza dei suoi fianchi. Deliberatamente iniziò ad arrotolarsi la manica destra della camicia.

Eleanor non doveva più farsi domande. «Vorrai scherzare» gli disse, il cuore che batteva all'impazzata.

«Ti sembra che stia scherzando?» Daniel si inginocchiò. Le allentò la cintura dei pantaloni del pigiama, che poi le fece scivolare lungo le gambe e gettò da parte. Con un gesto ostentato srotolò l'asciugamano e lo sistemò sotto i fianchi di Eleanor. «Di sicuro, *lui* te lo ha già fatto in passato.»

«Lo ha... In occasioni speciali.»

Le dischiuse le gambe. «Considerala un'occasione speciale, allora. Sei intimorita, adesso?»

Lei fece un respiro profondo. «Sì. Contento?»

«Molto.»

Eleanor fece un altro respiro e fissò il soffitto, assente. Trasalì al primo tocco di Daniel. «Scusa. Quel coso è gelato.»

«Lo so, ma è necessario. Rilassati.»

«Voi uomini lo dite sempre: *Rilassati*. Tu come ti sentiresti, se stessero per infilare una mano dentro di te?»

«Non posso dire che sarei rilassato, ma sono quasi sicuro che non sarei polemico.»

«Uno a zero per te.»

Daniel smise di toccarla.

«Chiudi gli occhi» le ordinò dolcemente. «Fai dei bei respiri profondi. Dimmi se senti male.»

Lei annuì, ma non rispose. Iniziò a inspirare ed espirare piano, inspirare ed espirare. Poteva farcela, lo aveva già fatto. Se fosse stata onesta, avrebbe anche ammesso che la cosa le piaceva.

Le dita di Daniel tornarono su di lei. Le divaricò le grandi labbra con la mano sinistra, mentre faceva scivolare due dita della destra dentro di lei. Eleanor continuava a respirare. Conosceva il trucco. Sapeva che non poteva permettersi di eccitarsi troppo. I muscoli vaginali si contraggono con l'eccitazione. Doveva restare calma, svuotare l'anima e lasciarlo entrare completamente, limitandosi a buttare fuori la paura. L'atto passivo per eccellenza di una vera sottomessa.

Dentro di lei, Daniel compì lente spirali con la mano. Muovendosi verso l'esterno, premette sui muscoli interni per aprirla, finché tre dita, poi quattro, furono dentro di lei. «Stai bene?» le chiese, nella voce una preoccupazione garbata.

«Più che bene.»

«Sei pronta?»

Eleanor non ebbe bisogno di chiedergli per cosa. «Sì.»

Sebbene le quattro dita le avessero dato la sensazione di colmarla, non erano niente in confronto a ciò che le fece provare tutta la mano, tutto il pugno dentro di lei. La sua calma si ruppe per un istante e lei rimase senza fiato per il modo in cui adesso lui la riempiva.

Aprì le gambe un po' di più e mosse il bacino verso la mano di Daniel. Sentì le proprie secrezioni colarle fra le cosce. Lui si muoveva appena. Non ne aveva bisogno. Eleanor si contorceva attorno alla sua mano, il corpo combattuto fra il bisogno di spingerlo fuori e quello di sentirlo sempre più in profondità.

Si sollevò in avanti e afferrò le proprie ginocchia. Per la prima volta nella sua vita abbassò lo sguardo e vide il polso di Daniel dentro di lei. Si distese sulla schiena, sollevò il bacino ed ebbe un orgasmo talmente glorioso che anche lui rimase senza fiato.

Ansimava ancora e Daniel uscì da lei con cautela. Usò un angolo dell'asciugamano sotto i suoi fianchi per asciugarsi la mano. La fece voltare, Eleanor era debole come una bambola di pezza. Sentì ancora su di sé il liquido freddo, questa volta sul fondoschiena, e un attimo dopo dentro di lei c'era Daniel che premeva con forza.

Era troppo stanca per godere del momento. Attese paziente sotto di lui mentre Daniel la usava per il proprio piacere e si spingeva dentro di lei una volta e un'altra ancora, sentendosi incapace di saziare il proprio appetito nei confronti di quella donna.

Infine rimasero entrambi sdraiati, nudi, uno accanto all'altra, indolenziti e sorridenti.

«Stavo pensando...» disse Eleanor voltandosi per avvolgere il petto di Daniel con il proprio corpo.

«Mmh, sentiero pericoloso. A che stavi pensando?»

«A tua moglie. So che è morta di cancro, eppure...»

«Eppure... cosa?»

«Eppure la invidio.»

Eleanor passò i successivi tre giorni in una coltre di sesso, libri e felicità.

Non c'era stanza della casa che non avessero battezzato, non c'era niente di cui avessero paura o che non volessero farsi a vicenda. La coltre diventava sempre più spessa, al punto che Eleanor fu costretta a tenere il conto dei giorni che le restavano con lui. Era arrivata sabato, adesso era mercoledì e sarebbe ripartita venerdì...

Mercoledì sera, Daniel andò da lei e la portò nella sua camera da letto. La spogliò e la fece restare in piedi davanti alla colonna del baldacchino. Lei si rilassò e inspirò piano. Sapeva esattamente cosa stava per succedere.

«Dimmi la tua parola di sicurezza, Eleanor» le ordinò lui, mentre con uno strattone le metteva le braccia dietro la schiena, la faceva chinare in avanti verso il materasso e le chiudeva delle manette intorno ai polsi.

«Non serve» gli rispose. «Fai il peggio che puoi. Non la sentirai.»

«Siamo arroganti, eh?»

«Niente affatto» lo contraddisse. «Sono solo stata addestrata bene, padrone.»

Lui la fece raddrizzare e, alzatele le braccia sopra la testa, gliele incatenò alla colonna.

I primi colpi del frustino si posarono leggeri sulla sua schiena. Anche Daniel era stato addestrato bene. Ogni sferzata violenta era preceduta da una più delicata per desensibilizzare la pelle. Eleanor inspirava ed espirava piano e si lasciava inondare dal dolore come le era stato insegnato. La pressione aumentò, il dolore crebbe.

Daniel si fermò solo il tempo necessario per penetrarla da dietro con brevi affondi potenti. Il suo seme le si riversò sulle cosce, poi lui si scostò in fretta, riprese in mano la frusta e la colpì di nuovo.

Un'ora dopo la liberò e la fece sdraiare sul pavimento. Era dappertutto con le sue mani viziose, con le sue dita indagatrici. Le morse il collo e i seni, poi spinse fino a quasi farla piangere per il mix di piacere e dolore. Eleanor sentiva Daniel tornare sempre più in vita ogni volta che la faceva propria.

Voltandola sul ventre, la penetrò di nuovo con foga. Le sue cosce erano umide del calore di entrambi. Sulla schiena bruciavano i segni delle frustate. E una parte di lei desiderò restare lì per sempre, sotto di lui, inchiodata al pavimento.

Un'ora... Tre ore dopo... Aveva perso la cognizione del tempo. Aveva dimenticato il suo nome, dove si trovava e, cosa ben più pericolosa, aveva momentaneamente dimenticato a chi apparteneva.

Tuffandosi con le proprie labbra su quelle di lui, raggiunse un orgasmo così intenso che fece meravigliare Daniel per le contrazioni muscolari che lo avvolgevano con la forza di una mano. Quando anche lui la raggiunse sulle vette dell'estasi, lo fece con una potenza che esplose nel ventre di Eleanor e le fece gridare il suo nome.

Rimasero a lungo distesi intrecciati uno sull'altra, Daniel ancora dentro di lei.

Fra le sue braccia, Eleanor cercava di non dare voce a quello che sapeva di dover dire. «Me ne vado venerdì mattina.» Non era un promemoria o una provocazione.

Doveva dirlo per ricordare a se stessa che era vero.

«Venerdì» ripeté Daniel, chinandosi sopra di lei per spegnere le due candele che ardevano sul tavolino accanto a loro. Un chiaro segno che era ora di dormire. «C'è tempo.» Si infilò sotto le lenzuola e trasse Eleanor vicino a sé.

«Tempo per cosa?» gli chiese, già mezz'addormentata.

«Tempo per farti cambiare idea.»

Trascorsero il mattino seguente in biblioteca a completare il lavoro. Tutti i libri erano stati riclassificati e rimessi sugli scaffali in modo ordinato.

Procedevano rapidi, dal momento che, una volta tanto, Eleanor era taciturna. Non riusciva a togliersi dalla mente le parole di Daniel. Voleva che restasse lì in quella sua deliziosa prigione. Era impensabile. Lei apparteneva a un altro uomo, apparteneva a *lui* come il suo cuore apparteneva al suo petto. Non avrebbe più lasciato il suo amante, sarebbe stato come farsi amputare un braccio.

Impensabile... eppure ci stava pensando.

«Chi vuole fare una pausa per il pranzo?» chiese Daniel dopo l'una.

Lei non rispose.

«Elle? Eleanor?»

Lei sospirò piano.

«Prestito per sette giorni, ricordi?»

«E questo cosa vorrebbe dire?»

Lei si voltò a guardarlo.

«Prestito per sette giorni. Erano questi i patti.»

Daniel annuì, ma era chiaro che non lo faceva perché era d'accordo. «Erano questi i patti. Ma i patti si possono modificare.»

«Impossibile» gli rispose, d'improvviso adirata. «Non è uno scherzo. Io non sono un libro della tua biblioteca. Io non faccio parte della collezione stabile.»

Lui non disse niente per un po'. «Potresti diventarlo» decretò infine.

Eleanor si limitò a scuotere la testa. «Non posso crederci. Tu sei suo amico e io sono tutto quello che ha, come puoi fargli questo?» Lasciò la biblioteca e proseguì lungo il corridoio, fermandosi solo per prendere il cappotto. Uscì dalla porta e si ritrovò nella neve. Si avviò per il vialetto sinuoso.

Ben presto sentì dei passi dietro di sé. «Eleanor, torna dentro!»

«Tornaci tu! È la tua prigione, non la mia.» Continuò a camminare. Faceva freddo, ma era troppo arrabbiata per notarlo, o perché la cosa le importasse.

«Hai addosso solo una giacca e un paio di jeans e ci saranno due gradi!»

«Be', avresti dovuto pensarci prima di chiedermi di restare.»

«Ma non ha alcun senso.» Erano quasi alla fine del vialetto. «Non sono io quello che sta scappando.»

Eleanor si voltò e si fermò. Era arrivata al limitare della strada. Due passi indietro e sarebbe stata fuori dalla proprietà di Daniel. «No, tu non stai scappando. Tu non scappi, non cammini, non passeggi, né vai da nessuna parte. Tu resti a marcire, ti nascondi. Ma io non farò altrettanto qui con te, anche se non c'è molto che noi due non abbiamo fatto insieme questa settimana.»

Daniel le si avvicinò di un passo. Uno soltanto, ma lei ne fece uno indietro. «Eleanor...» La sua voce era calma, controllata. Sembrava quella di un fantino che si rivolge al suo cavallo con dolcezza. «Possiamo parlarne. Non dobbiamo decidere oggi. Torna dentro con me, al caldo. Ho freddo e non mi capita spesso. Immagino che tu stia congelando. Torna dentro.»

Lei lo guardò. Per quanto fosse arrabbiata con lui, avesse freddo e fosse spaventata, non poteva negare che Daniel fosse bello da morire. La sofferenza aveva impresso il suo marchio su di lui. I suoi occhi erano tormentati, il suo corpo slanciato e freddo... come il granito.

Lei conosceva il granito. Sapeva che ci si poteva costruire sopra, ma anche che si poteva restarne schiacciati.

Ancora senza dire una parola, mosse l'ultimo passo fuori dalla sua proprietà. «Se vuoi che torni in casa, vieni a prendermi.» Non lo stava prendendo in giro. Voleva solo aiutarlo.

«Non farmi questo.» Daniel la guardò con una tale dolcezza che lei si vergognò di se stessa.

Eppure non si mosse. «Sei tu che stai facendo qualcosa a me» ribatté. «Lo amo con tutta me stessa e tu mi stai chiedendo di lasciarlo perdere, di scaricarlo. Non lo farò. Non posso farlo. Lo amo tanto quanto tu amavi lei. Forse anche di più perché, se *lui* morisse, andrei avanti come vorrebbe che facessi e non mi chiuderei a mo' di eremita in una grotta.»

«E allora dimmi di no. Lascia che io ti chieda di restare e rispondimi di no. Non c'è bisogno di avere i geloni, o di farne un dramma.»

«Non posso permetterti di chiedermelo» gli disse.

Daniel le si avvicinò di mezzo passo. «Perché no?»

«Perché» gli spiegò Eleanor, guardando la neve ai suoi piedi che le rivestiva le scarpe come glassa, «non sono sicura che ti risponderei di no.»

«Perché no?» insistette Daniel, mentre azzardava un altro minuscolo passo avanti.

«Per chi è *lui* e per cosa rappresenta...» Fece una pausa e lacrime inaspettate le riempirono gli occhi. «Devo rubare ogni secondo che passo in sua compagnia. Dormo nel suo letto e so che non c'è altro posto al mondo in cui vorrei stare, ma so anche che è l'ultimo in cui dovrei trovarmi. Mi è concesso di passare il sabato sera con *lui*, a volte anche il giovedì, se sono fortunata. Ma mai la mattina. Cosa non darei per un mercoledì o una domenica mattina...»

«Ti sei innamorata di un prete, Eleanor. Che cosa ti aspettavi?»

«Di certo non di innamorarmi di un prete, tanto per cominciare» gli rispose, fra un sorriso e una lacrima. «Ogni mattina di questa settimana tu hai fatto l'amore con me. Tu ci sei mattina, pomeriggio e sera e io per stare con te non ho dovuto rubare un solo secondo. Tu ne hai così tanti da dare. Se mi chiedessi di restare... Ti prego, Daniel, non me lo chiedere.»

Quando lui annuì, lo fece perché questa volta era d'accordo. «La sola cosa che ti chiedo è di rientrare in casa con me.» Era ancora nella sua proprietà, ma, quando allungò una mano verso di lei, si ritrovò dall'altra parte.

Eleanor gli prese la mano e detestò il piacere che provò nel sentire le proprie dita congelate che venivano avvolte dalla grande mano calda di Daniel. Lo detestava, tuttavia non mollò la presa finché non furono di nuovo in casa.

Lui si liberò, ma solo per posarle le mani sulle spalle e avvicinarla a sé. La baciò e la svestì nello stesso momento. Prima che se ne rendesse conto, Eleanor si ritrovò con la schiena contro la porta. «Ti lascerò andare» le sussurrò in un orecchio, mentre le sollevava le cosce e spingeva la sua virilità dentro di lei. «Però farò in modo che tu senta la mia mancanza.»

Era implacabile. Eleanor si aggrappò alle sue spalle. Lui era ancora vestito. Solo lei era nuda. Solo lei prendeva e prendeva, mentre lui dava un po' più di sé a ogni nuova spinta. Lei prese il suo bisogno, il suo dolore, la sua determinazione a tenerla accanto e la sua rabbia per non poter vedere soddisfatto il proprio desiderio, le sue dita sul clitoride e alla fine il suo seme che si riversò in lei mentre veniva scossa dall'orgasmo che sempre lui le aveva donato.

Gli gettò le braccia al collo mentre Daniel l'aiutava a rimettere i piedi sul pavimento ghiacciato. Si chinò verso di lui e inspirò il suo profumo per imprimerselo nella memoria. «Non ti preoccupare» gli disse, lasciandolo andare. «Mi manchi già.»

Giovedì sera, l'ultima sera insieme, restarono a letto con le braccia e le gambe intrecciate, al punto che era impossibile stabilire dove finisse il corpo di uno e iniziasse quello dell'altra.

L'indomani mattina la limousine sarebbe andata a prendere Eleanor per riportarla nel mondo esterno e da colui il quale le mancava a respiri alterni. Colui il quale malediceva a respiri alterni.

«Cosa farai quando me ne sarò andata?» gli chiese, incapace di evitare l'argomento.

«Cosa pensi che dovrei fare?» le domandò Daniel, mentre l'avvicinava ancor di più a sé di quanto già non fosse.

«Non lo so. Hai tanti soldi, non hai un lavoro e fuori si gela. Vai nella Terra del Fuoco. Ho sentito dire che in questo periodo dell'anno non è affatto male.»

Lui rise e il movimento del suo petto contro la schiena di Eleanor per poco non la fece tremare di nuovo. Poteva smettere di essere così sexy per un secondo? «La Terra del Fuoco è quasi il punto più meridionale del Sud America, a un tiro di schioppo dall'Antartide. In estate nevica, da quelle parti.»

«Wow! Be', a ogni modo, dovresti essere abituato a tutto quel freddo. Scommetto che è un bel posto.»

«Sì, immagino di sì. I nativi del luogo accendevano dei fuochi per contrastare le basse temperature, da qui il nome *Terra del Fuoco*.»

«Come fai a sapere tante cose?»

«Sono un libraio, ricordi?»

«Continuo a dimenticarlo.» Raggiunse il punto fra le sue cosce e iniziò ad accarezzarlo. «Dovrò proprio rinnovare la mia tessera della biblioteca, quando torno a casa.»

«Faresti bene» concordò Daniel, facendola sdraiare e scivolando dentro di lei. «Fai attenzione alle penali per il ritardo, però.»

Eleanor rise in modo sommesso mentre gli cingeva la vita con una gamba per avvicinarlo ulteriormente. «Oh, penso di potermele permettere.»

Il giorno arrivò troppo presto per entrambi. Eleanor si svegliò còn il ventre a contatto con il materasso e Daniel dentro di lei che spingeva piano. Era disperato al punto da non avere nemmeno la pazienza di aspettare che lei si svegliasse.

Fecero l'amore in silenzio, resi muti dal dolore di doversi separare a breve. Daniel alla fine si ritrasse con una riluttanza che entrambi percepirono. Le preparò un bagno caldo e, sapone alla mano, la ripulì da tutte le tracce di sé che aveva lasciato fuori e dentro Eleanor.

Lei rabbrividì nell'acqua, nonostante la temperatura quasi rovente. Avrebbe preferito tornare a casa sporca, macchiata e segnata da lui. Era grata dei pochi lividi scuri che le aveva lasciato sulle cosce e del segno dei suoi morsi sul collo e sui seni.

Sapeva che, in un giorno o due, quella strana settimana con lui sarebbe svanita dai suoi ricordi come un sogno mattutino. Aveva bisogno di quei segni per ricordare che era successo davvero, che Daniel era reale e che lei era molto più di un prestito per sette giorni.

Lei gli era appartenuta.

Già, *era*...

Daniel raccolse le cose di Eleanor mentre lei si asciugava i capelli e si vestiva. Le pareva strano lasciarglielo fare, ma non protestò. Sapeva che lui aveva bisogno di sentirsi nel pieno controllo della situazione, di convincersi che la partenza di quella mattina fosse tanto volontà di Eleanor quanto sua.

Aveva appena finito di domare la sua chioma, quando Daniel andò da lei.

La sua voce era bassa e ferma. I suoi occhi erano pacati. «L'auto è qui.»

Lei annuì, non fidandosi della propria voce, e raccolse guanti e cappotto.

Fianco a fianco percorsero in silenzio il corridoio, scesero le scale e si ritrovarono davanti alla porta. Eleanor fece per toccare la maniglia, ma lui la fermò, posando la propria mano sulla sua.

«Daniel, devo...»

«Chiamami *padrone*, almeno per un'ultima volta.»

Eleanor incontrò i suoi occhi nei quali lesse la disperazione. Sentì un groppo formarsi nella gola. Cercò di deglutire, ma non ci riuscì.

«Sì, padrone» sussurrò.

Lui chiuse gli occhi e li riaprì piano. «Non ti chiederò di restare» le disse. Eleanor riusciva a malapena a guardarlo, sebbene non desiderasse altro che imprimere nella memoria ogni linea, ogni angolo del suo viso. «Anche se lo vorrei.»

Lei fece un respiro profondo e si sforzò di sorridere. «Non ti direi di sì, se me lo chiedessi... anche se lo vorrei.»

Daniel le sorrise di rimando e quel sorriso le spezzò il cuore più di quanto avrebbero potuto fare delle lacrime. «Vai. Va' da *lui* prima che io cambi idea e ti tenga qui per sempre.»

«*Lui* è fatto per me, lo sai.»

«Lo so bene. Ed è l'unico motivo per cui non ci proverò.»

Tolse la mano da quella di Eleanor e le lasciò aprire la porta.

L'autista scese dalla limousine e mise le valigie nel bagagliaio. Tenne la portiera aperta ed Eleanor salì a bordo, poi si mise al volante mentre lei abbassava il finestrino oscurato. «Non ti rivedrò mai più, è così?»

«Sì, a meno che tu non lo lasci.»

«Non lo farò» rispose con una certezza spietata. «Ma, forse» aggiunse, alzando lo sguardo sulla grande casa che incombeva quasi minacciosa dietro Daniel, «forse un giorno tu lascerai *lei*.»

Lui annuì. «Forse... Addio, Eleanor. Fai la brava.»

Lei lo guardò per un lungo istante e gli rivolse il suo sorriso più malizioso. «Sì, padrone.»

L'auto partì e si avviò lentamente lungo il vialetto. Eleanor chiuse gli occhi e appoggiò la testa al vetro freddo del finestrino. Non si sarebbe voltata a guardarlo. Sapeva che, nonostante il freddo, Daniel era ancora sui gradini dell'ingresso a osservarla mentre lo lasciava, finché ogni traccia di lei non fosse sprofondata in lontananza e fosse scomparsa.

Era lì, di sicuro. Non c'era bisogno che controllasse. Lo sapeva e basta.

Gli occhi ancora chiusi, sentì l'auto che svoltava a sinistra alla fine del vialetto e inchiodava di colpo. «Ma che cavolo...?» Aprì gli occhi e si sporse in avanti. In mezzo alla strada di fronte all'auto, e completamente fuori dalla sua proprietà, c'era Daniel. Eleanor spalancò la portiera e corse da lui.

«Daniel... Oh, mio Dio... Sei...»

«Ho mentito» le disse, avvicinandosi. «Ti chiederò di restare. Lo farò e lo sto già facendo. Ti sto pregando di restare. Ho bisogno di te.» La baciò e lei fece altrettanto, troppo sorpresa per dire qualcosa, troppo commossa per restare.

Alla fine si scostò da lui.

«Daniel, ce l'hai fatta! Sei uscito di casa, sei uscito dalla tua proprietà. Non ci posso credere.»

Lui guardò la casa in lontananza e rise, come se si fosse accorto solo in quel momento di ciò che aveva fatto. «È la prova di quanto io abbia bisogno di te. Non avevo messo piede fuori dalla mia proprietà per tre anni, ma per te... eccomi qui.»

Eleanor si strinse a lui ancora un momento, premette il viso sul suo collo e inalò quel profumo che era di Daniel, e di Daniel soltanto. E in quel momento vide la loro vita insieme, i giorni fra i libri, le notti abbracciati, le mattine a disposizione per tutto ciò che desideravano... Niente li avrebbe mai costretti a restare separati e lei non avrebbe più dovuto aspettare un solo secondo davanti a una porta, in attesa di sentire che si apriva quel tanto che bastava per sgattaiolare dentro senza che nessuno si accorgesse... Lei sarebbe stata di Daniel e Daniel sarebbe stato suo, tutto ciò che doveva fare era dire un semplice sì.

«No» gli rispose e lo lasciò andare.
«Come? No... cosa?»
Daniel sembrava oltremodo ferito.
«Se tu fossi ancora là, nella tua fortezza, io saprei quanto hai bisogno di me. Il fatto che tu sia qui, che tu sia libero, è la prova che non hai affatto bisogno di me.»
«Eleanor, ti prego...»
«Mi dispiace da morire» disse, allontanandosi e tornando all'auto. «Lo so che non aiuta, ma devi sapere che solo lasciare *lui* mi farebbe altrettanto male.» Lo guardò un'ultima volta prima di salire in auto e pronunciare una terribile parola all'autista: «Vada».
La vettura ripartì e questa volta niente e nessuno cercò di fermarla.

Tre mesi dopo...

Lo avrebbe visto quella notte, per tutta la notte. La consapevolezza di dodici ore ininterrotte con *lui* l'aveva fatta danzare di gioia tutto il giorno.
Eleanor danzò anche mentre tornava a casa dal lavoro alle otto e mentre lasciava cadere sul tavolo della cucina una borsa piena di libri. Avrebbe fatto una doccia e si sarebbe cambiata in un'ora, alle nove spaccate sarebbe stata pronta. E sarebbe stata sua, completamente sua per tutta la notte.
«Ellie?» La voce di sua madre la chiamò da dietro la porta chiusa della camera. «C'è posta per te. Guarda sul tuo letto.»
«Grazie!» rispose e danzò per la sua stanza, per nulla curiosa di scoprire chi le avesse scritto. Di sicuro era una cosa di poco conto.
Il suo sguardo cadde sulla trapunta ed Eleanor vide la cartolina che sua madre vi aveva poggiato. La prese. Sul fronte c'era una foto di montagne, le cime innevate, imponenti. Adesso si sentiva abbastanza curiosa da girarla e leggere...
La Terra del Fuoco non è affatto male in questo periodo dell'anno. Saluta Astor e Lenox da parte mia. Baci.

Non era firmata. Solo *baci* e nient'altro. Ma non c'era bisogno della firma. Daniel...

Non poteva crederci, ci era andato davvero, era uscito di casa. E si era addirittura spinto fino ai confini della terra.

Il senso di colpa latente per averlo lasciato in modo così brutale scomparve all'improvviso. Lui stava bene e, cosa più importante di tutte, era libero.

Eleanor infilò la cartolina in un libro che aveva appena finito di leggere e danzò verso la doccia. Sapeva cos'era l'amore. E l'aspettava alle nove.

Per il tuo piacere
di Elisa Adams

. 1 .

Il caldo era quasi insopportabile. L'umidità mi impediva di respirare decentemente e il sudore continuava a imperlarmi la fronte, per quanto cercassi di asciugarlo con il dorso della mano. Questo tormento sarebbe durato altri tre giorni, almeno secondo le previsioni meteorologiche che avevo sentito alla radio quella mattina andando al lavoro. Ancora tre giorni prima di avere un po' di sollievo.

In alto cinguettavano degli uccellini, ma anche il loro canto sembrava sfinito. Era sgradevole. Le estati tendono a essere così nel New England: roventi e appiccicaticce per giorni di fila. Certa gente adora il caldo. Io lo odiavo. Odiavo il modo in cui i capelli e i vestiti sembravano incollati al mio corpo. Odiavo l'irrequietezza che mi prendeva le budella e mi serrava la gola con le dita.

Anche quella sera smaniavo sulla mia sedia a sdraio, rimpiangendo di non aver fatto costruire la piscina che mia sorella aveva tanto cercato di convincermi a installare. Per giunta, il condizionatore era rotto e il tecnico non sarebbe venuto prima di due giorni. Gemetti. Il solo posto nel quale sfuggire al caldo era l'ufficio.

In quell'istante, un breve movimento attirò la mia attenzione e un sorriso mi tremò agli angoli della bocca. La brezza leggera che muoveva le foglie non era l'unico vantaggio dell'essere fuori. Una luce alla finestra del mio vicino mi rammentò la vera ragione per cui, dopo cena, ero uscita.

Durante la settimana, lui tornava sempre a casa alle otto e mezzo, si cambiava con le luci accese e non aveva ancora messo le tende alle finestre.

Lo avevo visto per la prima volta due settimane prima, quando si era trasferito nella casa dall'altra parte del prato, di fronte alla mia. Le tre finestre del primo piano erano alte, strette e vicinissime l'una all'altra, il che mi permetteva di godere di un'ottima visuale. Da giorni mi dicevo che guardare quel tizio era sbagliato soltanto se fossi stata scoperta, ma in realtà non mi importava. Giusto o sbagliato che fosse, non potevo smettere.

Quell'uomo mi aveva ossessionato dal primo momento. Non conoscevo il suo nome, non sapevo nulla di lui, eppure nelle ultime settimane era stato il protagonista di tutte le mie fantasie, e quella sera non faceva eccezione. Sentivo già la vagina che cominciava a bagnarsi, che si preparava. Sapevo quello che sarebbe successo di lì a poco: la maggior parte delle sere lui non si limitava a cambiarsi con le luci accese.

La pelle mi pizzicava. Lasciai scorrere le mani lungo i fianchi e cominciai a stuzzicarmi i seni fino a che i capezzoli si inturgidirono. Ah, avrei voluto che fossero le sue dita a toccarmi. Morivo dalla voglia che mi scopasse. Era chiedere troppo?

A quanto pareva, sì. Un sospiro di frustrazione mi sfuggì dalle labbra. Erano due settimane intere che lo osservavo e quel tizio non aveva mai nemmeno guardato dalla mia parte.

È triste, Callie. Molto triste. A trentadue anni ero ridotta a una guardona, che voleva quello che non avrebbe mai potuto avere e passava troppe ore con il suo fidanzato a batterie. Mi sistemai una ciocca umida di sudore dietro l'orecchio. In effetti, mia sorella, la psichiatra, avrebbe avuto di che divertirsi con me.

Il mio vicino era favoloso, ma non nel modo convenzionale. Aveva muscoli tonici, la pelle tatuata e abbronzata, capelli lunghi e scuri e sempre un'ombra di barba sul viso. Maglietta strappata, jeans stinti. Insomma, quel tipo d'uomo che ogni madre non sceglierebbe per la figlia.

Quel tipo d'uomo che avevo bisogno di avere sopra di me, dentro di me, mentre gridavo il suo nome.

Strinsi le dita intorno al bicchiere di tè freddo posato sul tavolino accanto a me, accarezzandolo su e giù come fosse il suo pene. La condensa mi rinfrescò la mano, così me la passai sul collo, ma il liquido freddo non riuscì a spegnere il fuoco che divampava in me, alimentato dall'afa e dall'uomo dall'altro lato del prato.

Lui si tolse la maglietta e la gettò via, poi si sfilò i jeans e si buttò sul letto con addosso soltanto i boxer. Lasciandosi scorrere distrattamente la mano sul gonfiore là sotto, con i muscoli dell'addome che si flettevano e contraevano, cominciò ad accarezzarsi il membro attraverso la stoffa. Io imitai il suo gesto, facendomi scivolare la mano sul fondo bagnato degli slip del bikini. Due secondi e già mi contorcevo. Venni in fretta, pensando a lui, a quel suo grosso cazzo e a come sarebbe stato averlo dentro di me.

Aspettai, trattenendo il fiato, con i muscoli tesi, che si togliesse i boxer, ma lui invece si alzò e se ne andò. In qualche modo, la sua assenza aumentò la mia eccitazione. Chissà, forse era andato in qualche stanza buia e ora mi guardava dalla finestra.

Con quel pensiero in testa, mi scostai gli slip, esponendo la mia vulva all'aria calda della notte. Mi sfiorai la fessura, desiderando che a toccarmi fossero le sue dita. Ero già lubrica, e mi bagnai ancora di più mentre mi accarezzavo con le dita umide. I seni mi pizzicavano, i capezzoli pretendevano le sue labbra.

Quante notti mi ero toccata pensando a lui? Troppe, ma mai così, mai all'aperto, dove chiunque avrebbe potuto vedermi.

Dove il mio vicino avrebbe potuto vedermi, se avesse deciso di guardare dalla mia parte.

Lui, però, non mi aveva ancora visto, no? Forse non lo avrebbe nemmeno mai fatto. Per uno come lui, io ero pressoché invisibile. Avevo visto le sue donne, lo avevo visto mentre le prendeva sul suo letto e loro gli artigliavano la schiena, gettando la testa da un lato e dall'altro. Una parata infinita di bionde, con qualche occasionale rossa. Al mio vicino piacevano alte e magre come modelle. Due caratteristiche che io non possedevo e non avrei mai potuto avere.

Non mi lamentavo, però. Un metro e sessanta di altezza mi bastava e poi mi piacevano le mie curve. E piacevano agli uomini con cui uscivo. Se il mio vicino era di gusti diversi, be', peggio per lui.

Lo sportello di una macchina che sbatteva poco lontano mi raggelò, ma solo per un secondo. Gli alberi che circondavano il prato avrebbero per lo più impedito ai curiosi di sbirciare, e del resto la casa più vicina era quella del mio misterioso amico. Se lui mi vedeva, non mi importava. Anzi, forse persino lo volevo.

Abbassai le palpebre e cominciai a immaginare quello che lui forse stava facendo da quando era uscito dalla camera da letto. Intanto continuavo a giocare con il mio sesso, ora più lentamente; sapevo che mi stavo avvicinando all'orgasmo, ma non volevo ancora arrivare alla fine.

All'improvviso mi sentii la pelle d'oca sulle braccia. Aprii gli occhi e il respiro mi si fermò in gola. Lui era tornato a mettersi davanti alla finestra, premeva il palmo della mano contro il vetro. L'eccitazione che gli vidi negli occhi mi accelerò le pulsazioni. Oh, Dio. *Non era la mia immaginazione*, lui mi stava guardando davvero. Mi immobilizzai. E adesso, che cosa dovevo fare? Cominciai a togliere le dita dagli slip, ma lui scosse la testa, e le due parole che quelle labbra piene sillabarono silenziosamente mi fecero tremare sulla sdraio.

Di più.

Deglutii. Non era possibile che stesse accadendo, eppure era impossibile negarlo. Lui non voleva che mi fermassi.

Io, però, continuavo a non muovermi e allora un sorriso sexy gli illuminò il volto, una luce di sfida gli brillò negli occhi. Mi sentivo tutto il corpo tremare, bagnandomi ancora di più. «Avanti» mi incalzò silenziosamente lui, e anche se un pannello di vetro ci separava, mi parve di sentire la sua voce profonda scivolarmi addosso come seta fresca. Impotente, incapace di fermarmi, obbedii al comando del suo sguardo e mi feci scivolare di nuovo la mano fra le cosce, ricominciando a toccarmi con le dita... dentro e fuori.

Quando mi misi il pollice sul clitoride e premetti, urlai alla saetta di piacere che mi percorse. No, era troppo, io non ero così sfacciata. Non ero sicura che sarei riuscita a masturbarmi davanti a lui, ma non volevo fermarmi, e allora chiusi gli occhi, concentrandomi soltanto sulle mie dita. Lui continuava a guardarmi, sentivo il suo sguardo sulla mia pelle. Il pensiero che stavo dando spettacolo avrebbe potuto raffreddarmi, ma non fu così. Per tanto tempo avevo voluto che lui mi guardasse e ora lo stava facendo.

Circa un minuto più tardi, sentii due mani forti aprirmi le gambe e di colpo aprii gli occhi. Lui era inginocchiato fra le mie ginocchia, la bocca a un soffio dal mio sesso. I nostri sguardi si incontrarono e la voglia che lessi nei suoi occhi mi formò una spirale di eccitazione nel ventre.

Il volto in fiamme, tirai le dita fuori dalla vagina e cominciai a sistemarmi gli slip del bikini. Lui, però, non mi lasciò finire. Mi afferrò la mano e se la portò alle labbra, succhiandomi le dita, lavandomele con la lingua prima di lasciarmi andare. Io gemetti.

«Come ti chiami?» mi chiese in un sussurro.

«Callie» risposi, ma non gli domandai il suo nome perché non volevo saperlo. Era più eccitante così, stare con le gambe larghe, completamente aperta davanti a uno sconosciuto. Respiravo appena, mi muovevo appena.

«Callie.» La sua voce pareva avvolgersi intorno al mio nome, srotolando ogni singola sillaba. «Muoio dalla voglia di sentire il tuo sapore.»

E così fece. La sua bocca si chiuse sul mio clitoride, attirandolo all'interno. La sua lingua guizzava senza sosta su di me, e ogni piccolo movimento mi portava più vicino all'orgasmo. Inarcai la schiena. Pochi secondi dopo che le sue labbra avevano toccato il mio corpo, ero pronta a supplicarlo di scoparmi.

«*Per favore.*» Le parole mi scivolarono di bocca in un sussurro lieve, poco più che un respiro nella brezza estiva.

Per tutta risposta, lui ridacchiò sulla mia pelle. La spinta delle sue dita mi colse di sorpresa e inarcai i fianchi verso di lui. Volevo di più. I guizzi magistrali della sua lingua insieme alla pressione di quelle grosse dita mi fecero contorcere sulla sdraio. Affondai le mani tra i suoi capelli, premendogli la testa contro il mio sesso, mentre lui continuava a leccarmi. Le sue dita affondavano nelle mia vagina, mi tenevano aperta.

Quell'uomo era un maestro. L'orgasmo mi colse di sorpresa, come un'esplosione, squassando il mio mondo dalle fondamenta. Gli afferrai più forte i capelli e gettai indietro la testa, mentre un grido silenzioso mi usciva dalle labbra. Lui non rallentò subito il ritmo, ma, tremito dopo tremito, mi seguì finché non mi sentii tutti i muscoli sfiniti, liquidi, inutili. Dopodiché si scostò e si alzò, lasciandomi tutta fredda.

Esausta e tremante, non riuscii a far altro che restarmene sdraiata, a guardarlo armeggiare con la fibbia della cintura, gli occhi fissi su di me. Il calore che gli vedevo nello sguardo, il liquido del mio orgasmo che gli riluceva sul mento mi fecero ricominciare a tremare. Una volta che si fu sbottonato i jeans, liberò il pene, e io mi leccai le labbra. Da troppo tempo non avevo un uomo dentro di me, ma non avrei dovuto aspettare ancora, lo sapevo. Mi spostai, allungai le mani verso di lui, però il mio vicino scosse la testa.

«Non stanotte. È tardi e sono sicuro che domani ti devi alzare presto.»

Un piccolo sussurro di protesta mi sfuggì dalle labbra, ma lui non disse niente. Si prese invece il membro eretto in mano e cominciò ad accarezzarselo, dalla base alla punta. Dopo pochi secondi, gettò indietro la testa, chiuse gli occhi, dischiuse le labbra. Non gli ci volle molto per venire in fiotti pesanti sul mio stomaco. Poi sollevò le palpebre e, regalandomi quel suo sorriso sexy, si chinò verso di me e mi spalmò il suo sperma sulla pelle.

«Un'altra volta, Callie.» Quindi mi diede un rapido bacio sulla fronte, si voltò e se ne andò.

Molto tempo dopo, riuscii finalmente ad alzarmi e a rientrare in casa. Quella era una notte che non avrei mai dimenticato.

. 2 .

Erano passati tre giorni dalla sera dell'incontro in giardino con il mio vicino. Da allora non lo avevo più visto, ma del resto non lo avevo nemmeno davvero cercato. Una parte di me si sentiva mortificata, ma una parte, più grande, si godeva il pensiero di quello che avevo fatto, di quello che avevo lasciato che lui mi facesse. Forse allora rivederlo avrebbe potuto rovinare il ricordo di ciò che era accaduto; un ricordo che anche in quel momento, mentre percorrevo il vialetto verso casa, mi provocò un brivido caldo lungo la schiena, un fremito tra le cosce.

Salendo i gradini che portavano al portico sulla facciata della casa, cercai di liberarmi di quella sensazione. Era stata una lunga giornata in un'ancora più lunga settimana, ma, grazie al cielo, avevo davanti a me il weekend. Avevo bisogno di riposare, di dormire e ricaricarmi prima di ricominciare tutto daccapo lunedì. La cosa buffa era che, per quanto desiderassi passare un po' di tempo da sola, lontano dalla gente, non potevo fare a meno di chiedermi come sarebbe stato stare di nuovo con il mio vicino. Questa volta starci completamente. Non volevo la sua bocca, anche se aveva fatto meraviglie. Volevo il suo cazzo.

Un suono involontario mi sfuggì dalle labbra, seguito da una risatina. Essere una ragazza cattiva non mi era mai particolarmente interessato, ma ora mi piaceva sentirmi così. Mi dava un'inebriante sensazione di potere che mi fece sorridere.

Avevo raggiunto l'ultimo gradino, le chiavi in mano, e stavo per dirigermi verso la porta, quando un movimento nell'angolo più buio del portico attirò la mia attenzione. Mi immobilizzai di colpo, la pelle d'oca sulle braccia. «Chi è?»

«Torni sempre così tardi dal lavoro?»

Quella voce – la *sua* voce – mi fece cadere le chiavi che atterrarono rumorosamente sul pavimento del portico, scintillando alla luce fioca della lampadina sul soffitto. Io deglutii e mi chinai per raccoglierle. «Mi hai spaventato. Avevo un progetto, una scadenza da rispettare.»

«Lavorare troppo non ti fa bene. Hai bisogno di un po' di riposo. Di rilassarti.»

Già, facile per lui dirlo. «Perché sei qui? Di certo non per rimproverarmi per le mie abitudini lavorative, visto che non mi conosci abbastanza per sapere quali sono. A essere precisi, tu non mi conosci affatto, non è vero?»

Lui rise. «So che sapore ha la tua figa. So i rumori che fai quando vieni.»

In effetti, la mia vagina era già umida, e si bagnava ogni secondo di più. Da giorni, ormai, avevo bisogno di sentire il suo pene dentro di me. No. Da più tempo, da molto più tempo. Esattamente dal primo momento che lo avevo visto accarezzarsi con tanto sfacciato abbandono a quella finestra del primo piano, poco dopo che si era trasferito.

«Tu sai perché sono qui» continuò lui, avvicinandosi, ma restando ancora nell'ombra. «Tu mi vuoi, vuoi quello che accadrà tra di noi... mi desideri.»

«No.» Il diniego fu automatico, ma insincero, e lui lo capì. Non c'era nessuna convinzione dietro quella parola. Cercai di voltarmi verso di lui, avevo bisogno di vedere la sua espressione, ma il palmo della sua mano sulla schiena mi fermò.

«No. Stai dove sei.»

Quell'ordine avrebbe dovuto irritarmi, forse persino offendermi, invece mi fece eccitare ancora di più. I muscoli della mia vagina si contrassero, ammorbidendosi, preparandosi per lui.

Sentii che abbassava la mano fino alla parte finale della mia schiena, appena sopra il sedere. Toccò con la punta delle dita l'incavo che avevo laggiù e io gemetti.

«Piegatevi in avanti e appoggiate le mani alla porta, Miss Jenkins.»

Un brivido gelato mi percorse la schiena. Ignorai il suo comando, cercando di assorbire quello che aveva appena detto. «Come sai il mio cognome?»

Lui fece pressione sulla mia schiena, costringendomi a piegarmi in avanti. Poi, chiudendomi le dita intorno ai polsi, mi sollevò le mani e le posò sulla fresca superficie metallica della porta. «Ero curioso e così l'ho scoperto. Sorpresa?»

Riuscii solo ad annuire, e intanto lui muoveva le mani sulla mia schiena, sollevandomi la gonna fino alla vita. Quindi inserì un ginocchio fra i miei e mi aprì le gambe. L'eccitazione che sentivo salirmi dentro minacciava di esplodere, ma era tutto sbagliato, lo sapevo. Era ancora più sbagliato di quello che era successo nel mio giardino. Non potevo permettere che continuasse. «No, fermati. Siamo all'aperto, sulla facciata e sotto la luce. Potrebbero vederci.»

La sua morbida risata mi scivolò addosso come un foulard di seta purissima. «Credevo che ti piacesse. Credevo che ti piacesse essere guardata. E ti piace anche guardare me.»

Restai raggelata. No, non era possibile. «Lo sapevi?»

«Oh, sì. E ho adorato ogni secondo.»

Mi leccai le labbra. Tutto quel tempo lui si era esibito, e io ero stata il suo pubblico. Aveva agito con uno scopo ben preciso, come la sera in cui mi aveva attirato fuori, nel giardino. Avrei dovuto essere arrabbiata, ma del resto anche lui avrebbe dovuto essere arrabbiato: in fondo, ero stata io a guardarlo per prima. Il fatto che non lo fosse mi eccitò ancora di più.

«Quelle altre donne...»

«Loro non sapevano niente. Ma io sì, io sapevo. Ti piaceva guardarmi mentre le scopavo, vero?»

Scossi la testa. «No!» risposi con enfasi.

«Perché no? Dimmi la verità.»

«Perché volevo essere al loro posto.» Ogni singola, dannata volta, avrei voluto esserci io su quel letto.

Sentii le sue dita risalire lungo la mia coscia, mi solleticavano la pelle, mi stuzzicavano. «E lo vuoi ancora?»

«Sì.»

«Bene, perché lo voglio anch'io. Lo voglio da troppo tempo.» Mi scostò le mutandine e fece scorrere le dita sulla mia fessura. Ero così lubrica, così bagnata da essere diventata ipersensibile.

Mi accarezzò il clitoride e piccole scintille si diffusero dalla vagina in tutto il mio corpo. Mi tremavano le gambe. Gridai, mi dimenai, ma, ogni volta che riuscivo a fargli mettere le dita proprio dove le volevo, lui le spostava, tenendomi in bilico a un passo dall'orgasmo, senza mai farmi esplodere. Le punte delle sue dita erano callose; forse passava molto tempo a lavorare all'aperto. Era così diverso dai dirigenti che di solito mi portavo a letto, tutti classe e scarpe lucide. Non mi ero mai resa conto di quanto invece mi piacesse il tipo rude. Rozzo e sexy.

Lui mi premette le labbra tra le scapole e l'intenso, pulito profumo della sua colonia mi avvolse. «Ho pensato a te. Non sarei dovuto andar via, quella notte.»

«Perché lo hai fatto, allora?»

«Perché sapevo che così questa volta sarebbe stato ancora migliore. Più eccitante.»

Ero a un passo dal pregarlo di prendermi... quando l'altra sua mano calò con forza sul mio fondoschiena. Il rumore dello schiaffo risuonò nel silenzio e io restai senza fiato. Persino i grilli smisero di cantare. Mi sentivo bruciare la natica, il sangue mi pulsava nelle orecchie. Doveva essere stato un errore.

Un errore che mi era maledettamente piaciuto. «Ehi. Che cosa credi di fare?»

Lui accarezzò il punto che aveva appena colpito. «Seguo il mio istinto. Sei stata una ragazza cattiva, non è vero, Callie? Spiavi i vicini, sbirciavi nelle loro camere da letto.» Un'altra sculacciata, un'altra fitta di dolore. E un'altra ondata di piacere che mi si riversò nelle parti intime. «Mi guardavi mentre ero insieme ad altre donne. Mi guardavi quando ero da solo. Sai a cosa pensavo ogni volta che mi masturbavo?»

Quelle sue parole crude mi fecero rabbrividire. Lasciai cadere le chiavi. I capezzoli che si strofinavano contro il pizzo del reggiseno mi provocavano piccole stilettate di piacere. «No.»

«A te. Pensavo a te. Pensavo che volevo affondare dentro di te. Pensavo che volevo farti urlare il mio nome, che volevo sentirti supplicarmi di dartene ancora.»

«Il tuo nome non lo conosco neppure.»

Ancora una sculacciata, questa più forte delle altre due. Il mio corpo si piegò ancora di più in avanti, verso la porta, e dovetti puntarmi con le braccia per non cadere. Sussultai. *Oh, mio Dio*. Non ero mai stata tanto eccitata.

Lui premette le labbra sul sedere, proprio dove mi aveva colpito. «A dire la verità, lo sai. Di me sai più di quanto tu creda.»

Avrei voluto fargli delle domande, ma lui scelse quel momento per infilarmi due dita nella vulva e ogni pensiero razionale scomparve dalla mia mente.

Gemetti, senza più preoccuparmi che i vicini potessero sentirmi, senza curarmi che vedessero quello che stavamo facendo. Ero oltre ogni imbarazzo. Lo volevo dentro di me, ma fino a quel momento lui mi aveva soltanto stuzzicato.

«Dimmi che cosa vuoi, Callie.» Il suo sussurro era quasi una carezza, le sue dita sfiorarono il mio fianco nel punto in cui la pelle era nuda.

Mi inarcai, spingendo il mio centro caldo e pulsante verso di lui. «Solo... oh, per favore.»

«Il gatto ti ha mangiato la lingua?»

Avrei riso se non fossi stata tanto eccitata, tanto pronta. Ero arrivata a un punto in cui avrei lasciato che mi facesse tutto quello che voleva, a patto che mi desse un briciolo di sollievo. Cercai di mettermi una mano fra le cosce, ma lui mi fermò dandomi un pizzicotto al fianco.

«Sta' ferma. Ti prometto che sarai contenta di avere aspettato.»

Ah, dopo l'ultima volta non ne dubitavo. Un uomo sexy che mi faceva cose scandalose all'aperto, in pubblico... era una delle fantasie che non avevo mai osato confessare a nessuno. Era una cosa vergognosa, ma proprio per questo ancora più eccitante. I miei sensi non erano mai stati tanto acuti, la mia pelle era ipersensibile mentre lui mi spingeva due grosse dita nella vagina. Poi ne infilò anche un terzo, arrivando più in fondo che poté.

«Cazzo» borbottai, perché stavo per sbattere di nuovo la testa contro la porta. Non c'era niente di lucente in quel tizio, ed era esattamente così che volevo fosse.

«Ah, quindi è questo che vuoi?»

La sua voce era spezzata, sembrava che ansimasse e io adorai sapere che potevo sconvolgerlo proprio come lui sconvolgeva me.

«Lo sai.»

Lui tolse le dita dalla mia vagina e si scostò. All'improvviso mi sentii fredda, abbandonata, era come se l'aria avesse perso tutto il suo calore.

«Che cosa stai facendo?» gli chiesi tra i denti.

«Ti guardo. Era da così tanto tempo che ti volevo in questa posizione.»

Sapendo di avere addosso il suo sguardo, mi dimenai. Mi sentivo talmente bagnata che ero sicura che il liquido mi stesse colando lungo le gambe. Lui doveva vederlo, eppure continuava a non far nulla.

Dopo quella che mi parve un'eternità, mi voltai a guardarlo di sopra una spalla e vidi che era appoggiato alla balaustra del portico, le braccia incrociate sul petto. Deglutii. «Ti prego.»

Lui allora si scostò dalla ringhiera e si diresse verso la porta; dopo aver raccolto le chiavi da terra, le infilò nella serratura. Mi alzai un secondo prima che girasse il pomello e mi guidasse all'interno. Le gambe mi tremavano così tanto che facevo fatica a camminare. Mi bruciava ancora il sedere, ma era un dolore piacevole. Quel tipo di dolore che mi faceva venir voglia di strappargli tutti i vestiti di dosso e fare quello che volevo con lui, là e in quel momento. Invece non lo toccai; eccitata come non mi ero mai sentita in tutta la mia vita, aspettai di vedere quello che avrebbe fatto.

Non mi fece attendere molto. Dopo aver chiuso la porta alle nostre spalle, mi spinse contro il pannello di legno e premette il corpo contro il mio. Poi mi baciò. Il suo bacio era un attacco, un comando; mi insinuò la lingua in bocca e prese quello che voleva. Sorprendentemente, lo lasciai fare. Qualunque cosa volesse farmi, quella notte ero sua. Per una volta mi andava benissimo lasciarmi guidare, piuttosto che cercare di avere il controllo della situazione. Così mi limitai a circondargli il collo con le braccia, e a restare aggrappata a lui.

Mi passò le labbra lungo la gola, alternando baci a bocca aperta a piccoli morsi. Ogni suo gesto aumentava la tensione dentro di me, fino a un livello quasi insopportabile, e premetti i fianchi contro i suoi, in preda a una bramosia disperata. Ero pronta a fare qualunque cosa purché mi facesse venire.

Come se avesse percepito la mia voglia, il mio vicino smise di baciarmi e si staccò da me.

Con un gemito, allungai una mano verso di lui, anche se sapevo benissimo che era inutile. «Perché mi tormenti così?»

L'intensità del suo sguardo mi provocò un brivido. Lui guardò la parte inferiore del mio corpo, nuda, la gonna che avevo ancora arrotolata intorno alla vita, e un sorrisetto gli curvò gli angoli della bocca. «Tutte le volte che mi guardavi, eri *tu* a provocarmi.»

«Quindi questa è la tua vendetta?»

Lui rise, cominciando a sbottonarmi la camicetta. «No, tesoro, nessuna vendetta. Tutto questo è solo per il tuo piacere.»

«Non sono mai stata una fan della tortura.»

Lui rise di nuovo, abbassandomi la camicetta fino ai gomiti e impedendomi così di alzare le braccia. «Però mi sembrava non ti desse molto fastidio quando ti ho sculacciato.»

Quel ricordo mi riscaldò tutta di nuovo. Chiusi gli occhi e reclinai la testa all'indietro, contro la porta, leccandomi le labbra. Darmi fastidio? Accidenti, lo avevo adorato, anche se non avrei mai immaginato che essere sculacciata da un uomo mi avrebbe eccitato tanto.

Del resto, se lui non si fosse trasferito nel mio quartiere, non avrei mai nemmeno saputo che il voyeurismo mi piacesse tanto. Era sorprendente tutto quello che una donna poteva capire di se stessa quando apriva la mente alle possibilità che le si presentavano.

Le dita del mio vicino sfioravano le spalline del mio reggiseno, scivolavano sui bordi di pizzo delle coppe, ma, invece di aprire il fermaglio che lo chiudeva sul davanti, lui abbassò le coppe, facendo schizzare fuori i miei seni.

«Hai delle tette stupefacenti» sussurrò. «Sapevo che sarebbero state fantastiche.» Dopodiché chinò la testa e cominciò a succhiarmi un capezzolo. Io inarcai la schiena, un gemito mi si fermò in gola.

«Dannazione. Mi piace come sei sensibile.»

I suoi denti mi mordevano il capezzolo, non forte, ma abbastanza da farmi sentire la pressione del morso; poi cominciò a far ruotare la punta fra le labbra, facendomi contorcere dal piacere. Quando si dedicò all'altro capezzolo, non riuscii più a star ferma. Era troppo, troppe sensazioni tutte in una volta, eppure quasi non mi toccava.

Non ero una puritana, adoravo il sesso, ma non avevo mai sperimentato una cosa simile. Così cruda, così sfrenata. Forse sbagliavo a desiderarlo tanto, ma non potevo farne a meno. Mi tirò il capezzolo e io gemetti. Dopo un'ultima leccata si alzò, ma questa volta non si scostò e si fece passare una mia gamba intorno al fianco, premendosi contro di me. Anche attraverso lo spesso tessuto dei suoi jeans, sentivo quanto era duro il suo membro, quanto era eccitato.

Era decadente essere toccata così, essere stuzzicata con ancora addosso gli abiti da lavoro. Con i tacchi ero alta quasi quanto lui, quindi, ogni volta che si strofinava contro di me, mi faceva tremare di piacere. Ondeggiai, godendomi ogni goccia di quell'estasi folgorante.

Il suo petto era premuto contro il mio, il respiro gli usciva con un suono aspro dai polmoni. All'improvviso, però, smise di muoversi e mi sfiorò la gola con le labbra. «Non ce la faccio più ad aspettare.»

Io risi. Non mi stava domandando il permesso, vero? Fino a quel momento aveva preso quello che aveva voluto senza chiedere e non mi ero certo lamentata. «E chi ti chiede di farlo?»

La sua risata mi rombò contro il collo, poi lui mi lasciò andare e si staccò.

Avrei voluto spogliarlo lentamente, avrei voluto toccarlo, sentire il suo sapore come lui aveva fatto con me, ma non c'era tempo. Non quella volta. Nessuno dei due poteva più aspettare. Con movimenti frenetici mi tolse i vestiti, lasciandomi soltanto in autoreggenti e tacchi alti. Per quel che lo riguardava, non si prese nemmeno la briga di spogliarsi, ma si limitò ad abbassarsi la zip e a far schizzare fuori il suo sesso turgido. Dopo essersi infilato un preservativo che aveva in tasca, tornò da me e si avvolse le mie gambe intorno ai fianchi.

Un rapido bacio e mi penetrò.

Era così grosso che mi sentii allargare al massimo, nella posizione in cui mi trovavo, avevo l'impressione che ogni sua spinta mi aprisse a metà. Mi afferrai alle sue spalle, per sostenermi mentre lui mi sbatteva. Il suo sguardo non lasciava mai il mio e l'intensità che vidi nei suoi occhi mi fece contorcere contro quel corpo duro. La tensione aleggiava spessa tra di noi, come un'entità elettrica che schioccava e scattava, eccitandoci sempre di più.

I muscoli della mia vagina fremevano intorno a lui, il mio corpo correva veloce verso l'orgasmo. Gli affondai le unghie nelle spalle e il gemito che gli sfuggì dalle labbra mi fece capire che aveva sentito il dolore anche attraverso il tessuto sottile della camicia. I suoi denti si chiusero sul punto in cui il mio collo incontrava le spalle, mordendomi abbastanza forte da farmi sentire un lieve dolore. Ah, ero così vicina, così pronta. Ancora un paio di spinte e sarei arrivata all'orgasmo.

Premetti freneticamente i fianchi contro i suoi, rispondendo a ogni colpo. Lui aveva il respiro corto, gli occhi chiusi, la fronte madida per lo sforzo. Poi piegò un poco le ginocchia, cambiando l'angolazione delle spinte, e per me fu la fine. Milioni di stelle mi esplosero dietro le palpebre chiuse, un tremito violento percorse ogni muscolo del mio corpo mentre un piacere che non avevo mai provato mi percorreva come una saetta. Un orgasmo che pareva non finire mai strappava dal mio corpo ogni goccia di sensazione finché mi sentii tutta liquida. Galleggiavo, incapace di fare nulla, se non aggrapparmi a lui.

Non molto tempo dopo, lui arrivò a sua volta al piacere, un grido sulle labbra. Poi uscì da me e mi fece posare i piedi sul pavimento. Sussurrando un suono inintelligibile, premette i palmi contro la porta, da ciascun lato della mia testa.

«Credo che passerà un po' prima che possa camminare di nuovo.»

Non potei fare a meno di ridere. «Vale anche per me.»

«Pensi che potremmo accamparci qui per la notte, o almeno fino a quando non ci siamo ripresi?»

Per quanto il mio corpo sfinito trovasse attraente l'idea, scossi la testa.

«Credo di avere bisogno di sdraiarmi. Andiamo di sopra, invece, nella mia camera» proposi.

Poco dopo l'alba finalmente mi mossi, aprii gli occhi e trovai il mio vicino che mi fissava. Aveva le palpebre pesanti, ma sorrise.

Io gli posai una mano sulla gota. «Eppure hai un'aria familiare. Dove ti ho già visto?»

«Al liceo.»

Non appena ebbe pronunciato quelle parole, ricordai. Ma certo, lo avevo già visto, e molte volte, anche se era cambiato. Non era più l'emarginato tutt'ossa che rammentavo, ma i lineamenti erano gli stessi. Gli occhi erano identici a quelli che tanto tempo prima avevo sempre cercato di evitare. Avrei dovuto notarlo. «Shawn Richardson.»

Lui arrossì e scrollò un po' le spalle. «Già. Arrabbiata?»

Aveva saputo tutto il tempo chi ero e non si era curato di dirmelo. Cercai di mostrare una certa irritazione, ma, dopo il piacere che mi aveva appena dato, non ci riuscii. Avevo voluto fare sesso con uno sconosciuto e, in effetti, ci ero andata maledettamente vicino. In fondo, al tempo della scuola, non lo avevo mai davvero conosciuto. Non avevo mai degnato di uno sguardo né lui né quegli scansafatiche dei suoi amici.

Avevo avuto una buona ragione per farlo, o almeno mi

ero convinta di averla. Negli anni del liceo guardare in quei suoi occhi intensi mi aveva sempre fatto sentire a disagio. Ora non più. Ora volevo conoscerlo, volevo sapere tutto di lui. Avevo cominciato col capire che sapore aveva la sua pelle e che rumori faceva quando chiudevo le labbra intorno al suo pene.

«Sei diverso da allora. Sei più robusto.»

Lui rise. «Sì, è l'effetto che fa lavorare all'aria aperta. Sono un architetto di giardini. Anzi... devo andare a lavorare tra poche ore. Credo proprio che tornerò a casa e mi farò una doccia.»

Si alzò e cominciò a raccogliere i vestiti che si era tolto prima che andassimo a letto, poi si infilò i jeans.

«Sarai da queste parti più tardi?»

Io rotolai sulla schiena e allungai le braccia sopra la testa, in una posa invitante e sensuale. «Dipende. Che cos'avevi in mente?»

«Non lo so, ma penserò a qualcosa. So essere molto creativo, sai.»

Risi al modo esagerato in cui mosse le sopracciglia mentre si chiudeva la cerniera dei jeans. «Lo so.»

«Dolcezza, tu non nei hai nemmeno una pallida idea. Ci vediamo qui verso le sette?»

Mi sentii di nuovo tutta eccitata, proprio non potei farne a meno, e mi leccai le labbra. Si aspettava forse che rifiutassi? Ah, no, non ero tanto stupida. «Mi sembra un ottimo piano.»

Rituale proibito
di Saskia Walker

. 1 .

Per prima cosa le sfilò la giacca, poi le abbassò la cerniera del vestito attillato, spogliandola pezzo per pezzo dai segni esteriori della sua quotidianità. «È questo che voglio» affermò Giles mentre la svestiva, «la vera donna nascosta sotto il personaggio di alto profilo che adotti al lavoro.» Desiderio e passione gli brillavano negli occhi. «È difficile vedere oltre, lo sai?»

«Giles, ti prego» mormorò Imogen, imbarazzata da quella che sapeva essere la verità. Lui era capace di metterla a nudo in modi che non aveva mai ritenuto possibili. «Ho bisogno di te.»

Giles si fermò e sorrise. Lentamente si levò a sua volta la giacca e sciolse il nodo della cravatta di seta, poi le passò un dito attorno al capezzolo.

Anche attraverso il tessuto sottile del reggiseno di pizzo nero quel tocco fu elettrizzante. Le gambe di Imogen tremarono, il corpo si scaldò nell'attesa di ciò che sarebbe seguito, mentre Giles giocava con lei. Le strinse il bocciolo sensibile fra pollice e indice e la guardò nel profondo degli occhi, infiammandola a dovere con i suoi movimenti volutamente provocatori. Lei si chinò verso di lui, le labbra che si schiudevano per il bisogno di sentire la sua bocca sulla propria mentre la toccava.

Ma Giles continuò piano a prendere il comando. Le slacciò il reggiseno e lo gettò a terra, poi si allungò per prendere le manette che aveva lasciato sul tavolo lì accanto. Catturandole i polsi con una mano, fece scattare la chiusura di metallo, rivendicando Imogen come sua proprietà. Quindi si allontanò.

Lei vacillò sui tacchi, l'insicurezza che la inondava.

Lui si avvicinò a una sedia, sbottonandosi la camicia e abbandonandola lungo il tragitto, poi si sedette. «Dimmi qualcosa, Imogen.»

Lei scorse il suo petto nudo e virile e deglutì. A fatica.

«Qualsiasi cosa.» Gettò le scarpe da un lato e si tolse le calze, ogni azione una sosta premeditata. «Lo facciamo da quanto? Cinque, forse sei mesi?»

Si era stancato di lei? Imogen afferrò la catena che teneva uniti i polsi ammanettati, perché aveva bisogno di sentire sotto le dita gli anelli di acciaio galvanizzato per tenere a bada le emozioni. «Sei mesi e dieci giorni.»

Lui osservava ogni sua mossa. «Quanto credi che ti conosca?» Appoggiò i gomiti sulle ginocchia e la osservò più da vicino mentre poneva la domanda.

Lei si sentiva completamente nuda, anche se portava ancora i tacchi, le autoreggenti e le mutandine nere di pizzo. Giles l'aveva distratta con mille domande non appena lei aveva messo piede nel suo appartamento sulle rive del Tamigi e adesso Imogen non desiderava altro che sentire il palmo di quella mano virile sul fondoschiena prima che entrasse in lei. Si era fissata troppo su quel dettaglio?, si chiese. Era una possibilità.

Gli occhi di Giles si illuminarono in trepidante attesa di una risposta. Era importante ottenerla, perché sapeva quanto fosse difficile per lei dare voce ai bisogni e ammettere le paure.

La bocca si schiuse e Imogen si passò la lingua sul labbro inferiore prima di parlare. «Mi conosci abbastanza bene» sussurrò. Le faceva già molto male ammetterlo. C'era in lei un'indole impetuosa e testarda che riusciva a domare quando erano insieme in quel modo, ma che risaliva veloce in superficie se era costretta a pensare troppo a ciò che stava facendo, a ciò che stava rivelando di sé quando si sottometteva sessualmente a Giles, un uomo più giovane, un suo subalterno, nonché uno *spin doctor* eccezionale.

«Davvero?» C'era un tono ostile in quella domanda. «Noi facciamo sesso, ma poi tu lasci sempre il mio letto quando io preferirei tenerti con me sotto le coperte. Come posso conoscerti, se non mi lasci entrare nei tuoi pensieri privati?»

Il brusco cambio di approccio in qualche modo fece accrescere in lei il desiderio di averlo dentro di sé per riportare l'attenzione sui loro reciproci bisogni. Fra le cosce Imogen pulsava di desiderio, mentre il fondoschiena le si infiammava per gli schiaffi punitivi del palmo di lui sempre più forti.

Si scostò i capelli dal viso, sforzandosi di respirare. Il suo amante l'aveva fatta attendere, finché l'eccitazione non era cresciuta tanto da raggiungere il parossismo – come spesso succedeva – ma la natura della domanda indicava quanto fosse importante per lui la risposta. Giles riusciva sempre a farsi implorare per darle soddisfazione – e la cosa la eccitava da morire, con sua grande sorpresa – ma non si era mai allontanato da lei prima d'ora e non l'aveva mai nemmeno interrogata a quel modo, quando aveva già cominciato a spogliarla e prepararla. Di solito le restava accanto, con le mani costantemente su di lei, pronte a bloccare l'istinto di Imogen di scappare o di negare il bisogno di essere sotto il suo controllo. Perché proprio adesso, che era così eccitata e si era sottomessa a lui, Giles si comportava in quel modo?

Lui si appoggiò allo schienale della sedia. Un movimento in un certo senso regale, nonostante fosse svestito fino alla cintola e a piedi scalzi, i pantaloni del completo quasi una nota stonata, rispetto alla sicurezza che emanava nella sua nudità. Era una qualità di Giles che lei non solo ammirava, ma che bramava. La sua bocca ferma e sensuale glielo faceva desiderare con dolore. Solo lui era in grado di portarla a tanto e questo la rendeva oltremodo vulnerabile. I suoi zigomi cesellati e la mascella pronunciata sembravano segni concreti della forza interiore che catturava l'attenzione di Imogen. Lì, in quel disadorno appartamento da scapolo, Giles aveva rivelato con quanta facilità potesse prendere il comando su di lei, una donna che non avrebbe mai ceduto in condizioni normali.

Imogen si tenne pronta. «Lo sai che devo comportarmi così. La tua domanda è troppo... personale.»

«È mia intenzione andare sul personale con te, a tutti i livelli.» Non c'era esitazione nella sua replica.

Lei vacillò di nuovo. Lo sguardo provocatore di Giles le faceva formicolare la pelle.

Un angolo della bocca di lui si sollevò.

Una promessa erotica aleggiava nell'aria fra di loro. «Ti prego, Giles, mi hai già messa in posizione.» Incespicò su quelle parole, la sua indole che la faceva parlare prima di riflettere. «Non riesco a essere lucida, perché ti desidero da morire.»

Quando lui piegò un sopracciglio, lei abbassò lo sguardo al pavimento. «Ti desidero anch'io» le rispose, «ma meglio ti conosco e meglio sarà.»

«È già tutto fin troppo bello» si lasciò sfuggire Imogen, poi si morse un labbro quando si rese conto di ciò che aveva detto. Aveva paura di dare troppo, aveva paura che un giorno si sarebbe sottomessa a lui e avrebbe perso del tutto se stessa.

«È bello.» Lo sguardo famelico negli occhi di Giles mentre la guardava la fece tremare. «Ma tu meriti di meglio che una sveltina alla fine di una giornata di lavoro. Ed è proprio quello che io voglio darti.»

Ciò che facevano non era neanche lontanamente simile a una sveltina, ma era vero che ritagliavano il loro tempo insieme fra il lavoro e le ore di sonno. Ed era così che lei voleva mantenere le cose, divise in compartimenti stagni, come tutto il resto.

Lui si mosse sulla sedia per accavallare le gambe, come se stessero portando avanti una qualunque conversazione di lavoro e nient'altro. «Adesso dimmi quanto ti conosco.»

Nonostante quel commento fosse diretto, il tono di comando la fece sciogliere.

Fino ad allora lei avrebbe potuto tirarsi indietro e chiedergli di toglierle le manette, di lasciarla andare. Ma ora non più. Non dopo che lui le aveva posto di nuovo la domanda e con tono volutamente inquisitorio. Aveva fatto scattare qualcosa in lei. La verità era che Imogen non se ne voleva affatto andare, lo desiderava troppo. Credeva che avessero raggiunto una certa stabilità nella loro relazione che soddisfaceva entrambi. Ovviamente non era così. La natura dominante di Giles e il bisogno che lei sentiva di provare una punta di dolore per intensificare il proprio piacere sessuale sembravano andare di pari passo. Eppure adesso lui la stava spingendo oltre i suoi limiti. Come ci riusciva?, si chiese. Lei era stata attratta proprio dalla propensione al comando di Giles, anche se era lontana anni luce da ciò che voleva dalla vita. Essere una donna indipendente che non ha bisogno di un uomo, era questo il suo obiettivo.

«Non sono neanche sicura di quanto io conosca me stessa» sussurrò. Sembrava una confessione. Fissò il petto di Giles, ampio e possente, con una spruzzata di peli neri che sfumavano in una linea sottile che portava lo sguardo di Imogen dallo sterno al bottone dei pantaloni. Quel che sapeva senza ombra di dubbio era che, quando lui la rivendicava, poi la possedeva. Durante gli spasmi della passione lei era la sottomessa disposta a tutto ed era quella sorta di tensione prima di cedere, quell'attesa che lui faceva crescere in lei a rendere ogni incontro così cupamente delizioso. Lei, però, non poteva rischiare di cedere.

Giles sembrava percepire la sua esitazione. «La tua forza mi affascina» affermò. «Tu insegui tutto ciò che vuoi e poi passi oltre, velocemente. Questo mi preoccupa.»

Lei si sentì il volto in fiamme. Era così che lavorava, ma lui non stava parlando solo di lavoro, era piuttosto ovvio. Di giorno lei era un funzionario fra i più influenti, mentre Giles era un membro dell'ufficio stampa che aveva fatto breccia nel suo isolamento forzato. Lei si dedicava anima e corpo al lavoro. Gli intensi incontri che lui le offriva erano diventati l'unica increspatura nella sua vita piatta, una pausa di un'ora da perfezione, etichetta e onorabilità.

«Sono molto motivata. Devo esserlo per forza. Ma dove vuoi arrivare?»

«Voglio dire che anche le persone più influenti possono crescere sfidando se stessi.» Intrecciò le dita, le sue mani che attiravano l'attenzione di Imogen, la pelle di lei che spasimava in attesa di essere toccata. «Potrebbe farti bene un po' più di... moderazione.»

Il modo in cui lo disse indicava che ci aveva riflettuto a lungo. Uno sguardo evocativo gli incupì gli occhi e la sua bellissima bocca si contrasse appena mentre valutava Imogen.

Il sesso di lei si contrasse. Dietro la nuca un rivolo di sudore. «Mi stai suggerendo qualcosa di più di un paio di manette?»

Lui annuì.

«Ma avevamo deciso per le manette per... quello che voglio.» *Il palmo della sua mano sul fondoschiena prima e durante il sesso.*

«Sì, avevamo deciso così. Semplicissimo. Un accordo, una transazione precisa e pulita, con la quale tutti fanno il loro bell'affare.» Le sorrise malizioso. «Ma adesso voglio che tu mi lasci carta bianca.»

Un calore le si accese al centro della femminilità, ma Imogen scosse la testa. «Non posso.»

Cedergli il controllo totale di sé era una cosa che non poteva permettere. Imogen iniziò a muovere i polsi nelle manette, perché voleva che lui gliele togliesse. L'idea di riprendersi i vestiti e mettere la parola fine a quel che avevano cominciato la tentava, perché era la soluzione più facile. Poi lasciò vagare lo sguardo sul corpo di Giles. Anche quando era completamente vestito i suoi abiti costosi facevano fatica a nascondere la sua ovvia forza. Guardarlo mezzo nudo era abbastanza da farle inumidire le mutandine. Muscoloso com'era, durante il sesso la faceva sentire inerme come una bambola di pezza, mentre i loro corpi si fondevano e lui la portava all'orgasmo una volta e un'altra ancora.

Giles scosse la testa, rendendola consapevole dell'esame al quale la stava sottoponendo. «Sei una donna da prendere a modello, ma anche quando godi è come se ti stessi trattenendo.»

Respirare era diventato difficile. Quelle parole avevano centrato il punto e Imogen si riconobbe in ciò che aveva appena detto. *Santo cielo, mi conosce davvero!* Aveva ragione, lei si tratteneva.. Quell'uomo era il suo collaboratore e aveva otto anni meno di lei!

«Vedere che sei sul punto di perdere il controllo mi eccita da morire» aggiunse Giles. «Mi piace portarti su quel precipizio.» Sorrise e questo gli donò un fascino pericoloso. «Mi piace guardarti. Le tue pupille sono dilatate, la pelle delle tue guance è arrossata. I tuoi capezzoli sono duri come diamanti.» Mosse le dita a indicare la posizione eretta di Imogen mentre restava seduto sulla sedia a osservarla. «Sei torturata dalla tensione sessuale. Mi fai venire voglia di allentarla dentro di te.»

Il modo in cui l'aveva descritta eccitò ancora di più la femminilità dolente di Imogen.

Poi Giles appoggiò una mano sulla cintura, un gesto semplice che la indusse a guardare verso il suo inguine, dove la virilità era turgida e premeva contro la zip. La frustrazione consumò Imogen. Come faceva a essere ancora così controllato? Lui era più giovane di lei e con il testosterone al massimo, eppure ovviamente si divertiva a portarla al limite del parossismo prima di darle ciò che entrambi desideravano.

Una leggera sicurezza di sé trasudava da ogni suo poro. Era proprio ciò che l'aveva attratta di lui la prima volta. La sua presenza durante gli incontri di lavoro era forte, anche quando restava in silenzio a osservare gli altri. «Scommetto che le tue mutandine sono tutte bagnate» ipotizzò.

La pelle di Imogen si accese di sensazioni, il brivido scatenato dalle parole di Giles che la toccava ovunque, dentro e fuori. Voleva che la prendesse. Ma lui stava facendo in modo che lo ascoltasse, controllandola con le sue parole intime, veritiere.

Le guardò le mani. Aveva le dita intrecciate, le manette che tintinnavano mentre lei si contorceva singhiozzando, le mani che si agitavano vicino alla stoffa delle mutandine dove il clitoride era turgido e pulsante. Non si era perso un solo punto. Contemplarla era un piacere squisito.«Quanto sei eccitata?»

Imogen non aveva bisogno di pensarci. Le mutandine erano aderentissime. Per spogliarla Giles avrebbe dovuto sfilarle il tessuto dalle pieghe eccitate. Spostò il peso del corpo da un piede all'altro, gli occhi che si chiudevano mentre rispondeva: «Moltissimo».

La tensione caricava l'aria fra di loro. Lei lo desiderava con tutta se stessa, lo voleva dentro di sé dove il suo corpo implorava di essere riempito. Fece un passo verso di lui.

Giles scosse la testa, facendola fermare di colpo, poi indicò una sedia alla sinistra di Imogen. «Metti un piede su quella sedia, apri le gambe e mostrami quanto sei eccitata.»

Quel tono imperativo non ammetteva repliche, ma agire significava reagire. Si stavano avvicinando a ciò di cui lei aveva bisogno, a ciò di cui entrambi avevano bisogno.

Imprecando sottovoce, Imogen seguì le istruzioni che le erano state date. Sollevò un piede e piantò il tacco di legno sulla seduta, avvicinò i polsi ammanettati al bassoventre e notò il modo in cui gli occhi di Giles si scurivano mentre esponeva le mutandine alla sua vista.

«Oh, sì, sei eccitatissima.» Le sue labbra rimasero aperte mentre la guardava ammirato. «Toccati.»

Lei posò una mano sulla sua femminilità, sfregò una delle manette di metallo sulla parte più sensibile del suo sesso e gemette forte. Il clitoride sobbalzò nel momento in cui la pressione del metallo passò sopra il tessuto che lo copriva.

Quando Giles si alzò in piedi, l'eccitazione di Imogen salì alle stelle, lasciandola senza fiato, dandole le vertigini e facendole perdere l'equilibrio. Lui si mosse con passo felpato, i piedi nudi silenziosi sul pavimento. Nell'istante in cui si avvicinò a lei, il cuore di Imogen batteva così forte da darle l'impressione che avrebbe potuto frantumarsi. Ben presto perse l'equilibrio e abbassò il piede che aveva messo sulla sedia, il tacco che sbatteva a terra.

«Con calma!» la invitò Giles, prima di infilare il pollice nell'elastico delle mutandine. Il suo respiro era caldo sul viso di Imogen, la quale arcuò la schiena, i fianchi che ruotavano d'istinto verso di lui.

Si accovacciò davanti a lei e le fece scivolare gli slip lungo i fianchi, emettendo un suono strozzato. Lei con un passo si scostò dalle mutandine che erano arrivate alle caviglie. Quando lui si rialzò, la baciò con trasporto, la sua lingua che reclamava la bocca di Imogen. Nel frattempo le accarezzò il centro pulsante della sua femminilità, facendo impazzire il suo clitoride con le dita. Lei gemette, completamente preda dei movimenti di Giles.

Lui mosse la mano destra per afferrarle il fondoschiena, la pelle morbida fra i palmi.

La pelle di Imogen fremette ansiosa. Fece un respiro profondo.

«Chinati.»

La prese per le spalle e la fece voltare di schiena, invitandola a piegarsi in avanti e spingendola sul piano del tavolo, le sue mani che vagavano sulle natiche esposte come se non ne avesse mai abbastanza.

Lei si lasciò cadere con riconoscenza sul tavolo, il fondoschiena in evidenza. Nel momento in cui fu in posizione, lui le schioccò una sonora sculacciata. Il dolore acuto e improvviso la fece rabbrividire. Giles le baciò una spalla, una fugace rassicurazione che la fece voltare a guardarlo. Quando Imogen incrociò il suo sguardo, lui le rivolse un sorriso malizioso e la sculacciò di nuovo. Ogni fitta alimentò il bisogno di un maggiore contatto fisico. Dai punti di contatto si irradiava calore, come se ogni colpo fosse connesso al battito martellante che si era scatenato dentro di lei. «Giles...!»

«Ti piace, eh?» Le fece correre le dita verso il solco sensibile fra le cosce, entrando in contatto con la sua vagina, adesso sul punto di impazzire. Poi la invitò ad aprire di più le gambe con un ginocchio esigente. «Fatti vedere.»

Piacere, dolore e vergogna la travolsero ben presto, annegandola con un'altra ondata di desiderio. Lui le posò un pollice esperto sul clitoride. E lei raggiunse l'orgasmo un attimo dopo, urlando tutto il proprio sollievo.

Stava ancora tremando, quando sentì il rumore della confezione del preservativo che veniva scartata. Giles invitò Imogen ad aprirsi a lui con due dita e fece scivolare dentro di lei il suo pene, catturandola mentre rifluiva dall'estasi e rispedendola velocemente lassù.

«È meraviglioso...!» sussurrò sollevata, d'improvviso riempita da lui, tutto il corpo che si scioglieva per il piacere. Quando Giles si sfregò contro le sue natiche, ondate di shock la travolsero. Lei si aggrappò al tavolo come a un'ancora di salvezza, le manette che tintinnavano contro la superficie di legno.

Giles tuffò le sue dita nella carne di lei, spostandole le natiche per schiuderle, mentre il suo pene la penetrava. Emise un grugnito di piacere mentre si chinava sulla schiena di Imogen, spingendo dentro e fuori, riempiendola completamente.

«Oh, sì...!»

Imogen rabbrividì per le sensazioni che lui le stava dando, le mani ancorate al bordo del tavolo.

«Ti piace?» le domandò in un sussurrò all'orecchio. Quando lei gemette in risposta, Giles spinse di nuovo. «È solo un gioco per te, un giochetto estremo, o è qualcosa di più?» Poi le tirò i capelli, invitandola a voltare la testa.

«Giles, ti prego.» Imogen appoggiò la guancia sul legno nudo, concedendosi a lui.

«Ti fidi di me?»

«Sì.»

I suoi fianchi si sollevarono mentre spingeva indietro, offrendosi, ma Giles le posò una mano sulle reni, placandola e mantenendola sotto il proprio controllo.

Le sue lente, profonde spinte ipnotizzarono tutti i sensi di Imogen, portandola verso l'estasi.

Giles era così vicino che lei sentiva il suo respiro nelle orecchie, mentre gli affondi rallentarono. «Cosa vedi là, sul pavimento?»

Imogen era a un passo dall'orgasmo, ma lui le fece scorrere le nocche lungo la mascella e poi allungò la mano per indicare un punto preciso. Lei sbatté le palpebre e mise a fuoco. Accanto al muro c'era una scatola nera laccata, dalla quale usciva una corda che toccava il pavimento. Non l'aveva nemmeno notata prima, concentrata com'era su di lui, sul suo amante. Adesso che l'aveva vista sapeva dove Giles voleva portarla.

«Oh, mio Dio.»

La punta della sua virilità le massaggiava a fondo il centro pulsante, come se l'eccitazione di Giles fosse cresciuta quando lei aveva guardato la sua offerta. Imogen gemette forte, incapace di trattenersi.

«Bondage con le corde, *shibari*. È il rituale di sottomissione per eccellenza. Se ti offri a me completamente e mi permetti di legarti, mi dimostrerai quanto ti fidi di me.»

«Non posso» si lasciò sfuggire lei. Nonostante ciò che aveva detto, però, voleva sapere come sarebbe stato. Immagini di lei completamente legata le si avvicendarono nella mente. Sbatté i polsi ammanettati sul tavolo ruotò i fianchi per invitarlo.

«Oh, sì... ti interessa. Il tuo corpo ti tradisce sempre, tesoro.»

Giles aveva organizzato tutto per metterla alla prova e tentarla, per avvicinarla all'idea.

Lei scosse la testa.

La potenza di Giles la raggiunse di nuovo. Le sue mani sui fianchi esercitavano una pressione crescente. Solo questo bastò a farla muovere indietro, contro di lui, con maggiore foga. Alla disperata ricerca di soddisfazione, Imogen si contorse sulla superficie dura del tavolo, il corpo che le pizzicava ovunque mentre si trovava sull'orlo della liberazione.

«Vuoi sentire quella corda sulla tua pelle, non è vero?» L'immenso autocontrollo che Giles stava dimostrando era palpabile. Si stava trattenendo per stuzzicarla con la sua proposta.

Imogen non ce la faceva più.

«Forse. Ma non adesso.»

Lui le baciò la nuca. «Quanto ti conosco?»

C'era una punta di desiderio nella sua voce e lei si spinse verso di lui ancora una volta, scossa da emozioni contrastanti.

Lui ridacchiò cupo e uscì da lei, lasciandola con un senso di abbandono.

«Quanto...?»

Lei sbottò.

«D'accordo, va bene!» Quelle parole le sfuggirono senza che se ne rendesse conto, traboccante di frustrazione com'era. «Mi conosci bene, accidenti a te. Mi conosci meglio di quanto io conosca me stessa!»

Ricacciando indietro lacrime di mortificazione, Imogen gemette, nascondendo il viso fra i capelli che le erano ricaduti in avanti, grata che lui non avesse risposto verbalmente.

Giles dal canto suo fermò la propria mano sul fianco di lei e iniziò a spingere con trasporto, facendo schizzare entrambi verso la vetta.

Mentre si avvicinava all'apice del piacere, il corpo inondato dal sollievo, Imogen fissò per tutto il tempo la corda, interrogandosi, provando desiderio e al tempo stesso paura per ciò che avrebbe significato per lei.

Ciò che avrebbe significato per entrambi.

Due giorni dopo, Andrea – l'assistente personale di Imogen – appoggiò una pila di documenti sulla sua scrivania. «Ho le carte che mi avevi richiesto.»

«Grazie.»

«C'è anche un pacchetto per te. C'è altro di cui hai bisogno, prima che me ne vada?»

Il pacchetto era in cima al resto e riportava indizi che avrebbero attirato solo la sua attenzione. Imogen riconobbe la grafia. Era quella di Giles. Il suo cuore partì al galoppo. Sorrise ad Andrea e scosse la testa. «No, puoi andare per oggi. Grazie.»

Una volta sola, prese il pacchetto. Aspettava una serie di comunicati stampa sui recenti cambiamenti all'interno del Ministero, ma quella busta era più grande del previsto. Quando l'aprì, trovò le carte di cui aveva bisogno, insieme a una scatolina nera. La rigirò fra le mani, assaporando il pensiero che era stato lui a toccarla, che era stato lui a mandargliela. Era il segno di quanto bramasse di nuovo un contatto fisico con Giles e bastò a farla sospirare di desiderio. Due giorni soltanto senza quell'unione di corpi e lei si sentiva vagamente irreale, disarticolata. Era come se lui fosse diventato un'ancora di salvezza per lei. Com'era potuto succedere?

Quando Imogen fu certa che non sarebbe stata interrotta, rimosse lo scotch che chiudeva il coperchio. Un appunto era adagiato sopra lo scampolo di stoffa che celava il contenuto della scatola.

So che sei curiosa, ho visto come la guardavi. Non voglio che ti spaventi, per questo te ne mando un campione. Senti quanto è morbido, com'è duttile. L'ho fatto fare apposta per te. È dello stesso colore dei tuoi occhi quando raggiungi l'estasi. Se non ti convince, non importa. Voglio solo che tu ci pensi su, perché sento che questo sarebbe un grande dono di libertà da parte mia e avrei piacere di offrirtelo. Insieme a molto altro.
Tuo, Giles.

Imogen mise la scatolina sulla scrivania e la osservò.

Dopo un istante rimosse la stoffa con dita tremanti e osservò la corda blu elettrico che giaceva al di sotto. Il solo guardarla la fece eccitare.

Accavallò le gambe nel tentativo di contenere l'interesse scaturito nel suo bassoventre, mentre si immaginava Giles nudo davanti a lei con la corda fra le mani, come se la volesse domare. Ironico che lui avesse detto di voler liberare il suo spirito, il lato disinibito che mostrava solo quando si abbandonava al sesso, a lui. E il bondage aveva questo effetto su di lei. Aveva creduto che il brivido dello *spanking* rendesse già abbastanza speciale la sua esperienza, ma Giles aveva ragione. Cedergli il controllo la portava a un altro livello di abbandono, intensificando il piacere.

Lui, però, si stava assumendo un bel rischio, perché stava esplorando i limiti di Imogen ed entrambi sapevano che lei non era certa di quanto in là volesse spingersi. Rischi... non è su questo che si basa la vita?

Lei osservò la scatola e sorrise beffarda fra sé. Il suo lavoro era tutto rischi e valutazioni nel campo della politica, eppure era molto più cauta quando si trattava di esporre se stessa a quell'uomo. Perché? *Perché mi è entrato nel cuore.* Per quanto fosse difficile ammetterlo, c'era molto di più in gioco. Se si fosse donata completamente, avrebbe potuto restare ferita.

Mentre si apprestava ad andarsene dopo il loro ultimo incontro, lui le aveva preso il viso fra le mani. «Mi sto assumendo un bel rischio.» Quindi le aveva rivolto un rapido sorriso. Era la stessa frase che le aveva detto quando aveva ammesso di essere interessato a una relazione con lei fuori dell'ufficio. «Fammi sapere se sei pronta a essere introdotta allo *shibari*» aveva aggiunto due giorni prima. «Prometto che non te ne pentirai.»

Pensieri curiosi l'avevano tormentata da allora, anche se Imogen cercava di tenere la mente sgombra. E adesso lui le aveva mandato quello, qualcosa che lei poteva toccare con mano e mettere a contatto con la propria pelle. Osservò la corda attorcigliata come un serpente e se la immaginò tesa fra le mani di Giles. Fece scorrere i polpastrelli sul bordo della scatola e si concesse di prendere in considerazione ciò che lui le avrebbe fatto con quello strumento. Ci sarebbe stato molto più che dei polsi legati, ipotizzò. Lei sarebbe stata indifesa, completamente alla sua mercé.

Mentre quel pensiero prendeva forma, Imogen sentì il bisogno di appoggiarsi allo schienale della sedia. Ogni grammo di forza lasciò il suo corpo, quando valutò gli effetti che quell'esperienza avrebbe avuto su di sé. Giles era già il suo Master, ogni volta che lei glielo permetteva. Avrebbe potuto concedersi di riconoscerlo più di quanto non avesse già fatto?

Chiuse gli occhi e ricordò il brivido che l'aveva percorsa quando lui l'aveva avvicinata per la prima volta. L'attrazione fra loro era sempre stata palese da quando erano stati presentati. Poi un giorno lui le aveva parlato in privato mentre stava lasciando l'ufficio, le aveva preso una mano e se l'era portata alla bocca, sfiorandole la pelle con le proprie labbra. Prima che lei avesse la possibilità di reagire o parlare, lui l'aveva guardata negli occhi. «Sono qui per te. Se mi vuoi, fammi sapere.»

Lei era rimasta sconvolta e innegabilmente eccitata. La mano di Giles le aveva toccato la schiena in modo leggero. Quel gesto l'aveva fatta fremere, nello stomaco aveva innescato un rimescolamento. Avrebbe voluto che la mano di Giles fosse stata più ferma. Poi lui le aveva sorriso e si era voltato, lasciandola senza respiro, aggrappata alla maniglia della porta. Era stata sopraffatta da sensazioni fisiche ed emotive che aveva creduto sepolte da tempo.

Per tre giorni Imogen aveva resistito. Si era chiesta se fosse giusto o sbagliato accettare, mentre il suo corpo si accalorava ogni volta che immaginava come sarebbe stato andare con un uomo come lui, uno che sembrava così sicuro di sé e consapevole. Lei era single da anni, dopo essere stata sposata da giovane con un uomo che non rispettava la sua scelta di fare carriera. Si erano lasciati dopo tre anni di disaccordo su quello che avrebbe dovuto essere il ruolo di Imogen nella vita di coppia. Dopodiché lei aveva ispessito la sua corazza e si era votata al lavoro. Era una vita solitaria la sua e a volte Imogen si concedeva una storiella. Mai con qualcuno conosciuto sul posto di lavoro, però, e mai per troppo tempo. E poi era arrivato Giles, che adesso le aveva addirittura detto di volerla con lui per tutta la notte. Un uomo più giovane e con la passione per un certo tipo di sesso.

Imogen emise un sospiro profondo e guardò fuori dalla finestra del suo ufficio, cercando di ignorare le stanze del potere che la circondavano e la sua dedizione a quel mondo. Doveva mantenersi lucida, non poteva permettersi di rovinare tutto giocando con un collega. Quello che era stato un accordo amichevole per del buon sesso era mutato in qualcosa d'altro. Il sesso estremo le aveva fatto credere che lui amasse divertirsi al di là delle convenzioni sociali e che la cosa si sarebbe esaurita nel giro di poco. Adesso non era più sicura di ciò che pensava, soprattutto perché era Giles che le stava ponendo le domande più difficili. Tornò alla sua scrivania.

«È solo un gioco?» le aveva chiesto lui durante il loro ultimo incontro.

No, era di più. Molto di più. Lei si era innamorata, ma non era ancora pronta a dirlo. Era troppo difficile.

Infilando le dita nella scatola, estrasse il campione di corda. Era quello il passo successivo? Era quello che l'avrebbe avvicinata alla libertà?

Passando fra le mani la sottile canapa, Imogen lasciò

che la propria fantasia corresse a immagini di un rituale di sesso estremo, caratterizzato da dominazione e sottomissione. Piacere era ciò che lui le dava. Giles era l'amante migliore che avesse mai avuto. Solo la paura la frenava dallo scoprire come sarebbe stato concedergli un tale livello di controllo durante l'atto sessuale.

Era di questo che si trattava. Lui lei aveva offerto del sesso ed era proprio quello che lei cercava. Valutazione del rischio? Giles voleva solo giocare.

L'amante di Imogen era un uomo di trentadue anni e lei, quarantenne, doveva solo godersi il sesso straordinario finché fosse durato. Avrebbe rimpianto di non aver provato ciò che lui le stava offrendo. Poteva sopportare il pensiero di restare sola, ma non con dei rimpianti. *Al diavolo, almeno mi resterebbero dei ricordi bollenti.*

Il campione di corda non era di neanche un metro, ma era lungo abbastanza perché Imogen provasse a legarsi le mani. La canapa era soffice al tatto, ma quando si tendeva diventava dura e potente. Con un tacco al pavimento, mosse la sedia da ufficio a destra e a sinistra, avvinta dall'eccitazione mentre faceva le proprie stime. Poi fece passare la corda attorno all'orlo della gonna al ginocchio che indossava e tirò. Il suo sesso si infiammò, il desiderio che divampava prepotente, prendendo il sopravvento su di lei. Fece salire la corda fino al bordo delle autoreggenti, nel punto in cui le sue cosce erano nude. La canapa le pizzicò la pelle in modo brusco e il clitoride pulsò.

Il bisogno di toccarsi divenne insistente.

Con la mano nelle mutandine, stuzzicò il clitoride, tenendo la corda che Giles le aveva mandato stretta nel palmo. *Cosa sto facendo?,* si chiese, sentendosi pericolosamente fuori controllo. Aveva una mano infilata sotto la gonna e si stava toccando, nel proprio ufficio. Non lo aveva mai fatto prima, ma Giles l'aveva portata a tanto.

Quando raggiunse l'apice del piacere, lo sfregamento della corda sulla sua pelle tenera sembrava deriderla per la sua precedente resistenza.

Cos'avrebbe fatto Giles con quella corda?

Devo saperlo.

Quando arrivò sulla soglia dell'appartamento di Giles, Imogen faceva fatica a mantenere il respiro regolare. Avrebbe voluto correre subito da lui, ma si era imposta di lasciare passare almeno un'ora per calmarsi.

Alla fine non era riuscita ad aspettare che trentacinque minuti, ma era comunque un lasso di tempo significativo. Significativo per rimettere in ordine i pensieri. Per quanto fosse possibile, date le circostanze. Le emozioni si agitavano ancora selvagge dentro di lei, combattuta fra il bisogno disperato di concludere e il desiderio di fuggire.

Bussò alla porta prima di cambiare idea. *Tutto ciò che devo fare è godermi il sesso.*

Pochi istanti dopo la porta si aprì. Ecco Giles. «Sei venuta.»

«Sì, sono qui.»

Un angolo della bocca di lui si sollevò mentre annuiva. Non era compiacimento il suo. Era soltanto una costatazione di fatti per cui era grato. Appoggiò una spalla allo stipite. Aveva i capelli bagnati e indossava un paio di jeans e una T-shirt che si aggrappava ai suoi pettorali. Doveva essere appena uscito dalla doccia, la sua pelle ancora umida. Aveva tutto l'aspetto di essere rilassato, il bagliore nei suoi occhi mentre la studiava era intimidatorio e al tempo stesso stimolante.

Una mano di Imogen si chiuse sulla tracolla della borsa, l'altra andò al bottone della giacca, fermandosi su di esso. Giles guardò ogni suo movimento, come se qualsiasi cosa lei facesse fosse importante. Lei sentì le farfalle nello stomaco. Non solo perché lui era attraente e forte. Lui aveva quella caratteristica ineguagliabile di un uomo nel pieno controllo. La rendeva consapevole di se stessa. Troppe volte Imogen si perdeva nei propri compiti giornalieri. Giles non le permetteva di dimenticare che era una donna, una donna con dei bisogni. Eppure adesso la stava guardando come se niente lo turbasse. Un controllo assoluto. Come si faceva a non ammirarlo?

Le si avvicinò. Lei percepì forte l'eccitazione dentro di sé, che le scaldò il corpo, le inviò brividi lungo la pelle e le fece contorcere le dita. Giles le imprigionò lo sguardo, impedendole di distoglierlo. La tensione saturava l'aria, sfrigolando attorno a loro come elettricità statica. Lui le stava leggendo dentro. Sapeva che aveva aperto la scatoletta e che era andata lì volontariamente. Imogen se lo sentiva e quella consapevolezza le fece vibrare il bassoventre. Glielo si leggeva in faccia. Nella sua espressione c'era anche il desiderio. Era lampante, puro e incredibilmente potente. La voleva ed era contento che lei fosse andata da lui.

«Sei pronta a portare la nostra relazione al livello successivo?» La sua voce era bassa.

Lei annuì.

Lui le mise un dito sotto il mento, guardando nel profondo dei suoi occhi. In quel tocco fece convergere tutta la sua autorità. La eccitò. «Dovrai abituarti al fatto che io ti guardi, se ci saranno implicate delle corde.» Poi le si avvicinò ancor di più, così vicino che lei poteva sentire il suo respiro sul viso, e le fece correre i polpastrelli sul collo, accarezzando la sua pelle come se la stesse ammirando. «Sarai bellissima con le corde.»

Lei spostò il peso da un piede all'altro, il tocco della mano di Giles che le mandava in orbita le terminazioni nervose. Un gemito attutito le sfuggì dalle labbra e lui le catturò lo sguardo, trattenendolo. Si trovavano sull'orlo del precipizio, se lo sentiva.

Giles alzò le spalle e le fece roteare come se si stesse riscaldando. La sua passione crescente era palpabile e fece capire a Imogen che anche lui fino ad allora aveva trattenuto parte di sé, proprio come lei. Le gambe le divennero deboli mentre realizzava che Giles non aveva ancora neanche cominciato con lei. «Ti prego... Ti confesso che sono un po' preoccupata.»

«Non avere paura.» I suoi occhi brillarono, come se avesse apprezzato la sincerità di Imogen.

Il suo centro pulsante si tese per quel che l'attendeva.

«Sono qui per prendermi cura di te. Penso di sapere ciò di cui hai bisogno ma, se mai farò qualcosa che non vuoi, dimmelo.»

Imogen deglutì, poi fece cenno di sì con la testa. Sapeva che il suo senso di giustizia non gli avrebbe permesso di approfittarsi di lei, a meno che non fosse stato proprio ciò che lei voleva. Poi le dita di Giles si infilarono fra i suoi capelli e lui la trasse a sé, baciandola famelico.

Imogen sentì il rumore della borsa che cadeva a terra. Le mani si chiusero attorno al collo di Giles mentre si donava a lui. Con dita bramose lui le sollevò la gonna, prendendole i fianchi a piene mani, scostando il tessuto sottile delle mutandine in modo da poterla toccare meglio.

Imogen sentì la porta che si chiudeva. Giles la sollevò da terra e le premette la schiena contro il muro mentre la teneva con facilità. Lei afferrò con una mano la gonna per sollevarla ancor di più, in modo da potergli cingere la vita con le gambe. Mentre lo faceva, lui si chinò a baciarle il collo. La testa di Imogen cadde all'indietro contro il muro e lei fece roteare i fianchi, sfiorando l'erezione potente dentro i jeans. I denti di Giles le graffiarono il collo prima che lui cambiasse posizione e la prendesse fra le braccia. Lei si aggrappò a lui, riconoscente, mentre la portava in camera da letto.

«Ti voglio così tanto» mormorò Imogen contro il suo collo. Si sentiva delirante mentre pronunciava quelle parole.

Lui la rimise a terra accanto al letto.

Le tende erano tirate, ma venivano sollevate dalla brezza tiepida che entrava dalle finestre aperte, strane macchie di luce che si muovevano nella stanza buia. Quando la luce si spostò sul letto, lei vide diversi mucchi di corda blu sottile, ognuno sistemato a forma di otto. Si trovavano già sulle lenzuola nere, come se lui avesse saputo in anticipo che lei sarebbe andata per quello.

Imogen annuì guardando gli strumenti. «Vedo che aspettavi il mio arrivo.»

«Mi piace essere preparato.» Girando con passo lento intorno al letto, la osservò da una certa distanza, studiandola con attenzione.

«Ecco perché sei così bravo al lavoro.» Lo pensava davvero. Parte del talento di Giles consisteva nel prevedere ciò che poteva servire.

Per il momento, però, lui sembrò prendere il commento nella maniera sbagliata. «Imogen, non avevo la certezza che saresti venuta, ma ci speravo.» Lo sguardo serio nei suoi occhi le disse che non l'aveva data per scontata. Era come se ognuno di loro vedesse rispecchiata nell'altro la propria reticenza, la propria paura.

Questo le fece venire voglia di rassicurarlo. Si tolse l'orologio e lo mise sul comodino. «Sono qui perché tu hai acceso in me il desiderio di sapere.»

Lui annuì. «Dimostrami quanto.»

Qualcosa nel modo in cui lui restava indietro, osservando, in attesa, la spinse a chiedergli di fare ciò che doveva per mostrarle come procedere. Imogen si sentiva una novizia, anche se era la maggiore dei due. *Ma lui mi fa sempre implorare.* Sì. Forse non era così goffa dopotutto. Entrambi stavano imparando. Era di questo che si trattava.

Con un calcio si liberò delle scarpe col tacco, poi si tolse la giacca e abbassò la cerniera della gonna. *Rilassati*, si disse. La verità era che non riusciva a togliersi i vestiti abbastanza in fretta. Dopo aver dato spazio ai suoi dubbi e averli superati, doveva assolutamente sapere come sarebbe stato.

Era impegnata a sfilare le autoreggenti, quando lui prese la prima corda dal letto, srotolandola. La fece scorrere fra le dita mentre guardava Imogen che si spogliava. Un movimento del braccio di Giles e la corda serpeggiò fra loro sul pavimento. Lei si fermò mentre srotolava le autoreggenti, poi le tolse di colpo, presa da una nuova fretta. Le sopracciglia di lui erano basse sui suoi occhi, concentrate, la sua bocca una linea ferma. Tutto nella sua postura indicava che si stava contenendo.

Adesso mi legherà e poi mi farà sua e tutto andrà per il meglio. Quelle parole continuarono a ripetersi nella sua mente come un mantra. Dovevano servire a calmarla, ma fecero tutt'altro. Lì, nella stanza di Giles, dove aveva raggiunto l'apice più e più volte e dove il profumo del suo dopobarba le permeava i sensi, tutto concorreva a renderla ancor più impaziente.

Quando infine fu nuda, tremava. «Eccomi, sono pronta» sussurrò.

«Dimmi, cosa vuoi?»

«Quello.» Indicò le corde con la testa, poi il rigonfiamento nei suoi jeans. «E te dentro di me.» Abbassò la mano verso il suo sesso e lasciò scivolare un dito nel suo solco umido, lasciando che si fermasse sul clitoride e lo stuzzicasse.

Lui la guardò muovere le dita.

Lei lo fissò, quasi senza fiato per il desiderio.

Giles si sfilò la T-shirt dalla testa e l'abbandonò a terra. I muscoli tesi del suo petto e dei suoi addominali scintillarono quando la luce li colpì. «Dimostrami quanto lo desideri.»

Per un istante lei vacillò. Poi, d'istinto, cadde a quattro zampe. Alzando il mento, guardò verso di lui. Una grande distanza li separava adesso e lui torreggiava su di lei. In quella posizione, con i seni che ondeggiavano e il fondoschiena esposto, Imogen si sentiva vulnerabile e sapeva che era esattamente ciò che lui voleva vedere.

La corda si mosse ancora fra le mani di Giles, poi lui si batté una mano sulla coscia, facendole un cenno. Quel semplice gesto innescò un'ondata vibrante di sollievo ed eccitazione che attraversò Imogen dal seno alla sua parte più intima. Gli si avvicinò a gattoni, finché non si ritrovò proprio di fronte a lui. Raddrizzando la schiena, appoggiò la testa sulle sue cosce. La corda era a un soffio dal suo viso e, mentre Imogen si aggrappava a Giles, lui la mosse, sollevandola e avvolgendola intorno a lei. L'aveva imprigionata.

Quando alzò lo sguardo, Imogen rimase sbigottita davanti all'espressione incantata negli occhi di Giles. Lo aveva davvero eccitato vederla presa al lazo in quel modo. Un atto semplice, simbolico eppure così ricco di significato. Lei si era offerta a lui e adesso era sua.

Toccò la corda. I muscoli delle braccia di Giles si tesero mentre valutava Imogen e la soppesava, rispondendo ai suoi movimenti. Gli stava dando carta bianca e... caspita, era meraviglioso!

Avvicinandosi al bottone dei jeans, glieli slacciò e glieli fece scivolare lungo le cosce. Quando infilò le dita nell'elastico dei boxer, lo guardò per ottenere il permesso. Lui annuì piano e la corda si tese sulla sua schiena.

Abbassando il tessuto, Imogen sospirò di desiderio quando vide il suo pene libero. Leccò la sua erezione, gustandone il sapore, adorando il calore e la potenza che emanava la parte di lui che li univa. I suoi occhi brillarono di piacere, le labbra si schiusero. Imogen accolse nella bocca il membro turgido che le sfiorò il palato. Quando lui gemette, lei lo accolse ancora più a fondo.

«Basta così.» La voce di Giles era roca. «Alzati.»

Mentre si alzava in piedi, lui si rimise i boxer e i jeans. Le prese i seni a piene mani e abbassò la testa per succhiarle i capezzoli, prima uno e poi l'altro.

La corda era a contatto con la carne sensibile dei seni di Imogen e lui sfregò in quel punto con i palmi, facendogliela sentire maggiormente. Lei gemette, spostando il peso da un piede all'altro, la tensione che la percorreva ovunque, rendendola insopportabilmente accaldata. Quando barcollò all'indietro, la corda si tese.

Ogni centimetro del suo corpo era consapevole, consapevole della costrizione, dell'odore intenso del loro reciproco eccitamento nella stanza e più di tutto consapevole dell'attenzione di Giles.

«È il rituale che lo rende così speciale» sussurrò. «Mi ci vorrà un po' per accertarmi che tu sia assicurata correttamente.»

Mentre parlava, tenendola informata di ogni sua mossa, Giles le fece aprire le braccia, a indicare che le doveva mantenere alzate e lontane dal busto. Iniziò quindi a formare un cappio con la corda sotto le ascelle, avanti e indietro sul petto e poi sotto i seni. La duttilità della corda la distraeva dal fatto che presto sarebbe stata tesa contro la sua pelle e che solo lui avrebbe potuto liberarla.

Di tanto in tanto Giles si fermava e prendeva un altro pezzo di corda, legandolo al posto giusto. Questo creava punti di pressione sul corpo di Imogen, punti chiave: la base del collo e sotto le ultime costole.

«Tutto bene?»

Lei fece cenno di sì con la testa.

«Questo mi fa sentire come se tu avessi accettato di restare nel mio letto.» Il sorriso di Giles era malizioso. Aveva ragione, però. Ogni nodo intricato che faceva la legava a lui e lei rimase affascinata dalle attenzioni che le rivolgeva.

Era davvero un rituale per lui e velocemente lo stava diventando anche per lei.

La corda non le parve troppo tirata all'inizio, non finché non fece un respiro profondo, frammentato, e allora percepì tutta la sua potenza. La cassa toracica era costretta, i seni compressi e i capezzoli premevano contro il groviglio di corde sottili. Una forte scossa la investì. Non era mai stata così pronta a essere posseduta, mai Giles l'aveva fatta attendere tanto.

«Adesso ti metterò sul letto.»

Lui la prese fra le braccia e lei rotolò contro il suo corpo, il fatto di essere legata le faceva desiderare di stargli accanto, dove era al sicuro.

Quando la fece sdraiare, Imogen distese le braccia lungo il corpo sulla lenzuola. Lui le prese una mano nella propria, poi l'altra, muovendole verso i pali decorativi della testata.

Con un pezzo di corda le legò i polsi, assicurandoli a un solo montante, poi fece passare la canapa in basso e intorno alle ultime costole.

Si allontanò e si mise in fondo al letto per guardarla. Il peso del suo sguardo era quasi troppo da sostenere. Imogen era legata, nuda e moriva dalla voglia di essere posseduta da Giles. Quando strattonò con i polsi, il reticolato di corde strinse la sua morsa sul petto. La costrizione la obbligò a concentrarsi su un altro punto. Qualcosa dentro di lei scattò e Imogen dimenò la testa sul cuscino, il battito impazzito, il respiro leggero e irregolare.

«Apri le gambe.»

Fece come le era stato chiesto. L'aria fresca su di lei le mandò in fiamme la sua vulva umida. Imogen si contorse, desiderosa fino alla disperazione di essere toccata in quel punto.

Lui le fece spalancare ulteriormente le gambe nella posizione *spreadeagle* che la lasciò senza fiato, poi prese un altro pezzo di corda. Di nuovo se la passò fra le mani, preparandola.

I suoi bicipiti si fletterono, illuminati dalla luce a ogni movimento.

Con la corda tesa fra le dita, Giles l'avvicinò all'interno coscia di Imogen, posandola nella piega dell'inguine. La fece passare intorno a una gamba, intessendola poi nel reticolato sul petto, prima di riportarla in basso verso l'altro lato e intorno all'altra coscia.

Lei chiuse gli occhi e inspirò a fondo.

Ogni mossa acuiva i suoi sensi e si sentiva sempre più vulnerabile ed esposta.

Lui la sovrastò con il suo peso, l'espressione sul suo viso intensa mentre guardava ogni reazione di Imogen, notando ogni mossa, ogni suono sussurrato che le sfuggiva.

La corda intorno alla gabbia toracica stringeva gloriosa, la pressione sopra e sotto i seni e attorno alle cosce la rendeva più eccitata che mai. Quando guardò in basso verso i suoi capezzoli turgidi fra la canapa blu, le sembrò così lascivo e lussurioso che dimenò la testa sui cuscini.

Dopo aver controllato che era legata in modo corretto, Giles le si sdraiò accanto, una mano sul cuscino di fianco alla sua testa, l'altra che accarezzava il capezzolo sinistro. Quando lo pizzicò e Imogen urlò in estasi, la guardò in viso. «Ti senti a tuo agio?»

Lei annuì. Era vero, perché si sentiva nuda ed esposta, ma incredibilmente al sicuro, dato che era stato lui a stringere le corde. «Va tutto bene» sussurrò.

Passando le dita intorno ai suoi seni, Giles li prese a piene mani e strinse, poi si posizionò sui capezzoli. Attraverso i jeans Imogen riusciva a sentire la sua erezione potente che le premeva contro i fianchi, ma lui si prese ancora del tempo. Lei si contorse, nella disperata attesa di Giles. Ogni tocco scatenava una sensazione ardente che viaggiava fino al centro di Imogen, dove divampava il fuoco.

Muovendosi sopra il corpo di lei, lui fece correre un dito sotto la corda, come per verificare. Poi le sue mani scesero lungo gli addominali e arrivarono alla sua femminilità. Le accarezzò il clitoride, quindi lo prese fra pollice e indice.

Spilli di sensazioni la punsero all'inguine. Imogen ebbe l'impressione che la pelle del suo petto e del suo collo stesse andando a fuoco, il ventre teso in risposta alla deliziosa provocazione. Quando lui la pizzicò, lei per poco non raggiunse l'orgasmo.

«Lo sai perché lo sto facendo, vero?»

Le sfuggì una risata ansimante. «Per farmi impazzire.»

Di nuovo lui le sfiorò il sesso con i polpastrelli, stuzzicando le sue pieghe turgide con la più fugace delle carezze. La corda a contatto con l'interno coscia sembrò stringere quando il corpo di Imogen si tese sotto il suo tocco, la costrizione la faceva gemere di piacere.

«Perché ti adoro e questo è il massimo che posso fare affinché tu ti lasci andare completamente al piacere.»

Imogen sbatté le palpebre, la capacità di concentrarsi sulle sue parole che andava e veniva.

«Voglio più di quello che puoi darmi» aggiunse Giles.

«Io ti ho dato tutto» gemette lei, il suo corpo teso dal bisogno di trovare appagamento. «Sono venuta qui, ho accettato tutto questo... Ti prego, Giles. Ti prego, fammi tua!»

«Oh, puoi starne certa, ma questa non è l'unica cosa che desidero da te.»

Il sudore le inumidì la pelle. «Cosa vorresti dire?»

«Voglio che usciamo, come coppia. Voglio stare con te ufficialmente.»

La gola di Imogen si irrigidì, gli occhi le bruciavano. Era impossibile evitare di ascoltare le sue parole e di rispondere. D'istinto scosse la testa. Il bisogno di scappare era radicato in lei, nonostante lo stato in cui si trovava.

Lui le fece scivolare un dito fra le pieghe del sesso. Il corpo di Imogen lo avvinse, grato di quell'intrusione netta, i fianchi che si alzavano quanto più possibile dal materasso.

«Non c'è motivo per non farlo. A meno che tu non ti vergogni di avere me, un uomo più giovane, un tuo sottoposto, nel tuo letto.» Ritrasse il dito.

«No!» La risposta le sfuggì dalle labbra ma, quando incontrò il suo sguardo, Imogen vide il desiderio e imprecò sottovoce. «Accidenti a te! Non è affatto questo il punto. È solo che... per me è difficile...» Le parole non le venivano.

«Cosa? Cedere la tua ostinata indipendenza in cambio di una bella relazione?» Giles si alzò in piedi e la guardò, iniziando a sbottonare i jeans, poi mosse avanti e indietro il pugno sulla sua eccitazione mentre la scrutava.

Lei non credeva che avrebbe potuto desiderarlo ancora di più, ma si sbagliava.

«Ho idea che tu mi abbia sottovalutato. La corda non era solo per provare un brivido diverso, se è questo che avevi pensato.» Gesticolò nella sua direzione. «Questo, lo *shibari*, è il livello successivo per me. È un segno di dedizione totale, di fiducia.»

Combattendo un crescente senso di panico, Imogen incontrò il suo sguardo. Lui le mise di nuovo la mano fra le cosce e lei dovette ricacciare indietro l'ondata di piacere che le era esplosa nell'inguine quando le aveva sfiorato il clitoride con un dito per poi continuare con quella dolce tortura.

«Sei eccitata...»

Il suo viso arrossì. Riusciva a sentire i capelli che le aderivano alla base del collo per la tensione. Balbettando frasi senza senso, premette la faccia contro il braccio legato.

«Vuoi godere, eh?»

Lei annuì.

«Quanto lo desideri?» Giles le premette il clitoride, bloccandolo fra due dita e muovendo la mano.

«Oddio!» Imogen quasi si mise seduta, i polsi che sbattevano contro la corda sulla testata. Fissandolo, lei vide quando fosse calmo, attento. Inarcò la schiena, la tensione nei fianchi e nel petto che cresceva. Un liquido caldo le scese fra le natiche.

«Sei così bagnata.» Lui si chinò fra le sue gambe, la bocca che si chiudeva sul suo clitoride.

«Giles, ti prego.»

Lui la leccò ancora una volta, la sua lingua che si muoveva impietosamente. Respirando tutto il suo profumo, lei gemette.

«Fammi tua!» gridò Imogen. «Ti prego!»

Giles rimosse le mani dalla sua vagina.

«Accetti le mie condizioni?»

Oh, mio Dio! Quali sarebbero le sue condizioni? «Sì, Giles. Ti prego, ti prego, fammi tua!»

Lui si alzò. Infilando una mano in tasca, estrasse un preservativo.

Si liberò dei boxer neri e li lasciò cadere sul pavimento. Il suo pene adesso era libero e svettava glorioso mentre lui strappava la confezione. L'eccitazione di Imogen era ormai fuori controllo mentre lui srotolava la protezione di lattice sulla sua virilità eretta. Poi Giles salì sopra di lei e si mise in posizione. Le depose un bacio sul seno, quello sopra il cuore, e lei sentì la punta del pene all'ingresso del suo centro. La penetrò con un affondo fluido, premendo nel suo punto più intimo.

La stanza iniziò a vorticare. Gli occhi di Imogen si chiusero di scatto e lei urlò a pieni polmoni. I suoi polsi strattonavano in tutte le direzioni mentre un altro orgasmo liberatorio la scuoteva.

Lui la incitò, sollevandosi sui gomiti, spingendo in profondità e in modo ritmato, gli occhi che brillavano di determinazione mentre la guardava. Lei era persa in quei movimenti, il suo centro che stringeva e allentava la presa sulla virilità di Giles, innescando una nuova ondata di piacere. Imogen era così aperta e lui così profondo. Tutto il suo inguine ardeva di piacere, deliziosamente teso da una sensibilità cruda e quasi eccessiva da sopportare.

Lei gemette, implorò pietà.

Lui spinse ancora, il suo respiro caldo sul viso di Imogen mentre si chinava sopra di lei.

Si stava avvicinando al punto di non ritorno e la sua pelle riluceva umida nella semioscurità, un grugnito che di tanto in tanto gli sfuggiva dalle labbra mentre si addentrava sempre più in lei.

Imogen sapeva che le stava dando tutto ciò che aveva. «Oddio, Giles, sì...!»

Lui annuì, un altro gemito, e reclinò la testa all'indietro, i muscoli del collo allo spasmo mentre gridava violentemente e quasi ruggiva. Un ultima spinta, profonda, feroce, e lei ebbe l'impressione di essere cosparsa con del fuoco liquido mentre la virilità del suo compagno spingeva dentro di lei una volta e un'altra ancora.

Le portò dell'acqua ghiacciata e le tenne il bicchiere vicino alle labbra mentre Imogen beveva. Quando mise da parte il bicchiere, iniziò a slegare le corde. Partì dall'inguine e le liberò i polsi per ultimi. Lei osservò i suoi movimenti attraverso la coltre del piacere che svaniva. Ogni nodo venne sciolto con cura, Giles che le massaggiava la pelle e la controllava.

«Ti piace davvero, eh?»

Lui le rivolse un sorriso. «Il sesso spinto?»

Lei rise piano. «No, intendevo dire questo...»

«Ah, prendermi cura di te?»

Lei annuì. «Perché?»

«Perché ti amo.»

Imogen rimase basita. Il modo in cui l'aveva detto, così consapevole, mentre continuava a liberarla dalla corda che la legava a lui, le fece pensare di essersi immaginata tutto. Lo guardò incredula, finché lui non la guardò a sua volta all'improvviso, intrappolandola, e lei sentì il viso andarle in fiamme.

Cercò di distogliere lo sguardo, ma lui lo riportò su di sé con un dito sotto il mento. «Non essere così sorpresa. È facile amarti, per quanto tu odi ammetterlo.»

Lei era atterrita. Non solo da ciò che Giles le aveva detto, ma dal modo semplice con cui adesso le parlava, dopo l'intensità di quel che avevano condiviso poco prima.

Lui la guardò in attesa. «Questo è il momento in cui tu mi dici ciò che provi» suggerì.

Lei alzò gli occhi al cielo. «Sai cosa provo, o non sarei qui, permettendo a me stessa di espormi tanto.»

Giles le rivolse uno sguardo di sfida.

«D'accordo, ti amo. Accidenti, Giles, mi sono innamorata di te un secolo fa, ma avevo paura.»

«Non ce n'è bisogno.» La semplicità della risposta era un modo per minimizzare, ma aveva un significato profondo. Liberandole le mani, Giles le avvicinò alla propria bocca e baciò la pelle morbida all'interno dei polsi. «Ero serio quando dicevo di voler passare la notte con te. A cominciare da oggi. Domani farai colazione qui con me.»

«Ma non ho portato il cambio...»

Le mise un dito sulle labbra. «E poi voglio passare le serate insieme. Possiamo anche parlare di lavoro qualche volta, se insisti.»

Gli ultimi strascichi di resistenza a cui si era aggrappata si dissolsero. La conosceva davvero bene. Imogen ridacchiò all'idea. «Ma potremmo finire per litigare sulla politica nel nostro tempo libero.»

«È quello che fanno le coppie che lavorano insieme.»

«*Coppie?*»

Lei si sentì svenire, anche se era sdraiata.

«Sì, Imogen, le *coppie*. È di questo che stiamo parlando.»

Prima che lei potesse anche solo pensare di obiettare, lui la baciò, frenando le sue parole.

Le sue emozioni presero il volo e per la prima volta lei si concesse di lasciarsi andare e godere completamente del momento, le braccia attorno a lui, il solo uomo che poteva darle sicurezza, l'unico uomo che sapeva come fare.

Il ritmo della notte

di Eden Bradley

. 1 .

Kate si appoggiò al bordo del finestrino mentre il treno si allontanava dalla stazione di Klamath Falls, Oregon, la cittadina meno eccitante del mondo. Eppure il cuore le batteva forte. Quando era su un treno Kate avvertiva sempre quella piacevole sensazione di eccitazione, ma l'emozione più grande l'avrebbe provata dopo che tutti gli altri passeggeri si fossero addormentati. Non vedeva l'ora. Con lo sguardo percepì i bagliori delle luci sulla piattaforma che si stava allontanando, poi non ci fu più nulla tranne la notte vellutata. In quella parte del paese non c'era niente da vedere. Niente paesaggi, niente luci metropolitane. Tuttavia a lei non importava. Le interessava solo essere lì, sentire il movimento e godere della sensazione di esperienze nuove.

Era quasi mezzanotte: troppo tardi per andare a cenare nel vagone ristorante. Il treno era arrivato in ritardo e Kate aveva dovuto aspettare per ore seduta nella tranquilla stazione della piccola città. Per fortuna si era fermata a mangiare qualcosa non appena era arrivata da Ashland. Infatti a Klamath Falls i locali pubblici chiudevano presto e nella stazione non c'era niente tranne una vecchia macchina erogatrice di caramelle sistemata tra le panche di legno.

Quella parte, però, era stata finalmente superata. Ora restava solo la lussuriosa idea della lunga e lenta corsa che l'attendeva.

I treni avevano il potere di eccitarla. Lei non avrebbe saputo dire di che cosa si trattasse, ma riusciva a sentire il movimento ondulatorio attraversarle tutto il corpo. Era come avere a disposizione un vibratore. Al solo pensiero incominciava a bagnarsi.

Devo rimanere sola al più presto.

Grazie al cielo era tardi. Le luci erano basse e la maggior parte dei passeggeri si sarebbe addormentata presto.

Appoggiandosi al sedile si lasciò cullare dal movimento, concentrandosi sul pulsare che avvertiva tra le cosce.

Quella parte era quasi emozionante quanto tutto il resto, l'immaginarsi le sue piccole avventure. Lo aveva fatto su treni di tutto il Paese e non si stancava mai. Non le importava nemmeno dove fosse diretta. *Andare* era la cosa importante. Il movimento, la spinta fluida in avanti sulla strada ferrata.

Rimase al suo posto per un'altra mezz'ora. Alla fine non riuscì più a stare ferma.

È ora.

Alzandosi appoggiò la borsa da viaggio su una spalla e si mosse senza far rumore lungo il corridoio centrale, passando tra file e file di passeggeri sistemati per la notte. Per lei, invece, la notte stava incominciando solo allora.

Aprendo la porta uscì sulla piattaforma tra le carrozze, poi aprì la porta successiva e proseguì il più silenziosamente possibile avanzando fino a quando non raggiunse lo scompartimento con le cuccette.

Prima di aprire l'ultima porta inspirò profondamente. Poi passò oltre, fluida come l'acqua, facendo scorrere la porta alle sue spalle.

Rimase in piedi nel corridoio. Mantenendo l'equilibrio, rimase in ascolto con il cuore che le batteva forte in petto. E più restava ferma, più il calore tra le sue cosce aumentava, la cucitura dei jeans sfregava contro la sua pelle grazie all'oscillazione provocata dal treno.

Presto...

La carrozza era vuota. Kate proseguì lungo il corridoio, provando ad aprire la prima porta. Era chiusa a chiave. Maledizione. A una a una provò ad aprire tutte porte fino in fondo alla carrozza dalla quale scivolò fuori con un sospiro di frustrazione, diretta verso la successiva.

Anche lì non c'era nessuno. Nella sua testa risuonava lo

stridio delle ruote contro le rotaie. Si fermò un istante per godersi il suono e la sensazione che provocava in lei, prima di proseguire. La prima porta era chiusa, ma la seconda si aprì sotto la pressione della sua mano sulla maniglia.

Ah, ah!

Aprendola lanciò un'occhiata nel piccolo scompartimento buio, con il cuore che le batteva forte per aver trovato quello che cercava e all'idea di correre il rischio di essere scoperta. Non c'era niente sul pavimento né sulla panca imbottita. Niente bagagli, niente che indicasse che qualcuno occupava la cuccetta. Lei però si fermò ugualmente tendendo le orecchie per ascoltare, senza riuscire a udire altro che il fruscio della notte fuori dal finestrino. Quindi scivolò dentro e si chiuse la porta alle spalle. Le sembrava che la pelle le bruciasse. Il suo corpo era carico di desiderio.

Lasciando cadere la borsa sulla panca, si avvicinò al finestrino, appoggiando il peso contro il vetro fresco in modo da sentire più intensamente il movimento. Rimase così per diversi minuti, perfettamente immobile, godendosi il rumore del treno e la vibrazione che si propagava nel suo corpo. Premette il seno contro il vetro. La superficie liscia, fredda e dura le fece inturgidire i capezzoli che divennero evidenti sotto la maglietta di cotone.

Era già eccitata. Lo era da una mezz'ora.

Con un sospiro silenzioso abbassò la cerniera dei jeans e infilò una mano tra le cosce, sotto il pizzo delle mutandine.

Oh, sì.

Si accarezzò, ma il desiderio era troppo forte, troppo insistente. Come un amante impaziente, premette il clitoride sentendolo teso contro il palmo della mano. Appoggiandosi con tutto il peso contro il finestrino, lasciò che il movimento del treno raggiungesse il dorso della mano. Una sensazione di piacere, calda e insistente, permeava i suoi sensi. E quando si penetrò con due dita, un gemito uscì dalle sue labbra.

A quel punto fu troppo tardi per continuare a stuzzicarsi o trattenersi. Spingendo le dita più a fondo, sfregò l'estremità della mano contro il clitoride mentre il treno si muoveva sotto di lei facendola impazzire. Le dita affondavano sempre di più e il piacere esplose violento in lei.

Sì... Si sentiva bruciare e sciogliere allo stesso tempo, mentre le gambe minacciavano di cedere. Ciononostante continuò a toccarsi senza pietà. La mano e il dondolio del treno la portavano inesorabilmente verso l'orgasmo. Il piacere aumentò e arrivò all'apice, inducendola a premere forte il clitoride e a spingere le dita ancora più a fondo. Lasciandosi travolgere dalle sensazioni, gemette affannata.

Era sempre bello indulgere alla sua segreta perversione. Un sorriso le incurvò le labbra.

Una voce dal tono sommesso ruppe il silenzio della notte. «Fantastico.»

«Oh, mio Dio!» esclamò lei e sfilando la mano dalle mutandine per poco non cadde sulla panca.

«Mi dispiace, ma quando sei entrata stavo dormendo e quando mi sono svegliato... be' non me la sono sentita di interromperti.»

Kate avvampò per l'imbarazzo, per la collera e per la paura. Il cuore le batteva forte in gola.

«Mi hai fatto prendere un colpo!» lo rimproverò chiudendo la cerniera dei jeans con le dita che tremavano. «Me ne vado subito, va bene? Mi volatilizzo.»

«Preferirei di no.» La voce aveva un tono calmo e benevolo. «Ora accendo la luce, non ti spaventare, va bene?»

Kate afferrò la borsa indietreggiando verso la porta. «Io me ne vado. Non dirai a nessuno che sono stata qui, vero?»

E se quel tipo fosse stato un maniaco? Del resto lei che cos'era?

Una luce soffusa illuminò la cuccetta e Kate batté forte le palpebre.

L'uomo che era seduto sul bordo del letto aveva il classico fisico da surfista californiano. I capelli biondo scuro arruffati gli arrivavano alle spalle, il pizzetto era di una tonalità leggermente più scura. Indossava un paio di pantaloni larghi, sportivi, molto spiegazzati e nient'altro. Ed era bello come il sole.

Kate non riusciva a muoversi.

«Wow» commentò lui.

«Che cosa?»

L'uomo sorrise battendo le palpebre. Aveva un paio di occhi chiari, ma la luce era troppo debole per capire di che colore fossero. Forse grigi, forse verdi.

«Che cosa?» ripeté lei afferrando con la mano la tracolla della borsa pesante chiedendosi perché non se ne fosse già andata.

«Sei carina.»

Kate rise. «Sembri sorpreso, in ogni caso non è vero che sono carina.»

«Lo sei. Immagino di aver pensato che non lo fossi quando era buio e ti guardavo. Riuscivo a vedere solo il tuo profilo e i capelli, che mi hanno attratto immediatamente.»

Con un gesto automatico Kate si passò la mano nella lunga chioma bionda e riccia. «Che cos'hanno i miei capelli?»

«Sono bellissimi.» La sua voce era profonda e roca. Molto sexy. O forse era il suo corpo a essere ancora sotto l'effetto dei postumi dell'orgasmo. Oppure il suo bel viso e il corpo tonico...

«Devi avere qualche problema con la vista.»

«No, no, ho visto tutto.»

«Maledizione. Senti, adesso me ne vado.»

Kate allungò la mano verso la maniglia e l'abbassò.

«Mi è piaciuto.»

Kate rimase di sasso.

Lui si alzò dal letto e all'improvviso la cuccetta sembrò troppo piccola. A Kate parve di sentire il calore del suo corpo e il suo profumo. Il classico profumo del surfista. Un brivido le percorse la schiena.

«Non andartene» ripeté lui. «Mi chiamo Ian.»

Kate si voltò a guardarlo. Erano troppo vicini. Si sarebbe dovuto svolgere solo tra lei e il treno. E lui aveva rovinato tutto.

Non era così?

Il suo corpo era languido e caldo e Ian la eccitava.

«Come ti chiami?» le chiese lui in tono gentile.

«Non intendi denunciarmi?»

«Sarei un idiota se lo facessi.»

Ian sorrideva, ma nonostante i suoi occhi brillassero di

desiderio, lo sguardo che le rivolse non era sfrontato.
Kate gli restituì il sorriso. «Quindi sei un voyeur?»
«Non lo sono mai stato prima di questa notte. E tu sei un'esibizionista?»
«Sì, lo sono sempre stata.»
«Credo di aver appena scoperto che questo tratto mi piace in una ragazza.»
Per un attimo rimasero in silenzio sorridendo, l'aria intorno a loro era carica di desiderio.
Ti voglio.
Sì, Kate lo desiderava. E desiderava farlo con lui.
Sul treno.
Sarebbe stato fin troppo perfetto. Troppo strano.
Non era solita praticare sesso casuale. Non che non l'avesse mai fatto. Durante i suoi viaggi si era imbattuta in un paio di uomini.
Ma era soltanto da cinque mesi che aveva rotto con Dominic e da allora aveva deciso di tenere gli uomini lontani da sé.
Quella, forse, poteva rivelarsi l'occasione giusta per cambiare idea.
«Allora ti fermi?»
«Ci sto pensando» ammise lei.
Devo essere impazzita.
«Come ti chiami?» le chiese lui di nuovo.
«Kate.»
«Kate. Carino.» Ian afferrò la sua borsa per la tracolla. «Perché non la metti giù?»
Kate annuì permettendogli di appoggiare la borsa sulla panca e rimase a guardarlo mentre si alzava. Non era alto più di un metro e settantacinque, ma dal momento che lei non superava il metro e sessantacinque la cosa non era importante. Non le piacevano gli uomini troppo alti. E poi lui aveva uno di quei corpi da surfista, longilinei, muscolosi, con spalle e torace possenti. Sul braccio sinistro aveva un tatuaggio. Kate allungò la mano e passò le dita sul disegno.
«Che cos'è?»
«Una scheda madre. Sono un tecnico informatico.»

«Davvero?»
«Davvero in che senso? Che cosa ti aspettavi?»
«Non lo so. Assomigli a uno dei ragazzi che lavorano nella caffetteria sotto casa mia.»
Ian si avvicinò di un passo. «E ti piacciono i ragazzi che lavorano nella caffetteria sotto casa tua?»
«Certo.» Kate riusciva a sentire il suo profumo mentre percepiva la sua pelle sotto le dita.
«Ma non tanto quanto penso che potresti piacermi tu.»
«Davvero? E quanto potrei piacerti?»
«Abbastanza da non andarmene come dovrei.»
«Sì, in effetti è strano conoscersi in questo modo.»
«Oh, sì.»
Kate non riusciva a capacitarsi di essere ancora lì nonostante non fosse il tipo di ragazza abituata a comportarsi in modo sicuro. Dominic se ne lamentava sempre. Kate era troppo spontanea e lui non era riuscito a contenerla. Non che lei volesse che qualcuno lo facesse, ma quella situazione era un po' troppo estrema perfino per lei. La qual cosa rendeva la sua presenza lì con Ian ancora più eccitante.
«Kate...» Ian si interruppe scuotendo la testa. «Che cosa c'è?»
«Ho voglia di baciarti.»
Ian la guardava dritto negli occhi. I suoi erano verdi, ora ne era sicura ed erano anche bellissimi, messi in risalto dalla pelle abbronzata.
«Voglio che tu lo faccia.»
«Non mi conosci.»
«Non importa. Non so perché, ma non ha importanza. C'è qualcosa di fantastico in questo. Di misterioso. Capisci che cosa intendo dire?»
«Sì.»
«Allora mi vuoi baciare, Ian?»
«Sì.»
Lui chinò la testa e Kate decise che doveva essere davvero impazzita per aver deciso di restare lì con quello sconosciuto. Ora però non voleva pensarci. Voleva concentrarsi unicamente su quanto le sue labbra erano invi-

tanti e sul buon profumo della sua pelle. Con una mano gli cinse il collo facendola passare sotto i capelli lunghi e lo attirò verso di sé.

Le loro labbra si incontrarono in un bacio dolce e leggero che provocò in lei un gran calore. Quando poi Ian fece scivolare la lingua nella sua bocca, Kate si sentì bruciare e a quel punto non ci fu più niente di dolce e delicato in quello che successe tra di loro. La brama e il desiderio presero il sopravvento. Ian premette le labbra contro le sue con foga, proprio come lei voleva. Fu anche meglio quando l'abbracciò e l'attirò contro di sé in modo da farle sentire la sua eccitazione attraverso la stoffa dei loro vestiti.

Le sue labbra erano così dolci.

Ian si scostò appena. «Maledizione, ragazza, ho bisogno di toccarti. Per te va bene?» mormorò.

«Sì, ti prego.»

Ian le sfilò la maglietta poi rimase a guardarla. «Perfetta» commentò, poi le accarezzò l'addome con un dito, facendole battere forte il cuore. Un'ondata di calore la pervase, quando lui la accarezzò intimamente. Fu come una scossa elettrica. Intanto il treno continuava a muoversi sotto di loro, portandoli attraverso la notte. La tensione erotica era pura e intensa.

«Ti prego, Ian» lo supplicò lei.

«Ti prego, che cosa?»

«Spogliamoci. È troppo bello per dover aspettare ancora.»

Ian annuì, la sua espressione non lasciava dubbi sul grado della sua eccitazione. Prima fece scivolare una spallina del reggiseno giù lungo la spalla di Kate, poi l'altra, quindi si avvicinò di nuovo e le posò le mani sulle spalle, facendole il solletico con il pizzetto mentre le sganciava il reggiseno. Dopo averlo lasciato cadere a terra si avvicinò ancora di più a lei fino a quando non furono pelle contro pelle.

«Sì, così» mormorò lei.

Ian la strinse ancora di più, schiacciandole il seno contro la solida parete dei suoi muscoli, spingendola allo stesso tempo contro la parete di metallo. La stava baciando ancora, le labbra sulle sue, la lingua che scivolava tra le labbra, insinuandosi nella sua bocca e poi uscendone con un ritmo primordiale seguito anche dal bacino che spingeva contro il suo addome morbido. Lo sferragliare del treno era come una musica. Come il sesso. Kate si lasciò sfuggire un gemito muovendo le mani su di lui come per memorizzare le curve dei muscoli delle sue spalle. Sentire la sua pelle sotto le mani era una sensazione erotica.

Fu allora che Ian si scostò quanto bastava per infilare le mani tra i loro corpi e toccarle il seno, stuzzicando i capezzoli fino a renderli dolenti.

«Ah, ti piace.»

«Sì.»

Ian strinse i capezzoli tra il pollice e l'indice.

«E questo ti piace?»

«Sì, oh...»

«Sei così sexy, Kate» mormorò con voce profonda. «La tua pelle, il tuo seno, la tua bocca.» Stringendole i capezzoli con più forza le strappò un altro gemito. «Così sensuale. Così reattiva. Non so se riuscirò a trattenermi. Sono così eccitato. Senti, Kate.»

Ian si appoggiò a lei premendo l'erezione contro il suo addome.

«Ian...»

«Sì...»

Ian si mosse in fretta, liberandosi dei pantaloni e dei boxer scuri. Era al massimo dell'eccitazione. Kate provò un'ondata di desiderio.

Lo voglio, ho bisogno di lui. Sì...

E il fatto che stesse succedendo tutto lì, sul treno, come nelle sue fantasie, rendeva l'avventura ancora più emozionante. Quante volte si era procurata piacere su un treno in corsa, diretto chissà dove, con il movimento che aiutava quello della sua mano che si muoveva freneticamente tra le sue cosce.

Ian si inginocchiò, le sfilò i jeans e le mutandine. Sempre in ginocchio davanti a lei si limitò a respirare sulla striscia sottile di pelo tra le sue gambe. Caldo. Il suo respiro era caldo. L'attesa straziante.

Kate affondò le dita nei capelli di Ian, li tirò leggermente e aprì le gambe in modo invitante. Un sospiro lasciò le sue labbra quando lui la baciò. Lì.

«Non giocare con me, Ian, in questo momento non ce la farei a sopportarlo.»

«Sì che ce la fai. Io mi divertirò parecchio.»

«Al diavolo, Ian, datti da fare.»

«Voglio prendermela con calma.»

Kate emise un gemito, imponendosi di stare ferma mentre lui le scostava le labbra con le dita e soffiava nell'apertura.

Oh...

Kate aspettò, eccitata più che mai. La vista di quel corpo spettacolare chino davanti a lei e dei capelli biondi che le solleticavano la pelle era troppo. E a tutto questo si aggiungeva il movimento del treno sulle rotaie.

Alla fine Ian si decise a muovere le dita. Lentamente spostò un dito verso l'apertura che lo aspettava e penetrò al suo interno.

«Oh!»

«Sì, ragazza, è bello, non è vero?» mormorò lui. «Voglio vedere che ti agiti prima di farti venire.»

«Sì, mi sto muovendo...»

Ian si avvicinò e Kate percepì di nuovo il suo respiro su di lei, poi sentì la lingua sul clitoride.

D'istinto curvò la schiena all'indietro.

Ian lo fece di nuovo e poi ancora. La sua lingua assomigliava a una piccola lancia umida che le somministrava piacere al corpo, in profondità. E mentre con le dita teneva separate le labbra ne fece scivolare una all'interno.

Kate sentì tremare le ginocchia e il desiderio propagarsi in lei come una droga.

Il piacere la travolse fin nel profondo lasciandola tremante.

«Al diavolo, Ian, che cosa aspetti?»

Ian continuò a muovere le dita e le labbra fino a quando non l'ebbe lasciata esausta e affannata. A quel punto si scostò da lei.

Ma solo per invitarla a distendersi sulla cuccetta.

«Aspetta qui.»

Rovistando nel suo zaino trovò dei preservativi e Kate rimase a guardarlo mentre si proteggeva.

«Lasciati andare per me, bellissima. Sì, così.»

Kate aprì le gambe attirandolo su di sé. Ian si fermò prima di penetrarla. «Avanti, Ian. Prendimi.»

Ian respirò a fondo e scivolò appena dentro di lei offrendole un'ondata di piacere.

«Più a fondo.»

Ian entrò di un altro centimetro. Kate si sollevò verso di lui.

«Lo vuoi tutto?»

«Oh, sì.»

Afferrandola per i capelli, affondò dentro di lei.

«Oh!»

«È fantastico» mormorò lui prima di incominciare a muoversi.

Kate strinse le mani sui suoi fianchi, godendo delle sensazioni provocate a ogni spinta. Cingendogli la vita con le gambe lo trattenne dentro di sé. E quando guardandolo vide che lui aveva un'espressione di pura estasi dipinta in viso, pensò che fosse la cosa più bella.

«Sei mia, Kate, mia.»

«Sì, sono tua.»

Mentre si muoveva dentro di lei, Kate sentì la coperta della cuccetta pizzicarle la pelle e la struttura di metallo sotto il materasso farle male alla schiena. Ma non le importava. Non si era mai sentita così eccitata, così trasportata e posseduta in vita sua. Non l'aveva mai fatto al ritmo del movimento del treno che per lei rappresentava il sesso puro. E si godette ogni istante.

Si agitò contro di lui al ritmo delle ruote che scivolavano sulle rotaie di ferro. Era qualcosa di così primordiale. L'odore del sesso era dappertutto intorno a lei. L'odore della pelle di Ian e dei suoi umori.

«Più forte. So che ce la puoi fare.»

Ian l'accontentò e Kate esplose di nuovo, affannata, stringendolo dentro di sé. Il piacere si propagò nel suo corpo e nella sua mente, accecante e bellissimo.

Ian continuò a muoversi, poi si irrigidì, il corpo scosso da un tremito. «Santo cielo, ragazza...» mormorò.

Il treno continuò a muoversi sulle rotaie mentre loro respiravano all'unisono l'aria resa pungente dall'odore del loro sudore e del sesso. Ian si tolse il preservativo.

Poi l'abbracciò, tenendola stretta sulla cuccetta mentre riprendevano fiato. Il suo corpo era caldo e gradevole contro quello di Kate. Ian teneva un braccio sotto le sue spalle e giocherellava pigramente con i suoi capelli.

«È stato perfetto» commentò lei.

«Sì, perfetto» confermò lui.

«Ian...»

«Sì?»

«Voglio dirti una cosa. Mi risulta facile perché non ti conosco.»

Lui rise sommessamente.

«Adesso mi conosci, ragazza.»

«Forse, ma voglio comunque dirtelo.»

«Ho un... segreto. Riguarda i treni.»

«Ah, quindi è di questo che si trattava prima.»

«Sì, l'ho fatto altre volte. Lo faccio il più spesso possibile. Mi piace viaggiare in treno, ma ancora di più mi piace aspettare che sia buio per cercare uno scompartimento aperto dove procurarmi piacere da sola.»

Ian rimase in silenzio per un istante prima di parlare. «È tutto?»

«Sì. No. In parte l'eccitazione consiste nell'intrufolarmi in una cuccetta come ho fatto questa sera. Compiere azioni che non dovrei. Lo trovo estremamente eccitante, se vuoi sapere la verità. L'ho fatto un po' di volte e ogni volta è sempre meglio. L'eccitazione incomincia sempre prima. Stasera ero già eccitatissima salendo sul treno. Ho dovuto trovare un posto dove poter restare da sola e poi mi sono lasciata andare.»

Ian si lasciò sfuggire un gemito. «Mi sto eccitando di nuovo soltanto a sentirti parlare di certe cose, ma questa non è l'unica ragione per cui sono felice che tu ti sia confidata con me.»

Entrambi rimasero in silenzio per qualche istante. Poi fu

lei a parlare. «È quasi... magico per me. Come se fosse stato tutto un sogno.»

«Forse lo è stato.»

«Forse, ma tu sei reale e anche tu hai provato le medesime sensazioni. Hai vissuto la mia fantasia.»

«Sì, la tua fantasia che poi è anche la mia. Incontrare una bellissima ragazza su un treno nel cuore della notte. Quante volte succede a un uomo?»

«Io non sono bellissima.»

«Lo sei, e non riesco a capire perché insisti nel sostenere il contrario.»

«Sono troppo magra e i miei capelli sono completamente fuori controllo.»

«È proprio questo che mi piace. Sono ribelli. Come te. E la tua pelle è liscia e chiara come la seta.»

«Non sei obbligato a dire cose di questo genere.»

«Sì, e tu non eri obbligata a restare qui o a fare sesso con me. Ma l'hai fatto.»

«Perché volevo.»

«Giusto.»

Kate rimase un attimo in silenzio prima di rispondere. «D'accordo.»

Quando sorrise, lui le sollevò il mento e la baciò, facendo scivolare la lingua tra le sue labbra. Kate si eccitò di nuovo.

«Continua a baciarmi così e crederò a tutto quello che dici» mormorò quando lui si scostò. «Farò tutto quello che mi chiederai.»

«Così mi induci in tentazione.»

«Dico sul serio.»

Kate era sincera. Forse era colpa del treno, forse di Ian, non lo sapeva, ma non le importava. L'unica cosa importante era il desiderio che provava. Desiderava farsi toccare di nuovo, voleva sentire la sua bocca e le sue mani su di sé.

«Come mai ti fidi così tanto di me?» le chiese lui.

«Non lo so.»

«Non sai niente di me.»

«Ti sbagli. So che sei un mago dei computer.»

Ian rise. «Sì. Vuoi sapere altro? O preferisci che rimaniamo due estranei che hanno fatto sesso su un treno?»

Il suo tono non era sarcastico. La sua era una semplice domanda.

«Sì, voglio saperne di più.» Ed era la verità. «Da dove vieni? Stai tornando a casa?»

«Sì torno a casa a Huntington Beach, vengo da Bend.»

«E sei un surfista?»

«Tutti a Huntington praticano il surf.»

«E che cosa ci facevi in un buco in mezzo all'Oregon come Bend?»

«Sono andato al funerale di mio zio.»

«Accidenti, scusa, mi dispiace.»

«Non c'è problema. Non mi è mai piaciuto tanto. Ci sono andato perché mi sembrava mio dovere farlo e perché la mia famiglia si aspettava che lo facessi.»

«Fai sempre quello che gli altri si aspettano che tu faccia?»

«Quasi mai. Ma questa volta... non lo so. Sapevo che andando al funerale avrei reso felice mia madre e, prima che tu me lo chieda, no, non sono un mammone.»

«Dubito che i mammoni facciano sesso come lo sai fare tu.»

Ian rise. «E tu? Dove stai andando? Sei salita a Klamath Falls o eri già sul treno?»

«Sono salita a Klamath. Ho passato una settimana ad Ashland con degli amici per il festival shakespeariano. Ci sei mai stato?»

«No, ma ne ho sentito parlare.»

«È molto interessante, se ti piace il teatro. A te piace?»

«Sì. Ai tempi del liceo ho recitato nella parte di Puck nella produzione scolastica di *Sogno di una notte di mezza estate*.»

«Davvero?»

«Sì, davvero.»

Mi piace. Un ragazzo che conosce Shakespeare.»

«Non siamo tutti trogloditi che giocano a football.»

«Forse non tutti.»

Ian sorrise scostandole i capelli dal viso.

«Dove abiti? E che cosa fai oltre a leggere Shakespeare?»

«Abito a San Francisco. Sono una grafica. Lavoro per conto mio, così ho la possibilità di viaggiare.»

«Mi piace molto San Francisco. Adoro il cibo senza contare che lì ci sono le birrerie migliori di tutto lo stato.»

«Sei mai stato allo *Zeitgeist*?»

«Sì, quel locale dove vanno i motociclisti? Lì ho bevuto la birra più buona del mondo.»

Kate annuì. «Mi piace vivere a San Francisco. Abito vicino all'oceano. Amo la nebbia, la solitudine e il grigiore.» A quel punto si interruppe per sorridere. «Penserai che sia strano.»

«Niente affatto. Anche a me piace uscire a fare surf molto presto al mattino e, quando dico presto, intendo le cinque o le sei e a quell'ora c'è sempre la nebbia. Ma c'è anche molto silenzio, come se là fuori ci fossimo solo io e l'oceano. E l'oceano è infinito e potente. Spazza via tutto il resto. Qualsiasi cosa ti frulli per la testa. Stress per il lavoro e pensieri. Io porto con me il mio cane che si siede sulla sabbia e resta a guardarmi.»

«Mi piacciono i cani. Come si chiama il tuo?»

«Petey. Come il cane in quel vecchio telefilm, *Le Piccole Canaglie*. È un pitbull e assomiglia proprio a quello, bianco con una macchia nera tutt'intorno a un occhio.»

«Sì, mi ricordo di quel telefilm. Mi piacciono quelli vecchi in bianco e nero degli anni cinquanta. Sembrava tutto così semplice. Era un altro modo di vivere. Oggi invece la gente vuole ottenere tutto e subito.»

Ian la guardò di nuovo, con gli occhi che brillavano e le pupille dilatate.

«Quello che voglio adesso è baciarti e farti venire di nuovo.»

Kate sorrise mentre lui la faceva scivolare sulla cuccetta e si sistemava sopra di lei facendo attenzione a non battere la testa contro il telaio. Per incominciare fece scorrere le mani sulla sua pelle: prima il torso, poi la gola e le spalle mentre i capezzoli si inturgidivano, in una muta richiesta di attenzioni.

«Presto, Ian.»

Ian rise. «Sei una ragazza impaziente.»

«Sì. Avevi detto che mi avresti fatto venire.»

«E lo farò.»

Prendendo entrambi i capezzoli tra le dita strinse forte, strappandole un gemito.

«Così ti piace?» le chiese con gli occhi che brillavano nella semioscurità.

«Oh, sì.»

Poi spinse i seni uno contro l'altro, si chinò e passò la lingua su un capezzolo. Kate gemette per il piacere che si propagò in tutto il corpo.

«Sì, mi piace. Non fermarti» riuscì a dire in un sussurro appena udibile.

Ian si fermò per sollevare lo sguardo su di lei, la bocca sexy incurvata in un accenno di sorriso. «Non lo farò, non dopo che me l'hai chiesto così gentilmente.» Chinandosi di nuovo con i capelli che le sfioravano il seno tornò a leccarla.

Si spostava da un capezzolo all'altro, le mani calde sulla sua pelle e la lingua bagnata. Il desiderio attraversò Kate con la stessa intensità di una scossa elettrica, incendiandole i sensi e inducendola ad arcuare la schiena. Impassibile, Ian rimase concentrato sul suo seno, torturandolo con la lingua.

«Oh, Ian.»

Prendendo un capezzolo in bocca lo tenne contro la lingua, senza muoversi.

«Ian. Voglio di più... di più.»

Lui però rimase immobile. La sua bocca su di lei la faceva impazzire di un desiderio pulsante, quasi doloroso.

«Ian... non smettere, ti prego.»

Per tutta risposta lui prese il capezzolo tra le labbra, sfiorandone la superficie con un tocco delicato che scatenò in lei una fitta di piacere. Poi si spostò sull'altro seno, prese la punta turgida tra i denti e questa volta la mordicchiò.

«Oh, sì...»

Quindi si fermò di nuovo. Kate era affannata. Non riusciva a credere a quello che le stava facendo. Era eccitata e avida. Probabilmente sarebbe riuscita a raggiungere l'orgasmo anche così, solo con le sue mani e la sua bocca sul seno. Arcuando la schiena avrebbe voluto chiudere le gambe, ma Ian era tra di esse.

Se solo si fosse spostato leggermente e avesse premuto sul suo monte di Venere con la gamba o con l'erezione...

Ian sollevò la testa. «Pazienta ancora un po', Kate» la esortò ridendo sommessamente. «Sei nelle mie mani, non preoccuparti.»

Kate gemette quando lui le strinse entrambi i capezzoli tra le dita.

«Ti piace.»

«Sì!»

Ian la guardò mentre stringeva di nuovo.

«Oh!»

«È così bello...»

Continuava a tirare e a stringere dandole l'impressione che i capezzoli si fossero gonfiati all'inverosimile. Ora il suo sesso pulsava, caldo e umido. Il viso di Ian era sopra il suo e i suoi denti scesero sul suo labbro inferiore. Il desiderio rendeva più dolci i suoi lineamenti.

Troppo bello...

Kate stava per perdere il controllo.

«Sì, così, ragazza, sento il tuo corpo irrigidirsi. Scommetto che se infilassi la mano tra le tue cosce ti troverei molto eccitata.»

«Sì, ti prego, Ian.»

«Ma non lo farò. Ti procurerò piacere così. So che ce la puoi fare.»

«Sì, oh, sì...»

Ian torse di nuovo i capezzoli provocando in lei un misto di dolore e di piacere, facendola rabbrividire, così vicina a...

«Andiamo, ragazza, ci puoi riuscire. Vieni per me.»

A quel punto tirò forte. I capezzoli le facevano male, ma il piacere era così intenso da propagarsi in tutto il corpo e raggiungere il suo sesso fin nel profondo, come se lui l'avesse penetrata, come se la sua bocca la stesse succhiando. E invece erano solo le sue dita esperte a creare quelle sensazioni partendo dai capezzoli per conquistare tutto il suo corpo fino a...

«Oh, Ian!»

Kate fu scossa da un orgasmo esplosivo. Non riusciva a credere a quello che stava succedendo. Si sentì sciogliere come se il suo corpo si stesse liquefacendo mentre il piacere si propagava ancora in lei con un moto simile a quello del treno sotto di loro.

Serrando gli occhi si sforzò di respirare.

«È stato bello» mormorò lui. «Molto bello guardare il tuo viso. Fantastico.»

Ian la lasciò tranquilla per qualche istante, poi le sollevò il mento. «Ehi, ragazza.»

«Mmh, che cosa c'è?» chiese lei aprendo gli occhi.

«C'è che ho bisogno di entrare dentro di te. Subito.»

Prima ancora che lei avesse il tempo di rispondere, Ian la stava sollevando, cingendole la vita con le braccia. La sollevò fino a quando non fu in piedi, fuori dalla cuccetta e la spinse contro il finestrino in modo che potesse vedere il cielo scuro nel quale, attraverso le nuvole, brillava una luna argentea. Subito aderì alla sua schiena e con una gamba la invitò ad aprire le sue, attirandola più vicino, fino a quando lei non sentì la sua erezione premere contro le natiche e poi tra le cosce.

«Sì, fallo, Ian.»

«D'accordo, ragazza.»

Kate sentì il fruscio della confezione di un preservativo che veniva scartata e aspettò che lui si fosse protetto, poi lo sentì scivolare dentro di lei.

Oh, sì, era proprio quello di cui aveva bisogno. Intenso e forte, che non le desse il tempo di riprendere fiato. Con il suo corpo, Ian la premette contro la parete del treno, il seno nudo schiacciato contro il finestrino freddo. Il freddo era piacevole sui capezzoli doloranti. Tutto era piacevole e incredibile.

«Ti piace il movimento del treno, non è vero? La vibrazione.»

«Sì...» Sentirlo dire da Ian le provocò un brivido di piacere. A quel punto lui fece scivolare una mano sulla sua vita e poi sempre più giù fino all'inguine. Quando trovò il clitoride, lo accarezzò premendo.

«Sì, così.»

Intanto la spingeva con il bacino fino a quando non sentì la parete metallica del treno entrare in contatto con il dorso della sua mano. La vibrazione, attraversando la sua mano, arrivò al clitoride, agendo come un vibratore esattamente come lei aveva immaginato prima. Solo che con il suo membro che entrava e usciva da dentro di lei era molto meglio.

«Oh, Ian, credo che sia troppo» mormorò a un certo punto, affannata.

«Ce la puoi fare, ragazza.»

La sua voce era roca per l'eccitazione e a lei fece piacere sentirla, saperlo sull'orlo del precipizio, nel punto in cui non era più tanto facile mantenere il controllo. Piacevole. Intenso.

«Più forte, Ian.»

«Sì...»

Ian l'accontentò. A ogni spinta il piacere si faceva più intenso propagandosi dal sesso a tutto il corpo come lava liquida. Kate stava di nuovo per perdere il controllo, accecata da una luce bianca.

Ian si irrigidì, muovendosi ancora più in fretta, poi mormorò il suo nome raggiungendo l'orgasmo mentre lei era ancora scossa dal proprio. Ian la stringeva forte, affondando le dita nella sua pelle. Ma a lei non importava. Niente importava se non il suo sesso dentro di lei e il movimento del treno.

Ferro e carne.

Le ginocchia le tremavano, si sentiva debole, ma lui la sorreggeva. Quando aprì gli occhi vide un campo illuminato dalla luna, percorso da un ruscello. In lontananza scorse il profilo delle montagne. Bellissimo.

Il corpo di Ian era caldo contro il suo. E il treno sembrava un animale, una creatura che faceva parte del suo sesso o forse una forza che lo animava. Chissà perché non riusciva a separarli. Non in quel momento. Era troppo stordita.

«Vieni, Kate.»

Ian la trascinò con sé mentre si lasciava cadere sulla cuccetta e la tenne stretta al suo fianco. Era caldo e nudo.

Kate si accoccolò contro di lui, felice di sentire il suo sesso contro la schiena. Era una bella sensazione. Si sentiva rilassata e tranquilla, a suo agio come non lo era da tantissimo tempo.

Non si era mai sentita così a suo agio con Dominic. Mai così consapevole di sé, così libera con lui.

Forse si sentiva così perché non conosceva Ian e sapeva che una volta scesa dal treno non lo avrebbe mai più rivisto.

In ogni caso era importante essere riuscita a ritrovare se stessa. Forse l'universo aveva cospirato facendole incontrare Ian a quel proposito. O forse lei stava esagerando leggendo segni che non esistevano.

Ma era troppo stanca per analizzare la situazione. Prendendo un respiro profondo inalò il profumo della pelle di Ian che sapeva di patchouli misto all'odore di campagna che penetrava dal finestrino. Quasi subito si addormentò.

La luce del sole dietro le palpebre chiuse la svegliò. Kate si stiracchiò sentendo il peso del corpo solido di Ian accanto a lei.

Bello.

«Buongiorno, ragazza» la salutò accarezzandole i capelli. La sua voce era roca per la mancanza di sonno.

Kate gli sorrise. «Buongiorno a te.»

Ian la baciò sulle labbra e il suo pizzetto le solleticò la pelle. Dolce. Romantico.

Non incominciare a immaginarti una storia d'amore.

Forse non era una storia d'amore, ma qualsiasi cosa fosse, era piacevole.

«Kate, arriveremo alla stazione di Oakland tra poco più di un'ora. È lì che scenderai, giusto?»

«Oh.» Kate guardò l'orologio. «Sì.»

Ian si sollevò appoggiandosi su un braccio e la guardò. Per la prima volta Kate vide che i suoi occhi erano di un verde chiaro come il mare in estate. La sua espressione troppo seria la preoccupò.

«Non abbiamo molto tempo» le fece notare lui.

Kate deglutì a fatica. Non avrebbe voluto che la cosa le importasse così tanto.

Attirandolo contro di sé lo baciò con foga. L'attimo seguente lui le fu sopra e dopo aver preso un altro preservativo dallo zaino non smise più di baciarla nemmeno quando affondò dentro di lei mentre lei gli cingeva la vita con le gambe per attirarlo ancora più vicino a sé.

Fu un amplesso veloce e frenetico.

All'insegna della disperazione. Ma era solo lei a provare certe sensazioni? Poi Ian prese a muoversi sempre più in fretta, impedendole di pensare. Il piacere fu come il treno, come se il ferro si muovesse attraverso di lei, pesante e possente.

Questa volta, quando raggiunse l'orgasmo, ebbe l'impressione di andare a pezzi, scossa da un tremito incontrollabile. E a poco a poco il rumore del treno che viaggiava sulle rotaie si spense fino a quando non ci fu altro che Ian, il suo sesso e quello che le faceva provare.

Quasi subito si irrigidì anche lui e scosso da un tremito continuò a baciarla, esigente nel trarre piacere da lei.

Poi la trascinò con sé, voltandosi in modo che ora fosse lei a stargli sopra.

«Oh, Kate. Ragazza.»

«Sì.»

Ian le rivolse uno sguardo appannato dal piacere. Le sue labbra erano gonfie e dischiuse. I capelli biondi scompigliati. Kate avrebbe voluto continuare a baciarlo per tutto il giorno.

Voleva ricordarlo esattamente così.

«Sei così bello» mormorò.

Lui le sorrise abbagliandola. Poi prese tra le dita una ciocca di capelli e le accarezzò la guancia facendole battere forte il cuore.

No, non farlo...

Kate distolse lo sguardo. «Hai fame? Io sto morendo.»

«Sì, potrei anche mangiare qualcosa. Credo che il vagone ristorante apra alle sei.»

Kate annuì, si alzò, raccolse i vestiti e li indossò.

Anche Ian si rivestì e prima di uscire nel corridoio usarono a turno il bagno.

La carrozza ristorante aveva appena aperto e c'erano solo poche persone. Ian insistette per offrile la colazione: caffè e muffin ai mirtilli. Si sedettero a un tavolo. La luce del mattino faceva sentire Kate esposta e vulnerabile.

«Ehi, che cosa ti prende, questa mattina?» le chiese lui. «Ti sei pentita di quello che è successo questa notte? Di avermi incontrato?»

«Come? No, certo che no.»

«Allora che cos'hai? Ti sei dimostrata così aperta con me e adesso ti stai chiudendo come un riccio.»

«Maledizione, mi dispiace. è solo che... lo sai. Pensavo che questa notte mi sono sentita perfettamente a mio agio con te. E la cosa mi è piaciuta. Non ho dovuto fingere di essere come non sono. Ma questa mattina...»

«Che cosa è successo?»

Kate decise di essere sincera. Non poteva fare altrimenti. Non con lui.

«Scenderò a Oakland e tornerò a San Francisco mentre tu proseguirai per Huntington, verso casa.»

«Sì.»

«Il tuo cane ti aspetta. La tua vita ti aspetta.»

Ian annuì.

«Vorrei solo...»

«Sì, anch'io.» Ian allungò una mano per prendere la sua. «Ma dimmi, ti sei pentita, Kate?»

«No.»

«In fondo non abitiamo lontani» osservò lui. «Potrei raggiungerti in sei ore in macchina.»

«Le relazioni a distanza sono così difficili.»

«Ma non impossibili.»

«Non saprei. Forse è vero. Tutti abbiamo delle aspettative riguardo a come andrà la nostra vita, poi però succede qualcosa e qualcuno resta deluso. Sarebbe sciocco farsi delle promesse dopo una sola notte. Non possiamo basare tutto su quello che è successo.»

«Forse.»

«Ian, tu mi piaci davvero. Mi è piaciuto quello che è successo tra di noi e non voglio rovinare tutto. È stato bellissimo, davvero, quindi forse dovremmo lasciare le cose come stanno.»

Ian rimase in silenzio per un istante durante il quale il suo sguardo si incupì. «Va bene» acconsentì alla fine. «Come preferisci, Kate.»

La sua espressione era troppo seria. Poi allungando la mano le accarezzò il viso con la punta delle dita e le sorrise, mostrando una fila di denti bianchissimi e regolari e tutto tornò a essere perfetto. Tutto come doveva essere.

«Vieni, è meglio che andiamo a recuperare la tua borsa, siamo quasi arrivati.»

Kate si lasciò condurre lungo il corridoio. Il rumore del treno le sembrava assordante, la mattina troppo luminosa al punto da farle strizzare gli occhi. Quando ebbero raggiunto lo scompartimento sentirono la voce del controllore annunciare la fermata successiva.

Ian la prese per mano. «Lascia che ti aiuti a scendere.»

Kate scosse la testa. Il treno stridette avvicinandosi alla stazione. Con la coda dell'occhio vide il profilo della città in lontananza.

«Vado.»

Ian la guardò dritto negli occhi e lei aspettò, pensando che avrebbe detto qualcosa, invece si limitò a scuotere la testa. «Sì, va bene.»

Kate gli strinse forte la mano e lui l'attirò in un abbraccio e la baciò. Il sapore di caffè sulle sue labbra era così dolce che Kate si abbandonò tra le sue braccia perché era esattamente lì che voleva stare.

Essere me stessa.

Ian la lasciò libera indietreggiando di un passo. «È meglio che tu vada.»

Le sorrise e lei annuì, poi sistemandosi la borsa sulle spalle si voltò avviandosi lungo il corridoio.

«Maledizione» imprecò a denti stretti mentre raggiungeva il vagone successivo e scendeva dagli scalini sulla piattaforma.

La città intorno a lei, grigia e squallida emanava una sensazione di solitudine. Kate non riusciva a muoversi, non riuscì a farlo fino a quando il treno non fu ripartito.Allora cercò disperatamente di individuare il finestrino dello scompartimento di Ian, ma sembravano tutti uguali.

«Maledizione.»

Non sapeva nemmeno il suo cognome, il suo numero di telefono né il suo indirizzo e-mail.

Passandosi una mano tra i capelli scompigliati pensò che se avesse davvero voluto continuare a essere se stessa, sarebbe dovuta restare sul treno e avrebbe dovuto chiedere a Ian se poteva andare a Los Angeles con lui per conoscerlo meglio. Avrebbe dovuto cogliere l'occasione. Vivere senza rimpianti non faceva parte dell'essere se stessi? Il treno stava guadagnando velocità, il vento le muoveva i capelli, facendoglieli ricadere sul viso. Kate li scostò per vedere il treno lasciare la stazione.

Quando anche l'ultima carrozza le fu passata davanti, vide Ian dall'altra parte dei binari.

Sorrideva, anche se sembrava un po' incerto. Kate rispose al sorriso con il cuore in gola per la felicità. Anche il sorriso di Ian si accese, accecandola.

Senza distogliere lo sguardo da lei, attraversò i binari e l'abbracciò.

Legata a te
di Alison Tyler

. 1 .

«Non ci posso credere!»

Un dibattito è come un gioco. C'è sempre chi perde e chi vince. Per questo io non mi sono iscritta al corso di oratoria. Sonia la vede in modo diverso. Lei non perde mai.

«Che cosa succede?»

La mia compagna di stanza spinse la porta con tale energia da mandarla a sbattere contro il muro provocando un altro segno sull'intonaco. Infilai in fretta sotto il cuscino il libro erotico che stavo leggendo anche se lei non guardava nella mia direzione. Aveva iniziato a camminare nervosamente avanti e indietro per la stanza e io mi guardai bene dal farle notare che era entrata senza bussare. A Sonia piacciono le entrate a effetto, il che significa che raramente bussa.

«Quel maledetto bastardo!»

La guardai incuriosita. Non l'avevo mai vista così alterata. O forse sì. Sonia ha un temperamento focoso. Si agita quando si parla della guerra in Medio Oriente o del tacchino di tofu descrivendolo come una prelibatezza. Questa volta però era diverso. Aveva le guance bordeaux e gli occhi marrone scuro, sgranati, lanciavano strali.

«Hai litigato con qualcuno?» tirai a indovinare.

«Litigato? No, non ho litigato» rispose sillabando ogni parola come se stesse masticando un boccone di quell'orrenda papaya che compra al negozio di cibi biologici sotto casa. La seguii con lo sguardo mentre usciva dalla mia stanza e la sentii proseguire con passo pesante verso la cucina pestando i piedi chiusi in un paio di stivali rigorosamente vegani per realizzare i quali non era stato ucciso alcun animale. In silenzio la seguii, stupendomi di vederla estrarre dal frigorifero una delle *mie* birre. Non avevo mai visto Sonia bere alcolici.

«E allora che cosa è successo?»

«Il bastardo ha cercato di...»

Sonia bevve un sorso generoso di birra appoggiandosi al frigorifero. Il magnete de *La donna troppo educata raramente fa storia* faceva bella mostra di sé sopra la sua testa, appiccicato allo sportello del freezer. Sembrava una didascalia. Io aspettai, ma lei non proseguì.

«Ha cercato di...» la imboccai io.

«Ha osato pensare che gli avrei permesso di...»

«Permesso di...» le feci eco io, commettendo un passo falso.

«Non importa. Relegherò l'esperienza tra quelle da dimenticare.»

«Che cosa ha cercato di fare?» Non capivo perché mi importasse così tanto saperlo.

Sonia si spostò in soggiorno e si lasciò cadere sul divano in ecopelle, abbracciando il brutto plaid realizzato all'uncinetto da una sua prozia. Si stava calmando, ma non pareva avere alcuna intenzione di raccontarmi che cosa era successo. Non sempre si confidava con me ed era per quel motivo che tutti i giorni leggevo il suo diario.

«È un tipo stravagante» ammise alla fine.

E Sonia era tutto, ma non stravagante. L'avevo scoperto leggendo le pagine del suo diario, rigorosamente in carta riciclata, scritte in una grafia molto fitta. Non era stravagante, e non era nemmeno particolarmente attratta dal sesso anche se non sembrava essersene ancora accorta. Forse quando avesse scoperto di esserlo, avrebbe anche cambiato idea sulla possibilità di diventare stravagante.

«Che cosa intendi con stravagante?»

Sonia si strinse nelle spalle decisa a non rispondere. Per un istante presi in considerazione l'idea di esortarla a confidarsi così da elevare la nostra relazione di coinquiline a un livello più alto.

Sonia era convinta che fossimo buone amiche, ma le cose non stavano così. Lei non condivideva mai quello che provava con me e non sembrava interessata a quello che provavo io.

Per la maggior parte del tempo predicava, cercando di inculcarmi i suoi precetti e facendomi sentire in colpa per non essermi ancora decisa a seguire le sue direttive riguardo a cosa mangiare, bere o pensare.

Così, consumata da immagini dell'uomo con cui era uscita, tornai nella mia stanza. Si trattava di Jules Rodriguez. Lo conoscevo perché avevamo seguito dei corsi insieme. Un bel tipo. Naturalmente sapevo benissimo perché aveva chiesto a Sonia di uscire con lui. Sonia aveva l'aspetto di chi a letto ci sa fare. Chiunque fosse stato dotato di un minimo di immaginazione riusciva a prefigurarsela all'apice dell'amplesso con la lunga chioma di riccioli che si agitava mentre lei si muoveva, lo sguardo carico di passione. A parte questo, si vestiva in modo molto provocante: abiti aderenti dai colori sgargianti, orecchini che tintinnavano mentre camminava. Gli uomini si sentivano attratti da lei. Lei li adescava e poi li scaricava. Ancora, ancora e poi ancora.

Il mio pensiero si soffermò su Jules. Quale pratica peccaminosa poteva averle suggerito? E perché io avrei voluto che la provasse con me, di qualsiasi cosa si trattasse?

La mia mente fece un rapido inventario di possibilità devianti. Sculacciate? Rapporti anali? Giocattoli erotici?

Mi venne voglia di tornare in soggiorno. Dopotutto Sonia stava bevendo la sua prima birra. Forse sarebbe stato facile farla parlare. Tuttavia non avevo voglia di sentire una delle sue prediche.

Mi auguravo solo che scrivesse dell'esperienza sul suo diario così, il giorno seguente, quando lei fosse andata a lezione, io avrei potuto leggere ogni dettaglio.

La domanda era: sarei riuscita ad aspettare fino al giorno dopo?

Jules abitava in un appartamento in fondo alla collina del campus. Lo sapevo perché lo conoscevo da prima che lui conoscesse Sonia. Avevamo frequentato lo stesso corso, quello di Storia dell'Arte insieme ad altri cinquecento studenti. Gli avevo anche servito la sua dose giornaliera di caffeina nel bar del campus dove lavoravo come cameriera. Dalla mia postazione avvantaggiata potevo tenerlo d'occhio. Detesto ammettere che l'avevo anche seguito, quindi diciamo semplicemente che un giorno ci incontrammo per caso in centro e io lo vidi entrare in un appartamento retrò dagli stucchi bianchi e con le ringhiere in ferro battuto ai balconi.

Sonia poteva anche avere l'aspetto di una che ci sapeva fare a letto, ma io ero convinta che Jules sapesse come insinuarsi nella testa di una donna e capire com'era davvero. Era alto e magro, si vestiva in modo semplice con jeans slavati e una giacca color kaki. Tra un espresso e l'altro io mi vedevo già avvinghiata a lui. Con mia grande delusione, però, non aveva scelto la donna giusta.

Ma che cosa aveva chiesto a Sonia? Che cosa avrebbe voluto fare?

«Io esco» dissi dirigendomi verso la porta d'ingresso.

«Dove vai?» mi chiese Sonia.

«A fare un giro.»

«Se passi davanti a Juiceez mi prendi un frappé? Carota e zenzero, per favore. La birra fa schifo, non dovresti berla.»

Evitai di replicare. Adoro la Guinness.

«E non hai nemmeno bisogno di bere caffè» aggiunse mentre io chiudevo la porta. «Introdurre caffeina nel tuo corpo equivale a depositare denaro falso in banca.» Queste erano le perle di saggezza che Sonia mi propinava quotidianamente. Io le lasciavo entrare da un orecchio e uscire dall'altro.

Non avendo una meta precisa mi avviai verso l'appartamento di Jules davanti al quale mi fermai a guardare le finestre. E se fossi salita a bussare alla sua porta costringendolo a dirmi che cosa era successo? Immaginavo già come mi avrebbe guardato. Veniva tutti i giorni al bar a bere un caffè, ma non avevamo mai parlato. Solo una folle avrebbe potuto affrontare un estraneo chiedendogli lumi sulla sua vita sessuale.

Avanzai di un passo, feci dietrofront e tornai a casa.

La pazienza è la mia unica virtù. L'ho coltivata avendo dovuto sempre aspettare per ottenere praticamente tutto quello che mi interessava. Non mi sto lamentando. Dico solo le cose come stanno. Ma forse questo è il motivo per cui invidio Sonia. Gli uomini cadono ai suoi piedi e inciampano uno sull'altro pur di ascoltare le perle di saggezza che elargisce con estrema generosità. In quel caso, non mi rimase altro da fare se non ammazzare il tempo fino a quando lei non uscì per andare a lezione.

Il suo diario era dove lo teneva sempre. Sonia non avrebbe mai sospettato che io lo leggessi. Vive in superficie e non si prende mai la briga di bagnarsi le dita dei piedi, le cui unghie sono rigorosamente prive di smalto, per tuffarsi e vedere cosa si muove in profondità.

Mi sedetti sul bordo del suo letto e con mani tremanti sfogliai il diario fino all'ultima pagina. Jules l'aveva invitata a cena, non in un ristorante, ma a casa sua. Scaltro. Sonia aveva regole molto rigide riguardo al cibo e i ristoranti vegani decenti scarseggiano nella zona. Lui le aveva offerto del vino che lei aveva accettato anche se non l'aveva assaggiato. Perché era andata a casa sua? Dalle letture precedenti avevo dedotto che Sonia non era mai stata a casa di un uomo.

La risposta la trovai proseguendo con la lettura.

Sembrava un gentiluomo e mi piaceva il modo in cui si esprimeva con parole eloquenti mentre descriveva il testo che stavamo leggendo.

E allora che cosa era successo? Sonia mi annoiò per due paragrafi descrivendo quello che provava riguardo al testo e a come Jules si era offerto di aiutarla a preparare l'esame. Alla fine arrivai al dunque. Una parola attirò la mia attenzione. Era scritta in lettere maiuscole: *manette.*

Ha detto che sono bellissima, ma fuori controllo. L'aveva capito dal modo in cui gesticolo quando parlo e come cammino avanti e indietro come un animale in gabbia. Ha detto che gli sarebbe piaciuto legarmi per impedirmi di muo-

vermi e per vedere che cosa avrei avuto da dire a quel punto.

Riposi il diario. Sapevo già com'era andata a finire. Sonia non gli aveva permesso di legarla. Mi stupiva che un uomo così attraente, così intelligente e così stravagante non fosse in grado di capire che Sonia non era il tipo di donna che cercava.

Per tutto l'anno avevo osservato uomini diversi scoprire la verità per una varietà di ragioni diverse. Sonia era come un cioccolatino al centro di una scatola scarlatta, a forma di cuore. Solo una volta addentato si scopriva di aver fatto la scelta sbagliata. Troppe nocciole. Troppe noci.

Io sono l'opposto. Il mio collega, Dan, usa un acronimo per descrivermi. ECCLV. *È così come la vedi.* Semplice. Levi's slavati e camicia Oxford. Capelli lisci e lunghi fino a metà schiena. Niente di artefatto, ma anche la semplicità può essere sexy. In fondo Calvin Klein ha costruito il suo impero su linee essenziali. Non che io possa paragonarmi alle modelle di CK, ma mi sono sempre data da fare per apparire elegante. Bianco e nero. Niente grigio.

Rilessi la parte sul desiderio di Jules di legare Sonia. E poi di nuovo. Non senza una certa riluttanza rimisi il diario dove l'avevo trovato e tornai nella mia camera a toccarmi. Quella era una pratica nella quale eccellevo. In pochi secondi le mie mani erano in movimento, con una mi accarezzavo il seno e con l'altra il clitoride da sopra le mutandine con cerchi languidi. Ma a che cosa potevo pensare? A quale fantasia? Guardando il soffitto tracciai mentalmente una crepa nel gesso. Per niente eccitante. Voltando lo sguardo, lo posai sul poster appeso alla parete: foto in bianco e nero di due amanti sulla metropolitana che si baciano con una foga tale che si direbbe che non si siano mai baciati prima. Sensuale, ma distante. Non ho mai provato una passione del genere.

Voltai lo sguardo dall'altra parte e vidi la mia immagine nello specchio sopra il cassettone. Maledizione. Timida, capelli dritti e rossi, lentiggini e un'espressione persa.

Meglio chiudere gli occhi.

C'è una procedura che mi aiuta sempre. Prima mi accarezzo con delicatezza, sempre attraverso la barriera della biancheria intima.

Oh così, sì, così.

Solo quando la pressione aumenta mi concedo di toccarmi la pelle nuda, facendo scivolare le dita sotto l'elastico. Perché? Devo prima arrivare al punto di desiderare di arrivare al dunque. Quando sono da sola devo essere sia dominante che sottomessa.

Oppure no.

All'improvviso pensai a Jules. Lui non avrebbe voluto che mi toccassi. Mi avrebbe legato le mani per impedirmi di muovermi e per vedere che cosa sarebbe successo. Bel pensiero. Che però presentava un problema. Sarei riuscita a raggiungere l'orgasmo senza essere toccata? Era possibile? Avevo letto di una pornostar che riusciva a farlo. Si trattava di un uomo che si concentrava fino a quando non riusciva a raggiungere l'apice del piacere da solo. C'era comunque da dire che si trattava di un professionista.

Con le mani sui fianchi aprii le gambe sul materasso e pensai a Jules, richiamando la sua immagine alla mente.

Quando disegno, le immagini mi arrivano senza che io debba pensarci. Le mie mani lavorano in modo quasi indipendente dal cervello. È come se entrassi in trance, questo è il modo più semplice in cui riesco a descrivere la sensazione. A volte, quando un disegno è completato, non riesco a ricordare di averlo realizzato. È così che creo. Disegno tutto il tempo veloci schizzi o scarabocchi, come li definisce il mio collega Dan, un tratto di emozione qui e una linea caratteristica là.

Anche venire è così per me. Mi perdo nelle mie fantasie e quando ne emergo sono in uno stato confusionale.

Quello che stavo facendo ora era diverso.

In un primo momento non provai niente. Ero eccitata, ma non riuscivo a immaginare di poter venire senza toccarmi, facendo fisicamente scivolare una mano sul mio corpo, infilando le dita sotto gli short dove avrei stuzzicato il clitoride. Tendo a giocare con me stessa. Prima con movimenti decisi e poi con dolci carezze. Quello che stavo facendo ora era frustrante. Avevo le gambe aperte, il cuore mi martellava nel petto, ma non succedeva niente.

Stavo per arrendermi a tornare alle vecchie abitudini. Avanti e indietro, dentro e fuori, un pizzico e un movimento a spirale. La mia mano si era mossa, ma poi si fermò quando mi tornarono in mente le parole che avevo letto sul diario di Sonia riguardo a Jules.

Ha detto che gli sarebbe piaciuto legarmi per impedirmi di muovermi e per vedere che cosa avrei avuto da dire a quel punto.

Oh, la cosa mi piaceva. Nessun uomo mi aveva mai detto cose simili. Dovetti attingere alla vita sessuale di Sonia come preliminare, ma non me ne vergognai. E se Jules avesse detto a me quella frase? Come avrei reagito? Io non me ne sarei andata, questo è poco, ma sicuro. Mi sarei goduta ogni singolo istante che Jules era disposto a concedermi. E allora perché non fingere?

Mi sentivo eccitata. Lentamente il calore si propagò tra le mie cosce. Immaginai Jules che mi guardava. Lui era ai piedi del letto e mi guardava con quei suoi occhi blu, sfidandomi a venire senza essere stimolata.

«Ce la puoi fare.»

«No, ho bisogno di te. Ho bisogno che mi tocchi» gli rispondevo, muovendo le labbra, senza che ne uscisse alcun suono.

«E dai, Kate. Devi solo provare.»

«Ci sto provando.» Davvero.

«Concentrati di più. Fallo per me.»

Avevo disegnato il suo viso tante di quelle volte da riuscire a immaginare la sua espressione di sfida.

Ma c'era qualcosa di strano. Ripensai a quello che Sonia aveva scritto nel suo diario, poi portai le mani sopra la testa e afferrai la testata del letto fingendo di essere legata. Il metallo, freddo sotto la mia pelle, mi fece rabbrividire, ma non mollai la presa.

Come aveva fatto Sonia a non cedergli? Come aveva fatto a non dire sì? A me non era mai successo niente di simile.

Non fraintendetemi, non sono vergine, anche se è difficile crederlo di una persona timida come me. Tuttavia non è poi così difficile trovare un uomo. Nel mio caso, però, non avevo ancora trovato l'uomo di cui avevo bisogno. Durante il primo anno di università mi ero messa con uno studente di scienze, ma la storia era finita per mancanza di attrazione fisica. Poi avevo conosciuto un ragazzo iscritto alla facoltà di giornalismo con cui però non aveva funzionato. Jules mi era sempre sembrato il tipo a cui avrei potuto sussurrare nell'orecchio le mie fantasie più segrete. Lui era il genere che avrebbe potuto tenermi sveglia dopo che la gente normale era già andata a dormire.

Quando lavori in un bar dove hai facile accesso alla caffeina, non vai a dormire a un orario normale. Io mi sono abituata a girare in silenzio per casa di notte, a stare seduta sul davanzale della finestra e a divertirmi con il mio vibratore, pregando di trovare un giorno un amante che non mi giudichi solo per il mio aspetto tranquillo e che capisca che a volte i cibi migliori sono quelli che hanno una confezione poco appariscente.

Sollevando il bacino mollai la presa sulla testata.

«Rinunci così in fretta?» Jules sembrava dispiaciuto. Con il pollice accarezzava la fibbia della cintura.

Rassegnata, tornai ad aggrapparmi alla testata. Il mio corpo cercava l'appagamento. Non sapevo quanto avrei potuto resistere. Il Jules immaginario mi rimproverò. «Non pensare di poterti tirare indietro. Voglio che resti immobile. Voglio procurarti piacere con i miei tempi. Non costringermi a punirti, Kate.»

Oh, mio Dio.

«Tu sai che cosa intendo, vero?»

A quel punto fui scossa da un brivido. Un tremore.

«Posso dimostrarmi dolce e gentile, oppure posso realizzare i tuoi sogni più peccaminosi.»

Di nuovo mollai la presa sulla testata. Questa volta il Jules virtuale non riuscì a impedirmelo.

Punire.

Quella parola mi eccitava sempre. Le mie dita scivolarono sotto il bordo degli short e iniziarono a muoversi in cerchi, come quando disegnavo.

Rabbrividii sentendo il piacere salire. Caldo, bagnato e subdolo.

Era la situazione ideale. Peccato che fossi da sola. Mi agitai sul materasso.

Le mie dita si mossero più velocemente e io mi mordicchiai il labbro per impedirmi di gemere anche se ero da sola nel grande appartamento. In un certo senso mi sembrava davvero che Jules fosse lì e che mi stesse guardando.

«Stai barando Kate» mi rimproverò.

«Sì, ma almeno sono venuta» replicai io rotolandomi sul letto.

Quella sera Sonia arrivò a casa ripetendo le regole per la prova d'esame di oratoria. Entrò come al solito nella mia stanza senza bussare e si mise a ripassare davanti a me.

Era la prima della classe. Sonia sapeva come catturare l'attenzione del pubblico. L'avevo vista in azione abbastanza spesso. Capiva tutti i trucchi. Una buona introduzione è di vitale importanza. Bisogna catturare l'attenzione e l'interesse del pubblico fin dalle prime parole. E questo a Sonia viene naturale. È un'ottima oratrice. Sa come esprimere la sua opinione in modo da farti credere che sia un dato di fatto. Anche se in realtà non lo è. La prova? Mi ha fatto credere che la dieta vegana è l'unica possibile da seguire per mantenersi in perfetta salute, tanto che io ho cercato di seguire le sue regole fino a quando non si è parlato di tacchino di tofu. A quel punto il mio stile di vita vegano ha avuto un brusco arresto.

Quello che ho imparato da lei è che un dibattito è un gioco.

Ci sono sempre due diverse fazioni.

«Un salto nel buio.»

Quando Jules ordinò il caffè la mattina seguente, mentre glielo servivo, le mani mi tremarono leggermente. Mi chiesi se lo aveva notato. Fortunatamente non versai neanche una goccia del liquido prezioso, ma ci arrivai vicino. Aveva capito che la notte avevo avuto un orgasmo pensando a lui? Jules posò gli spiccioli sul bancone, poi prese un tovagliolino. Non di quelli nel contenitore, ma uno sul quale stavo disegnando. Non mi ero resa conto che se ne fosse accorto.

«Belle manette, Rossa.»

Avevo disegnato delle manette.

Dan smise di cercare le monetine che gli interessavano tra quelle lasciate di mancia. Collezionava centesimi del 1909. Quello che in particolare gli interessava valeva cinquecentocinquanta dollari. La parola manette attirò la sua attenzione. Nel mio disegno si vedevano un paio di polsi legati da manette. I miei polsi e le manette.

«C'è un'inesattezza però» commentò Jules studiando il disegno. Poi mi guardò. «Hai dimenticato di disegnare le serrature.»

Imbarazzata abbassai lo sguardo sul disegno, rendendomi conto che aveva ragione.

Jules si sporse sul bancone. Eravamo molto vicini. «Come puoi essere liberata se non ci sono serrature per le chiavi?»

Avvampando notai che Dan si era spostato dietro di me. In realtà io non avevo mai visto un paio di manette da vicino.

Jules lasciò una mancia di cinque dollari e si portò via il tovagliolino. «Fa' qualche ricerca» mi suggerì allontanandosi.

Sapevo dove si trovava il negozio che era un buco buio. Quel genere di negozi non erano mai ben illuminati fuori. Bisognava oltrepassare la facciata oscura per trovare il neon e il luccichio. Come lo so? Da qualche parte dovevo pur comperare il mio affidabile vibratore. Non potevo rischiare che la mia coinquilina aprisse un pacchetto indirizzato a me scoprendo che cosa conteneva. Non sapevo come la pensava Sonia sui giocattoli erotici, ma il pensiero di ricevermi una filippica su come mi procuravo piacere era un'esperienza che preferivo evitare.

Ora volevo un paio di manette. O almeno credevo di volerle.

Il commesso mi lanciò un'occhiata veloce, manifestando

un evidente disinteresse prima di tornare a concentrarsi sul libro che stava leggendo. Leggeva alla cassa, circondato dai falli finti più grossi che io avessi mai visto. Lo fissai notando i capelli con le ciocche blu e i tatuaggi sui bicipiti. Cercai di dimostrarmi noncurante, anche se non sarei mai riuscita a levarmi dalla faccia l'espressione stanca che sapevo di avere. Volevo esplorare tutto. Volevo toccare tutti i giocattoli. Volevo Jules.

«Avete delle manette?» gli chiesi cercando di modulare la voce che invece uscì come una specie di squittio del genere Minnie dopo aver respirato dell'elio.

«Imbottite di pelliccia? Regolabili? Uso solista?» Sembrava stesse elencando diverse marche di detersivo, tanto il suo modo di esprimersi era indifferente.

Non avevo idea che ci fossero diversi modelli. Avrei dovuto leggere meglio il diario di Sonia. Aveva descritto qualche dettaglio sulle manette? Non mi sembrava.

«Che cosa si intende con uso solista?»

Il commesso chiuse il libro, lo sguardo acceso da un lampo di curiosità. Aveva gli occhi truccati pesantemente di nero. «Non ci arrivi da sola?» mi chiese indicando il logo dell'università sulla mia maglietta. «Una ragazza come te, che studia...»

«Sì, ma come funzionano?» chiesi cercando di usare un tono da giornalista che deve scrivere un articolo.

«Nella serratura c'è del ghiaccio. Quando si scioglie, la serratura si apre. Puoi restare legata da un'ora a tre, a seconda di quanta acqua inserisci nella serratura» mi spiegò poi si fermò a studiarmi per un istante. «Ma non posso credere che tu non riesca a trovare qualcuno disposto a legarti a un letto.» L'attrazione che sembrava provare per me crebbe da un istante all'altro.

«Che cosa ti fa pensare che le manette siano per me?» Ora potevo giocarmi la storia dell'articolo giornalistico o di una ricerca sugli oggetti erotici del ventunesimo secolo. O su un'arpia che di nascosto leggeva il diario della sua coinquilina.

Lui sorrise.

«Potrei voler legare qualcun altro, non credi?» Ma perché

mi ero lasciata coinvolgere in una conversazione con quel tipo?

«Hai quell'aspetto...» commentò lui. E io pensai a Sonia. Gli uomini sembravano credere che *lei* avesse quell'aspetto. Che aspetto avevo io? «Neofita, novizia, ingenua» proseguì lui come se mi avesse letto nel pensiero.

«Che cosa stai leggendo?» gli chiesi in tono sarcastico. «Il Thesaurus?»

«Non c'è bisogno di essere stati all'università per sapere come usare la lingua.»

«Dammele tutte» dissi sentendo che stavo per arrabbiarmi. «Con la pelliccia, regolari e uso solitario. Le voglio tutte.»

Era vero? No. Ma non volevo uscire di lì a mani vuote. L'espressione soddisfatta non lasciò il viso del commesso mentre infilava quello che gli avevo chiesto in una busta. Con il resto mi diede anche un biglietto da visita del negozio. «Se non trovi nessuno disposto a legarti, angelo, chiamami.»

Sapevo che non sarei riuscita ad aspettare di essere a casa per raggiungere il piacere, quindi mi fermai in fondo al parcheggio di un fruttivendolo e infilai la mano nei jeans. Il desiderio era così intenso che non mi preoccupai di essere scoperta. Al diavolo i preliminari. Spingendo le dita sul clitoride agitai i fianchi. Il piacere fu istantaneo. Sentii la mia eccitazione sulle dita, presi un respiro profondo e premetti la mano ancora di più.

Quindi avevo la faccia di una novizia. In fondo non era un insulto, ma la verità. Tuttavia potevo imparare. Qualcuno poteva insegnarmi. Sarei potuta andare da Jules con le manette e dire: «Usale su di me. Legami. Scopri che cosa ho da dire».

E che cosa avevo da dire?

Non ne ero sicura, ma qualche idea ce l'avevo. Avrei potuto dire: «Scopami, Jules. Ti prego». Oppure: «Prendimi, tesoro, cospargimi d'olio e prendimi in qualunque modo tu voglia, come più ti piace». Non mi ero mai espressa così in vita mia, ma il pensiero delle manette aveva fatto scatenare una nuova ondata di passione in me. Una station wagon blu, in pessime condizioni, posteggiò accanto alla mia auto e io mi bloccai. Avrei dovuto togliere la mano da dentro i jeans o far finta di niente? Ritirando la mano presi la borsa e vi frugai dentro come se stessi cercando qualcosa. Forse la mia sanità mentale.

In che guaio mi ero cacciata? Ero entrata in un sexy shop e avevo comperato delle manette e ora mi trovavo in un luogo pubblico fantasticando di essere legata dal ragazzo con cui era uscita la mia coinquilina per un appuntamento e che era stato classificato come stravagante. Dovevo smetterla. Dovevo riguadagnare il controllo. Dovevo...

La bionda di mezza età che aveva posteggiato accanto a me chiuse a chiave la sua auto. La sua parrucchiera non era una meraviglia, pensai e i suoi jeans consunti erano troppo attillati. Lei non sarebbe mai entrata in un sexy shop per comperare delle manette. Non riuscii a decidere se la mia affermazione fosse un insulto o una lode. Seguii la donna nello specchietto retrovisore e vedendola entrare dal fruttivendolo, mi rilassai. Subito infilai di nuovo la mano nei jeans. Non mi importava di accarezzarmi fantasticando sulla vita sessuale di Sonia. Lei non meritava un uomo focoso come Jules.

Chiudendo gli occhi pensai alle manette. E a Jules chiedendomi che cosa avrebbe detto se mi fossi presentata al suo appartamento con l'attrezzatura che avevo nella borsa. «Quale preferisci?» gli avrei chiesto. Il problema con le mie fantasie era che non conoscevo le battute di Jules e quindi dovevo mettergli le parole in bocca. Ce la potevo fare.

«Proviamole tutte» avrebbe detto Jules. «Incominceremo con quelle d'acciaio. Metallo freddo sulla pelle. Ti legherò e poi vedremo. Voglio vederti venire, Kate. Voglio guardarti mentre il tuo corpo cambia.»

Accidenti, lo volevo anch'io.

«Poi proveremo quelle con il ghiaccio nella serratura» avrebbe proseguito lui. «Andrò a lavorare nella stanza accanto lasciandoti da sola con le tue fantasie peccaminose. Poi tornerò e me le racconterai tutte, e se non lo farai, dovrò punirti» avrebbe mormorato ridendo. L'avevo sentito ridere in precedenza, ma questa risata era diversa. Più gutturale. «E forse ti punirò in ogni caso.»

Che cosa significava?

«Ti metterò sulle mie ginocchia e ti sculaccerò sul sedere nudo. Sono sicuro che una bella sculacciata ti farà eccitare. Ho ragione, Kate? Ho ragione?»

Sì, sì, Jules aveva ragione.

«Prima userò le mani e poi la cintura. Ti farò piangere e poi ti scoperò.»

Con la testa appoggiata al sedile incominciai a tremare lasciando che l'ondata di piacere si propagasse in me e si ritirasse prima di rimettere in moto l'auto.

Quando arrivai a casa, tirai fuori i miei nuovi acquisti e li disposi sul letto, poi li accarezzai a uno a uno e li studiai per capire come funzionavano. Jules avrebbe voluto ammanettare Sonia e io volevo che Jules ammanettasse me. Ma prima desideravo sapere come ci si sentiva a essere ammanettati. E se non avessi sopportato la sensazione di sentirmi legata? O se la cosa mi fosse piaciuta così tanto da non voler più fare sesso in altro modo?

In ogni caso non avevo bisogno di tre paia di manette, giusto?

Lentamente passai le dita sopra quelle con la pelliccia rosa, leopardate. Erano ridicole e potevano andare bene come regalo scherzoso per un addio al celibato. Mi sarei sentita ridicola con quelle addosso. Quelle d'acciaio erano pesanti, la chiave era piccola e carina. Avrei voluto provarle, ma avevo paura. E se la chiave non avesse funzionato? Chiusi una manetta su un polso, lasciandola penzolare.

Il peso mi piaceva.

Accidenti, ma perché Jules aveva chiesto a Sonia di uscire con lui? Perché non l'aveva chiesto a me?

Sentendo la porta aprirsi sobbalzai. In fretta cercai di liberarmi il polso, ma la chiave mi sfuggì dalle dita. Allora mi alzai, chiusi la porta e mi ci appoggiai contro con tutto il peso mentre cercavo di inserire la chiave nella serratura. Ero affannata, come se avessi corso. E se Sonia fosse entrata? Se avesse capito che avevo letto il suo diario e che volevo quello che lei non voleva Alla fine riuscii a introdurre la chiave nella minuscola serratura, la girai e mi liberai.

Pericolo scampato.

Infilai tutte le manette nel sacchetto che nascosi nell'ultimo cassetto del comò, poi uscii a salutare Sonia. Era seduta sul divano e stava leggendo le regole per il nuovo dibattito. «Sette minuti. Prima affermazione...»

«Un salto nel buio.»

Quando Jules venne a prendere il caffè il giorno seguente, allungò la mano con il palmo rivolto verso l'alto.

Io gli avevo già dato il resto.

«Schizzo?» chiese lui.

Rosso in viso sarebbe diventata la nuova tinta della stagione per me. Gli consegnai il tovagliolino. Ora le manette avevano la serratura.

«Brava, ragazza» commentò lui prima di andarsene. Se il mio collega Dan non fosse stato dietro di me, mi sarei sciolta sul pavimento in una pozza di eccitazione e di vergogna. Invece lo osservai allontanarsi ripetendo mentalmente all'infinito le sue parole. *Brava, ragazza, brava, ragazza, brava, ragazza.*

Quando Sonia uscì quella sera, io mi chiusi a chiave in camera mia. Erano ore che aspettavo con ansia che se ne andasse. Ero apparsa talmente nervosa anche ai suoi occhi che mi aveva rimproverato con due differenti filippiche sugli effetti deleteri della caffeina. Come potevo dirle che il caffè non c'entrava niente e che il colpevole era il suo diario?

Il commesso aveva detto che la serratura di ghiaccio ci avrebbe impiegato da una a tre ore a sciogliersi a seconda di quanta acqua si faceva ghiacciare. Io avevo deciso che un'ora fosse più che sufficiente e avevo nascosto le manette nel freezer dietro una confezione di piselli. Speravo di farcela in un'ora, ma non ne ero del tutto sicura. Non appena Sonia se ne fu andata, mi spogliai e mi distesi sul letto. Chiusi le manette sul polso sinistro e facendo passare la catena tra i riccioli della testata di ottone la chiusi anche sul polso destro. Perché mi ero spogliata? Perché Jules mi avrebbe voluta così. Perché mi ero legata alla testata del letto? Perché mi sembrava stravagante quel tanto che bastava. Agognavo di sapere che cosa si provava e volevo godermi ogni singola sensazione. Sarei riuscita a venire con le mani legate? Non lo sapevo. Fino a quel momento ogni volta che avevo provato, alla fine avevo barato. Così legata non sarei riuscita a farlo.

Sonia era andata all'incontro per la preparazione del dibattito quindi avrei avuto la casa tutta per me almeno fino a mezzanotte.

Questo almeno era il piano ma, si sa, i piani spesso vano in fumo, specialmente quando ti trovi completamente nuda, legata al letto e la tua coinquilina entra in casa con un'ospite prima dell'ora prevista.

Merda.

Il mio cuore saltò un battito. Poi il mio cervello si pose una serie di domande. *Che cosa faccio? Che cosa faccio? Che cosa faccio?*

In fondo al cuore sapevo che non c'era niente da fare. Ero legata al letto ed ero nuda. Il cuore mi batteva così forte che ero sicura che Sonia riuscisse a sentirlo dal salotto. «Che cos'è questo tamburo?» avrebbe chiesto alla sua amica. «C'è qualcuno che ascolta i Led Zeppelin alle undici di sera?»

Forse aveva dimenticato qualcosa. Lei e la sua amica sarebbero uscite per recuperare quello che avevano dimenticato che si trattasse di una giacca, di un portafogli, di una carta di credito o di un olio lubrificante. Ma allora che cos'era quel suono? Non era necessario essere un ingegnere aeronautico per riconoscere il rumore di passi che procedevano nel corridoio, avvicinandosi sempre di più.

Oh, no, perché mi ero cacciata in quel guaio? Perché non mi ero legata un solo polso? Perché avevo deciso di provare una cosa diversa? In preda alla disperazione cercai di liberarmi tirando la catena senza risultato. Forse il calore delle mie guance avrebbe fatto sciogliere più in fretta il ghiaccio. O forse no.

Nella mia mente esplose una serie di parolacce.

Sonia non bussava mai. E io non mi ero chiusa a chiave. Perché? Forse per poter ottenere assistenza nel caso in cui qualcosa fosse andato storto e i vigili del fuoco avessero dovuto venire a salvarmi. In quel caso non avrebbero dovuto buttare giù la porta.

Ma adesso che cosa potevo fare? Sarei riuscita a trascinare il letto per bloccare la porta? Improbabile.

Le voci si fecero più vicine.

Nel mio futuro non ci sarebbe stato alcun vigile del fuoco dal fisico statuario. Nel momento in cui mi resi conto che avrei semplicemente potuto gridare *non entrate*, Sonia ed Eleanor, una sua compagna del corso di oratoria, entrarono nella mia stanza. Stavano parlando quindi non mi videro subito, cioè non si resero conto di come ero messa. Poi Sonia trattenne il respiro, la sua amica assunse un'espressione shoccata e io mi morsi il labbro per non scoppiare a piangere.

L'altra donna uscì educatamente dalla stanza, Sonia invece rimase a fissarmi sulla soglia. Se si fosse trattato di un'altra persona avrei potuto mandarla a farsi fottere, ma con lei non ci riuscii.

«Stai bene?» mi chiese alla fine con voce tremante.

«Be'» risposi riflettendo, «sono stata anche meglio.»

«È stato qualcuno a ridurti così?»

Sospirai. *Sì, io, e l'ho fatto perché ho letto il tuo maledetto diario, cretina. L'ho fatto perché volevo sapere come ci si sentiva a essere ammanettata senza dovermi cercare un ragazzo e pregarlo di legarmi. A me gli uomini non offrono servizi di questo genere tutti i giorni. Io non sono te.*

Alla fine mi limitai a scuotere la testa.

«Vuoi che ti liberi o preferisci che ti lasci da sola?»

Era il caso di spiegarle della serratura con il ghiaccio? Presi un respiro profondo. «Non preoccuparti per me» le dissi; poi aggiunsi: «Forse però potresti coprirmi».

Sonia non sembrava aver voglia di avvicinarsi troppo. Avrei voluto dirle che non l'avrei morsa e che non doveva preoccuparsi, visto che ero legata, ma preferii tacere. Con riluttanza Sonia mi mise un plaid addosso, poi si sedette ai piedi del letto e mi fissò. Lessi una certa confusione nel suo sguardo. Se non altro era meglio della pietà.

«Volevo capire» le spiegai.

«Che cosa?»

«Come ci si sente quando si è legati.»

Aveva fatto due più due? Il suo diario più le mie fantasie uguale a un intenso orgasmo.

«E come ci si sente?»

Per la prima volta da quando la conoscevo, Sonia non mi stava azzerando dicendomi che avrei dovuto ascoltarmi e mettermi al lavoro per migliorarmi. Non mi rese edotta sui rischi del sesso stravagante. Sembrava realmente interessata a capire che cosa mi avesse spinto a fare una cosa simile.

«Mi piace la sensazione» balbettai. E mi sarebbe piaciuta molto di più se Jules si fosse trovato tra le mie gambe, ma mi tenni per me quella considerazione.

Dopo non successe nulla. Aspettai che il ghiaccio si sciogliesse e mi liberai. Per quella sera non se ne parlava di provare piacere. Ero talmente mortificata che non uscii dalla mia camera fino a quando non fui sicura che l'amica di Sonia se ne fosse andata e che la mia coinquilina fosse a letto. Mentre mi stavo lavando i denti, sentii dei rumori provenire dalla sua stanza. Rumori che non avevo mai sentito prima e che non avevano niente a che fare con le prove per il dibattito.

A meno che in un dibattito non si sospirasse come durante un amplesso.

«Oh, sì» sentii mormorare. Poi il tono di voce divenne più forte, «oh, sì, sì.»

Mi zittii e mi resi conto di non avere spento lo spazzolino elettrico. In fretta posi rimedio. Volevo sentire tutto. La voce solitamente inconfondibile di Sonia sembrava irriconoscibile. I suoi gemiti erano carichi di passione e di eccitazione.

Dovevo avvicinarmi? Appoggiarmi alla porta e cercare di sbirciare dentro la camera? No, ero già stata colta in flagrante una volta quel giorno e non volevo ribaltare la situazione facendo lo stesso con lei. Avrei aspettato di leggere il suo diario il giorno seguente.

Ma quando la mattina seguente andai a cercarlo, non lo trovai.

Jules arrivò al bar alla solita ora e io incominciai a tremare quando si avvicinò al bancone per fare l'ordinazione. «Salto nel buio, giusto?»

Allungando una mano la mise sulla mia e la tenne ferma, come a volermi calmare. Mi avrebbe chiesto di vedere altri schizzi? Ne avevo una pila dietro il bancone. Voleva dirmi che aveva scherzato minacciando Sonia di ammanettarla?

«Lo sanno tutti che è lesbica» mormorò Jules sorridendomi.

Non riuscivo a credere a quello che mi stava dicendo. «Faccio una pausa» dichiarai rivolta a Dan, «torno subito.» Dan mi fulminò con lo sguardo, prendendo il mio posto al bancone. Gli piaceva guadagnare, ma detestava dover lavorare per farlo. Uscii dalla piccola struttura e trovai Jules che mi aspettava sul retro.

«Che cosa hai detto?»

Lui prese di nuovo la mia mano nella sua. Ero estremamente consapevole della sua pelle contro la mia. Avrei voluto dirgli che di solito mi toccavo attraverso una barriera e che solo quando ero davvero eccitata passavo a pelle contro pelle. Per mimare la situazione avremmo dovuto indossare dei guanti. Quelli che si rincorrevano nella mia mente erano pensieri assurdi, dettati dal nervosismo. Fortunatamente fui abbastanza accorta da tenerli per me mentre lui mi portava lontano dal bar, giù per la collina, verso una panchina di pietra. Ci sedemmo sotto un albero di jacaranda, circondati dai fiori purpurei e dal profumo inebriante. Forse si trattava di un sogno perché non riuscivo a capire che cosa stesse succedendo.

«Sonia è lesbica. Lo sai tu e lo so io.»

«Lei non lo sa» protestai io, poi ci ripensai. «Be', credo che non lo sapesse prima di ieri sera.»

«Che cosa è successo ieri sera, Rossa?» Jules mi scostò i

capelli dagli occhi provocando in me un tremito. Mi guardava come di solito gli uomini guardano Sonia, con espressione ammirata, il che mi fece tornare in mente che aveva chiesto a lei per prima di uscire.

«Credo che si sia messa con Eleanor. Ma perché le hai chiesto di uscire con te se sapevi che le piacciono le donne?»

Jules mi guardò con la stessa espressione che gli avevo visto in classe, uno sguardo che lasciava intendere che lui ne sapesse di più del professore.

«Non riesci proprio a indovinare?» mi domandò quindi, con un sorriso fugace.

Scossi la testa.

«Lo sai, ma vuoi che sia io a dirlo. Va bene. Io non ho problemi a dirlo. Le ho chiesto di uscire con me perché volevo te.»

«Ma...» Volevo credergli. Il mio cuore sembrava essere diventato troppo grande per lo spazio limitato della mia cassa toracica. Ora Jules teneva le mani sui miei polsi. Io cercai di ritrarmi, ma lui le non mollò la presa.

Manette.

Vidi di nuovo quella parola, questa volta scritta nella mia mente e non sul diario di Sonia.

«Vuoi sapere perché non ti ho subito chiesto di uscire con me?»

Deglutendo a fatica annuii.

«Volevo che tu *desiderassi* quello che intendevo proporti. Volevo che tu fossi consumata dalla smania di essere posseduta. Ci sono certe regole nei dibattimenti, ma ci sono anche persone che barano.»

Oh, merda, si era preso gioco di me. Sapendo quanto ero gelosa di come gli uomini guardavano Sonia e sapeva anche che ero un po' stravagante. Ma come aveva fatto a sapere che volevo essere legata?

«E se lei ci fosse stata?»

Non c'era pericolo.»

«Ma se ci fosse stata?»

Jules si strinse nelle spalle, con fare indifferente. Avrei dovuto trarre da sola le mie conclusioni. Avrebbe rimandato l'incontro oppure l'avrebbe legata e poi scopata? Le due risposte mi facevano venire la stessa voglia di fuggire? No.

Fu allora che smisi di cercare di liberarmi. Jules non allentò la presa, al contrario strinse più forte prima di lasciarmi andare.

«Sai dove abito?» mi chiese.

Annuii senza specificare che lo avevo seguito ed ero rimasta a guardare le sue finestre prendendo in considerazione l'idea di implorarlo di legarmi.

«Dopo il lavoro vieni a casa mia» mi invitò.

Non credo che avesse in mente di fare le prove di un dibattito con me.

Nelle due ore successive mi scottai due volte. Esasperato, alla fine Dan mi disse che potevo anche andarmene. Dovevo averlo fatto impazzire per indurlo a sostituirmi. Sfilandomi il grembiule presi la borsa, decisa a tornare a casa per cambiarmi e rinfrescarmi. Puzzavo di caffè. Avrei anche potuto prendere in prestito uno di quei bei vestitini di Sonia che valorizzavano il mio fisico in modo che lui mi vedesse un po' diversa dal solito. Quando fui in camera mia decisi di raccogliere i capelli in una coda e di mettermi anche il rossetto.

Peccato che sembrava svanito nel nulla.

Sul mio letto, invece, trovai un quaderno che riconobbi immediatamente. Il diario di Sonia. Ecco perché non l'avevo trovato quella mattina. Si era accorta che lo leggevo. I sensi di colpa mi fecero sentire male, ma non mi impedirono di sfogliarlo. L'ultima pagina era indirizzata a me.

Dopo che ti ho vista sul letto nuda e legata alla testata, non sono più riuscita a liberarmi dalla tua immagine. Quando l'ho confessato a Eleanor, lei mi ha parlato in modo diverso da come avevano sempre fatto tutti. "Vuoi anche tu essere legata"? Mi ha chiesto non senza una certa esitazione.
Non credo che sia una coincidenza. Tu hai letto il mio diario e hai saputo che cosa mi ha chiesto lui. Sapevi che cosa gli piace.

I sensi di colpa tornarono ad assalirmi. Ora stavo tremando.

Non sono arrabbiata, Kate. Perché ieri sera Eleanor e io abbiamo fatto sesso ed è stato fantastico. Il migliore della mia vita.

A quel punto sorrisi.

Oh, sì. Credi che qualche volta potresti prestarmi le tue manette?

Riponendo il diario di Sonia, presi le manette con la finta pelliccia di leopardo dal cassetto. Quelle sarebbero piaciute di più a lei, erano nel suo stile. Portai le manette con le relative chiavi e il diario sul letto di Sonia, poi lanciai un'occhiata all'orologio. Jules mi aveva chiesto di andare da lui dopo il lavoro. Mi sarei dovuta cambiare per diventare qualcun altro, come in una delle fiabe che leggevo da piccola. Peccato che non avessi una matrigna.

Perciò andai così com'ero. Me stessa.

Jules mi aspettava sotto il portico con in mano una lattina di birra.

Non riuscii a parlare quando lui aprì la porta per farmi entrare. Avrei almeno potuto salutarlo, ma non ci riuscii. Jules aspettò da vero gentiluomo che io entrassi, poi mi seguì. Mi trovavo davvero lì? Mi voltai a guardare Jules e lui sorrise come se mi avesse letto nel pensiero, cosa che sapevo impossibile. Non c'era modo che fosse venuto a conoscenza di quante volte l'avevo pensato e delle cose peccaminose che avevo immaginato che lui mi facesse.

Jules posò la birra su un tavolo nell'entrata. Io lasciai cadere la borsa a terra. Ci guardammo per un istante e io mi chiesi se ci saremmo comportati in modo rilassato o se ci saremmo sentiti a disagio.

«Da questa parte.»

Rilassati. Gli permisi di condurmi nella sua camera da letto e pensai a Sonia e alla sua reazione alla proposta di

Jules. Io ero così diversa, docile, vogliosa e disperata.

«Quando ti guardi allo specchio» mi disse lui, «non vedi la verità.»

«Che cosa intendi dire?» La sua stanza era completamente bianca. Pareti bianche, mobili bianchi. Sul letto però c'era una coperta nera e sui muri dei poster in bianco e nero. Fui compiaciuta di vederne alcuni che possedevo anch'io.

«Non capisci, vero? No, non capisci, altrimenti non ti comporteresti così.» E per dimostrare la sua affermazione mi obbligò a voltarmi in modo che guardassi lo specchio ovale appeso sopra il letto. Io abbassai lo sguardo e lui mi sollevò il mento. Chiusi gli occhi e lui, appoggiando le labbra al mio orecchio, mormorò deciso: «Non disubbidirmi, altrimenti se vorrò che tu tenga gli occhi chiusi, dovrò usare una benda».

Le sue parole mi fecero eccitare. Lo sapeva? Era riuscito a indovinare?

Mi morsi con forza il labbro inferiore. Avrei voluto possedere l'eloquio di Sonia per tradurre i miei pensieri in parole chiare e comprensibili. Per essere capace di ribellarmi quando qualcuno cercava di sopraffarmi. Non volevo litigare con Jules, ma soltanto capire e poter dar voce alle mie paure.

«Ti ho osservata durante le lezioni. Assorbi tutto, ma non reagisci. Poi ho capito che è tutto lì. Tu tieni dentro le emozioni, non sai come esprimerle.»

«Quindi mi legherai per insegnarmi a lasciar uscire le mie emozioni?» Ecco, di nuovo la voce da topo. Jules sorrise. Bene. Aveva un bel sorriso.

«Vedo che impari in fretta. Ma non farò solo questo, Kate.»

Aveva già pronunciato il mio nome? In quel modo? Al di fuori delle mie fantasie? Non mi sembrava. Mi aveva sempre chiamata Rossa. Volevo sentirglielo pronunciare di nuovo. *Ti prego, di' di nuovo Kate*, lo supplicai in silenzio.

«Che cos'altro farai?» Come avevo fatto a cacciarmi in un angolo della stanza? In qualche modo ero riuscita a incunearmi in un angolo della camera di Jules. Tenevo le braccia incrociate sul petto e le mani sulle spalle come una mummia in un sarcofago.

«Che cosa vuoi che faccia, Kate?»

Oh, sì. Il modo in cui pronunciava il mio nome toccava una corda nel mio cuore. Volevo che premesse le labbra sul mio orecchio e che sussurrasse ripetutamente il mio nome. Invece di confessarglielo, mi strinsi nelle spalle, sentendomi circondare dal muro. Jules stava aspettando. Alla fine mi decisi a parlare con un filo di voce. «Voglio che tu faccia quello che hai detto.»

Non fu necessario chiederglielo due volte.

Le sue manette erano come il secondo paio che avevo comperato: regolari, di acciaio. Conoscevo la sensazione che avrei provato avendole sui polsi. Le avevo tenute in mano e accarezzate. Ma niente mi aveva preparato a quello che provai quando Jules mi spogliò e mi sistemò al centro del suo letto. Pensavo di essere stata scaltra a fare delle ricerche e a comperare le manette. Invece, a quanto pareva, non avevo imparato un bel niente.

«Alza le braccia sopra la testa.» Ero nuda sul suo materasso e sentii le sue mani sui miei polsi prima di entrare in contatto con il freddo acciaio.

Presi un respiro profondo. Avrei potuto raggiungere l'orgasmo anche solo così, pensai. Perché avevo sentito il bisogno di barare qualche sera prima? Semplice. Perché Jules non era nella stanza con me.

Jules mi guardò e il suo viso mi apparve diverso da come lo avevo ritratto tante volte. «Hai comprato le manette quando ti ho suggerito di fare delle ricerche, non è vero, Kate?»

«Sì.»

Che cosa mancava nei miei schizzi? Il calore del suo sguardo che vedevo ora. Era un bell'uomo, sì, ma c'era dell'altro. Sembrava compiaciuto, contento di me, come se lo avessi sfidato.

«E le hai provate?»

Pensando al fiasco dopo che Sonia era entrata nella mia camera, voltai il viso. Lui mi afferrò per il mento obbligandomi a incrociare il suo sguardo. «Quando vorrò che tu distolga lo sguardo, te lo chiederò.» Il suo tono aveva assunto una nota minacciosa che invece di intimorirmi, mi rese ancora più eccitata.

«Sì, le ho provate» ammisi.

«Me l'ha detto.»

«Chi?» Quello che Jules diceva non aveva sensoe.

«La stavo aiutando a preparare il suo dibattito, quando mi ha detto come ti aveva scoperto.»

«Ero davvero convinta che non ti avrebbe mai più rivolto la parola.»

Jules scrollò le spalle. «C'è *mai* e *mai*. Dopo che si è messa insieme a Eleanor, mi ha chiamato per dirmi che aveva bisogno di parlarmi.»

«E ti ha raccontato...» Kate le aveva posto la domanda pur conoscendo già la risposta.

«Mi sarebbe piaciuto trovarti così. Entrare nella tua camera e trovarti legata al letto. Quante cose avrei potuto farti.»

Avrei volentieri distolto lo sguardo, ma lui non me l'aveva chiesto. Avrei voluto chiudere gli occhi per nascondere l'imbarazzo che provavo, ma lui mi aveva avvertita. Così lo guardai dritto negli occhi sforzandomi di affrontare le mie paure. Lo stomaco mi si strinse in una morsa. Era più difficile di quanto pensassi.

«Brava» mi lodò come poco prima e le sue parole mi accesero. «Non sfuggirmi, non farlo mai.»

Poi fu come nelle mie fantasie e ancora meglio. Incominciò baciandomi. Ero stata baciata da altri uomini, ma forse quelli che avevo ricevuto fino ad allora non erano veri baci. I baci di Jules erano veri e appassionati. Sentii le sue labbra dischiudersi sopra le mie e le nostre lingue incontrarsi. Avrei voluto che continuasse per sempre o almeno pensai così fino a quando non incominciò ad accarezzarmi tra le cosce.

«Sei eccitata.»

«Lo so.»

Quello cambiò tutto. Ora volevo qualcos'altro, qualcosa di nuovo, qualcosa di più. Jules incominciò a tracciare una serie di baci sul mio corpo. Non trascurò nessuna parte. Se con la bocca mi sfiorava i capezzoli, prima uno, poi l'altro, con le mani accarezzava ogni centimetro della mia pelle. Mi sentii amata, ammirata, adorata.

E volevo ancora di più.

Avida. Ecco cos'ero. E a Jules non sembrava importare.

Alla fine scivolò tra le mie gambe e dischiuse le labbra del mio sesso.

«Oh, sì» mormorai, incapace di stare ferma.

«Continua» mi esortò lui, «parla, esprimiti, butta fuori tutto. Quando vorrò che tu stia in silenzio ti metterò un bavaglio.» Non mi ero mai prefigurata una scena di quel genere. Un bavaglio? Di stoffa? Di cuoio? Sarei dovuta andare di nuovo al sexy shop? Forse. Ma sospettavo che non ci sarei andata da sola. Che cosa avrebbe pensato il ragazzo tatuato vedendomi insieme a Jules? Poi tornai al presente sentendo Jules che mi leccava il clitoride. Per una volta la realtà fu meglio della fantasia. Jules sapeva esattamente come fare. Sembrava sapere quanto fossi sensibile e incominciò lentamente. Ma non continuò così a lungo.

«Ti piace?»

Lo guardai. Le sue labbra erano lucide dei miei umori. La realizzazione scatenò in me un brivido di desiderio e per tutta risposta sporsi in avanti il bacino. «Rispondimi quando ti faccio una domanda» mormorò lui.

«Sì, mi piace.»

Jules continuò a fare cerchi con la lingua. «Dimmi, dimmi che cosa ti piace.»

Non potevo crederci. Voleva davvero che parlassi in un momento come quello? «Dimmelo, Kate.»

«Tutto» mormorai io, sperando di soddisfarlo, anche se temevo che non gli sarebbe bastato.

«Sii più chiara.»

«Quello che stai facendo, quei cerchi con la lingua» mormorai.

Oh, era così bello. I cerchi divennero sempre più piccoli fino a quando la sua lingua si focalizzò esclusivamente sul clitoride. La pressione e il piacere divennero intensi. Avrei voluto scostarmi, ma non potevo. E non perché legata con le manette al letto. Qual era lo scopo? Avevo sempre collegato le catene a una prigione, a un luogo buio e a un'atmosfera lugubre, mentre ora non riuscivo a pensare ad altro che al calore e all'umidità.

Tirai la catena e lui mi leccò con ancora più energia.

Era fantastico e non appena ebbi pensato le parole le pronunciai. «È fantastico.» La mia voce era un gemito e Jules non si fermò portandomi sempre più in alto fino a quando non capii che stavo per raggiungere l'orgasmo.

A quel punto lui si fermò.

Avrei fatto qualsiasi cosa, detto qualsiasi cosa, promesso qualsiasi cosa pur di farlo continuare. Ma lui si allontanò dal letto e andò alla sua scrivania. Tornò con alcuni fogli che alla fine riconobbi come i tovagliolini con i miei disegni. Me li mostrò uno alla volta e io mi sentii avvampare. Spostai lo sguardo, ma Jules mi obbligò a guardare.

«Mi hai detto quello che volevi» disse lui, «senza bisogno di proferire parola.»

«Ma perché?» Ero ancora in uno stato di confusione, ma dovevo sapere. «Perché?»

«Te l'ho già detto. Se ti avessi chiesto di uscire, ti saresti innervosita perché sei un'insicura. Avresti anche potuto scappare quando ti avessi spiegato che cosa mi sarebbe piaciuto fare con te. Invece sei venuta a cercarmi. Sei venuta da me.»

«Dove hai preso quei tovagliolini?»

«Me li ha dati Dan.»

Il mio pensiero andò al mio collega mercenario.

«Ha voluto un dollaro a tovagliolino. Me li teneva da parte.»

Jules si spogliò e si distese sul materasso. Eravamo circondati dai miei schizzi, disegni di persone che facevano sesso, di coppie sovrapposte, di manette e di bende per gli occhi. C'era anche lui. E c'ero anch'io.

Jules mi aprì le gambe. Non vedevo l'ora di sentirlo dentro di me. Mi sembrava di essere sull'orlo di un precipizio. Mi avrebbe stuzzicato ancora un po'? Mi avrebbe costretta a implorarlo? Grazie al cielo non andò così. Jules fece scivolare il suo membro dentro di me e io sospirai, rilassandomi. Era tutto così dolce. Era come trovarsi in paradiso. Poi lui incominciò a muoversi con spinte poderose. Non avevo mai provato niente di simile. Ero immobilizzata dalle manette, ma il mio corpo poteva rispondere agli assalti. I miei fianchi si sollevarono a incontrare i suoi, le mie gambe si spalancarono ancora di più. Con una mano Jules mi toccò, facendo scorrere il palmo lungo le costole, sopra l'addome e sul mio sesso.

«Oh, sì» sibilai. «Così.»

La lussuria si impadronì di me.

Mentre lui mi penetrava, accarezzava il clitoride, dapprima in modo delicato e poi con più forza a mano a mano che si lasciava trasportare dalla passione. Io chiusi gli occhi, ma lui mi rimproverò. «No, Kate, guardami.» E poi: «Ti prego, Kate, fallo per me». Il fatto che sembrava che fosse lui a supplicarmi mi stupì.

Così aprii gli occhi e lo guardai.

Eravamo uniti, in qualche modo legati insieme, anche se ero io la sola a essere realmente legata. Le manette tintinnavano mentre lui si muoveva dentro di me, ricordandomi a ogni spinta che ero sua prigioniera. Tuttavia, in qualche modo, mi sentivo come se entrambi ci fossimo liberati.

I nostri corpi erano perfetti insieme. Non mi ero mai presa la briga di chiedermi se saremmo stati compatibili. Fortunatamente non avemmo alcun problema. Sembravamo fatti l'uno per l'altra. Ogni volta che entrava sentivo i miei muscoli contrarsi come se avessi voluto trattenerlo per sempre. Le mie mani erano inutilizzabili, ma possedevo altri poteri. Gli cinsi la vita con le gambe e lo attirai contro di me.

Jules mi accarezzò il clitoride con il pollice mentre trovava un ritmo perfetto, il ritmo del battito del mio cuore o dei nostri cuori insieme. Eravamo in completa sincronia.

Continuò ad accarezzarmi e a muoversi e io tenni lo sguardo fisso nei suoi occhi blu, colore del cobalto, profondi e scuri.

Io avrei preferito nascondermi quando sentii che il piacere stava salendo, tuttavia continuai a guardarlo negli occhi.

A vederlo. Davvero. Come aveva capito?

«Sto per...» mormorai.

«Sì, sì, sì» mi esortò lui. «Vieni per me, Kate, Vieni *con* me.»

L'orgasmo fu diverso da tutti i precedenti. Migliore. Fantastico. Mi sentivo elettrizzata, come se ogni singola parte del mio corpo stesse venendo allo stesso tempo. Jules spinse forte, tanto che sentii il letto muoversi. Poi si fermò, stringendomi forte con le braccia, la sua guancia premuta contro la mia.

«Ti ho trovata» disse. «Mi hai mostrato la serratura. Io avevo la chiave.»

Mi resi conto che aveva ragione. Aveva voluto giocare con me.

E avevamo vinto entrambi.

Giochi d'affari
di Alegra Verde

. 1 .

Il mio capo, Bruce Davies, amministratore delegato della *Davies and Birch Advertising*, se ne stava immobile sulla porta con la bocca spalancata per la sorpresa. Io non dissi niente. Non potevo. Alex mi aveva fatto chinare in avanti sulla mia scrivania, la minigonna nera sollevata alla vita, il seno che straripava dalla giacca, i capezzoli che sfregavano contro il portapenne e il suo pene affondato così profondamente dentro di me da farmi venir voglia di cantare un brano di opera di lirica.

Alex ansimava roco dietro di me, tenendomi stretta per i fianchi. I lembi della sua camicia mi solleticavano i glutei.

«Oh, Glory! Non posso fermarmi! Non posso!» grugnì, mentre il suo membro diventava sempre più gonfio e pulsante. Mi dimenai contro il suo bacino per sentirlo ancora di più, contraendo i muscoli e strusciando contro la base della sua erezione per invitarlo a continuare.

Le sue mani scivolarono verso il mio fondoschiena per mantenere la presa e poi lui raggiunse il punto del non ritorno. Venne tra mille spasmi e contrazioni, il suo orgasmo così violento che fui felice di avergli ricordato di indossare un preservativo. Alla fine, ancora tremante, esalò un lungo respiro.

«Quando ha terminato qui, signorina James, la vorrei vedere nel mio ufficio» sentenziò il signor Davies, prima di battere in ritirata e chiudersi la porta alle spalle.

«Mi dispiace.» Alex tentò di scusarsi, abbassandomi la gonna per poi rivestirsi in modo raffazzonato.

«Lascia stare» replicai, senza troppa convinzione. Che

cosa potevo dirgli? Sono Gloria James, assistente del signor Davies. Non che io debba curare l'archiviazione o battere al computer le sue lettere. Per quel genere di mansioni ha un'altra assistente. Io mi occupo di ciò che lui non ha il tempo di fare, come ricerche preliminari, posizioni dei clienti e cifre riguardanti vendita e produzione, o ritocchi a qualche contratto prima che venga finalizzato.

A volte, capita che io vada a prendere i clienti all'aeroporto e poi debba assicurarmi che ottengano una buona sistemazione negli alberghi. Altre volte, li accompagno a cena quando il signor Davies ha degli impegni improvvisi.

Alex era uno di questi casi. Lui e la sua ex moglie disegnano e producono scarpe, ma, di recente, hanno anche sviluppato una linea di abiti e persino di arredamento. Per promuovere questo nuovo settore della loro attività, stanno esplorando varie agenzie pubblicitarie.

Ecco dove subentro io. Vorrei precisare che scoparmi Alex non è stato intenzionale e che, di norma, non fa parte delle mie mansioni. Il fatto è che lui mi piace. È un uomo attraente, con un bel fisico, ed è anche simpatico. Legge molti libri, non solo quotidiani e riviste.

«Avrai dei problemi?» domandò lui, terminando di aggiustarsi gli abiti. «Vuoi che gli parli io?»

«No, non ti preoccupare.» Gli sorrisi, convinta che i due anni trascorsi a lavorare per Davies significassero qualcosa.

Ho sempre eseguito ogni suo ordine e lui ha continuato ad affidarmi responsabilità sempre maggiori, mostrando di apprezzare il mio operato. Perciò, credo che non avrà problemi a perdonare questo mio unico peccatuccio. L'orario di lavoro è anche terminato da un pezzo e il cliente non ha avuto nulla di cui lamentarsi.

Alex mi attirò a sé per offrirmi conforto e mi posò le labbra contro la fronte per un rapido bacio. «Non credo che ti licenzi, ma, se dovesse capitare, puoi venire a lavorare con me e gli toglierò il mandato per la mia compagnia.»

Mi abbandonai per un istante contro la sua camicia azzurra e assorbii la sua fragranza mascolina e il calore che emanava il suo forte torace.

«E non lasciarti intimorire permettendogli di trattarti male, o costringerti a fare ciò che non vuoi» continuò Alex con tono perentorio, scostandomi un po' per potermi guardare negli occhi.

Compresi cosa intendesse e annuii.

«Ti aspetterò qui» concluse, girandomi su me stessa e indirizzandomi verso la porta.

«Non ce n'è bisogno. Torna pure in albergo. Ti chiamerò più tardi.»

Lui non si mosse.

«Davvero» lo rassicurai. «Posso cavarmela da sola.»

«Glory...» Alex sospirò.

«Ehi, non ti preoccupare» lo interruppi, prima che attaccasse una paternale. Gli consegnai la cartella di documenti per la quale era venuto nel mio ufficio. «Porta questi con te. Leggi con cura tutto quanto e poi dimmi cosa ne pensi. Ti chiamo io appena possibile. Al massimo, domattina.»

«Posso aspettarti e portarti in albergo con me» propose lui.

Io risi. «Grazie, ma è necessario che tu mi conceda del tempo. Voglio che tu vada, okay?»

A volte bisogna essere fermi e diretti con certe persone. Alex è carino, ma io non sono pronta per una relazione. Certo che, rispetto a tanti altri uomini che scappano come topi al primo segno di difficoltà, lui ha dei meriti da non sottovalutare.

Mi alzai in punta di piedi e lo baciai sulle labbra.

«È stato fantastico» mormorai, evitando di rinfacciargli di non avermi fatto raggiungere l'orgasmo. Probabilmente non era stata colpa sua, ma dell'irruzione di Davies. «*Tu* sei fantastico.» Lasciai scivolare la lingua nella sua bocca calda e lui, i sensi riaccesi, afferrò i miei glutei e li strinse con desiderio.

«Devi andare, ora» affermai risoluta, e lo spinsi fuori dalla porta.

Lo osservai, mentre percorreva il corridoio, per assicurarmi che prendesse davvero l'ascensore e non cambiasse improvvisamente rotta per dirigersi nell'ufficio di Davies.

Appena udii il campanello delle porte scorrevoli che si stavano chiudendo, mi rifugiai in ufficio. Appoggiata alla parete, tentai di riprendere fiato e di calmare i nervi. Esalando un profondo respiro, mi aggiustai la giacca e mi diressi verso la porta comunicante con lo studio di Davies e bussai.

«Avanti.» La sua voce risuonò smorzata ma chiara. Incerta su come affrontare l'imbarazzante situazione, rimasi ferma sulla soglia.

«Si sieda» mi ordinò, sventolando la mano in direzione delle tre poltroncine di pelle, sistemate a cerchio davanti alla sua scrivania.

Scelsi quella centrale, mantenendo una posizione eretta proprio di fronte a lui, che si sporse in avanti, appoggiando i gomiti sul piano di legno massiccio.

Mi studiò per qualche istante, intrecciando le mani, lasciando che il silenzio fosse più eloquente delle parole.

Si stuzzicò il labbro con un dito. «Alex Rodriguez.»

Non compresi se volesse pormi una domanda o fosse solo un'affermazione. «Prego?»

«Perché?»

«Mi piace» affermai, scrollando le spalle. Che cosa c'è di meglio della verità?

Davies annuì. «Perché qui?»

«È accaduto per caso. Lui era venuto per ritirare un prospetto. Non voleva attendere fino a domattina.»

«È l'unico?»

Alzai le sopracciglia, turbata da quella domanda sfrontata.

«Dei nostri clienti, dico, è l'unico?»

«Sì.»

Lui si appoggiò allo schienale della sua sedia. «Devo ammettere di essere rimasto colpito dalle sue... azioni.»

Attesi che continuasse.

«Naturalmente, essendo un uomo, sono consapevole della sua sensualità. Tuttavia, lei si è sempre comportata in maniera impeccabile in ogni situazione.»

Non riuscii a resistere e mi misi a ridere per il suo tono da preside di collegio femminile.

«Intendevo dire che lei ha sempre avuto un atteggiamento molto professionale con me» chiarì, con il viso in fiamme.

Non sapendo cosa rispondere, annuii e sono certa che la mia fronte si corrugò, come accade ogni volta che qualcuno esordisce con frasi ovvie o irritanti.

«Ecco... io la trovo molto attraente.» Davies si passò le dita sul mento con fare pensieroso. Atteggiamento tipico che assume durante le contrattazioni con i clienti o mentre pianifichiamo la migliore strategia d'azione per accaparrarci un interessante mandato.

Oh, no! Questo lavoro mi piace e anche Davies non è affatto male come capo. Compie un ottimo lavoro e si fida di me. Sembra che conosca le mie potenzialità e mi spinge sempre a occuparmi di commissioni particolarmente redditizie.

È capitato che ci fermassimo a bere qualcosa con i clienti fino a tarda notte e mai una volta che abbia tentato un approccio o allungato le mani. Anzi, nel momento in cui notava che qualche uomo si lasciava andare ad atteggiamenti troppo audaci, lui faceva in modo di distrarlo. Non dimenticherò mai la sera in cui informò un cliente che le mie grazie non erano contemplate nel menu. Da quel momento, la mia stima per Bruce Davies schizzò alle stelle.

«Inoltre, lei è molto competente» continuò lui, sempre pensoso.

Fui tentata di domandargli in quale campo.

«Mi piacciono le donne capaci ed esperte.»

Di nuovo le mie sopracciglia si aggrottarono. Due anni di preparazione, progetti e duro lavoro mi avevano spinto a sperare di potermi sentire al sicuro qui. E magari crescere professionalmente.

Mi alzai, spingendo indietro la poltroncina, pronta ad andarmene. Sono brava nel mio lavoro e non devo scoparmi il capo per mantenerlo.

Percepii la sua tensione. «Aspetti!» esclamò, allungando una mano per trattenermi. «Glory, non le sto chiedendo niente. Possiamo continuare a collaborare come abbiamo sempre fatto. Ma quando l'ho vista con Rodriguez...»

«Ha pensato che io fossi una preda facile» conclusi io per lui.

«No.» Si alzò e mi trafisse con lo sguardo per farmi comprendere meglio quanto stava per dirmi. «Mi sono reso conto di quanto ti desideri.»

La sua schiettezza mi paralizzò per qualche istante. Ed eravamo già passati al tu...

«C'è qualcuno di speciale nella tua vita?»

Scossi la testa, incapace di staccare gli occhi dai suoi.

«Nemmeno nella mia» tenne a precisare lui. «Dopo il divorzio, non ho trovato nessuna donna di cui fidarmi. E per me la fiducia è imprescindibile.»

Probabilmente dovevo sembrargli una sciocca, ma continuai a tacere per cercare di comprendere.

«Mi piace che mi venga detto cosa fare» disse con estrema semplicità.

Feci cenno di aver capito quando, in realtà, avevo le idee confuse. Davies mi stava mostrando un lato di sé che condivideva di rado con altri.

Era seduto lì, con il suo impeccabile abito scuro, la cravatta appena allentata ma comunque a posto. I capelli andavano diradandosi, ma il taglio tattico, molto corto, gli attribuiva un'aria di solida e solenne sicurezza. Zigomi alti e occhi grigi completavano il già notevole quadro.

A quarant'anni passati, contro i miei ventisette, poteva essere... almeno mio zio. Tuttavia, c'era qualcosa di seducente in lui, un fascino di cui riconoscevo l'intensità a pelle.

Mi stava comunicando che aveva voglia di me, ma non si muoveva. Attendeva in silenzio che io emettessi il mio verdetto.

«Ci penserò» affermai, secca.

Questa volta fu lui ad annuire, continuando a tormentarsi il labbro.

Feci per andarmene.

«Glory» mi fermò, pronunciando il mio nome con una dolcezza che non conoscevo. «Solo se ti va. Nessuna restrizione.»

«Ci vediamo domani» lo salutai, dirigendomi verso la porta.

Dopo qualche giorno, tutto tornò, più o meno, alla normalità. Alex firmò il contratto. Mi telefonò un paio di volte e ci incontrammo per cenare nella sua camera d'albergo. Sinceramente, fui felice quando ritornò a casa. Una bella persona, nulla da dire, ma sapevo che aveva una ragazza a Madison, nel Wisconsin, e non avevo intenzione di prendere il suo posto.

Il signor Davies si comportava come al solito. Non mi guardava in modo strano e non aveva rallentato il suo ritmo di lavoro. Mi sorrideva al mio arrivo al mattino e mi trattava con la cortesia di sempre durante i pranzi con i clienti o quando ci concedevamo un rapido spuntino nel suo ufficio per discutere una campagna pubblicitaria.

Ecco perché rimasi sorpresa quando una sera, tre settimane più tardi, mi voltai e lo vidi sulla soglia della porta di comunicazione tra i nostri uffici. Non usava mai quell'entrata e la sua espressione era tesa, quasi sofferente.

«Hai riflettuto, Glory?»

Volevo fingere di non comprendere di cosa stesse parlando, poiché la situazione al lavoro era piacevole e rilassante in quei giorni.

«Sì.»

Era la risposta che attendeva e, in realtà, era la verità. Avevo considerato la sua proposta e la strana richiesta di *dirgli che cosa doveva fare*, ma temevo fosse un gioco che potesse spingersi troppo oltre. Eppure la cosa era molto, molto intrigante...

«Che cosa vorresti fare?» domandai a mia volta.

«Qualunque cosa» affermò, con voce roca e vibrante.

«Quali sono i tuoi limiti?» Dovevo assolutamente saperne di più.

Lui tacque per qualche istante. «Non ti farò del male, ma, se tu lo riterrai necessario, potrai punirmi se non mi comporto come dovrei.»

Annuii lentamente, stringendo le palpebre.

«Tutto quello che accadrà dovrà rimanere fra noi» tenne a precisare.

«Lo so. Puoi fidarti di me, Bruce.»

Finalmente sorrise, come raramente gli avevo visto fare. Uno di quei sorrisi che arriva agli occhi e illumina il viso.

Mi diressi alla porta del mio ufficio e la chiusi a chiave. Lui non si mosse, restando a braccia conserte appoggiato allo stipite della porta interna.

«Ciò che mi piacerebbe» iniziai a dire, posizionandomi dietro la scrivania e sedendo su di essa, «è che tu ti mettessi in ginocchio davanti a me.»

Lui accennò un passo incerto.

«Prima chiudi a chiave anche quella porta» gli ordinai.

Bruce ubbidì e poi si chinò davanti a me, indossando ancora la giacca e la cravatta. Una mano forte e calda sfiorò la mia coscia, il naso contro il mio sesso iniziò a sfregare la parte già umida dei miei slip.

«No» lo fermai, con un sussurro. «Non ancora.»

Di nuovo, eseguì quanto richiesto e si sedette indietro sulle ginocchia.

«Toglimi gli slip.»

Le sue mani scivolarono sotto la mia gonna, lungo le cosce e, afferrata la sottile banda elastica, fecero scorrere delicatamente il leggero capo di seta fino ai piedi. Quando riprese la posizione accucciata, i miei slip erano arrotolati su un suo dito.

«Voglio la tua bocca su di me, la tua lingua che scivola sul mio clitoride e dentro il mio sesso.»

Con la massima cura e delicatezza, lui sollevò ancora un po' la mia gonna, posizionò le mie gambe sulle sue spalle e premette le labbra sul centro infuocato della mia femminilità.

Fui felice di essermi alzata un'ora prima quella mattina per fare la ceretta e che Bruce stesse ammirando una linea ben disegnata, piuttosto che quel disordinato cespuglietto, che a volte mi capitava di ritrovarmi. Premendo il naso sul mio sesso, lo sentii respirare profondamente come se stesse odorando i petali morbidi e profumati di una rosa. Quindi iniziò a leccarmi, a mordicchiarmi e a succhiarmi finché io non lo afferrai per i capelli, dibattendomi contro la sua bocca, sforzandomi di non emettere gemiti o, addirittura, grida di piacere.

Lui appoggiò la guancia contro l'interno della mia coscia fino a quando non smisi di tremare. «Posso...?»

«No» affermai, con il fiato che mi rimaneva.

«Voglio sentirti.»

«Ho detto di no. Devo andare.»

Non so cosa mi prese, ma, di colpo, sentii la necessità di fuggire da lì. Sollevai le gambe dalle sue spalle e scivolai giù dalla scrivania. Mi risistemai la gonna, presi la mia borsa e, senza aggiungere una sola parola, gli girai attorno.

Ancora seduto sul pavimento, Bruce rimase a fissare il piccolo triangolo di seta rosa che stringeva in una mano.

Gli lasciai i miei slip come trofeo e me ne andai.

La mattina successiva, fu come se non fosse accaduto nulla. Tenemmo una riunione con tutto lo staff e poi facemmo colazione nell'ampia sala, dove erano stati sistemati diversi vassoi di tartine, caraffe di caffè, spremuta d'arancia e succo di mirtillo, fette di mango, ananas, melone e ciotole di fragole.

«Qualcuno ha pensato di arricchire il solito buffet» fu il commento di uno dei collaboratori, intanto che riempiva il proprio piatto. «Che le ciambelle stantie riposino in pace! Amen!» Mentre la divertente osservazione suscitò uno scoppio di risa fra tutti i colleghi, Bruce fece il suo ingresso.

«Ci siamo meritati un ricco rinfresco. Due nuovi clienti, senza contare che la campagna per i cereali Blake sta andando alla grande, secondo i test commerciali.»

Lui mi lanciò un vago sorriso, così come fece con tutti gli altri membri dello staff. Mi aspettavo di vederlo irritato o accigliato e, invece, era brioso e vivace.

Prese posto a capotavola e io sedetti in un angolo alla sua destra, assaporando una deliziosa fetta di melone e sorseggiando caffè. Mi sembrò una buona scelta rimanere nelle vicinanze, nel caso avesse bisogno di me, ma fuori dalla sua vista immediata.

La sala era gremita di gente in piedi e seduta. Quando ci raggiunsero i ragazzi del reparto grafico, la frutta stava quasi per finire, perciò si tuffarono sulle tartine e sul caffè.

Birch, seduto all'altro capo del tavolo, fece udire poco la propria voce, osservando con soddisfazione il suo socio che era in forma smagliante, come di rado si era visto. Ascoltava con interesse i resoconti, dispensava suggerimenti e lodi, risolveva dispute con salomonica saggezza e si lasciava andare a battute di spirito. Bruce spiritoso? Incredibile! Chi lo avrebbe mai detto...

A poco a poco, tutti abbandonarono la sala riunioni, sazi e compiaciuti. Persino Davies si alzò e, dopo aver raccolto il proprio palmare e una cartella di documenti, mi sorrise serafico e mi piantò lì.

Rimasi sbigottita a tal punto che mi ci volle un po' per decidermi a tornare nel mio ufficio. Era chiaro che il nostro breve interludio la sera precedente lo aveva soddisfatto e io dovevo riflettere se e come procedere.

Era evidente che lui lo avesse considerato come un assaggio, tuttavia io non ero certa se questa strana situazione fosse alla mia altezza e se, in fondo, io volessi portarla avanti.

Dopo aver afferrato la mia borsa, mi presentai da Claire, la segretaria di Davies, e le annunciai che non mi sentivo bene e che quindi nel pomeriggio sarei stata assente.

Come mi aspettavo, Bruce mi chiamò, ma preferii non rispondere, così mi lasciò un messaggio in segreteria esprimendo la sua preoccupazione e augurandomi un pronto recupero. Quanta formalità...

La mattina successiva avevo preso una decisione. Gli consegnai una chiave magnetica di una stanza di un hotel, situato lungo la statale fuori città. Era un posto pulito, sosta preferita delle famiglie che andavano a Disneyland o al parco divertimenti di Six Flags.

Mi ero recata là il giorno prima e avevo osservato diverse mamme sedute sotto gli ombrelloni, intente a sorseggiare una bibita, mentre i loro bambini si divertivano a tuffarsi nella piccola piscina, proprio accanto all'area di parcheggio. I padri, invece, trascorrevano il tempo caricando e scaricando bagagli dai SUV o dalle Volvo station wagon.

Bruce fissò la tessera nel palmo della sua mano come se non comprendesse cosa fosse. Lo sguardo interrogativo che mi lanciò per un istante si velò di incertezza, per poi tornare del tutto inespressivo.

Gli comunicai di trovarsi là alle nove, di farsi una bella doccia e di indossare una maglietta polo, jeans e sandali. Nient'altro. Lui accennò con la testa di aver recepito le mie istruzioni e si infilò la chiave in tasca.

Non fece alcuna domanda e continuammo la nostra giornata lavorativa come se niente fosse. Ci riunimmo con il gruppo di collaboratori cui era stata assegnata la nuova linea di arredamento di Alex, quindi pranzammo con un potenziale cliente e ne incontrammo un altro poco soddisfatto del costo eccessivo della produzione di una serie di spot di trenta secondi.

Poco prima delle cinque ci vedemmo con Claire per aggiornare il nostro programma operativo e impartirle istruzioni riguardo ad alcune lettere e contratti che avrebbe dovuto redigere.

In tutto ciò, lui non mi toccò mai, né mi lanciò sguardi particolari.

Io mi adeguai, ma devo ammettere che mi sentivo nervosa e che la sua totale indifferenza mi infastidiva.

Quando udii lo scatto della porta che si apriva, avevo appena finito di fare la doccia.

«Glory» mi chiamò, con un sussurro.

«Sono qui» replicai. «Mettiti comodo. Ho quasi finito.»

Udii chiudere a chiave la porta e il fruscio del copriletto quando lui ci si sedette sopra.

Indossai un paio di autoreggenti, un perizoma nero e un leggero kimono con un drago rosa ricamato sul retro, che copriva a malapena le cosce. Le scarpe con il vertiginoso tacco a spillo mi facevano sembrare altissima.

Il trucco che avevo applicato sugli occhi era pesante e i

capelli, spazzolati con violenza, risultavano arruffati e selvaggi. Un'ombra di fard, lucidalabbra rosso fiamma, applicato anche sui capezzoli, completava il tutto.

Tutto ciò di cui avevo bisogno adesso era un po' di coraggio. Lasciai scivolare la mano sotto il perizoma e mi accarezzai il clitoride e le delicate labbra finché non furono umide. Il sangue prese a scorrermi come un fiume in piena nelle vene e le gambe mi tremarono così tanto che dovetti appoggiarmi al lavandino per sostenermi. Osservai la mia immagine riflessa nello specchio. Un violento rossore colorava le mie gote e i miei occhi erano brillanti e tempestosi. Mi inumidii le labbra e sorrisi alla ragazza sensuale e calda di fronte a me.

Risistemai il minuscolo triangolo nero, sollevai i seni e decisi che ero pronta per giocare.

Aprii la porta e mi fermai davanti al letto. I suoi occhi mi studiarono dalla testa ai piedi per poi rimanere incollati sul mio ventre piatto e il seno ansimante. Fui tentata di chiudere il corto kimono di seta per nascondermi, ma il suo sguardo famelico era troppo eccitante. La mandibola gli si contrasse e le labbra si strinsero in una morsa. Potevo quasi sentire il suo desiderio scorrere sulla mia pelle.

Mi avvicinai e rimasi in piedi davanti a lui, i miei capezzoli a un respiro dalla sua bocca, lasciando che sentisse e respirasse il mio calore e il mio odore.

Quando serrò le palpebre per mantenere il controllo, avanzai ancora e sfregai le punte turgide del mio seno sulle sue labbra che presero subito vita e si attaccarono ai capezzoli con inaspettata voracità, leccandomi e succhiandomi come se la sua vita dipendesse da quello.

«Voglio che tu mi faccia venire con la bocca e le dita» imposi, accomodandomi sul letto gemello e sdraiandomi a gambe aperte.

Pochi istanti e lui era già su di me, la bocca di nuovo avida sul mio seno e le mani aggrappate ai miei glutei. Fece poi scivolare il mio perizoma lungo le cosce e si tuffò sul mio sesso con un ardore tale da farmi spalancare ancora di più le gambe. La sua lingua ruvida iniziò a torturare le sensibili labbra, mentre con le dita stuzzicava i miei capezzoli sempre più turgidi.

Mi contorsi sotto il suo assalto e la sua lingua affondò sempre di più dentro di me, succhiando il clitoride con maggior intensità, ancora e ancora...

Serrai le ginocchia attorno alla sua testa, quasi volessi impedire che quella dolce tortura terminasse, finché il mio corpo non prese a tremare per il violento orgasmo, senza che lui smettesse di baciare e leccare il mio sesso pulsante.

Tentai di allontanarlo prima che mi sfuggisse un grido che mettesse in allarme le tranquille famiglie delle stanze vicine. Lui oppose resistenza.

«Vorrei...» mormorò, aggrappato alle mie cosce, incapace di guardarmi negli occhi.

«No» gli intimai, spingendolo indietro puntellando le ginocchia contro il suo petto. Cadde sulla schiena sul tappeto. «Non toccarmi senza il mio permesso» lo ammonii. Dopo aver indossato di nuovo il perizoma, appoggiai un tacco a spillo sulla sua coscia.

Repressi a stento una risata e mi trattenni dal dirgli *cagnolino cattivo!*, e colpirlo con un giornale come si fa con i cuccioli ribelli.

«Alzati e siediti sul letto» gli ordinai, infine.

Come sempre, lui ubbidì senza battere ciglio e io mi posizionai in piedi davanti a lui. Fece per sporgersi in avanti. «Non toccarmi.»

Si fermò di botto.

«Hai mai fatto sesso con un uomo?»

Lui abbassò lo sguardo. Gli afferrai il mento e lo costrinsi a sollevare il viso. Nulla da fare. I suoi occhi continuavano a evitarmi.

«Ti ho fatto una domanda.» Non disse nulla, e allora io lo schiaffeggiai con violenza, lasciandogli un segno rosso sulla guancia. Lui sussultò, gli occhi pieni di interrogativi e di collera. Lo stomaco mi si chiuse in una morsa. Forse avevo superato il limite.

Gli sollevai di nuovo il mento e questa volta i nostri sguardi si intrecciarono, duri e implacabili. Lui annuì e io increspai le labbra in un sorriso vittorioso.

«Sei gay?» volli sapere. Lui scosse la testa. «Come definisci, allora, lasciarsi penetrare dagli uomini?»

«È successa una sola volta» mormorò roco. «Ero curioso.»

«Ti è piaciuto?»

«All'inizio è stato doloroso» confessò.

Feci un passo indietro.

«Togliti i pantaloni» gli ordinai perentoria. «Voglio possederti.»

Lui si alzò lentamente, quasi con riluttanza, e mentre si spogliava, andai a prendere il pene artificiale che avevo acquistato per l'occasione. Quando mi voltai, la sua erezione era forte e potente. Non c'era che dire, il capo era ben dotato e, per un istante, considerai di variare il programma della serata. «Vieni qui e aiutami ad allacciarmi questo.»

Si mise in ginocchio per assicurare le cinghie e le chiusure in velcro attorno ai miei fianchi, indugiando per accarezzarmi le cosce. Eseguito il compito, si sedette all'indietro e mi fissò con il membro ancora eretto. A mia volta, fissai quello artificiale indossato da me e notai che le dimensioni erano circa le stesse.

«Mettiti sul pavimento, a faccia in giù e sedere in alto» gli indicai, con tono categorico. Lui esitò.

«Subito.»

Questa volta fece quanto gli ordinai.

Mi inginocchiai dietro di lui e gli sfiorai i testicoli con una mano per poi chinarmi e prenderli in bocca per torturarli eroticamente con la lingua. Si lasciò sfuggire un grugnito e spinse i glutei all'indietro, segnale che era pronto per il passo successivo.

Immersi tre dita in un barattolo di crema che avevo acquistato nel sex shop. Il ragazzo dietro il bancone mi aveva assicurato che era favolosa per i principianti, aveva un profumo accattivante e persino un buon sapore.

Passai l'unguento nella piega dei glutei e sui testicoli. Tremò e lo udii gemere quando feci scivolare prima un dito e poi un altro nella sua apertura, baciando e leccando, allo stesso tempo, la sensibile zona. Lui premette ancora di più contro il mio viso e io allungai una mano per afferrargli il membro e accarezzarlo in tutta la sua lunghezza, fino alla punta pulsante.

Mi sollevai dietro di lui e gli scivolai dentro, dapprima spingendo con cautela, poi aumentando la pressione intanto che la piccola protrusione sul retro del pene artificiale tormentava il mio clitoride, provocandomi una cascata di brividi.

Contraendo i muscoli, aggrappata ai suoi fianchi, imposi un ritmo fermo, esaltata da un senso di potere assoluto. Bruce emise grugniti rochi e tentò di sollevarsi. Lo spinsi di nuovo in basso, impugnando il suo sesso e accarezzandolo finché non esplose in un orgasmo stellare.

Mi scostai e lo lasciai lì, accasciato sul pavimento per dirigermi in bagno, dove riposi i miei giocattoli nella valigetta e dove indossai un paio di jeans e una maglietta.

Tornata nella stanza, trovai Bruce seduto sul letto ancora impegnato a riprendere fiato e seminudo. Afferrai la borsa che avevo appoggiato sul cassettone e mi avviai verso la porta.

«Riordina tutto prima di andartene» gli ordinai, girando appena la testa e guardandolo con la coda dell'occhio.

Lui annuì e io mi allontanai nell'oscurità.

I pensieri si accavallavano nella mente, come luci e ombre in un quadro cubista. Non ero come Bruce Davies, sempre freddo e controllato. Era arduo fingere che tra me e il capo non ci fosse nulla. Ogni volta che lo guardavo non potevo fare a meno di ricordare il suo corpo muscoloso, i suoi glutei sodi e la potenza della sua erezione.

Mi sedetti sul lato opposto della sua scrivania, analizzai con lui le bozze di un progetto e presi appunti mentre un'incontenibile eccitazione provocava violente contrazioni nella parte più intima della mia femminilità.

Bruce, invece, era stoico come al solito. Forse meno rigido e severo, ma, comunque, senza mostrare alcun turbamento per il nostro ultimo incontro. Dovevo proprio imparare a sostenere la parte o rinunciare. Scelsi la seconda alternativa. Era stato divertente, intrigante e incredibilmente eccitante, ma io non ero tagliata per queste situazioni.

Una lunga doccia rinfrescante e una telefonata di Alex una settimana più tardi mi aiutarono a resistere alle tentazioni. Cenammo insieme e trascorremmo una tranquilla nottata di sesso normale ma molto appagante. La mattina mi feci accompagnare a casa perché potessi cambiarmi in fretta prima di recarmi al lavoro.

Appena misi piede nello studio, Claire mi informò che Bruce mi cercava, così lasciai valigetta e borsa sulla mia scrivania e mi presentai subito nel suo ufficio.

Alex era seduto al tavolo rotondo e Davies era in piedi, accanto a lui, con una bottiglia di champagne in mano. E non uno qualunque. Era *Dom Pérignon*.

«Stiamo festeggiando» mi spiegò. «Alex ha desiderato attendere il tuo arrivo.»

Alex si alzò e, prendendomi per mano, mi fece avvicinare, ponendomi in mezzo a loro.

«È così soddisfatto che sta considerando di affidarci anche la campagna pubblicitaria della sua linea di calzature e abiti» continuò Bruce, versando il vino nei calici.

«Il che significa che dovrò venire a trovarvi più spesso» aggiunse Alex, che tentò di baciarmi, senza successo. Girai la testa, appena in tempo, e feci finta di nulla, sorseggiando lo champagne.

Alex rise, divertito. «Non abbiamo bisogno di nasconderci. Credo che Bruce abbia assistito a ben altro fra noi.»

Il mio capo tacque, fissando le bollicine nel suo bicchiere, come se la faccenda non lo riguardasse. Forse riteneva che una donna in grado di orchestrare perversioni clandestine avesse diversi amanti.

O forse gli importava solo di ottenere la parte che gli spettava.

«A una lunga e proficua alleanza» brindò Bruce, colpendo i nostri calici.

Dopo aver bevuto un secondo bicchiere del delizioso vino, mi congedai. «Devo tornare al lavoro.»

«Pensavo di fare colazione insieme.»

«Devo incontrare i legali per la stesura dei contratti» improvvisai sul momento.

«Non credo che Bruce avrà nulla in contrario se ci assentiamo per un paio d'ore» insistette Alex.

«Ci sono urgenti trattative che richiedono il tocco di Glory.» Bruce mi salvò. «Potete sempre rimandare a un altro momento.»

«Stasera?» Alex propose speranzoso.

«Ti chiamerò non appena avrò terminato» gli concessi, scostandomi rapidamente ed eclissandomi nel mio ufficio.

Alex rimase un'altra settimana per presenziare all'inaugurazione di una boutique, nei quartieri alti della città, che presentava l'ultima linea della sua compagnia. Grazie al cielo, questo lo tenne impegnato e non sembrò nemmeno accorgersi che lo stavo evitando.

Quando mi presentai all'evento, come rappresentante dell'agenzia, si comportò in modo cortese e affabile. Più tardi lo ripagai, lasciandolo senza fiato, regalandogli la più bella scopata che avesse fatto nel retro della sua limousine, mentre l'autista percorreva la strada che costeggiava il fiume, avanti e indietro.

All'aeroporto mi strinse forte a sé, baciandomi il punto sensibile tra il collo e la spalla, e fu piacevole percepire la forza e il calore del suo abbraccio. Alex era un bravo ragazzo, e io mi sentii di nuovo normale. Ora potevo tornare alla mia vita di sempre, prima che il signor Davies diventasse Bruce.

«Glory!» gridò lui, con tono minaccioso.

Feci finta di non sentire, così si presentò sulla soglia del mio ufficio, sventolando alcuni fogli.

«Per quale ragione non hai seguito questo contratto? Mi avevi chiesto di affidarti più responsabilità e questo è il risultato.»

Gettò i documenti sulla mia scrivania e se ne andò senza chiudersi la porta alle spalle. Il che lasciava intendere che non avesse ancora finito con le invettive.

Attesi, ma lui scagliò i dardi della sua ira funesta contro la povera Claire, alla quale fu ordinato di rimanere oltre l'orario di lavoro per completare la corrispondenza che non aveva terminato.

«Voglio firmare tutte le lettere stasera, prima di lasciare l'ufficio» sbraitò, furioso.

Claire si giustificò, rilevando che gliele aveva consegnate solo un'ora prima.

«Non mi interessa» tuonò di nuovo, senza ascoltarla. «Le voglio sulla mia scrivania domattina, pronte per essere spedite.»

Lasciai cadere lo sguardo sui fogli sulla mia scrivania.

Come sospettavo, il contratto attendeva che il budget fosse rettificato e i ragazzi della contabilità avevano promesso che me lo avrebbero fatto avere, riveduto e corretto, entro la settimana. Inviai un'e-mail a Somers, il responsabile del reparto, per rammentargli l'impegno, e spensi il computer.

Raccolsi il mio maglioncino dallo schienale della sedia, la borsa e mi diressi verso l'uscita. Agitai la mano per salutare Claire.

Sollevando appena la testa, lei fece cenno verso l'ufficio di Davies. «Che problemi ha?» mormorò.

Scrollai le spalle e raggiunsi rapida l'ascensore. Non volevo rimanere con lui nella cabina, nemmeno per pochi istanti. Stavo premendo con insistenza il pulsante di chiamata per la terza volta, quando lo sentii giungere dietro di me.

«Giornata lunga.»

«Già» replicai, laconica.

«Un drink?»

«Sono stanca» declinai, senza voltarmi.

«Solo uno» lui insistette. «Ho bisogno di parlarti.»

«Dove?»

«Da Dottie.»

«Okay.»

Mi seguì in silenzio in ascensore. Nessuno di noi pronunciò una parola intanto che ci allontanavamo dall'edificio, fianco a fianco, e camminavamo lungo la strada che ci conduceva al locale.

Il bar era piccolo e vantava ancora la presenza di alti

sgabelli di quercia, orgoglio del nonno di Dottie che aveva aperto nel lontano millenovecentoquaranta. Il posto era noto per i fantastici hamburger e, all'ora di pranzo, era sempre gremito di impiegati degli uffici della zona. La sera, invece, la clientela era più varia e meno formale.

Quando entrammo, il locale era quasi vuoto. Al bancone c'erano solo due ragazzi che stavano ingurgitando un gigantesco boccale di birra e un altro, seduto a un tavolo, gustava uno dei famosi hamburger di Dottie.

Ci accomodammo in fondo alla sala e ordinammo anche noi le delizie della casa, più una vodka per Bruce e un succo di mirtilli per me.

«Vuoi anche delle patatine?» mi chiese.

Scossi la testa e il cameriere se ne andò con le nostre ordinazioni.

Bruce si allentò la cravatta. «È quasi un mese, Glory» affermò come se fossimo nel bel mezzo di una conversazione.

Giunsero i nostri drink. Io rimossi la cannuccia e sorseggiai la mia bibita, senza dire nulla.

«Si tratta di Alex?»

«No.»

«È una cosa che non mi piace, tuttavia me ne posso fare una ragione. Il fatto è che non amo essere messo da parte.»

«Alex non c'entra niente. È che mi sento a disagio.»

Bruce bevette la sua vodka e tacque per qualche istante. «Che cosa non ti fa sentire a tuo agio?»

«Io non sono così.» Calcai il tono affinché comprendesse come mi sentivo.

«Però sei molto brava.»

«Non sto scherzando.»

«Anch'io» ribatté, fissandomi con attenzione. Poi si allungò per sfiorare la mia mano. «Non dobbiamo giocare ogni volta. Possiamo ribaltare le parti e potresti dirmi quello che desideri tu.»

Il cameriere tornò con le nostre ordinazioni e se ne andò immediatamente augurandoci buon appetito.

Riempimmo i nostri hamburger di senape, ketchup e di

un'altra salsa senza nome ma dal colore sospetto, quindi li gustammo, sorridendoci come due bambini soddisfatti. Mangiammo in silenzio, sorseggiando le nostre bibite.

Quando avemmo terminato, il cameriere portò via i piatti e ci servì un altro drink. Eravamo entrambi più rilassati e di buon umore.

«Vieni a casa con me, stanotte» suggerì Bruce, d'un tratto.

Raddrizzai la schiena. «Non credo che sia il caso. Almeno, non stasera.»

«Perché? C'è forse qualcuno che ti aspetta a casa?» mi chiese.

«Non mi sento pronta.»

«Okay.»

«Okay» replicai a mia volta.

Lui sollevò la testa di scatto.

«No. Intendevo che sono felice che per te vada bene.»

Bruce si sporse in avanti. «Potrei essere io l'aggressore. Ti andrebbe?»

Mi sfuggì un sorriso. «Mi era parso di capire che tu avessi detto okay.»

«So che a volte alle donne piace...» Si bloccò, temendo di proseguire.

«Essere assalite?»

«Essere sedotte» mi corresse.

«E questo vale solo per le donne?»

«Qua sei avvantaggiata perché sono terribilmente attratto da te e non sono stato con nessun'altra da quando siamo usciti insieme.» Ridacchiò, scuotendo la testa. «Mi riesce difficile anche il solo pensare, quando sono vicino a te.»

«Devo andare» dissi, scendendo dallo sgabello e raccogliendo le mie cose. «Si è fatto tardi.»

«Mi dispiace se ti ho messo in imbarazzo.» Mi strappò la borsa di mano per appoggiarla di nuovo sul tavolo, e mi costrinse a sedermi. «Rimani e finisci il tuo drink.»

Lo fulminai. «Dovevi chiedermelo.»

Sorrise senza capire nemmeno lui stesso perché si stesse comportando in quel modo. Scosse la testa e mi ridiede la borsa. «Ti accompagno fino alla macchina.»

Tentammo di scambiare qualche chiacchiera banale riguardo all'ufficio e i nuovi assunti della contabilità, ma quando giungemmo al parcheggio avevamo terminato gli argomenti e ognuno era immerso nei propri pensieri.

Aprendo la porta della struttura, la sua mano scivolò sulla parte bassa della mia schiena. Più che un gesto di cavalleria, mi sembrò che stesse soddisfacendo l'urgente necessità di toccarmi in qualche modo. Le sue dita erano bollenti sulla leggera stoffa del mio abito e aumentai il passo per alleviare la tensione che percepivo crescere dentro.

Le luci del garage erano mal funzionanti e l'ampia struttura risultava piuttosto buia e minacciosa. In un certo senso, fui contenta della presenza di Bruce mentre ci dirigevamo all'ascensore per salire al piano riservato alle auto della *Davies and Birch*. Quando le porte si aprirono con un fruscio, lui mi prese per mano e mi condusse alla mia macchina.

«Potrei venire io da te» sussurrò contro le mie labbra, dopo avermi appoggiata contro la portiera.

Aveva un buon sapore. Di alcol e senape.

Il suo corpo premette contro il mio e io mi abbandonai al suo bacio vorace e insistente. Le sue mani scivolarono sui miei fianchi e poi sul sedere che afferrò per spingerlo contro la sua potente erezione.

Cercai di allontanarlo, senza risultato. Lui infilò le mani sotto la mia gonna con un grugnito cupo e trovò l'elastico dei miei slip. Indugiò sempre divorando la mia bocca, lingua contro lingua, senza quasi respirare.

«Ho bisogno di sentirti» mormorò, ansimante.

Scossi la testa e lui riprese a baciarmi con intensità.

«Solo un po'» insistette, strofinando la punta del naso sulla mia guancia.

Senza attendere la mia risposta, mi fece scivolare gli slip lungo le cosce e io alzai prima un piede e poi l'altro perché me li sfilasse e se li mettesse in tasca.

Sentii la gonna sollevarsi, la sua mano calda tra le cosce e le dita che affondavano piano dentro di me, nell'umido centro della mia femminilità. Mi aggrappai alle sue spalle mentre, spinta dopo spinta, mi eccitava sempre di più, fino a farmi perdere il controllo. La fragranza della sua colonia mi inebriò e le mie labbra trovarono la pelle accaldata e salata del suo collo. La sua barba mi graffiava il viso e, come impazzita, gli mordicchiai il mento e aprii le gambe in un chiaro invito. Sentii il fruscio della cerniera dei suoi pantaloni e poi le sue mani che mi sollevavano da terra, permettendomi di cingere le gambe attorno alla sua vita. La punta del suo membro gonfio sfiorò il mio sesso.

Con un solo movimento deciso, scivolò dentro di me riempiendomi completamente. Ansimando, trovò la mia bocca e continuò a baciarmi con passione. Spinta dopo spinta, intensificò il suo assalto, penetrandomi e allontanandosi con un ritmo forsennato, mandando a fuoco le mie sensibili labbra.

Le gambe presero a tremarmi e dovetti affondare i denti su una sua spalla per evitare di gridare nel più incredibile orgasmo che avessi mai provato.

Un'ultima spinta, le unghie conficcate nei miei glutei e poi toccò a lui venire, come non gli era mai successo, scosso da violente e continue ondate di piacere che sembravano non finissero mai.

Quando ripresi fiato, Bruce mi teneva ancora stretta con braccia tremanti.

«Tutto bene?» mormorò a fatica.

Mi sfuggì una risatina. «Sì, tutto bene. Ma non dobbiamo ripetere una cosa del genere senza protezione.»

«Certo, se mi assicuri che ci sarà un'altra volta.»

«Dai, fammi scendere.»

Si scostò piano, permettendo alle mie gambe informicolite di toccare terra, e mi ci volle qualche istante prima di assumere una postura eretta. Sistemai al meglio che potei la gonna di lino, mentre lui infilava la camicia nei pantaloni. Alla fine eravamo vestiti, ma, di certo, il nostro aspetto era poco presentabile. «Vieni a casa mia?»

«Non stasera» replicai, scuotendo la testa. «Voglio farmi un bel bagno rilassante con i sali alla lavanda.»

«Anch'io possiedo una vasca.»

«Ho bisogno di tempo.»

Questa volta sembrò comprendere e si allontanò per raccogliere la mia borsa, caduta per terra, nella concitazione.

Me la porse e io estrassi le chiavi dell'auto.

«Ci vediamo domattina» lo salutai e mi misi al volante.

Lui annuì e, dallo specchietto retrovisore, notai che rimase immobile finché non mi fui allontanata.

Il giorno dopo, ero tormentata dai dubbi e dai sensi di colpa. Furibonda con me stessa per la mia debolezza, per non essere in grado di mantenermi irremovibile sulle mie posizioni.

E Bruce era tornato a essere Davies, controllato e freddo, che si occupava delle questioni dello studio, discuteva e dispensava consigli ai collaboratori e rispondeva alle continue telefonate.

All'ora di pranzo, si fermò sulla porta del mio ufficio.

«Cena alle sette. Il ristorantino francese sull'Ottava. Ho avvertito Claire di fare la prenotazione. Ci vediamo là.»

Aggrottai le sopracciglia e salutai la porta chiusa, giacché se n'era già andato, ancor prima che potessi ribattere per chiedergli quale cliente avremmo cercato di accaparrarci con quella cena.

Feci un rapido spuntino mentre controllavo i contratti sparsi sulla mia scrivania. Quindi li passai a Claire perché apportasse delle variazioni. Ne approfittai per chiederle con chi avevamo appuntamento per cena io e Davies.

Lei scrollò le spalle. «Mi ha chiesto di telefonare per riservare un tavolo per due. Non sapevo che l'altra persona fossi tu. Devo richiamare e dire che sarete in tre?»

«N... no, è che pensavo...» balbettai, imbarazzata.

«Magari vuole proporti una promozione!» esclamò Claire, illuminandosi in viso.

«Non credo proprio.»

«Forse vuole farti una sorpresa. Sai come può essere imprevedibile, a volte.»

«Pensi di riuscire a completare le correzioni prima delle quattro? Vorrei inviare i documenti ai nostri legali entro le cinque.» Tentai disperatamente di cambiare argomento.

«Certo!» Claire mi sorrise e si concentrò di nuovo sullo schermo del suo computer.

Bruce non tornò in ufficio, quel pomeriggio, e io riflettei se presentarmi all'appuntamento. Andai a casa e mi cambiai, indossando un tubino nero, stile Audrey Hepburn. Volevo essere elegante per annunciargli che non potevo portare avanti quella relazione.

Quando giunsi al ristorante, Bruce era già seduto al tavolo. Indossava un raffinato abito nero di Prada che gli conferiva un'affascinante aria di potere.

I suoi occhi si illuminarono non appena mi vide districarmi fra i tavoli. Quindi il cameriere scostò la sedia e mi fece accomodare di fronte a lui. Il sommelier ruppe il silenzio con una voce modulata dal perfetto accento francese e mostrò la bottiglia di vino a Bruce, orgoglioso della propria scelta. Lo servì con cura e, dopo avere scrutato i nostri volti soddisfatti, riempì di nuovo i nostri bicchieri per poi sparire in una sequenza infinita di inchini.

«Sei molto elegante» sussurrò Bruce, sorridendo.

«Grazie.»

«Sei affamata?»

«Direi proprio di sì.»

«Mi sono permesso di ordinare per entrambi. Spero che non ti dispiaccia.»

«No, assolutamente. Ma dimmi, Bruce, perché hai organizzato questa cena?»

«Volevo trascorrere un po' di tempo con te, lontani dalle solite beghe dell'ufficio.»

«È stato carino andare da Dottie.»

«Sì, mi è piaciuta la tua compagnia.»

Tacemmo qualche istante, quando il cameriere ci servì due tazze di consommé.

«Tu non hai gradito la mia compagnia?» riprese lui, una volta rimasti soli.

«Certo, ma non credo che sia saggio continuare a vederci fuori dagli orari di lavoro.»

«Che problema c'è? Un ristorante è territorio neutro.»

«Per adesso...»

«Stai forse già pensando al dessert?»

«Niente dolce, stasera, sebbene sia per questo motivo che mi hai invitato. O meglio, mi hai ordinato di venire qui. Se c'è una cosa che non sopporto, è di essere manipolata» lo aggredii, allontanando il piatto. Il mio appetito era svanito.

«Non ti ho invitato per sedurti, ma per parlare.»

«Riguardo a cosa?»

«Noi.»

«Non c'è niente da dire.»

Il cameriere si ripresentò con due piatti di *filet mignon*, asparagi e delicati riccioli di purè, gratinati al forno. Niente da dire. Quest'uomo era un vero signore e conosceva i miei gusti. Ci dedicammo alla nostra cena e per un po' tra noi cadde il silenzio, interrotto qua e là dal tintinnio delle posate e dei bicchieri. Quando riprendemmo a parlare, fu come se la conversazione non si fosse mai interrotta.

«Ho qualcosa da aggiungere» esordì Bruce, dopo aver sorseggiato un po' di vino.

«Ah» fu l'unico suono che emisi, benché volessi aggiungere *che sorpresa!*, ma preferii riempirmi la bocca di asparagi.

«Che cosa vuoi, Glory? Che cosa desideri che faccia per te? Non hai che da dirmelo e io ti accontenterò.»

«Non voglio niente» replicai, appoggiando forse con troppa enfasi la forchetta sul piatto. «Sono contenta così.»

«Solo contenta? Io desidero renderti felice.»

«Quello che c'è tra noi non mi rende affatto felice. Al contrario, mi provoca un forte disagio.»

«Come possiamo cambiare la situazione?» domandò con genuina premura.

«Non possiamo.»

«Che cosa, in particolare, ti infastidisce?»

Scrollai le spalle. «Tutto.»

«Non credo che sia proprio così, Glory. Alcuni momenti sono stati molto piacevoli per entrambi. L'ho percepito.»

«Non mi piace l'imbarazzo che provo in ufficio, la finzione dei nostri rapporti, il timore di essere scoperti.»

«Siamo stati molto discreti, mi pare. Nessuno si è accorto di nulla.»

«Comunque sia, non possiamo andare avanti all'infinito.»

«Solo fino a quando tu lo vorrai.»

«Santo cielo, come fai a essere sempre così controllato? Te ne stai lì, seduto alla tua scrivania o al tavolo delle riunioni, senza nemmeno notarmi!»

«Ti vedo, invece» ammise, con voce insolitamente tremante che mi colpì dritto al cuore.

«Io non sono capace di celare i miei sentimenti come fai tu» ribattei, scuotendo la testa.

«Quindi, che cosa vuoi, Glory?»

«Non voglio niente. Vorrei solo che le cose potessero tornare com'erano prima.»

«Sai bene che non è possibile. E io non lo vorrei, nemmeno.»

«Se smettiamo ora, forse...»

«È troppo tardi. Ti desidero da morire.»

Mi lasciai andare contro lo schienale della sedia e lo fissai. Il suo viso una maschera di freddezza e di imperturbabilità.

«Dimmi che cosa posso fare per renderti felice, Glory.»

Mi aveva messa con le spalle al muro e non c'era più spazio per vuote negoziazioni. Non so che cosa mi aspettassi in realtà, ma di certo non questo.

«Bruce, io non sono la persona giusta per te.»

Lui tacque come se sapesse che non avevo concluso quanto avevo da dire.

«È stato eccitante all'inizio, ma è una situazione sbagliata. Le cose non devono andare così.»

Bruce annuì, riempiendo di nuovo il mio bicchiere. Non mi ero nemmeno accorta di averlo svuotato. Mi domandai se le sue abitudini sessuali rappresentassero i motivi per cui lui e la moglie avevano divorziato. Non mi sarei sorpresa se lei avesse raggiunto il limite della sopportazione.

«Non credo che potrei...» balbettai, confusa.

«Riguarda solo noi. Nessun altro deve essere coinvolto, a meno che tu non lo desideri...»

Santo cielo, stava già fantasticando su rapporti a tre! Esalai un profondo respiro.

«Senti, adoro il mio lavoro e mi piace il modo in cui abbiamo collaborato fino a che non siamo andati oltre.»

«Questo non ha niente a che vedere con noi. Tu sei fantastica in ciò che fai in ufficio e so di poter contare su di te. Quello che accade fuori da quelle mura non deve influire sul lavoro.»

Sapevamo entrambi che era una colossale menzogna. Ricordavo perfettamente il suo cambiamento di umore quando mi aveva visto con Alex, o l'espressione di Claire quando aveva appreso che avrei cenato da sola con lui.

«È chiaro che, lavorando fianco a fianco, è possibile che nascano dei pettegolezzi su di noi» aggiunse, come se mi avesse letto nel pensiero. «Tuttavia, ciò che gli altri credono non ci riguarda.»

Mi lanciò un'occhiata e attese la mia reazione. Non dissi nulla. Avrei solo voluto fuggire da lui, dalla terribile attrazione che provavo, da tutto. Ma amavo il mio lavoro e lui... era lui.

«Vuoi più denaro? Un appartamento più grande?» mi chiese.

Scossi la testa e gli sorrisi. «Stai cercando di corrompermi?»

«Te l'ho detto. Voglio solo renderti felice.»

«Non sono una puttana.»

«Vieni a vivere con me» continuò Bruce, ignorando la mia affermazione. «La mia casa è spaziosa e potresti avere un'ala tutta per te.»

Visto che continuavo a tacere, lui ripeté: «Vieni almeno a vederla...».

«L'ho già vista.»

«Ci sei passata di fretta e hai potuto visitare solo il primo piano.»

«Ho visto abbastanza.»

Lui tentò un sorriso.

«Ti prego, mi piacerebbe davvero farti visitare la mia casa.»

Ero immobile come una statua, sopraffatta dalla sua insistenza. E ancora una volta dovette leggermi nel pensiero.

«Nessun vincolo.» Scandì le parole, fissandomi negli occhi.

Mentiva e lui era conscio che io sapevo che mentiva.

Mi scusai e mi ritirai qualche minuto nella toilette per riprendermi. Quando tornai, Bruce aveva già saldato il conto e mi attendeva sulla porta. L'aprì, mi sorrise e mi strinse per la vita, conducendomi verso la sua auto.

Quando mi accomodai accanto a lui, sui sedili posteriori, fui colta da un improvviso timore, misto a eccitazione. Realizzai che con lui avrei potuto essere totalmente me stessa: aggressiva e crudele o tenera e appassionata.

La prospettiva era intrigante e allora, mentre l'autista affrontava il traffico della città, compresi che quello era solo l'inizio.

Il gusto del peccato
di Lisa Renee Jones

. Prologo .

Silk.

La scritta a lettere dorate spiccava sulla porta a vetri dell'entrata del club. Al suo interno, il piacere e il peccato dominavano ogni cosa, surclassando persino il raffinato menu, ed erano palpabili non solo nei séparé, arredati con divanetti in velluto e celati da discrete tende, ma anche nell'area centrale.

Se Sarah Michaels avesse saputo cosa l'aspettava, non avrebbe mai osato entrare in quel locale. A compiere quel gesto azzardato, l'aveva convinta la sua amica Carrie per celebrare in modo folle e selvaggio la sua ammissione alla facoltà di Legge, all'università di Los Angeles.

Dato che, di recente, il massimo della trasgressione erano stati per lei un hamburger con patatine fritte, l'idea la stuzzicò. Sentiva la necessità di lasciarsi andare, di sciogliere i lunghi capelli neri dalle seriose trecce che portava di solito, così come era smaniosa di avere un po' di compagnia maschile.

Lo studio era stato il suo unico obiettivo negli ultimi anni, e vi si era dedicata anima e corpo per costruirsi una carriera, una propria identità, al di fuori degli affari di famiglia. Adesso si meritava un po' di relax e di divertimento.

I corpi che si contorcevano con altri corpi, i gemiti e i lamenti erano, tuttavia, qualcosa che andava oltre ogni sua più stravagante fantasia.

Era circondata dal sesso.

Giovane, inesperta e spaventata, rimase impietrita.

Tuttavia, per quanto tentasse di negarlo con tutta se stessa, una parte di lei era attratta e persino eccitata da quello spettacolo. La parte più intima di lei pulsava calda e umida fra le cosce. Turbata da quella sensazione, incrociò le braccia, chiudendosi a riccio, felice di aver indossato un aderente ma sobrio abito nero che nessuno al mondo, quella sera, le avrebbe fatto sfilare. Nemmeno Carrie che, sotto la facciata da brava ragazza dai riccioli d'oro e lo sguardo innocente, si era trasformata in una belva predatrice non appena aveva messo piede nel club.

Si guardò intorno per cercarla, ma l'amica si era già lasciata trascinare da altre due ragazze in una stanza privata, senza neanche degnarla di uno sguardo. Meglio così. Non aveva idea di cosa sarebbe accaduto quella notte, ma l'ultima cosa che desiderava era di venirne a conoscenza tramite gli occhi e le parole di Carrie. L'anonimato era la maschera che le avrebbe offerto la maggior libertà in assoluto.

Sarah esalò un profondo respiro e si ritrovò ai piedi di una scala a chiocciola di metallo. Esitò qualche istante e poi prese a salire in fretta gli stretti gradini. Al piano superiore, c'erano ancora divani e tende. Girò lo sguardo e notò un angolo nascosto e buio che pareva in grado di offrirle riparo e invisibilità. Da lì avrebbe potuto godersi una serata di relax, ascoltando la musica, lenta e sensuale, che si diffondeva dentro di lei mentre osservava gli amplessi che si svolgevano, uno dopo l'altro, davanti ai suoi occhi.

Passò diverso tempo prima che *lui* apparisse. Alto, atletico, con lunghi capelli biondi, era in piedi accanto a un divanetto a forma di mezza luna, illuminato dalla fioca luce di una lampada posta su un tavolino. La sua postura eretta e fiera sembrava esigere attenzione e, di certo, ottenne quella di Sarah e di altre due ragazze completamente svestite che si posero davanti a lui, offrendo i loro corpi voluttuosi al suo godimento. Lo sguardo vago e arrogante che ricevettero fu quasi offensivo agli occhi di Sarah, ma non per lui che sembrava nato per dominare e per essere adulato solo per la sua mera esistenza.

Non seppe nemmeno lei perché, ma fu subito attratta dal suo fascino superbo e presuntuoso, tanto seducente quanto torbido. Scrutò con famelica attenzione il corpo dell'uomo, vestito di pelle nera, che trasudava erotismo da ogni poro. Il seno le si gonfiò, i capezzoli si fecero turgidi e il suo sesso gridò eccitazione alla sola vista di tanta mascolinità. Incuriosita, voleva sapere il motivo di tanta attrazione, voleva saperne *di più*.

Inaspettatamente, lui si tolse la camicia e Sarah, inumidendosi le labbra come un bambino davanti a una torta, poté proseguire l'ispezione di quell'opera d'arte, tutta muscoli e abbronzatura. Spalle ampie su un torace possente, addominali scolpiti con un tatuaggio attorno all'ombelico. Fu tentata di avvicinarsi per osservarlo ancor meglio, per toccarlo, leccarlo... Si portò una mano al petto, incapace di respirare. Che cosa le stava provocando quello sconosciuto?

Lui sollevò il mento di scatto, distogliendo lo sguardo dalle due femmine vogliose ai suoi piedi, per puntarlo in direzione di Sarah.

Sarah si irrigidì e il cuore perse qualche battito. Fu colta dal panico al solo pensiero che lui l'avesse scorta nella penombra e così esaminò il suo viso.

Non era possibile. Lo conosceva. Conosceva talmente bene quelle iridi azzurre, illuminate da pagliuzze dorate, che sapeva persino che avevano problemi a vedere da lontano. Erano gli occhi del nemico. Le loro famiglie, infatti, erano rivali per antiche questioni d'affari.

Gli istanti si susseguirono e la tensione crebbe a tal punto dentro di lei, mescolata a eccitazione e desiderio, da non farle più nemmeno sentire la musica o rammentarle dove si trovasse. Lui increspò leggermente le labbra in qualcosa che assomigliò a un sorriso, ma non lo era. Era solo consapevolezza della sua presenza e, forse, del fatto di averla riconosciuta.

I suoi occhi indugiarono, trattenendola in un incantesimo, come se una mano invisibile avesse attraversato lo spazio tra di loro e la stesse accarezzando, promettendole inimmaginabili piaceri proibiti.

Sarah avrebbe desiderato muoversi e fuggire da lì. Sentiva di aver tradito la sua famiglia, le sue radici e persino se stessa. Il desiderio e la ribellione, però, ebbero il sopravvento. Sarebbe restata dov'era per vedere cosa sarebbe accaduto.

Era lì per festeggiare.

. 1 .

Otto anni più tardi.

Se non fosse stato per il peso delle quattro lunghe settimane come manager temporaneo alla *Chocolate Delights*, Sarah si sarebbe accorta della sua presenza. Avrebbe percepito che quello strano brivido lungo la schiena non derivava dagli spruzzi d'acqua della piscina olimpionica del country club di Houston, nel Texas.

Invece, aveva accantonato quella sensazione considerandola solo il risultato delle troppe ore di lavoro, delle interminabili riunioni, e sperava di allentare la tensione con una bella nuotata. Ancor meglio, si sarebbe concessa una coppa gigante di gelato. Poteva già sentirne il sapore e si avvicinò al bordo della piscina per issarsi, quando notò un paio di stivali da cowboy. Potevano appartenere a chiunque delle centinaia dei soci del club, ma l'ora tarda – erano le nove di sera – e un certo fremito d'istinto nel cuore le fecero capire che non era così.

Quegli stivali presagivano guai, come molte altre faccende, del resto, dalla diagnosi di suo padre il mese precedente.

Sarah sollevò lo sguardo e studiò le gambe lunghe e muscolose, fasciate dai jeans, e poi il viso di Ryan White, manager della ditta rivale, la *Deluxe Sweets*.

Lui. Il protagonista delle sue fantasie notturne.

Non si trovava lì per pura coincidenza, questo era chiaro. Aveva calcolato di assumere un'espressione falsamente casuale, e di presentarsi in un luogo in cui l'avrebbe colta impreparata e seminuda.

Sarah, però, non era più una ragazzina che si faceva intimidire con facilità. Era un avvocato esperto in diritto societario con anni di ammirata professione alle spalle, che aveva esercitato per qualche tempo per l'azienda di famiglia, fino a che si era scontrata con il padre riguardo al futuro della *Chocolate Delights*.

La questione era irrilevante. Aveva incontrato diversi uomini come Ryan, che inseguivano il successo a tutti i costi. Magari non *esattamente* come lui. L'immagine del suo corpo statuario, con le ragazze nude aggrappate alle sue cosce, la fece deglutire a fatica.

Comunque fosse, si trovava lì per un motivo che lei conosceva bene. E che lui si poteva scordare.

«Hai saputo di mio padre» esordì lei, tralasciando ogni inutile smanceria.

Ryan si chinò e i capelli biondi gli si riversarono sul viso. «Come sta?» domandò con un tono che sembrava realmente preoccupato.

Il dolore le strinse il cuore e le fece alzare le barriere. Era un argomento delicato e si sentiva fragile. «Ha il cancro. Ma, a parte questo, è in gran forma.»

Mentiva, e lo sapeva. Oltre che dalla malattia, suo padre era roso dall'atroce certezza di dover perdere la propria azienda a causa della disastrosa situazione finanziaria in cui versava. E, senza dubbio, Ryan aveva considerato di approfittare della sua debolezza.

Sarah uscì dall'acqua e gli si pose davanti, sgocciolandogli sugli stivali, con aria di sfida. Tuttavia, lui non si mosse.

Le sue mani le cinsero la vita, sopra il costume intero blu che metteva in mostra tutte le sue curve. Sarah si impietrì, come colpita da un fulmine. La tensione elettrica prodotta da quel contatto le si propagò per tutto il corpo.

«Ciao anche a te, Sarah!» esclamò con tono arrogante e maledettamente sexy.

I loro occhi rimasero intrecciati per qualche istante, finché lui non fece scivolare lo sguardo sui capezzoli turgidi che premevano contro la stoffa bagnata.

Quante volte aveva desiderato Ryan, consapevole che

rappresentasse per lei il frutto proibito. Desiderava scostarlo da sé, ma voleva anche rimanere il più a lungo possibile vicino a lui.

Alla fine, sollevò il mento, rifiutando di lasciarsi intimidire. Trascorsero diversi attimi prima che quegli occhi azzurri si rituffassero nei suoi.

«È passato molto tempo.»

Con quelle parole, l'aveva spiazzata e messa al tappeto. Aveva fatto riemergere terribili ricordi che, in quel momento di particolare tensione per suo padre, la rendevano molto vulnerabile. Imbarazzo e tensione le intossicarono la mente. Non si vedevano da quando erano bambini, fatta eccezione per quella volta al club, anni prima. L'idea che lui avesse intenzione di usare quella notte contro di lei per avere il sopravvento era inaccettabile.

Sarah digrignò i denti e assunse l'aria controllata che aveva imparato ad adottare in tribunale, così come nella vita. Gli sorrise.

«Lasciami andare, per favore. Altrimenti potresti ritrovarti a scivolare *casualmente* dentro la piscina. Non vorrai rovinare i tuoi bellissimi stivali, giusto?»

Lui accennò un sorriso malizioso. «Dovresti ricordarti che, nei nostri giochi da bambini, io non ho mai ceduto.»

Lei esalò un sospiro di sollievo. Ryan aveva accennato alla loro infanzia e non alla sera al club. «Allora ti lasciavo vincere, ma adesso è diverso. Sono cambiata.»

Lui ridacchiò e fece un passo indietro, sollevando le mani in segno di finta resa. «Non avresti vinto tanti casi in tribunale, se non fosse così.» La fissò con intenzione. «Anche altre questioni possono cambiare, Sarah. Le faide familiari hanno un inizio e una fine. Noi potremmo dare il buon esempio prendendo un caffè insieme.»

O magari aggrovigliandoci su un letto. Sarah ammiccò un paio di volte per allontanare dalla mente quel pensiero ardito. Scosse la testa e afferrò un telo per legarselo in vita. «Risparmia il tuo denaro e le tue paroline dolci. La *Chocolate Delights* non è in vendita.»

Ryan strinse le palpebre. «Hai intenzione di provare a superare il momento critico, allora.» Le sorrise. «Bene.

Immagino che tu non abbia intenzione di prendere quel caffè con me, vero?»

«Niente da fare.»

«Nemmeno se prometto di non parlare d'affari?»

«No.»

«Sono subentrato a mio padre e so come vanno queste cose» asserì lui. «Rimarresti sorpresa su come potrei essere d'aiuto.»

«A chi? A me o a te?» lo rimbeccò subito, cercando di non pensare a quale pericolo rappresentasse, e a quanto in realtà avrebbe voluto accettare quel caffè o qualunque altra cosa le avesse proposto.

«Se ti dicessi tutti e due?» le domandò, inclinando la testa da un lato. «Mi faresti decapitare?»

«Il fatto di parlare di entrambi implica che hai già in mente uno scopo egoistico per il tuo tornaconto. Di conseguenza, preferisco il mio appuntamento con il gelato di *Ben & Jerry*.»

La replica impertinente voleva cogliere nel segno. *Ben & Jerry* erano i grandi rivali della nuova linea di gelati appena lanciata dalla *Deluxe Sweets*. I prodotti erano squisiti, ma lei non lo avrebbe ammesso nemmeno sotto tortura. Figuriamoci se lo avrebbe mai confessato a Ryan.

Inaspettatamente, lui scoppiò in una sonora risata, così piena di forza mascolina che la fece rabbrividire di desiderio.

«Dannazione, *Ben & Jerry* mi fregano sempre. Ti lascerò a loro.» Ammiccò malizioso. «Per adesso.»

Stava per andarsene, quando si fermò di colpo, guardandola serio negli occhi. «La *Delights* è in crisi da molto tempo, Sarah. Se tuo padre avesse potuto risolvere le problematiche esistenti, lo avrebbe fatto. Se vuoi salvare la ditta, non preoccuparti di ciò che tuo padre troverà da ridire quando tornerà. Fai vedere chi sei.» Tacque qualche istante, poi i lineamenti si fecero più morbidi. «E se mai cambiassi idea a proposito di quel caffè, sai dove trovarmi.»

Si allontanò, facendo oscillare i fianchi in un modo così sensuale che Sarah, quasi sobbalzò a ogni suo passo.

«Potresti osare con qualcosa di più trasgressivo stasera» le consigliò, da sopra una spalla. «Prova la torta gelato della *Deluxe*.»

Sparì, lasciando dietro di sé una scia di temibili promesse e tentazioni.

. 2 .

Una settimana più tardi, era sabato e Sarah si trovava alla scrivania di suo padre negli uffici della *Delights*. Se intendeva rimettere in piedi la compagnia, erano necessarie lunghe ore di lavoro, senza lasciarsi intimorire dagli scoraggianti resoconti finanziari.

Le sue bollenti e scandalose fantasie riguardanti Ryan continuavano a distrarla, di notte e di giorno, e stavano diventando un vero problema.

La ditta era sull'orlo della catastrofe, lei rappresentava l'unica speranza di sopravvivenza, e si perdeva a sognare a occhi aperti il suo maggior concorrente.

Nudo. A letto con lei.

Se le sue fantasie erano perdonabili, non lo era la sua incapacità di mutare la disastrosa realtà della *Delights*. Ci sarebbe voluto un miracolo. La situazione doveva essere affrontata molto tempo prima con nuove linee di prodotti e una distribuzione creativa. Diversi anni addietro, prima di abbandonare l'azienda di famiglia, lei aveva proposto di collocare punti vendita in luoghi di grande affluenza, come aeroporti, centri commerciali e persino cinema. Tutte idee che avrebbero potuto funzionare. Ma ora nemmeno quelle buone iniziative avrebbero potuto salvarla. Aveva bisogno di denaro. E molto.

Pensierosa, Sarah batté la matita sulla scrivania. L'idea di dover vendere la compagnia era inconcepibile, soprattutto sapendo che il compratore sarebbe stato Ryan.

Strinse le palpebre e ingoiò le lacrime, gettando gli ultimi rapporti finanziari sulla scrivania di mogano nell'elegante ufficio del padre, nel centro di Austin.

«Oh, smettila!» si impose. «Piangere non ti porterà da nessuna parte.»

Quella mattina aveva fatto visita a suo padre e lo aveva trovato ancora più debole e fragile. Per consolarlo gli aveva promesso che avrebbe salvato l'azienda. Un voto che temeva non sarebbe stata in grado di mantenere.

Il telefono suonò e lei sobbalzò, portandosi una mano al petto sulla giacca seriosa da manager che il suo ruolo imponeva, insieme ad altrettanto austeri pantaloni blu.

La luce intermittente sulla consolle indicava che era la linea privata. Era suo padre. Respirò profondamente e alzò il ricevitore.

«La rigorosa e diligente donna d'affari che lavora anche nel weekend» esordì una calda e profonda voce, a lei familiare.

Ryan.

Sbigottita e, allo stesso tempo, lieta della sorpresa, Sarah non seppe cosa dire per qualche istante. «Come hai avuto questo numero?»

«Sono un uomo pieno di risorse» la rassicurò sibillino. «In tutti i sensi.»

Sarah colse l'allusione, ma fece finta di nulla. «Presumo, dunque, che se ti sei affannato per contattarmi, ci sia un motivo valido.»

«Scendi e te lo dirò.»

«Sce... scendere?» balbettò lei, scuotendo la testa. Era troppo stanca e forse non aveva inteso bene.

«Sarei salito io, ma Big Mike non me lo ha permesso.»

Big Mike. L'addetto alla sicurezza del palazzo. Il che significava che Ryan era proprio lì.

Con il cuore che le martellava nel petto, sbatté la cornetta e saltò in piedi. In pochi attimi era già davanti all'ascensore. Se qualche impiegato avesse visto Ryan negli uffici, avrebbe pensato che lei era sul punto di vendere o che stava considerando una fusione con la concorrenza. E avrebbe presunto il peggio, temendo per il proprio posto di lavoro. La situazione sarebbe sfuggita totalmente al suo controllo.

Premette più volte il tasto di chiamata e, dopo alcuni minuti che a lei parvero secoli, riuscì a entrare nella cabina. Le tempie le pulsavano per l'eccessivo lavorio mentale. Big Mike lavorava per loro da dieci anni, conosceva tutti e parlava con tutti. La voce avrebbe corso, come era umano che fosse. In che modo Ryan avesse convinto la guardia a permettergli di chiamarla sulla linea privata non riusciva proprio a immaginarlo. Big Mike era un colosso, imponente e spaventoso, dalla pelle color ebano. Chiunque ne sarebbe rimasto intimidito.

La lotta fra i due uomini era forza fisica contro intelletto. Un gigante contro un cobra, freddo e calcolatore.

Giunta finalmente al piano terra, udì subito la voce di Ryan che ciarlava di un tale quarterback che, nell'ultima partita, era stato placcato e messo a terra per ben tre volte.

Sarah alzò gli occhi al cielo e comprese come quel verme fosse riuscito a entrare nelle grazie dell'addetto alla sicurezza. Ryan sapeva che Mike era stato un giocatore di football ai tempi dell'università e, con le sue ottime arti da istrione, lo aveva subito incantato.

Raddrizzando la schiena, marciò verso i due uomini che conversavano amabilmente al banco della reception. I suoi tacchi a spillo risuonarono come una marcia militare sul pavimento di marmo ed entrambi si voltarono verso di lei.

Ryan la scrutò con sguardo compiaciuto, come una tigre che pregusta la preda.

Sarah percepì la sua attenzione e si sentì pervadere da un'eccitazione tanto imbarazzante quanto riprovevole. Era il suo rivale!

Si fermò a debita distanza dai due e li fissò sprezzante.

«Mi fa piacere che abbiate faccende importanti di cui parlare» disse brusca.

«Discutevamo di football, signorina Michaels» azzardò Big Mike, con voce dimessa.

«Che strano!» esclamò lei, rivolgendosi a Ryan. «Tu non hai frequentato la stessa università.»

«Non sai come mi penta di quella scelta.» Lui scosse la testa. «Infatti, è stata l'ultima volta che ho permesso a mio padre di prevaricarmi.»

La fissò alzando un sopracciglio, come a sottolineare che anche lei avrebbe dovuto comportarsi allo stesso modo.

«Possiamo parlare in privato?» sibilò Sarah.

«Certamente.» Ryan accettò, muovendosi verso l'ascensore. «Ti seguo.»

Sarah tese il braccio e indicò la porta d'uscita. «Andiamo fuori, per cortesia.»

Lui spostò lo sguardo su Big Mike che scosse la testa. «Glielo avevo detto che non le avrebbe mai permesso di salire.»

«Bel lavoro, Mike» si complimentò Sarah.

Orgoglioso del proprio operato, l'uomo raddrizzò la schiena e si stirò la giacca, sembrando persino più imponente del solito. «Bisogna sempre difendere il quarterback... che sarebbe lei, signorina Michaels.»

Che disastro! Persino Big Mike aveva capito che Ryan rappresentava un pericolo e che lei era indifesa e fragile. Doveva reagire e mostrare la propria determinazione a tutto il suo staff, a partire da quella zucca vuota della guardia.

«Non ti preoccupare, Mike. Tra breve, sarà il signor White che dovrà temere *me*. Ci puoi scommettere.»

Mentre guadagnava l'uscita, presumendo che Ryan la seguisse, Sarah sentì la sua voce profonda e sensuale. «Pare che mi abbiano messo a terra, Mike.»

«Diciamo che è stato... intercettato, signore.»

«Quante probabilità ho di riottenere la palla?»

Spazientita, lei si rigirò di colpo. Ryan non si era mosso di un passo.

Mike scosse la testa. «Sarebbe come affrontare un tornado con un'auto malandata...»

Ryan rise. «Nessuno mi aveva mai paragonato a un ammasso di lamiere da rottamare, ma sono certo che la signorina Michaels sia abituata a essere considerata un ciclone.»

Sarah non sopportava più quel suo modo arrogante e sfacciato. Avrebbe desiderato assestargli un ceffone. O magari spogliarlo. O entrambe le cose, non necessariamente in quell'ordine.

Anni di fantasie stavano avendo ripercussioni seccanti e inopportune. Non era proprio il momento di pensare al sesso e, di sicuro, non con Ryan. Doveva essere gelida con lui, come era solita fare in tribunale.

Indossò una maschera di gelido contegno e si preparò al confronto.

Tuttavia, quando Ryan si fermò davanti a lei, a un respiro di distanza, così vicino da permetterle di inebriarsi della fragranza speziata della sua costosa colonia, il suo muro di ghiaccio iniziò a sciogliersi pericolosamente.

Dio! Percepiva il calore che irradiava dal suo corpo e che le devastava l'anima. Batté le palpebre e faticò a fissare quelle iridi blu che sembravano divorarla. Tornò alla realtà e realizzò che, se non prestava la massima attenzione, insieme a lei, Ryan si sarebbe preso anche la *Chocolate Delights*.

Sollevò il mento e strinse gli occhi. «So che cosa stai tramando, ma io non te lo permetterò. Non avrai la mia compagnia.»

Lui non mutò espressione. «Non sono venuto per la *Delights*, sono venuto per te.»

. 3 .

Ryan rimase a osservare l'ombra di incertezza e poi di collera che velò gli occhi color ambra di Sarah.

«Non capisco a che gioco tu stia giocando.»

«Non sto giocando. Sono qui per proporti di nuovo quel caffè.»

«E dovrei credere che non ci sia nulla di calcolato in questa tua mossa?»

Lui scoppiò in una risata genuina. «Vuoi accusarmi di aver sedotto il tuo agente della sicurezza?»

Sarah incrociò le braccia e annuì, per niente intimidita. «Tu hai un piano e suppongo che debba cominciare con lo spargere voci incontrollate, riguardanti i miei presunti incontri privati con la concorrenza per mettere in allarme il personale.»

«Se volessi la *Delights*, non prenderei la situazione così alla larga. Affonderei il colpo senza tanti complimenti» ruggì lui, tentando di mantenere il tono più basso che poté. «E tanto per concludere il discorso una volta per tutte, non potrei acquisire la tua ditta, non con il bilancio attuale almeno, o i miei azionisti mi sparerebbero.»

Lei spalancò gli occhi. «Che cosa ne sai del conto economico della *Delights*?»

Ryan ne era venuto a conoscenza grazie alle innumerevoli cause legali di venditori non retribuiti. «Questa non è una conversazione da tenersi nell'atrio. Fammi salire» replicò.

Sarah arricciò le labbra, determinata a mantenere la propria posizione. «Ho detto fuori da qui, non mi pare di averti invitato nel mio ufficio.»

Girò i tacchi e marciò impettita verso la porta.

Ryan osservò la sua ritirata, apprezzando l'ondeggiare dei suoi fianchi. Era vero che c'era un elemento affaristico nella sua visita a Sarah, ma non quello che lei sospettava. Era interessato a conoscere meglio la ragazzina che si era trasformata in una donna splendida e sensuale, con particolari gusti erotici. Curioso di sapere se aveva perseguito e sviluppato quei piaceri. La risposta sarebbe stata di sicuro negativa. Gliel'aveva letta negli occhi, percepita a pelle.

Così la lasciò andare avanti, concedendole alcuni istanti per ricomporsi, conscio di averla posta sotto pressione, benché la sua intenzione fosse ben altra. Desiderava trattarla con gentilezza, offrendole protezione e sicurezza per esplorare e abbandonarsi a lui con fiducia.

Sarah, invece, stava fuggendo da lui, da ciò che era necessario fare per salvare l'azienda e dal segreto che avevano condiviso anni prima. Ma, soprattutto, stava scappando da se stessa e lui non glielo avrebbe permesso.

Quando la raggiunse, lei aveva già ripreso la propria compostezza e il suo sguardo bruciava più del sole del Texas. «Come ti ho già ripetuto, la *Chocolate Delights*...»

«Non è in vendita. Lo so» concluse lui e la spinse con garbo per un gomito. «Spostiamoci più in là.»

La guidò all'interno di un'area nascosta, creata dal vialetto d'entrata e un grosso pilastro rotondo, e la fece appoggiare contro la parete, davanti a sé. L'anticipazione possedeva il potere di eccitare e intensificare il piacere.

«So anche quanto tu sia protettiva riguardo a tuo padre e all'azienda» riprese lui. «Noi, però, non siamo i nostri padri e io non sono un tuo nemico. Anche se la *Delights* si rimettesse in sesto, andrebbe in una direzione diversa da quella della *Deluxe*. Quindi non siamo nemmeno più concorrenti.»

Gli occhi le brillarono. «E se io fossi in grado di cambiare la situazione?»

«Spero che tu ci riesca» scherzò Ryan, con aria maliziosa. «Così potrei acquisirti.»

«Potrebbe accadere il contrario.»

«Che la sfida abbia inizio!» pronunciò lui, con tono altisonante. Poi le sorrise. «Sarah, ho visto l'espressione di mio padre quando ha saputo della malattia del tuo. È molto preoccupato e rattristato. Credo che nemmeno loro ricordino il motivo del loro scontro. Sono due vecchi testardi e non si arrenderanno mai, qualunque cosa accada.»

«Si trovarono in disaccordo su come sviluppare la compagnia» lo informò Sarah.

«Davvero? Mi domando perché mio padre sia stato sempre tanto reticente se il problema era solo quello. Comunque stiano le cose, ti trovi nella medesima situazione in cui mi trovai io quando dovetti assumere la direzione dell'azienda, al posto di quel cocciuto di mio padre. E, ti avverto, non è stata una passeggiata.» Sospirò profondamente. «Scommetto che non sapevi che, quando presi le redini, abbiamo sfiorato la bancarotta, vero?»

Lei sbarrò gli occhi. «No, non ne avevo idea.»

Ryan annuì. «Mio padre è sempre stato un grande sognatore, ma non un manager di successo. Ecco perché so perfettamente cosa stai affrontando. Puoi parlare con me, Sarah.»

«Non posso farlo. Non posso dimenticare chi sei.»

«Per quale motivo?»

«Perché... non posso e basta.»

«Anche se è qualcosa che desideri?» insistette lui.

Una leggera brezza fresca li investì e una ciocca ricadde sulla fronte di Sarah. D'istinto, Ryan gliela sollevò, provocando una sorta di tensione elettrica tra loro.

«Non desideri mai lasciarti andare, Sarah?»

«Mai» pronunciò lei, languida, mentre dai suoi occhi si intuiva l'esatto contrario.

«Bugiarda» l'accusò lui con voce roca.

«Tu invece?»

«Il piacere è la mia forma di controllo, mentre credo che sia la tua personale maledizione.»

Sarah si abbandonò a una risatina amara. «Non potresti sbagliarti di più. Non possedere il controllo è un inferno per me.»

«Temi di pensare di averlo e poi scoprire che non è così.»

«Cosa che a te non accade mai, immagino, grande maestro dei bilanci aziendali.»

«Maestro?» ripeté Ryan, piano. «Mi domando perché tu abbia scelto proprio quel titolo.»

L'imbarazzo le fece spalancare gli occhi e tentare di allontanarsi da lui. «Tempo scaduto. Basta chiacchiere.»

Ryan non si spostò e allora Sarah fu costretta a sfiorarlo con il corpo. «Ciò che abbiamo condiviso quella sera non è nulla di cui ti debba vergognare.»

Il viso le si infiammò. «Non abbiamo condiviso niente.»

«Ne sei sicura?»

«Lasciami passare» gli intimò, in preda al panico.

«Sono io che do gli ordini. È così che funziona.»

«Non con me.»

Sebbene determinata a non cedere, non tentò più di passare. Voleva sapere cos'altro lui avesse da mostrarle, e Ryan era stupito che lei non avesse mai esplorato il mondo che aveva conosciuto quella notte al *Silk*. Aveva represso i suoi desideri, e l'idea gli piacque. L'avrebbe piegata ai suoi insegnamenti e al suo piacere.

«Hai paura.»

«Non è vero.»

«Allora perché ti sei nascosta quella sera al locale? Perché non mi hai raggiunto e hai preso parte all'esperienza?»

«Mi trascinò lì un'amica» confessò. «Non volevo nemmeno entrare. E poi noi due non eravamo proprio in termini amichevoli. La faida tra i nostri padri era al culmine, a quel tempo.»

«Il che avrebbe aggiunto un tocco di trasgressione» rilevò lui. «Conoscerti più a fondo, affrontare le tue paure, sapere ciò che ti piace o cosa ti controlla, ti rende più forte. Noi decidiamo limiti e confini. Non farai niente che tu non voglia, ma è necessario che tu non nasconda ciò che vuoi. Non te lo permetterò, Sarah.»

Desiderio e ansia le velarono lo sguardo. «Non voglio. Io... non posso.»

«Sì che puoi» insistette Ryan. «E lo vuoi.»
La studiò e poi fece un passo indietro.
«Ma è evidente che non sei pronta. Quando lo sarai, sai dove trovarmi.»
Senza attendere che lei replicasse, se ne andò, lasciandola sola con se stessa, fino al momento in cui non sarebbe stata pronta ad affrontarlo.

. 4 .

Alle nove di sera, circa un mese dopo il suo incontro con Ryan, Sarah era ancora seduta alla sua scrivania, stanca e con mille idee e problemi che le frullavano nel cervello.

Aprì il cassetto ed estrasse un biglietto che Ryan le aveva spedito il giorno successivo alla sua visita. C'erano diversi numeri di telefono e una scritta semplice e chiara.

Quando sarai pronta... Ryan.

Sarah lo aveva letto e riletto, tentando di convincersi di non essere interessata a ciò che le proponeva. Essere controllata.

Le fantasie che lo vedevano protagonista di simili azioni andavano aumentando di giorno in giorno, così come il ricordo di lui, nudo e potente, dominante in tutta la sua mascolinità.

Lo squillo del cellulare la riportò alla realtà, costringendola a riporre il biglietto e a rispondere a sua madre. L'aveva già chiamata tre volte nel giro di un'ora e le aveva mandato due messaggi. Nonostante si fosse sforzata di non farglielo sapere, sua madre aveva scoperto che, nelle ultime settimane, aveva apportato importanti cambiamenti alla *Delights*.

Sospirò e rispose con riluttanza. «Ciao, mamma.»

«Non puoi cessare la produzione dei pasticcini alla menta» esordì l'altra, senza nemmeno salutarla. «Hai idea di come reagirà tuo padre quando verrà a saperlo? È il suo prodotto preferito, il nostro *primo* prodotto e il più famoso.»

«Non si vende, mamma.» Sarah strascicò le parole.

«Non puoi togliergli ciò che ama di più, non adesso. Ha

già perso la salute. Lasciagli almeno i suoi dolci preferiti.»

Sarah strinse le palpebre, consapevole della pena che motivava l'illogica richiesta di sua madre.

«Mamma» iniziò, con dolcezza. «Lo so che è dura. Credi che per me sia facile? Ma ho promesso a papà che avrei salvato l'azienda e ho intenzione di mantenere la parola. Devo invogliare gli investitori, e questo significa prendere decisioni dure.»

«Che cosa dovrei dire a tuo padre?»

«Digli che non lo deluderò e che gli voglio bene.» Esitò un istante, poi non poté evitare di riferirle i suoi ulteriori progetti. «Inoltre, chiuderò diversi negozi. Darò l'annuncio lunedì.»

Considerando che era venerdì, sarebbe stato un lungo weekend. E quella telefonata stava diventando interminabile. Le ci volle mezz'ora per riuscire a calmare sua madre e spiegarle alcune scelte innovative che stava prendendo in considerazione.

Quando chiuse la comunicazione, le mani le tremavano. Chi credeva di imbrogliare? Riusciva a malapena a mantenere il controllo. Recuperò il biglietto di Ryan e, senza rendersi conto di quello che stava facendo, compose uno dei numeri.

Rispose al secondo squillo.

«Ciao.»

«Sarah?»

Lei si appoggiò allo schienale. «Già... sono io.»

«Come sta tuo padre?»

Non era esattamente la conversazione che si sarebbe aspettata. «I medici dicono chc la terapia procede regolarmente, ma lui sta soffrendo molto.»

«E tu come stai?»

«Ho appena concluso una terribile telefonata con mia madre. Ha scoperto che ho cessato la produzione dei dolcetti alla menta ed è sconvolta.»

«Anche noi l'avevamo, lo sai» le rammentò. «E ho dovuto eliminarla. Non va. Hai fatto la cosa giusta.»

«Lo so, però mi conforta sentirtelo dire. Sebbene non dovrebbe. Tu sei...»

«Un amico, Sarah» concluse lui, dolcemente. «Vengo a prenderti.»

«No!» esclamò lei, precipitosa. Il cuore sembrava esploderle nel petto. «Devo lavorare. Avevo solo bisogno di sfogarmi un po' con qualcuno che comprendesse.»

Dall'altra parte, ci fu un momento di silenzio. «Non accadrà niente che tu non voglia, se tutto ciò che facciamo è parlare.»

«Grazie, Ryan, per essermi amico. Ma se scopro che stai fingendo, giuro che ti prenderò a calci nel sedere.»

Lui rise. «Non sono abituato. Comunque, credo di averti invitato ad approfittare di me.»

Miriadi di farfalle le si agitarono nello stomaco e le gote si infiammarono. «Al momento, non sono preparata ad andare oltre la mia immaginazione.»

«Stai dicendo che hai fantasie su di me?» le domandò, la voce calda e più sensuale che mai.

«Forse è il gusto del frutto proibito che menzionavi» si lasciò sfuggire, incredula che quelle parole uscissero dalla propria bocca. «O forse vorrei...»

«Che cosa vorresti, Sarah?»

Essere abbastanza coraggiosa da mettere in atto le mie fantasie.

«Ricordo la sera al *Silk* come se fosse ieri» disse, invece. «È stata la mia prima e unica volta in un posto del genere. Tu frequenti spesso questi locali?» gli chiese infine.

«I miei gusti sono più raffinati ed esclusivi adesso, rispetto ad allora. Sono socio di un club d'élite, in cui la discrezione è apprezzata e ricercata quanto il piacere. Cos'altro vuoi sapere?»

«Non ti disturba che ti ponga delle domande?»

«È importante che tu lo faccia. Le scelte vanno educate.»

A Sarah piacque quella risposta.

«Okay, allora. Come reagiresti se io non volessi entrare in questo club?»

«Non ci andremmo, semplicemente» rispose lui con estrema tranquillità. «Comunque, per tua informazione, avremmo una suite privata. Saremmo solo tu e io.»

Una bollente ondata di eccitazione le corse nelle vene.

«Non ci avventureremo fuori dalla stanza, se non sarò più che sicuro che tu ti senta a tuo agio.» Tacque un istante. «Ti faccio pressione, sì, ma ho intenzione di proteggerti.»

Incapace di ribattere, lei assorbì ogni sua parola, affascinata e spaventata al tempo stesso. Non voleva pensare. Un soffocante senso di angoscia le strinse la gola e, all'improvviso, cambiò argomento.

«Chiuderò dodici negozi lunedì.»

Senza mostrare sorpresa o disappunto, Ryan si adeguò al cambiamento di direzione e le pose domande adeguate, quindi le dispensò consigli concreti. Chiusero la telefonata un'ora più tardi, con le abituali parole di Ryan. *Quando sarai pronta...*

. 5 .

Giovedì sera i primi cambiamenti apportati dalla *Chocolate Delights* occuparono i servizi speciali delle emittenti locali. I dipendenti erano entrati nel panico, così come la madre di Sarah. A sua volta, la ragazza si era precipitata in ospedale dal padre, direttamente dall'ufficio, senza avere il tempo di cambiarsi.

Seduta accanto al suo letto, attese che lui terminasse di seguire il notiziario e che – come tutti gli altri – fosse colto da un attacco di ansia.

Invece, lui spense il televisore con un sorriso affaticato, sul viso scarno e pallido. Sarah trattenne il fiato.

«Questi giornalisti farebbero qualunque cosa pur di ottenere notizie esclusive. Ma tu non permettere loro di avvicinarsi, tesoro. Quando avrai messo in atto i progetti che stai elaborando, li provocheremo finché non annunceranno le buone notizie così come hanno fatto con le brutte. Ho una grande fiducia in te.»

Sarah batté le palpebre, sbigottita. «Devo avere sbagliato stanza, perché mio padre è un uomo ostinato come un mulo che ama discutere con me su ogni cosa, e impartire lavate di capo a chi non è d'accordo con lui.»

Il vecchio sorrise debolmente e agitò una mano scheletrica sopra la propria testa.

«Tuo padre aveva anche una folta capigliatura di un bel castano scuro e nemmeno un capello bianco. Le cose cambiano, non possiamo fare nulla per evitarlo. Ho letto i tuoi piani di marketing e le proposte bancarie. Conosco anche la verità sulla nostra situazione disastrosa. Avrei dovuto ascoltarti negli anni scorsi.»

Sarah gli strinse la mano, ingoiando le lacrime che le attanagliavano la gola. «Papà...»

Lui ricambio la stretta. «La malattia mi ha aperto gli occhi. Ho trascorso troppo tempo accecato da ciò che mi era familiare, senza considerare quanto di nuovo avevo da imparare. Spero di riuscire a vivere abbastanza a lungo per potertelo mostrare. Sto dicendo sul serio. Credo in te e so che hai tutto sotto controllo.»

«Non vedo l'ora che tu possa tornare in ufficio per riprendere a litigare con te e per dimostrarti che le mie decisioni sono valide ed efficaci.»

Sarah trascorse l'ora successiva con il padre, tentando di non pensare alla sua malattia, alla montagna di lavoro che l'attendeva sulla scrivania, e al timore di deluderlo. Voleva solo stare lì con lui e godersi la sua compagnia.

Stavano guardando *Indiana Jones*, quando giunse sua madre insieme a un medico. C'erano buone notizie. I trattamenti avevano funzionato e i risultati delle analisi erano soddisfacenti. Le parole del dottore furono come una folata di aria fresca sulle loro anime afflitte e provate. Non erano ancora proprio usciti dal tunnel, però si iniziava a intravedere una luce di speranza.

Erano le otto di sera, ma Sarah si sentiva piena di un nuovo vigore, pronta a rientrare in ufficio e a riprendere a lavorare.

La madre riaccese il televisore e fissò lo schermo per qualche istante. «Tutti dicono che tuo padre assomiglia a Harrison Ford.»

«Molto più affascinante, però» aggiunse il padre, di buon umore.

Sarah abbracciò i genitori e, dopo aver augurato loro una buona serata, se ne andò. A mano a mano che procedeva lungo il corridoio dell'ospedale, con il ticchettio regolare dei suoi tacchi a spillo sul pavimento, il barometro del suo umore iniziò a precipitare verso il cattivo tempo.

Le parole di suo padre presero a risuonarle nelle orecchie e a provocarle un vago senso di vertigine.

Credo in te e so che hai tutto sotto controllo.

E se le cose non fossero state proprio così? Scosse la testa e si convinse di avere un brillante piano di marketing e di essere supportata da un fantastico staff, pronto a portare l'azienda a un livello superiore.

Si ripeté quelle parole come un mantra fino al parcheggio e, una volta raggiunta la propria auto, infilò una mano nella borsa e rovistò alla ricerca delle chiavi senza riuscire a trovarle. Con una smorfia, premette il naso contro il finestrino e vide che erano appoggiate sul sedile.

Serrò le palpebre in totale frustrazione. E lei aveva tutto sotto controllo? Se solo suo padre l'avesse vista in quel momento...

Si abbandonò a un pianto liberatorio con la testa appoggiata contro l'auto. Era da tanto che non si lasciava andare così. Non lo aveva fatto alla diagnosi della malattia del padre e nemmeno alle notizie sempre peggiori che le giungevano riguardo all'azienda.

Era stanca, mentalmente e fisicamente, e lo sapeva. Aveva troppa paura di fallire o di fare le scelte sbagliate. Ma nessuna di queste rappresentava una scusa accettabile o sufficiente. Lei non era malata. Non stava morendo. Era tempo di riprendere padronanza di sé e darsi da fare, invece di comportarsi come una smidollata.

Estrasse il cellulare dalla borsa e pensò chi chiamare. Di certo non i suoi genitori. La cosa più logica era telefonare al soccorso stradale. Invece, senza rendersene conto, digitò il numero di Ryan.

«Non posso credere a ciò che sto facendo» sussurrò fra sé.

Rispose al primo squillo, con la sua voce roca e così deliziosamente mascolina. «Pronto.»

Sarah trattenne il fiato. Poteva essere al lavoro, o con una donna al suo club. Doveva chiudere quella telefonata.

«Sarah?»

Dannazione! Ovviamente aveva letto sul display che era lei.

«Sì, ecco... la mia auto... ho perso le chiavi.»

«Dove sei?» le chiese, ponendo fine a quel suo incomprensibile balbettio.

«Nel parcheggio dell'ospedale. Fila A, proprio davanti alla porta.»

«Arrivo subito.»

Sarah si accasciò contro la propria auto, mentre il panico montava dentro di lei per quanto aveva appena fatto. Questa volta furono le parole di Ryan a frullarle per la testa. Affrontando le sue paure sarebbe diventata più forte.

Quando la Porsche nera di Ryan le si fermò accanto e la porta del passeggero si aprì, lei non perse tempo e salì decisa.

Si ritrovò imprigionata nell'intimità della vettura sportiva, avvolta dalla fragranza speziata della sua colonia, tanto intensa da stordirla. Lui indossava un abito scuro, una camicia chiara e la cravatta perfettamente annodata. Un filo di barba gli ricopriva il viso.

«Mi auguro di non aver interrotto nulla» si scusò lei.

«Sarei venuto ugualmente» replicò Ryan da vero cavaliere. «Hai una chiave di scorta da qualche parte?»

Era corso da lei, pronto a offrirle il proprio sostegno, senza considerare nient'altro. Il suo comportamento la rese ancora più sicura del suo desiderio.

«In questo momento non sto pensando alle mie chiavi.»

Lui si voltò per fissarla con gli occhi cupi, persi nell'oscurità dell'auto. «Che cosa vuoi dire, Sarah?»

Voleva più che mai che Ryan la toccasse, ma lui non lo fece. Voleva toccarlo, ma qualcosa dentro di lei le suggerì di trattenersi. «Sai cosa intendo.»

«Dillo» le ordinò, sensuale e minaccioso.

Avrebbe detto qualunque cosa pur di avere le sue mani su di sé e seguirlo là dove solo lui l'avrebbe condotta.

«Sono pronta, Ryan.»

. 6 .

Il discreto rombo dell'auto sportiva che si faceva largo nell'oscurità, senza fretta, cospirava a caricare l'aria del ristretto abitacolo di sensuale anticipazione.

Ryan non aveva mai desiderato tanto la sottomissione di una donna, quanto quella di Sarah. E lei doveva donargliela spontaneamente. Doveva essere una scelta, non una reazione.

«Come mai stasera?» fu curioso di sapere. «Che cosa è accaduto in ospedale?»

Sarah lo fissò per qualche istante, poi distolse lo sguardo.

Lui fermò l'auto e le afferrò una mano. «Parlami, Sarah. Tuo padre sta male?»

«No. Abbiamo ricevuto buone notizie a proposito della terapia. Ma lui è cambiato. Non ha messo in discussione le mie decisioni e ha affermato di credere in me. Ha persino ammesso che avrebbe dovuto ascoltarmi prima. Ryan, ha detto che io ho tutto *sotto controllo*.»

Lui strinse gli occhi.

«Tu, invece, temi che non sia così.»

«Non proprio. È la pressione del dover mantenere il controllo costantemente che mi spaventa. È troppo forte e snervante.» Sospirò. «Stasera voglio togliermi di dosso quel peso. Non voglio prendere decisioni.»

Quella era la risposta che lui attendeva. La studiò e percepì l'adrenalina che gli pompava nelle vene e che gli provocò un'inattesa erezione.

Lasciò scivolare una mano lungo il suo braccio e la spalla per giungere alla pelle delicata del collo. Sentì l'accelerazione dei suoi battiti e si avvicinò implacabile, le labbra a un respiro di distanza da quelle di lei.

Indugiò e inspirò la sua fragranza alla vaniglia, gelsomino e innocenza. Quel candore che una donna acquista quando non ha ancora scoperto se stessa e i propri desideri.

Le sfiorò la bocca, mordicchiandola con tocchi leggeri, prima di lambirla lentamente.

«Sfilati gli slip, Sarah.»

Sarah dischiuse le labbra, sbalordita, ed emise un flebile lamento. Era giunto il momento di lasciare emergere i suoi desideri più segreti. Gli aveva detto di essere pronta e adesso glielo doveva dimostrare, senza opporre resistenza. La gente passava accanto a loro e lei si irrigidiva ogni volta e tentava di allontanarsi da lui. Ryan, però, la teneva stretta, consapevole delle sue difficoltà. Stava mettendo alla prova i suoi limiti e la fiducia in lui.

«Lascia che sia io a preoccuparmi del mondo esterno» le ordinò, con tono roco. «Focalizzati su ciò che ti dico di fare.»

Si appoggiò allo schienale e la studiò, desiderando sollevarla sulle proprie gambe e fare sesso lì dove si trovavano. Ma per lei sarebbe stato troppo.

«Vuoi fermarti?»

Gli attimi si susseguirono lasciandola senza parole, all'erta per le voci che andavano e venivano. «No» sussurrò, alla fine. «Non voglio fermarmi.»

Alzò i fianchi per sollevare la gonna, mettendo in mostra le calze autoreggenti, e poi fece scivolare il minuscolo indumento di pizzo nero lungo le gambe.

«Sono di tuo gradimento, *Maestro*?» Gli mostrò gli slip che ciondolavano dalle sue dita.

Le parole le uscirono inconsciamente, come se le avesse già ripetute in sogno e, in risposta, il suo membro si gonfiò, premendo contro i pantaloni.

Un lento sorriso gli increspò le labbra. Con una mano afferrò l'indumento e con l'altra le strinse la nuca per attirarla a sé. Insinuando la lingua nel calore della sua bocca, la baciò con intensità e passione, dissetandosi al dolce nettare del frutto proibito. «Sì, Sarah. Sei di mio massimo gradimento.»

Trenta minuti più tardi, Ryan parcheggiò l'auto all'interno dei cancelli di sicurezza di una gigantesca villa bianca, a tre piani, circondata da un ampio parco.

Ryan aveva invitato Sarah ad andare a casa sua, dove avrebbero potuto essere soli, intendendo trascinarla nel proprio mondo con lentezza. Lei, però, aveva rifiutato. Aveva affermato di essere pronta, non c'era altro tempo da perdere.

Voleva affrontare le sue paure e i suoi desideri più intimi, scoprire di cosa era capace, concedendosi la libertà di superare i limiti e sfidare la vita.

Così Ryan l'aveva condotta al club, dove li attendeva una notte di rivelazioni e piaceri.

«Questo è l'*Alexander Quarters* di cui mi hai parlato?»

Lui annuì. «Prende il nome dal presidente della società, Marcus Alexander.»

«È un luogo davvero splendido» commentò lei, con voce nervosa.

Ryan seguì il suo sguardo affascinato. L'imponente costruzione era illuminata da alcuni spot, nascosti tra i cespugli del giardino, dal prato perfettamente tosato. Un vialetto circolare conduceva allo scalone, fiancheggiato da grandiosi pilastri bianchi e, in una curva, si celava persino una cascata, ravvivata da luci blu che ne accrescevano l'attrattiva.

Premette il tasto di un telecomando e la porta dei garage, riservati ai sei Maestri della Tavola Rotonda della società, iniziò a sollevarsi lentamente.

La Tavola Rotonda era un gruppo composto da sei maestri, che rappresentavano l'élite dell'élite, una specie di corte, di cui Marcus Alexander era il giudice supremo.

Parcheggiata l'auto, le aprì lo sportello, osservando come la gonna attillata saliva sulle sue gambe lunghe, una visione ancora più intrigante per l'assenza di biancheria intima.

Percependo quali fossero i suoi pensieri, lei scese evitando il suo sguardo e stirando più che poté la gonna con le mani.

«Sei ansiosa» osservò lui.

«Ecco... io...»

Ryan richiuse la portiera e l'attirò a sé. «Se sei tesa, dillo.»

Sarah batté le palpebre, colta di sorpresa dall'improvviso contatto del suo corpo caldo. Si sciolse tra le sue braccia, morbida e compiacente, lasciando scivolare le mani sul suo torace.

Era minuta, delicata, un fiore dal profumo dolce ed esotico. In parte principessa e in parte licenziosa concubina.

La sua erezione divenne potente e tutto il corpo gli bruciò di desiderio. Era da tempo che non provava un'eccitazione tanto intensa, nonostante i giochi erotici più azzardati che aveva provato lì al club. E questa creatura sensuale e inesperta gli aveva acceso tutti i sensi, rendendolo famelico.

Non aveva mai desiderato una donna quanto Sarah, il che rendeva imperativa l'urgenza di stabilire dei parametri per la notte che li attendeva. Una volta iniziato il gioco, era arduo porre limiti e confini, e decidere fino a che punto spingersi.

«Sei nervosa, Sarah?» le domandò di nuovo.

«Sì» ammise infine lei. «Ma...»

«Niente ma. Se ti chiedo come stai, tu me lo devi dire. Questa notte non sei padrona delle tue inibizioni. Io lo sono. E sono anche il signore del tuo piacere» replicò Ryan. Fece scivolare le mani dietro la sua schiena e iniziò a sollevarle la gonna con lentezza estenuante, centimetro dopo centimetro.

«La tensione può essere positiva, persino stimolante, quando è creata dall'aspettativa e dall'eccitazione di ciò che accadrà.»

L'orlo della gonna continuò a salire, esponendo i suoi glutei. Lui la vide deglutire a fatica, segno che si stava lasciando avvolgere dalla spirale dell'anticipazione.

Le accarezzò una coscia e le sollevò la gamba alla propria vita. «Ancora nervosa?»

Sarah emise un gemito e si aggrappò alla sua camicia, lasciandogli accarezzare la pelle nuda finché non trovò il calore umido del suo sesso eccitato.

Le sfuggì una risatina nervosa e nascose la testa contro la sua spalla, inarcando la schiena. «Non posso credere di stare facendo... questo.»

«Non nasconderti, Sarah» le ordinò Ryan, torturando la parte più intima della sua femminilità, facendo scivolare un dito dentro di lei, ormai completamente bagnata.

La sentì trattenere il fiato e fremere, mentre procedeva a torturarla con maggiore intensità.

«Sarah, guardami.»

Lentamente, lei rialzò la testa, gli occhi appannati dall'eccitazione. «Ci sto provando, Ryan.»

«Non ti piace quello che ti sto facendo?»

«Sì» sussurrò lei.

«Hai nascosto il viso, però, e hai affermato che ti sembra incredibile che tu stia facendo questo. Tutto ciò non è in linea con una donna pronta per entrare nel club.»

«No... volevo dire che sono...»

La sua esitazione fece scattare un campanello d'allarme in Ryan. O Sarah era stata colta dal panico e voleva tirarsi indietro, o era troppo timida per confessargli cosa desiderava. Comunque fosse, lui doveva saperlo se avevano intenzione di procedere nella loro esplorazione sessuale.

Le riportò la gamba a terra, rimise a posto la gonna e la intrappolò contro l'auto.

«Questa è la tua prima, e forse unica, sera all'interno della società. Se non ti piace qualcosa devi solo dire basta e io mi fermerò. Se ti domando se desideri che io continui a fare qualcosa o se ti piace qualcosa, e tu non rispondi, mi fermerò. Capito?»

Sarah ammiccò e sollevò il mento. «Sì. Non temo di affermare ciò che voglio o non voglio. È solo che sono nuova a tutto questo. Non volevo che tu smettessi quello che... stavi facendo. Ma è importante chiarire che stanotte sono tua, mentre domani apparterrò solo a me stessa.»

La sua particolarità di essere sia sottomessa che dominante lo attrasse ancor di più, come nessun'altra donna nella sua vita. Ryan annuì, in assenso.

«Stanotte, Sarah, io non possiedo solo il tuo piacere. Io possiedo *te*.»

. 7 .

Ryan non aveva sbagliato affermando che l'attesa eguagliava l'eccitazione. Infatti, mentre lo seguiva dentro la villa, stringendogli la mano, Sarah colse un deciso aumento delle proprie pulsazioni e un'ondata di calore e di euforia in tutto il corpo.

I suoi tacchi a spillo, sul raffinato pavimento di marmo, produssero un ticchettio ritmato, mentre il suo sguardo estasiato assorbiva i costosi dipinti alle pareti. Tuttavia, per quanto impressionante, l'ambiente non esercitava lo stesso fascino che emanava l'uomo accanto a lei.

Sarah osservò Ryan che, a mano a mano che procedeva nel salone, riempiva l'atmosfera con la sua presenza, la sicurezza del suo passo e di tutto il suo essere. Era un uomo di considerevole charme e magnetismo animale. Finalmente, le fantasie che l'avevano tormentata da quella notte al *Silk* sarebbero divenute realtà e lei si sarebbe sottomessa a Ryan. Perché da sempre lui era la sua unica fantasia.

L'ansia, tuttavia, non l'abbandonava, ma forse faceva parte del gioco, insieme al lato illecito e proibito. Per tutta la vita si era comportata in modo irreprensibile e controllato. Quella notte sarebbe sfuggita alla propria mente e avrebbe scatenato l'anima selvaggia.

Si soffermarono ai piedi di uno scalone, ricoperto da un tappeto rosso, che portava a una balconata che le rammentò l'antica eleganza di *Via con Vento*.

«Dove sono tutti gli altri?» domandò lei, constatando che quel luogo non aveva niente a che vedere con il *Silk*.

Erano completamente soli e non si vedeva né si udiva

anima viva. Niente musica, gemiti o corpi nudi. Per qualche motivo, quell'insolita calma, la mancanza di tutto ciò che nella sua mente faceva parte di un ambiente dedito alla trasgressione la misero all'erta.

«La villa è una sezione esclusiva della società e non è aperta ai membri ordinari» le spiegò Ryan.

La consapevolezza che fosse uno dei sei maestri dominatori le procurò una strana agitazione nelle viscere e un'ondata di calore sulla pelle. Lui era un leader in tutto ciò che faceva, padrone di sé e, ben presto, anche di lei.

I loro sguardi si intrecciarono, carichi di elettricità.

«Benvenuta nel mio mondo, Sarah.»

Indietreggiando, la condusse per mano verso una porta alla sinistra delle scale, dalle quali giunse un'imperiosa voce maschile.

«Ryan.»

Entrambi si voltarono, sorpresi, e si trovarono di fronte a un uomo alto, sulla trentina, decisamente affascinante.

«Non sapevo che avessimo un'ospite, stasera» li accolse questi, scendendo gli ultimi gradini con studiata lentezza.

Sarah notò la perfetta fattura dei suoi pantaloni e della camicia, entrambi rigorosamente neri. Il fisico atletico e la postura indicavano che era il tipo d'uomo che rivendicava come proprio tutto ciò che toccava.

La mano di Ryan scivolò sulla schiena di Sarah e l'avvicinò a sé, come se volesse affermare il proprio possesso, e lei lo percepì intenso e bruciante. Quella sensazione le piacque molto più di quanto avrebbe dovuto.

Che cosa spingeva una donna d'affari indipendente a desiderare di essere soggiogata? Proprio non capiva. Sapeva solo che nessun altro uomo aveva mai suscitato in lei un'eccitazione tanto primitiva e violenta.

L'uomo si fermò davanti a loro. Strinse la mano a Ryan, prima che lui facesse le presentazioni.

«Sarah, questo è Marcus Alexander, socio maggioritario del club e proprietario della villa. E Marcus, questa è Sarah Michaels, amministratore delegato della *Chocolate Delights*.»

Marcus inarcò un sopracciglio, e gli intensi occhi azzurri

manifestarono interesse e rispetto. «Un'accoppiata i-nattesa e intrigante. Lieto di conoscerti, Sarah.»

Sarah gli strinse la mano e avvertì una specie di scossa elettrica, come se fosse diventata improvvisamente ultra-sensibile o lui emanasse una sensualità talmente intensa da fluire dentro il suo corpo.

Le sue gote si infiammarono. *Accidenti!* Era un avvocato e una manager di successo, non poteva arrossire come un'adolescente. In un sex club, per giunta.

«Il piacere è mio» riuscì a pronunciare, infine, considerando quanto fossero insensate le formalità in quelle circostanze.

In realtà, le convenzioni e l'etichetta trasudavano dalle pareti o forse era il controllo totale ed estremo. Quello a cui non ci si poteva né ci si doveva sottrarre.

Marcus percepì le sue considerazioni e mantenne la stretta della mano più a lungo del dovuto, gli occhi fissi su di lei, valutando e soppesando, come se volesse comunicarle che, finché restava nella sua casa, era in suo possesso.

«Ci sarà un test d'ingresso fra meno di un'ora. Farò in modo che anche Sarah vi sia inclusa.»

Sarah avvertì il cuore in gola. Il test per diventare membro del club? Per l'amor del cielo, no. Il solo sentirlo nominare le fece accapponare la pelle.

«Non stasera.» Ryan lo fermò, con suo grande sollievo.

Marcus scrutò Ryan, sorpreso e curioso, poi annuì seccamente. «Spero di rivederti presto, Sarah.» Si congedò, infine, dirigendosi verso la porta d'ingresso.

Nella mente di Sarah quelle parole assunsero un significato diverso dalla mera cortesia. Senza dubbio, il padrone intendeva dire che non vedeva l'ora di averla nuda e alla sua mercé.

Non sarebbe mai accaduto. Marcus poteva anche essere affascinante, ma c'era qualcosa di spietato nel suo sguardo. Era il tipo d'uomo che, una volta preso il controllo, non vi avrebbe più rinunciato. Fu allora che comprese che l'esplorazione di se stessa, dei suoi desideri e delle sue paure era possibile solo grazie all'inesplicabile fiducia che riponeva in Ryan, un impulso che sfidava la rivalità familiare.

«Non ho alcuna intenzione di dividerti con nessuno» tenne a precisare lui, stringendole le braccia con delicata fermezza.

Il suo tocco possessivo, imperioso, le fece correre un brivido di fuoco lungo la schiena, ma, anziché intimidirla come era successo con Marcus, le diede in un certo senso di sollievo e la eccitò.

«Tu sei off-limits e Marcus ora lo sa. Non appartieni né a lui né alla società. Ogni gioco a cui parteciperemo stasera avverrà a porte chiuse, nelle mie stanze private, e saremo soli. Da lì potrai osservare ed esplorare, con la sicurezza dell'isolamento.» Il pensiero di un luogo appartato le piacque molto. Sarah aveva pensato che il club sarebbe stato come il *Silk*, in cui le orge selvagge avrebbero abbattuto le sue inibizioni. Forse avrebbero persino celato ciò che Ryan le provocava. Era meglio mantenere tutta la faccenda a livello fisico, poiché temeva di iniziare a provare qualcosa di più profondo che Ryan non le avrebbe concesso di celare.

Lui lasciò scivolare la mano lungo il suo braccio, provocandole un ennesimo brivido e facendole inturgidire i capezzoli. Intrecciò le dita con le sue e la guidò verso una porta di mogano, oltre la quale si trovavano le sue stanze.

Digitò un codice di sicurezza su un pannello, aprì e si voltò per guardarla. Si avvicinò, sfiorandola, reclamando il suo corpo. La sua anima.

«Prima di entrare, voglio che una cosa sia chiara al cento per cento» dichiarò, prendendole il viso tra le mani. «Questa sera non ha niente a che vedere con la *Delights* o la *Deluxe*, o qualsiasi faida o competizione familiare. Riguarda solo me e te. Ciò che farai, sarà per te e per nessun'altra ragione. Non devi dimostrarmi niente.»

«Lo so» convenne lei, sorpresa e compiaciuta per le sue dichiarazioni, per la gentilezza del suo tocco, sapendo che – sotto quella tenerezza – si celava un maschio selvaggio. Lusingò la sua sicurezza e il desiderio che sentiva crescere dentro di sé. «Tu, però, devi dimostrarmi qualcosa.»

Gli occhi gli si illuminarono di curiosità e di divertimento. «Io?»

«Esatto. Hai affermato che abbandonare il controllo mi avrebbe dato autorità e padronanza.» Sebbene, in quell'istante, stesse considerando più il piacere che il dominio di sé. «Dimostramelo.»

Sarah lo vide dilatare le pupille prima che la costringesse a rigirarsi davanti a lui, incollandole la schiena contro il proprio torace. «Tutto ciò che devi fare ora è superare questa soglia e io ti mostrerò tutto quello che desideri sapere. Per questa notte sarai mia. Io sarò il tuo maestro e padrone.»

Un'ondata di eccitazione e di aspettativa l'avvolse tutta, inturgidendole il seno, facendo pulsare la parte più intima di sé. Proprio quello che desiderava.

Voleva Ryan.

Entrò nelle sue stanze private e si lasciò rapire nel suo mondo.

. 8 .

La porta si richiuse con un fruscio alle spalle di Sarah, mentre una luce soffusa rischiarò il soffitto, lasciando nella semioscurità il resto della stanza e gli erotici segreti che essa conteneva.

L'ambiente era spazioso con due porte, probabilmente un'area soggiorno e una camera da letto, concluse lei, tentando di dare un senso di ordine al luogo, o solo cercando di distrarsi dall'incertezza di ciò che l'attendeva.

Ryan la cinse da dietro, stringendole le braccia, sfiorandole l'orecchio con le labbra. Il suo respiro caldo le solleticò il collo in maniera seducente.

«Finalmente soli» le sussurrò, lasciando scivolare i palmi aperti sul suo ventre. «Hai paura, Sarah?»

Era turbata, eccitata e confusa. «Un po'» replicò, invece, emettendo un gemito quando le mani si plasmarono sul suo seno.

«Dimmi che cosa ti spaventa» la invitò, accarezzandole e pizzicandole i capezzoli con gesti decisi ed erotici.

Sarah si morse il labbro inferiore, trattenendo un altro lamento. Pochi istanti, e lui era già diventato padrone del suo corpo, mentre lei si sentiva bagnata e sul punto di raggiungere l'orgasmo.

«Tu» ammise, poi, lasciando ricadere la testa indietro sulle sue spalle, consumata dal desiderio.

Sognava Ryan da sempre, ossessionata dai suoi oscuri appetiti sessuali. Aveva tentato in tutti i modi di evitare sia lui sia le tentazioni che le faceva affiorare dal profondo. La verità, tuttavia, era un'altra. Stava solo fuggendo da se stessa.

«No, io non ti faccio paura» ribatté Ryan.

Le sollevò la gonna, come aveva fatto nel garage, e premette i glutei nudi sul rigido rigonfiamento della sua erezione. Istintivamente, Sarah si inarcò contro di lui, la mente annebbiata dalla magnifica tortura delle sue dita sulle punte turgide del seno, che irradiava uno struggimento quasi doloroso tra le sue cosce.

«Sei in mio potere durante la nostra sessione di gioco» le rammentò, rigirandola per guardarla fisso negli occhi. «E se voglio sapere cosa ti spaventa, tu me lo devi dire.» Il suo tono era determinato, così come le mani che afferrarono le rotondità del suo fondoschiena. «C'è un prezzo per la disubbidienza.»

Le assestò uno schiaffo su una natica con fermezza e Sarah trattenne il fiato. Non per il dolore, ma per l'inatteso piacere. Un'improvvisa esaltazione prese a scorrerle nelle vene.

«Che cosa ti terrorizza, Sarah?» le domandò ancora una volta, pronto a colpirla con maggior vigore.

Quanto desiderava che lui lo facesse! L'adrenalina le mandò in tilt il battito cardiaco, elettrizzata dall'avere scoperto, grazie a Ryan, un lato di sé che non conosceva. «Tu mi terrorizzi da morire» sibilò Sarah.

«Risposta sbagliata» la redarguì lui, con una dura nota di disapprovazione nella voce. «Sappiamo entrambi che non sono io. La prima regola del gioco è la fiducia. E c'è un pegno da pagare per chi viola quel valore.» L'allontanò da sé. «Togliti tutto, tranne le scarpe.»

Sgomenta per l'improvvisa assenza del suo tocco e per l'ordine perentorio, Sarah rimase immobile per qualche istante. Ryan voleva guardarla mentre si spogliava davanti ai suoi occhi spietati, giudicando lei e il suo corpo, mentre lui sarebbe rimasto completamente vestito.

«Spogliati, Sarah» le comandò di nuovo, con tono più severo e minaccioso di prima.

Era il modo con cui riusciva a lusingarla e a forzarla che l'attraeva e che la spingeva a esplorare quella parte di sé con sicurezza, un mondo oscuro che aveva represso per troppo tempo.

Respirando profondamente, Sarah armeggiò con la lampo sul proprio fianco e, scrollando le spalle, lasciò scivolare l'abito a terra. Sollevò uno sguardo interrogativo su Ryan, attendendo una sua reazione.

Lui la fissò senza alcuna espressione sul viso, con la mascella rigida e le braccia conserte.

«Tutto eccetto le scarpe» le rammentò.

Con un gesto nervoso, tentò inutilmente di sganciarsi il reggiseno, poi gli lanciò un'occhiata impotente. Ryan girò dietro di lei e slacciò l'indumento, lasciando scendere le spalline lungo le braccia. Il suo tocco era tornato gentile, ma la tensione che li circondava presagiva l'incombere di qualcosa di oscuro e punitivo.

Sarah gettò il reggiseno per terra, incerta su cosa aspettarsi.

«Metti le mani sulla porta» le ordinò.

«Che cosa?» Lei stava per voltarsi, quando le mani di Ryan si posarono sulla sua vita, costringendola a rimanere dove si trovava.

«Mi hai sentito. Ti ho detto di mettere le mani sulla porta.»

Con un sospiro, lei serrò le palpebre. Gli avrebbe ubbidito. Il suo corpo era elettrizzato all'idea di sottomettersi totalmente al volere di quell'uomo.

Fece qualche passo per raggiungere la porta ed eseguì gli ordini, avvertendo i suoi occhi attenti su di sé.

«Allarga le gambe» le impose, senza toccarla.

Sarah gettò uno sguardo dietro di sé. «Ryan?»

Per tutta risposta, le afferrò i fianchi, appoggiando una guancia contro la sua e accarezzandole il seno. «Sono qua. Non è stupendo?»

«Oh, sì» mormorò lei in preda al desiderio, coprendogli le mani con le proprie.

Bruscamente, lui le allontanò, premendole di nuovo contro la porta.

Intrecciò le loro dita e incollò il torace alla sua schiena. «Ti piaccio, Sarah?»

«Sì...» *Anche troppo.*

Ryan le accarezzò le braccia, i fianchi e le dischiuse

maggiormente le gambe. Le dita di una mano tracciarono il solco tra i glutei, mentre l'altra scivolava sul ventre.

Sarah trattenne il fiato quando il centro della sua femminilità, bollente e sensibile, subì un erotico assalto da entrambi i lati.

Lui le mordicchiò una spalla. «Così calda e bagnata» mormorò, penetrandola con un dito. «Vuoi che continui a toccarti?»

«Sì.»

Il contatto svanì e le sue mani si spostarono sui fianchi. «Allora dimmi di che cosa hai paura.»

Lei chiuse gli occhi, sul punto di implorarlo di continuare ad accarezzarla e di smettere di torturarla per ottenere una risposta che non era pronta a concedere.

Non sapeva cosa dire. «Ryan...»

Le insinuò le dita tra i capelli e le strattonò la testa all'indietro con delicatezza, le labbra a un respiro dalle sue.

«Non è di me che hai paura, altrimenti non saresti qui.» La baciò a lungo, assaporando la sua bocca con passione. Le accarezzò la schiena. «Non mi baci come se tu mi temessi. Che cosa ti terrorizza, allora?»

«Tu, dannazione! Tu, Ryan.»

Lui la sculacciò con forza e mille aghi sembrarono pungerla contemporaneamente, togliendole la capacità di respirare. La colpì ancora e ancora.

Sarah ansimava quando lui terminò, eppure era pronta a essere battuta di nuovo, desiderosa di quel contatto doloroso.

La mano di lui trovò il suo seno per torturare i capezzoli inturgiditi. «Ti piace essere picchiata. Ti piace che sia io a controllarti e, allo stesso tempo, ti spaventa. Hai paura di te stessa e di ciò che desideri.»

Sarah chinò la testa, lottando con un'ammissione che l'avrebbe resa vulnerabile. «Sì.»

«Vuoi che ti colpisca ancora?»

«Sì.»

«Sì, che cosa?»

«Ti prego.»

La batté altre tre volte, con meno forza, poi la volse verso di sé, spingendola contro la porta. Le sue mani si dedicarono allora a tutto il corpo, sfiorandole prima il seno, l'addome e raggiungendo il suo sesso, penetrandola finché lei non prese a cavalcare le sue dita, divorata dal piacere, e crollando in mille spasmi di soddisfazione.

Sarah era senza fiato, con il viso in fiamme, imbarazzata.

«No. Non pensare nemmeno per un attimo di rammaricarti per quanto è appena accaduto. Te lo proibisco. Sono io che comando, qui.»

«Vorrei che fosse così facile» farfugliò Sarah.

Ryan le allontanò una ciocca ribelle dal viso. «È più semplice di quanto tu creda. Mentre sei qui, lascia a me ogni decisione. Il peso di doverle prendere è rimasto fuori da questa porta. E tu sei bellissima e sensuale quando ti abbandoni. Non farò nulla che ti procuri del male.»

«Lo so. Altrimenti non sarei qui. E io *voglio* essere qui.» Sospirò a quell'ammissione liberatrice. «Qual è la mia lezione successiva, *Maestro*? Ti prego, dimmi che include che tu ti spogli o rimarrò molto, molto delusa.»

«Nudo e affondato dentro di te» l'assicurò Ryan, sollevandola da terra e conducendola verso il grande letto matrimoniale.

. 9 .

Sei settimane dopo il primo di molti appuntamenti di *gioco* con Ryan, Sarah era seduta alla scrivania e chiacchierava al telefono con suo padre.

«Sto considerando di ritirarmi» le confessò lui. «Vorrei che fossi tu a dirigere l'azienda.»

«Tu vuoi andare in pensione?» disse, convinta che lui stesse scherzando. «Tu vivi per l'azienda.»

«Un tempo era così» convenne il padre, sconsolato. «Ma tu hai dimostrato di essere l'unica che possa ridarle vita e prosperità.»

Sarah sapeva che il padre si riferiva al nuovo accordo che la *Delights* aveva stretto con una catena di librerie per la vendita dei loro prodotti in una regione molto vasta.

«Il contratto avrà valore solo se otterrò un finanziamento dalla banca. L'incontro è per oggi pomeriggio.»

«So che ce la farai. Ho fiducia in te, Sarah. Hai molto più intuito e lungimiranza di me e ne sono molto fiero.»

«Grazie, papà» riuscì a pronunciare a malapena, con le lacrime che le stringevano la gola.

Anche dopo aver concluso la telefonata, Sarah continuò ad avvertire un nodo nello stomaco. Ora più che mai doveva dimostrare a suo padre che la sua fiducia era ben riposta. Doveva assolutamente ottenere quel credito.

La sua mente andò a Ryan, alla fuga dalle responsabilità che lui rappresentava, e a quanto fosse diventata dipendente da quell'evasione dalla realtà.

Il suono del telefono riportò Sarah con i piedi per terra, alla frenetica lotta per la salvezza della ditta. Poche ore più tardi, si stava preparando per recarsi in banca, quando il cellulare squillò per l'ennesima volta. Essendo indaffarata, non guardò il display per vedere chi fosse.

«Sei sola?» le chiese Ryan.

Al vibrare della sua voce calda e baritonale, Sarah lanciò d'istinto un'occhiata alla porta chiusa. «Sì, ma sto per andare a un appuntamento.»

«Guarda dentro la tua valigetta. Nella tasca laterale.»

Lei sollevò la ventiquattrore, l'aprì e vi trovò due buste, una bianca e una rossa. Probabilmente Ryan le aveva infilate lì dentro la notte precedente.

«Apri prima quella bianca» le indicò lui.

All'interno, Sarah vi trovò un biglietto da visita.

«Il presidente della banca nazionale?»

«È il mio banchiere, nonché un caro amico» precisò Ryan. «Una persona che ha a cuore i miei affari. In altre parole, colui che ti concederà il finanziamento.»

Sarah trattenne il fiato, la mente confusa dal considerare i pro e i contro di tale offerta. Che Ryan la controllasse durante i loro giochi era un conto, ma che lo facesse anche negli affari era un altro.

«Usalo. Chiama la tua banca e di' loro che, se non estenderanno il tuo credito, ti rivolgerai alla banca nazionale che è pronta a sostenerti» le disse.

«Non hanno visto i miei bilanci. Come fanno...?»

Ryan la interruppe. «Ho assicurato loro che avrei firmato qualsiasi documento, se ce ne fosse stato bisogno. So bene che non me lo permetterai, ma almeno approfitta del mio nome e otterrai ciò che desideri.»

«E tu, che cosa avrai in cambio?»

«Avrò te, Sarah.»

Il senso di possesso con cui pronunciò quelle parole, le procurò un brivido per tutto il corpo, supportato da molti ricordi erotici delle notti precedenti.

«Ora apri la seconda busta.»

Sarah accavallò le gambe, stupita da come una conversazione telefonica con Ryan potesse accenderle i sensi in maniera così intensa.

Strappò il bordo superiore ed estrasse un involto di stoffa morbida. Il cuore le balzò nel petto quando all'interno trovò un girocollo a forma di cuore con appeso un anello delle manette.

«*Histoire d'O*» mormorò, riconoscendo l'emblema delle pratiche sessuali basate sulla dominazione e la sottomissione che lui una volta le aveva mostrato.

«È il simbolo del tuo percorso verso la totale capitolazione a me. E solo a me, Sarah. Un viaggio che è appena iniziato, se deciderai di indossare la collana. La puoi nascondere facilmente sotto la camicia. Non vogliamo che altri sappiano che vai a letto con il nemico.»

Sarah sorrise. «Ho smesso di pensare a te come un nemico... circa una settimana fa.»

«Non è quello che hai affermato ieri notte» la corresse, lasciandosi sfuggire una risatina.

«Mi stavi facendo impazzire, legata alla testata del letto! Dovevo lamentarmi in qualche modo!»

«Perché non volevo che tu raggiungessi l'orgasmo.»

Lei rise ma smise subito, rammentando che Ryan le aveva parlato della linea di gioielli emblema del loro tipo di relazione, a come alcuni la prendessero poco sul serio, e come lui invece la considerasse importante.

Il girocollo che le aveva donato diceva, a chiare lettere, che lui la desiderava oltre i loro incontri erotici. Anche la scelta del momento era stata studiata. Glielo aveva fatto avere prima di quell'incontro importante perché lei comprendesse il suo totale supporto.

Sarah non aveva idea della direzione che la loro relazione avrebbe preso, come avrebbe potuto funzionare con la rivalità tra le loro famiglie e le loro aziende. Sapeva, però, che doveva scoprirlo.

«La prossima volta che ci vedremo, indosserò la collana.»

«Stasera, per festeggiare il tuo successo alla banca.»

Sarah sorrise. «A stasera.»

La sfida
di Megan Hart

. 1 .

«Sei di nuovo in ritardo.» Katie Donato alzò gli occhi dal suo computer portatile mentre Dean Manion le serviva il caffelatte al cioccolato, senza zucchero, prima di fare scivolare il suo corpo lungo e magro sulla sedia accanto alla sua.

«Ma ti ho portato il caffelatte al cioccolato.»

Solo allora Katie gli lanciò un'occhiata e notò il sorrisetto che gli incurvava le labbra, i capelli spettinati ad arte e la cravatta allentata. «Il traffico è sempre un'ottima scusa per giustificare un ritardo. Si possono anche perdere le chiavi della macchina o ci si può dimenticare di andare a ritirare il vestito preferito in lavanderia. Ma non si può essere in ritardo per colpa di un appuntamento dell'ultimo minuto con il tizio del *Copy Cabana*.»

Dean rise, sorseggiando il liquido caldo. «Non è stata una cosa dell'ultimo minuto, e il *Copy Cabana* non c'entra niente.»

Katie si voltò sulla sedia per guardarlo meglio. «Non dirmi che hai invitato qualcuno a passare la notte a casa tua.»

Per tutta risposta Dean sorrise, bevendo un sorso generoso. «Ah, la caffeina! Ci voleva proprio.»

«Il tuo è un modo sottile per dire che sei stato sveglio tutta la notte a fare sesso?» Katie piegò un sopracciglio, bevve un sorso di caffelatte, poi toccò la tazza con quella di Dean. «Considerala come un'offerta di pace, tuttavia non credere che lascerò correre. Abbiamo un appuntamento con Smith e Simon tra mezz'ora e io sono qui dalle otto per mettere insieme la proposta.»

«Scusa.» Dean assunse un'espressione cupa e si sporse in avanti sfiorandole le ginocchia con le proprie, ma Katie lo scacciò ridendo.

«Smettila. Non sono una diciottenne ingenua, sono immune ai tuoi stratagemmi.»

«Stronzate» la smentì Dean con l'assoluta sicurezza di un uomo consapevole del suo fascino. Appoggiandosi allo schienale della sedia sollevò i piedi sulla scrivania mettendo in mostra le costose scarpe italiane.

Katie li spinse via. «Non sono stronzate. Ti conosco fin troppo bene, Dean, sei come un soprammobile prezioso, bello da guardare, ma troppo costoso per essere pratico e, a conti fatti, del tutto inutile.»

«Ehi.» Dean si incupì di nuovo e, posando la tazza sulla scrivania, si sporse verso di lei toccandole il ginocchio. «Che cosa diavolo vorresti dire con questo?»

Katie lanciò la stampa e si alzò passando le mani sulla gonna per lisciarne le pieghe. «Significa che avresti dovuto essere qui alle otto di questa mattina per fare la tua parte di lavoro, ma non c'eri perché eri troppo occupato a fare altre cose.»

Katie non era arrabbiata. Irritata forse, ma non furiosa. Lavorava da così tanto tempo con Dean da aver imparato a capirlo, ma ciò non significava che non si meritasse di essere sgridato.

«Ti ho già detto che mi dispiace.»

Katie sapeva che era sincero, così come sapeva, anche senza aver bisogno di guardarlo, che le stava rivolgendo uno dei suoi sorrisi irresistibili, in grado di mettere in ginocchio chiunque. Prendendo i fogli dalla stampante li unì con una graffetta prima di infilarli nella cartella per la presentazione che aveva preparato. Raccolse il resto del materiale mentre Dean la guardava in silenzio e perse la sua credibilità di donna tutta d'un pezzo nel momento in cui non riuscì a trattenere uno sbadiglio.

«Ah!» Dean si alzò. «Che cos'era quello?»

Katie si finse innocente. «Che cosa?»

«Lo sbadiglio.» Dean non si faceva alcun problema a invadere lo spazio personale degli altri se gli serviva ed era una delle poche persone il cui modo di fare non infastidiva Katie. Ora le si era avvicinato e stava bloccando la sua ritirata, premendo una gamba contro la sua per tenerla ferma contro la scrivania. «Sei stata alzata fino a tardi?»

Katie si morse la parte interna della guancia per trattenere il sorriso che minacciava di incurvarle le labbra. «Non sono affari tuoi.»

«Katie» la rimproverò Dean in tono fintamente risentito. «Certo che sono affari miei. Con chi sei stata? Con il tizio della lavanderia? Quello della palestra? Non dirmi che si tratta di quello sfigato dell'università che hai conosciuto online.»

«È ora di andare. Abbiamo un importante appuntamento di lavoro.»

Katie avrebbe dovuto sapere che era inutile cercare di sviare Dean. Cingendole le spalle con un braccio, le impedì di muoversi.

«Racconta.»

Katie sospirò. «Va bene. Non lo conosci perché non te ne ho mai parlato prima. L'ho incontrato in una caffetteria qualche mese fa.»

«Al *Green Bean*? Chi è?»

«No, al *Morningstar Mocha*. E non lo conosci, è etero.» O almeno credeva che lo fosse. Sperava che lo fosse.

«Qualche mese fa? E me lo hai tenuto nascosto?» Dean si accigliò. «Maledizione.»

«Non te l'ho tenuto nascosto.» Katie si sedette sul bordo della scrivania e, tenendo d'occhio l'orologio, bevve un sorso di caffelatte. «Non c'è niente da raccontare. A differenza di te, io non vado a letto con il primo che capita.»

Dean si appoggiò una mano sul petto all'altezza del cuore. «Così mi ferisci. È come se pensassi che i miei standard non sono alti.»

Era bello avere un amico in grado di capire quanto significasse un semplice sopracciglio inarcato. «Oh, oh.»

Dean si appoggiò allo schedario. «Ti ha tenuta sveglia fino a tardi. È già qualcosa.»

«Non abbiamo fatto sesso, Dean.»

Dean rispose con una smorfia. «Perché?» chiese.

«Non lo so. Forse sono la persona sbagliata per lui o forse lui è gay.»

Dean sollevò gli occhi dalla tazza per studiare la sua espressione. «Ti piace?»

Katie non ebbe alcuna difficoltà a schivare la domanda. «E a te piace il tizio con cui eri questa mattina?»

«A me piacciono tutti i ragazzi con cui sto, almeno nel momento in cui sto con loro.»

«Gli hai permesso di dormire da te e sei arrivato al lavoro in ritardo a causa sua. Certo non significa molto, ma se aggiungiamo che non mi hai descritto con dovizia di particolari ogni sua parte anatomica, sono sicura che ti piaccia.»

Dean distolse lo sguardo. Katie aveva colto nel segno.

«Non ti seguo.»

«Non parli mai dei ragazzi che ti piacciono. Non ne incontri spesso.» Katie usò un tono leggero non volendo fargli ricordare le vecchie fiamme, Ethan in particolare.

«Certo che mi piace. Mi piacciono i tipi sexy.»

Katie rise. «Lo so.»

Chiarito il concetto, Dean sembrò soddisfatto. «Spero che non si tratti di quel tipo che hai conosciuto su *Connex*. Non mi piace.»

Katie rise. «No. Non lo toccherei nemmeno con le tue mani. Avanti, adesso muovi quel tuo bel fondoschiena, è ora di dare il meglio di te.»

«Abbiamo ancora qualche minuto.»

Katie sospirò di nuovo. Era una vecchia storia. A lei piaceva presentarsi in anticipo agli appuntamenti mentre Dean preferiva le entrate a effetto, quasi all'ultimo secondo. «Ti ho già detto che con me non funziona» lo ammonì fissando lo sguardo sul suo finto broncio.

«Peccato, funziona con tutti.»

In effetti era quasi vero. «Solo perché gli altri non ti conoscono come ti conosco io. Prometti, prometti, ma non mantieni mai.»

Dean le si avvicinò così tanto da permettere a Katie di sentire il profumo della sua seducente acqua di colonia, che le inebriò i sensi.. «Zitta. Che cosa vuol dire che non mantengo mai le promesse? Le mantengo eccome.»

Katie si sporse verso di lui, tanto da solleticargli il lobo dell'orecchio con il respiro. «No, tesoro. Quel fondoschiena e quel sorriso promettono molto, ma Dean Manion mantiene le sue promesse solo con i bei maschioni, le donne non rientrano nel suo progetto, ricordi?»

Dean si voltò in modo da sfiorarle il collo con le labbra. «Solo perché di solito non lo faccio con le donne non significa che non potrei farlo.»

Il tipico modo di vantarsi di Dean strappò a Katie una risata. Fortunatamente la porta dell'ufficio in quel momento era chiusa. Con un gesto deciso lo spinse appoggiando le mani sul suo torace. «Ti prego. Non sei mai stato a letto con una donna. Ne hai mai baciata una?»

«Ho baciato te» le ricordò lui, opponendo una certa resistenza.

«Un bacio di buon anno sotto il vischio. Inoltre» aggiunse Katie strattonandogli la cravatta, «era senza lingua, quindi non conta.»

«Questo non significa che non potrei baciarti» contestò lui irremovibile.

Katie lanciò un'altra occhiata all'orologio. Ci volevano quindici minuti per uscire dall'ufficio, salire i tre piani con l'ascensore lentissimo e percorrere i due corridoi che portavano alla sala riunioni. «Senti, la tua reputazione di sex symbol è al sicuro con me. Giuro che non rivelerò mai a nessuna delle donne che hanno una cotta per te che preferiresti farti un taglio sulla lingua con la carta che baciarle intimamente...»

Katie rise della sua espressione oltraggiata. «Non fare finta che non sia vero. Ti ho visto con le ragazze alla reception, quelle che ti portano sempre le ciambelline. Puoi fare il bullo quanto vuoi, ma quando si tratta di concludere, scappi.»

Nell'ambito della squadra, Dean era quello che si faceva venire le idee brillanti mentre Katie studiava come metterle in pratica. Tuttavia era Dean a lottare di più per ottenere gli incarichi, anche quando i conti accurati di Katie mettevano in evidenza che il rischio non valeva lo sforzo. Era

Dean che lavorava per ore e ore senza sosta, scartando idee per poi riprenderle e metterle insieme fino a creare campagne pubblicitarie che non temevano la concorrenza di nessuno. Il carattere competitivo che gli permetteva di vincere sempre a *racquetball* era quello che lo spingeva a fare bene il suo lavoro, così come la personalità intrinsecamente ordinata e limpida spingeva Katie a svolgere al meglio il suo.

In quel momento Katie aveva sfidato la natura guerriera di Dean. Glielo leggeva negli occhi e lo capiva dalla sua postura. E se non fosse stata seduta sulla scrivania, sarebbe indietreggiata davanti a tanta fierezza. Qualsiasi altro uomo l'avesse afferrata per la vita e attirata contro il suo inguine in quel modo, che le avesse sfiorato il collo con le labbra e mordicchiato il lobo dell'orecchio, qualsiasi altro uomo si sarebbe guadagnato una ginocchiata lì dove faceva più male e probabilmente anche una manata sul pomo d'Adamo.

In quel frangente, invece, Katie si irrigidì sotto il tocco esperto di Dean, chinando il capo per concedergli un accesso migliore.

Ma che cosa stava facendo? Lei e Dean erano buoni amici e lei ormai conosceva tutte le sue tattiche. Proprio per quello forse, essendo gay, Dean stuzzicava in lei l'ormone del *tanto non lo avrai mai*.

Katie chiuse gli occhi mentre lui le sfiorava la pelle con le labbra.

«Quello che stiamo facendo è così fuori luogo in un posto di lavoro da non essere nemmeno divertente» mormorò lei.

Dean si scostò, ma non abbastanza. «Da quando in qua io mi comporto in modo appropriato?»

«Anche questo è vero» annuì Katie divertita nel sentire che la sua voce aveva assunto un tono sensuale. Era da così tanto tempo che un uomo non la toccava. «In ogni caso non significa che riusciresti a farmi godere.»

Dean indietreggiò offeso. «Credi che invece sarebbe più semplice far godere me?»

«Sì, ma adesso muovi quel tuo bel culetto, per favore. Non voglio arrivare in ritardo.»

Dean incrociò le braccia sul petto, fulminandola con lo sguardo. «Che cosa te lo fa pensare?»

«Guardo l'orologio.»

«No, che cosa ti fa pensare che sarebbe più facile far godere me. Che cosa ti rende tanto sicura?»

Katie si sorprese di notare che sembrava davvero offeso. Con delicatezza gli tirò la cravatta. «Perché tu hai un pene, tesoro, ed è risaputo che è facile far contento un pene. E poi io me la cavo bene... Sono sicura che se chiudessi gli occhi non capiresti mai che la mia bocca appartiene a una donna. D'altro canto il fatto che tu non abbia mai avuto rapporti sessuali con una donna e che non ti senta attratto dal genere femminile potrebbe non rendere i favori che riserveresti a me altrettanto soddisfacenti.»

Katie aveva deciso di essere completamente sincera perché Dean era un buon amico. «E anche perché io ho già difficoltà a godere con uomini etero dentro di me. Credo che farlo con un uomo a cui non piaccia renderebbe l'impresa addirittura impossibile.»

«È per caso una sfida?»

«No! Ma che cosa ti viene in mente?»

Dean le rivolse uno dei suoi sorrisi irresistibili, di quelli in grado di far voltare ragazzi e ragazze per strada. «Hai paura?»

«Mi stai suggerendo di... venire a letto con te?» Katie smise di controllare l'orologio. L'idea era intrigante. Si sentiva tentata. Non era la prima volta che immaginava come sarebbe stato fare sesso con Dean ed essere la prima donna che ci riusciva.

Semplicemente fantastico.

«Sto dicendo che dovremmo procurarci piacere a vicenda e vedere chi raggiunge l'orgasmo per primo.» Dean si passò una mano tra i capelli, scostandoli dagli occhi. «E più in fretta.»

«Per te il sesso è un gioco, non è vero?»

«Il che è sbagliato perché...»

«Prima di tutto perché siamo in ritardo» sentenziò lei. «Questa volta davvero. Andiamo. Non vorrai perdere l'opportunità di ottenere questo lavoro, spero.»

«Dai, Katie, di' di sì.»

Katie lo squadrò dalla testa ai piedi, registrando ogni dettaglio. Conosceva ogni centimetro del corpo di Dean avendo trascorso tantissime ore con lui e sospettava che anche lui avesse una familiarità fisica nei suoi confronti. Ora però lo studiò con occhi diversi. Era stata a letto con uomini dai quali si sentiva ancora meno attratta, quindi qual era il problema? Fare sesso con lui non avrebbe portato quasi sicuramente a discussioni delle tre del mattino su quale significato dare alla loro relazione e se lo avessero fatto sarebbero stati degli idioti. Male che fosse andata, sarebbe stata una conferma che lei aveva ragione e, anche in quel caso, godere del meraviglioso corpo di Dean non sarebbe stato un errore.

«Ci sto» decise Katie.

«Che cosa hai fatto?» Jacob, intento a scolare la pasta davanti al lavello, si voltò così in fretta da far debordare una manciata di spaghetti fuori dallo scolapasta. «Non riesco a crederci. Farai sesso con una donna?» concluse versando la pasta in una terrina.

Dean si appoggiò al ripiano di lavoro con una bottiglia di birra in mano. Quindi bevve un sorso di birra e rispose: «Sì, hai capito bene». Poi guardò Jacob che scrollava le spalle, chiedendosi se il suo fosse un gesto che esprimeva incredulità o gelosia. O forse non gli importava un bel niente. Apprezzando il sapore amaro della birra si chiese come avrebbe reagito lui se Jacob se ne fosse uscito con una notizia simile. Lui che cosa avrebbe detto?

Jacob si voltò di nuovo portandosi alla bocca la bottiglia e la mano di Dean. Dopo aver bevuto si leccò le labbra, poi si addossò anche lui al ripiano di lavoro appoggiando entrambe le mani sulla superficie di marmo. «E lei ha accettato?»

«Certo.» Dean bevve un altro sorso, poi posò la bottiglia sul ripiano, afferrò Jacob per un polso e lo attirò vicino a sé. Jacob era leggermente più basso di lui e aveva i capelli colore della sabbia tagliati un po' troppo corti per i suoi gusti. Un paio di occhi blu e un sedere troppo piatto, ma una bocca perfetta che Dean non aveva problemi a baciare o a penetrare.

Quando lo baciò, Jacob dischiuse le labbra. Le loro lingue si unirono languidamente fino a quando Dean non fece scivolare una mano in basso per appoggiarla sul suo inguine. A quel punto Jacob respirò a fondo e si spostò quanto bastava per incrociare lo sguardo di Dean.

«Posso capire perché lei abbia accettato, ma non perché lo abbia fatto anche tu.»

Dean non insistette nel continuare a baciarlo. «Perché era convinta che alla fine non me la sarei sentita» rispose scrollando le spalle.

«Ah.» Jacob inclinò la testa da un lato. «Be', immagino che tu non possa permetterle di pensare che solo perché ti piacciono gli uomini tu sia gay, o qualcosa del genere.»

«Ehi!» A Dean non piacque l'insinuazione, soprattutto dal momento che Jacob non lo conosceva abbastanza bene da potersi permettere di giudicarlo. «Sa quali sono i miei gusti, non ho mai finto con lei.»

Jacob si strinse nelle spalle atteggiando il viso a una smorfia. «Non devi provarmi niente, dolcezza. Ma forse hai bisogno di provare qualcosa a te stesso.»

«Ho capito di essere diverso molto presto» rispose Dean in tono piatto.

Jacob abbassò lo sguardo sul suo inguine. «Già, come ho detto, non devi provarlo a me. Ricordo ancora cosa è successo stamattina. Ciononostante...»

«Ciononostante che cosa?» Dean spostò lo sguardo sulla porta pensando che avrebbe dovuto andarsene e mettere fine a quella discussione almeno dieci minuti prima, ma non l'aveva fatto e non era nemmeno pronto a capire il motivo.

«Ci sono certi uomini etero che sono convinti che fare certe cose con un altro uomo non significa essere gay.» Jacob sorrise mostrando una fila di denti bianchi un po' storti.

Dean scosse la testa. «Davvero? Dove vuoi arrivare, Jacob? Vuoi che ti dia una dimostrazione?»

Jacob si grattò tra le gambe senza distogliere lo sguardo.

Quel piccolo bastardo sapeva come leggergli dentro. Si conoscevano da appena due settimane e lui aveva già capito tutto. Non che Dean fosse pronto ad ammetterlo. Nessun uomo gli era mai entrato nel cuore, non lo aveva mai permesso. Mai.

«Certo» confermò Jacob inarcando un sopracciglio.

Per tutta risposta Dean lo afferrò per la cintura, gliela tolse, gli abbassò la cerniera e prese ad accarezzarlo, strappandogli un gemito.

«Credi che non mi piaccia farti questo?» mormorò Dean in tono roco per l'eccitazione.

«Be'...» Jacob finse una noncuranza che non provava, tradito dal tremore della voce. «Fino a ora non l'hai mai fatto.»

Dean rise, continuando ad accarezzarlo fino a quando Jacob non spinse il bacino in avanti.

«Gli spaghetti si raffreddano.»

«Mi... piacciono... freddi» replicò Jacob con voce rotta e Dean non ebbe bisogno di ulteriori incoraggiamenti.

Mettendosi in ginocchio calò i jeans a Jacob e gli posò le mani sulle natiche sode, quindi catturò il suo sesso alla base con una mano per infilarlo in bocca. A quel punto chiuse gli occhi.

Non perché non voleva vedere quello che stava facendo. Gli piaceva guardare, ma in quel caso era diverso. Trovarsi in ginocchio davanti a un altro uomo era diverso che guardare un uomo in ginocchio davanti a lui. A Dean piaceva perdersi nei profumi, nei suoni e nei sapori della persona con cui faceva sesso. D'un tratto lasciò la presa sulle natiche per prendere la mano di Jacob e appoggiarla sulla nuca invitandolo ad affondare le dita nei suoi capelli. E a dargli un ritmo, se voleva.

Sì, a Dean piaceva stare sopra. Ma non si tirava indietro se c'era da offrire piacere ed era sempre meglio se l'altra persona si sentiva abbastanza a suo agio da dire che cosa gli piaceva. O di mostrarglielo. Dean era pronto ad ammettere di essere uno stronzo, ma non accettava che si parlasse di lui come di un amante egoista.

«Oh.» Le dita di Jacob strinsero i capelli di Dean e il bacino prese a muoversi. «Sì, baby, sì, è così bello.»

Baby?

Dean si bloccò sentendo quel vezzeggiativo. Jacob non smise di muoversi e subito Dean si riprese. Le parole dette in certe circostanze non significavano niente.

E poi quello che diceva Jacob non importava.

Anche lui si calò i pantaloni, pronto a incominciare la complicata danza di mani e bocche, tutte impegnate nello stesso momento e dovette concentrarsi per raggiungere Jacob che era già sul punto di lasciarsi andare.

«Aspetta, aspetta.» Jacob tirò forte i capelli di Dean fino a quando lui non sollevò lo sguardo. Gli ci volle qualche istante per capire che Jacob voleva che si fermasse. Chi mai voleva fermarsi in una situazione del genere? Dean sollevò lo sguardo, una mano ancora impegnata su Jacob e l'altra su di sé. «Che cosa c'è?»

«Io... volevo solo...» Jacob si leccò le labbra e deglutì, poi accarezzò la guancia di Dean. «Alzati.»

Dean rise, colto alla sprovvista. Due uomini con i calzoni calati fino alle caviglie. La sua risata divenne una specie di grugnito quando Jacob lo attirò verso di sé per baciarlo. Non fu un bacio appassionato. Jacob succhiò la lingua di Dean stringendo in mano il suo sesso.

«Usa le tue mani su di me» lo esortò Jacob prendendo ad accarezzarlo. «Voglio farti venire. Voglio la tua bocca sulla mia quando verrai nella mia mano.»

Non era quello che Dean si era aspettato, ma, al diavolo, Jacob si stava muovendo bene e il bacio prolungato intensificava la sua eccitazione. Non gli restava altro da fare se non continuare ad accarezzare Jacob. Entrambi si muovevano allo stesso ritmo.

All'improvviso il bacio si interruppe e Jacob mugolò roco, scosso da un tremito. Dean non ebbe nemmeno il tempo di gemere...

Jacob raggiunse l'orgasmo per primo e a quel punto Dean sentì il piacere esplodere dentro di sé.

Affannato, Jacob lo baciò di nuovo. Questa volta con dolcezza, cingendogli il collo con la mano libera. Quando furono fronte contro fronte sorrise.

«Ehi.»
«Ehi» gli fece eco Dean.
Jacob abbassò lo sguardo.
«È stato fantastico.»
Dean rise, scuotendo la testa. «Non era quello che mi aspettavo...»
Jacob allungò una mano per prendere uno strofinaccio con il quale si asciugò accuratamente le mani prima di passarlo a Dean.
«Baby, io non sono come ti aspetti che sia.»
Dean si lavò le mani e si rivestì prima di indietreggiare. «Davvero?»
Jacob si leccò l'indice e disegnò un uno nell'aria.
«Esatto.»
E su quell'affermazione Dean decise che era arrivato il momento di andarsene. Dopotutto avevano già fatto quello che dovevano fare. Lo stomaco di Dean brontolava, ma ormai la cena era fredda, quindi si sarebbe comperato qualcosa tornando a casa. Aveva già trascorso la notte precedente con quel ragazzo. E la mattina.
Jacob però lanciò un'occhiata al lavello e alla terrina con la pasta. «Ci vuole solo un minuto per riscaldarla. Resti?»
Dean si chinò per baciarlo, godendosi il sapore di sale e birra sulle sue labbra. «Certo.»

Katie amava le conversazioni a notte fonda. L'oscurità e la distanza garantita dal telefono rendevano tutto più intimo e anche quello le piaceva.
Jimmy era molto bravo nelle chiacchierate notturne. Aveva una voce carezzevole come il velluto, calda e dolce. Quello che diceva non era importante. Raccontava storie come altri uomini costruivano case, mattone su mattone, un pezzo alla volta fino a quando Katie non si rendeva conto che erano passate delle ore e che stava albeggiando.
Faceva così anche l'amore?
Katie si chiese se l'avrebbe mai scoperto. Aveva conosciuto Jimmy qualche settimana prima. Lui aveva flirtato subito con lei e le aveva chiesto il numero di telefono. Poi l'aveva chiamata, cosa che l'aveva sorpresa dal momento

che i ragazzi come Jimmy dicevano sempre che avrebbero chiamato, ma poi non lo facevano mai.

Katie non era sicura come avessero finito per discutere di vecchi film, di arte, di libri e di musica. Dei loro colori preferiti e del cibo. Quello che sapeva era che aveva detto a Jimmy cose che non diceva a nessun altro uomo da molto tempo e niente di quello che raccontava sembrava infastidirlo o apparire esagerato. Katie gli aveva aperto il cuore su molti argomenti, dall'esperienza più imbarazzante alla sua passione per le babbucce fatte ai ferri.

Erano diventati amici, cosa fantastica, ma Katie incominciava a chiedersi se alla fine sarebbero rimasti solo tali.

«Sei davanti a tre porte» disse in quel momento Jimmy. «Di che colore sono, che cosa c'è dietro ognuna e quale scegli?»

Katie rise. «Dove hai scoperto questo indovinello?»

«Su un libro. Duecentosette domande particolari da porre a una donna bellissima.»

Se non altro le aveva detto che era bellissima. Katie si schiarì la voce. «Fammi pensare. Prima rispondi tu.»

«Non è leale. Io ho avuto più tempo per riflettere di te.»

«Rispondi comunque» lo esortò Katie, infilandosi meglio sotto le coperte.

«Le porte sono una rossa, una blu e l'altra viola. Io scelgo quella blu.»

«Perché?»

«Perché blu è il tuo colore preferito e immagino che tu sia dietro quella porta» rispose Jimmy.

Un'ondata di calore si propagò in lei. «E dietro le altre porte che cosa c'è?»

«Non lo so, non le apro» rispose lui, «quindi non posso sapere che cosa c'è dietro.»

«Ottima risposta.»

«Adesso tocca a te.»

Katie non riusciva a pensare alle porte, ai colori e a che cosa potesse esserci dietro. O meglio avrebbe anche potuto pensarci, ma ogni porta che immaginava era di vetro e dietro ognuna c'era Jimmy e per quanto si sforzasse non riusciva ad aprirne nessuna. Frustrata si lasciò sfuggire un sospiro.

«Dimmi qualcos'altro, Jimmy.»

«Che cosa?»

«Qual è la tua poesia preferita? Ne hai una?»

Jimmy rise sommessamente e Katie immaginò di sentire il suo respiro sul collo.

«A meno che non si considerino i testi delle canzoni di Jim Morrison come poesia, no, non credo di averne una preferita. La tua qual è?»

«Mi piacciono quelle di E. E. Cummings. La mia preferita incomincia così: *I ragazzi che intendo io non sono raffinati.*» Katie pensò alle ragazze che cavalcavano in modo sfrenato e ai ragazzi che facevano tremare le montagne quando ballavano. La recitò a memoria e, quando ebbe finito, Jimmy rimase in silenzio per un istante.

«Non mi sono mai piaciute le poesie» confessò. «Avevo un'insegnante che ce ne faceva imparare moltissime a memoria. Forse è per quel motivo che le detesto e non avrei mai pensato che una potesse piacermi. Ma questa mi è piaciuta.»

Katie lo sentì sbadigliare e si incupì. Si aspettava che lui avrebbe concluso la conversazione, ma quando lui le disse che doveva riagganciare non poté fare a meno di rispondere in tono piatto.

«Sì, è tardi.»

L'invito era sulla punta della lingua, ma si trattenne. Non voleva chiedergli di uscire con lei, nemmeno per incontrarsi alla caffetteria dove si erano conosciuti per timore che lui rifiutasse o peggio ancora che smettesse di chiamarla.

«Buonanotte, Katie. Sogni d'oro.»

«Buonanotte anche a te, dormi bene» rispose lei stringendo le dita sul ricevitore dopo che lui aveva riagganciato per primo.

Stava ancora pensando a quella conversazione quando arrivò a casa con Dean al seguito.

«Forse il problema è solo tuo» ipotizzò lui sfogliando una

rivista che lei aveva lasciato sul tavolino. «O forse ormai sa tutto di te.»

«E allora perché continuerebbe a chiamarmi?» Katie si tolse le scarpe e, sospirando, si sedette sul divano. «Credi davvero che gli uomini chiamino spesso le donne in tarda serata solo per sentire il suono di un'altra voce? Io no.»

«Lo stai chiedendo all'uomo sbagliato.»

«Tu chiami mai qualcuno a tarda serata solo per sentirlo parlare?»

«Solo se allo stesso tempo mi masturbo» rispose Dean.

Katie atteggiò le labbra a una smorfia muovendo le dita dei piedi, finalmente liberi dalle scarpe con il tacco alto. «Forse anche lui lo fa.»

Dean le sorrise. «Tu lo fai?»

«Non sono affari tuoi»

Dean scivolò sul divano accanto a lei. «Lo fai.»

«Forse è capitato. Una volta o due.» Katie sistemò i piedi sotto di sé senza smettere di guardare Dean. «Ha una voce molto sexy.»

«E allora perché non lo inviti qui? Metti un po' di musica, gli prepari la cena. Agli uomini piacciono queste stronzate.» Dean insinuò il ginocchio sotto la gonna di stoffa leggera di Katie. «Fa' la prima mossa.»

Katie si strinse nelle spalle. «Non saprei. Mi piace, forse troppo e non voglio rovinare tutto. Se anche lui fosse preso da me, non credi che mi avrebbe già chiesto di uscire invece di chiamarmi e di stare al telefono per ore?»

«Forse ha paura pure lui. Anche gli uomini possono avere paura» le fece notare Dean.

«Tu hai paura?» gli chiese lei studiando la sua espressione.

«Io non ho paura di niente.»

Katie lasciò perdere. Lo conosceva bene e sapeva che stava mentendo. Dopo che Ethan se ne era andato, Dean non aveva più pronunciato il suo nome, lo aveva cancellato dalla sua vita come se non fosse mai esistito. In un certo qual modo, Katie lo ammirava per come riusciva a dimenticare il passato. D'altro canto era sicura che dovesse avere anche dei bei ricordi oltre a quelli spiacevoli. Per quanto la riguardava non le dispiaceva mai ripensare alle relazioni passate.

E allora perché aveva così paura di rischiare con Jimmy? Anche se non avesse funzionato, non avrebbe perso niente, ma se non ci avesse provato si sarebbe potuta perdere qualcosa di speciale. Un sospiro lasciò le sue labbra.

«Ehi...» Dean le posò una mano su un braccio. «Non ci starai per caso ripensando, vero?»

«Riguardo a Jimmy?»

«Concentrati» la esortò Dean e dopo aver estratto una confezione di preservativi dalla tasca la lanciò sul tavolino. «Su di noi.»

«Ah, la sfida» annuì Katie sorridendo. «No, non me ne sono dimenticata.»

Dean le restituì il sorriso. «Bene.»

Katie era abituata al fatto che Dean invadesse il suo spazio personale. Gli piaceva abbracciare le persone, toccarle e accarezzarle. Lavorando insieme su diversi progetti, chini sullo schermo del computer, non era insolito che lui appoggiasse il mento sulla sua spalla per vedere che cosa stesse facendo, o che le cingesse le spalle con un braccio mentre camminavano. Il contatto fisico con Dean era costante e disinteressato.

Quello che stavano per fare adesso sarebbe stato completamente diverso.

Katie non sapeva che cosa aspettarsi quando Dean la baciò. Il bacio fu del tutto diverso da quello che si erano scambiati in occasione dell'ultimo dell'anno, un bacio rozzo e scherzoso tra due persone ubriache che non riuscivano a smettere di ridere. Niente di serio.

Katie avrebbe dovuto capire che non era pronta a provare le sensazioni che le labbra di Dean avrebbero scatenato in lei. Dean la baciò, appoggiando una mano sulla nuca. Il divano si abbassò sotto il suo peso mentre con l'altra mano si appoggiava allo schienale. Il suo ginocchio si muoveva tra le gambe di Katie.

La sua bocca sapeva di menta.

Quando lui la baciò, d'istinto Katie chiuse gli occhi e li

riaprì solo quando lui si scostò, battendo forte le palpebre e passandosi la lingua sulle labbra.

«Come inizio non c'è male» commentò lei.

Dean rise sommessamente. «Non intendi concedermi niente, non è vero?»

«No, dovrai darti da fare, Dean» confermò lei avvicinandosi e sfiorando le sue labbra con le proprie. «Ti avevo avvertito che non sarebbe stato facile.»

Le dita di Dean si strinsero sulla nuca di Katie e quando si leccò di nuovo le labbra, la sua lingua solleticò anche le sue. Si baciarono di nuovo, questa volta in modo più profondo e più a lungo. Quando si scostarono Katie si accorse di avere il cuore in gola.

«La tua bocca» mormorò Dean, «è così morbida.»

Katie rise gettando indietro la testa per permettergli di baciarle la mascella e il collo.

«Tutto in me è morbido.»

Dean premette i denti sulla sua pelle e l'attimo seguente Katie si sentì succhiare. Le mani di Dean si erano spostate sui suoi fianchi e subito dopo lei si ritrovò a cavalcioni sopra di lui, le ginocchia che affondavano nei cuscini del divano e le mani sulle sue spalle.

Il bacio si fece ancora più appassionato. Le lingue si attorcigliavano, i denti si scontravano, le labbra stringevano. Dean premette le mani sui suoi fianchi e Katie aderì contro di lui.

Per quanto la riguardava la cosa stava funzionando, ma per lui? Non molto a giudicare dalla mancanza di un'erezione. Interrompendo il bacio gli cinse il viso con le mani.

«Chiudi gli occhi.»

Dean li strizzò, ma non li chiuse. «Perché?»

Katie gli prese una mano e se la appoggiò sul seno, mostrandogli come doveva sfregare le dita sui capezzoli.

«Questi ti stanno distraendo.»

Dean guardò le sue mani sul seno di Katie e atteggiò le labbra a un sorriso triste. «No.»

Katie sorrise. «Chiudi gli occhi. Aspetta, ho un'idea migliore.»

Quella mattina aveva deciso di legarsi i capelli con una

sciarpa vintage molto morbida e ora la usò per bendarlo.

«Non sapevo che ti piacessero certe cose» commentò lui.

«Sssh» lo zittì lei e, dopo averlo bendato, tracciò con le dita il profilo del suo viso, soffermandosi sulle labbra. Dean cercò di morderle il dito, ma lei lo ritrasse prima che riuscisse a farlo.

Poi lo baciò di nuovo a lungo, senza interruzioni. Gli sbottonò la camicia e gli accarezzò il torace scoprendo che anche il suo cuore batteva forte. Anche qualcos'altro incominciava a muoversi, lo percepiva tra le gambe.

Sempre baciandolo gli abbassò la cerniera dei pantaloni. Dean sollevò il bacino in modo da permetterle di calarli. Indossava un paio di boxer blu. Katie prese il suo sesso in mano attraverso la stoffa morbida e lo accarezzò.

Dean si lasciò sfuggire un gemito.

Parlando avrebbe potuto rovinare l'illusione che lui si era creato, perciò rimase in silenzio, continuando a baciarlo e ad accarezzarlo e finendo per liberarlo dallo spazio limitato dei boxer. Lei stessa non riuscì a trattenere un gemito quando sentì l'erezione di Dean premere contro la pelle.

Katie era stata sincera quando aveva sostenuto di essere sicura di riuscire a farlo godere. Ora con il suo sesso in mano e la sua bocca sulla propria, capì che si sarebbe divertita e non solo perché avrebbe vinto la sfida.

Con calma deliberata spostò le labbra sul corpo di Dean, baciandolo e leccandolo leggermente, succhiando con più forza quando lui tratteneva il respiro e i muscoli del suo addome si contraevano sotto le sue labbra. Un buon lavoro di mani non si basava sull'esibizionismo, ma sul porre attenzione su quello che piaceva all'altro.

E anche sull'essere furbi. Dopo aver lanciato un'occhiata veloce a Dean, Katie prese la confezione di lubrificante che teneva nel cassetto del tavolino e si riempì la mano con il liquido denso. Quando riprese ad accarezzarlo Dean imprecò a denti stretti.

Con un bellissimo corpo come quello di Dean davanti a sé, Katie aveva deciso di prendersi tutto il tempo necessario per rendere indimenticabile l'esperienza. Anche se ciò significava perdere delle ore a baciare, succhiare e leccare ogni curva. Anche lei incominciava a eccitarsi. Non era mai stata una cultrice del sacrificio e non trovò alcuna ragione per cui mentre accarezzava il sesso di Dean a un ritmo sempre maggiore non potesse infilarsi l'altra mano nelle mutandine e stringere il clitoride tra il pollice e l'indice.

Senza rompere il contatto con la sua eccitazione, si spostò sul divano, poi si chinò a baciarlo con forza mentre le dita nelle mutandine si muovevano sempre più in fretta.

Quando Dean appoggiò una mano sulla sua determinando un cambio di ritmo, il piacere in lei si fece più intenso. Il sesso le piaceva così: un po' veloce, un po' rozzo, un po' furtivo e peccaminoso. Be', anche sicuro. Niente sarebbe cambiato tra loro dopo quell'esperienza. Niente sarebbe potuto cambiare.

«Oh» mormorò Dean e stringendo la mano sulla sua la invitò a muoversi più in fretta. «Sto per venire...»

«Anch'io» mormorò Katie.

Dean si lasciò sfuggire un gemito breve e di sorpresa. Forse a causa del suono della voce di Katie o per via dell'orgasmo. Katie percepì sulle dita il calore del suo seme. Il suo profumo e il suo gemito disperato la fecero esplodere.

La mano di Dean le impedì di muovere ulteriormente la sua. Affannata, Katie si lasciò andare sul divano sfilando la mano dalle mutandine, poi rise prima sommessamente e poi di gusto.

Dean si tolse la benda dagli occhi e gliela lanciò contro. «Hai barato.»

«Non ho barato» protestò lei. «Ti avevo detto che sarei riuscita a farti godere e l'ho fatto.»

Dean abbassò lo sguardo sulla gonna sollevata fino all'inguine e sorrise. «Ma hai goduto anche tu.»

«Ah» mormorò Katie posandogli un bacio sulle labbra, «Ma non per merito tuo. Ho fatto tutto da sola, quindi non conta.»

«Hai barato» ripeté Dean contro le sue labbra senza staccarsene.

Katie rimase sorpresa nel constatare che il bacio si protraeva e non riuscì a decifrare l'espressione sul viso di Dean quando lei si scostò per sistemarsi i vestiti.

«Che cosa c'è?» gli chiese. «Pensavi che mi sarei accontentata di rimanere all'asciutto?»

Dean prese alcuni fazzolettini dalla scatola sistemata sul tavolino e si asciugò prima di rivestirsi.

«Voglio la rivincita.»

«La rivincita?» Ridendo Katie si alzò lasciando che la gonna le ricadesse intorno alle caviglie mentre si dirigeva in cucina. «Vuoi qualcosa da bere?»

Dean la raggiunse intrappolandola tra sé e il ripiano di lavoro mentre allungava una mano per prendere dei bicchieri. «Dico sul serio.»

«Dean, non è importante, davvero.»

«Per me lo è.»

Prima che Katie potesse protestare il suo cellulare si mise a suonare. «È Jimmy.»

Dean si incupì, scostandosi da lei. «In questo caso sarà meglio che tu risponda.»

«Credi che tra di noi cambierà qualcosa? Perché non avrei mai accettato la sfida se avessi pensato che tra noi sarebbe cambiato qualcosa.» Katie afferrò il telefono, ma non rispose, lasciando che la chiamata finisse sulla segreteria.

«Non è cambiato niente. Ci vediamo domani al lavoro, d'accordo?»

«Dean...»

«Ehi» la tranquillizzò lui con uno dei suoi sorrisi aperti. «Non è finita qui. Non preoccuparti, conosco la strada. Ci vediamo domani.»

Il telefono tornò a squillare, avvertendola che aveva ricevuto un messaggio. Da Jimmy. Katie guardò il telefono e poi Dean che era già alla porta. «Dean!» lo chiamò, ma lui non si fermò.

Non era stato sicuramente il sesso più eccitante della sua vita, quindi perché non riusciva a smettere di pensare alle mani piccole e morbide di Katie, alla sua bocca dolce e alle sue curve generose? Katie era una bellissima donna che a lui piaceva. Essere omosessuale non significava non riuscire ad apprezzare gli attributi di una donna, ma fino a quando lei non lo aveva bendato, Dean non era riuscito a immedesimarsi in quello che stavano facendo.

Era deciso più che mai a provarle che si sbagliava.

«Manterrai quella faccia tutto il giorno?» gli chiese Katie in tono tranquillo alle sue spalle.

Quella mattina toccava a lei portare il caffè, due bicchieri di carta con il logo del *Green Bean*, il locale in fondo alla strada. Gliene porse uno mentre sorseggiava il suo caffè dall'altro. Aveva un'aria fresca e riposata, gli occhi luminosi, cosa che lo disturbava sempre e ora ancora di più.

«Da lì dietro non puoi vedere la mia faccia che, per la cronaca, è bellissima» replicò Dean.

«Hai uno sguardo perfido» mormorò lei mentre gli passava accanto come se stesse confidandogli un segreto nonostante non ci fosse nessuno che potesse sentirli.

Dean la seguì nell'ufficio e chiuse la porta. Katie sollevò lo sguardo e sospirando posò il bicchiere con il caffè. Dean non si sedette.

«Non abbiamo nemmeno scopato» osservò lui.

«Per l'amor del cielo, stai pensando ancora a quello?» lo rimproverò lei appoggiandosi allo schienale della sedia.

«Avevamo detto che avremmo fatto sesso.»

«E lo abbiamo fatto. Più o meno.» Katie incrociò le gambe e la sua gonna si sollevò offrendogli la vista delle sue gambe e delle mutandine rosa.

«Voglio provarci di nuovo.»

Conosceva Katie da molto tempo. Aveva sempre la risposta pronta, sottile ed efficace, anche quando consisteva unicamente nell'inarcare un sopracciglio. Andavano d'accordo e si capivano a vicenda. Era per quel motivo che erano ottimi amici e colleghi. Ora, tuttavia, non riusciva a leggere niente sul suo viso, niente nei suoi occhi.

«Non credo che sia una buona idea» sentenziò lei alla fine.

«Perché?» Dean non era abituato a essere scaricato. Era un atteggiamento arrogante il suo, ma non ci poteva fare niente. Forse, come era solita dire Katie, la sua sensibilità gli permetteva di capire quali persone non sarebbero riuscite a dirgli di no.

In realtà Dean era stato respinto altre volte e sapeva come ci si sentiva. Malissimo.

«Perché siamo amici e io non voglio rovinare tutto.»

«Ma ci sei già stata una volta.»

«Quello è stato prima» gli spiegò lei in tono calmo. Dean non aveva bisogno di percepire il tremore nella sua voce per capire che era agitata, lo intuiva da come beveva il caffè.

«Ehi, che cosa ti succede?» le chiese e sedendosi di fronte a lei le infilò un ginocchio tra le gambe. «È successo qualcosa con quel Jimmy o come diavolo si chiama?»

«Non è successo niente con Jimmy, questo è il problema.»

«Dimenticalo» la esortò lui. «Se non riesce a vedere quello che ha davanti...»

Katie rise. «Già, perché invece tu sei un esperto nel vedere quello che hai davanti.»

Dean si alzò, cupo in viso. «E con questo che cosa vorresti dire?»

Katie si strinse nelle spalle dondolandosi sulla sedia. «Forse da lui vorrei qualcosa di più di una sveltina, tutto qui.»

«Non è che per caso ti senti così perché tra di voi non sta succedendo proprio niente?»

Katie emise un lungo sospiro. «Lasciamo perdere. Non capiresti.»

«Quindi la sfida è annullata?»

Katie lo osservò con aria perplessa. «Stai ancora pensando alla sfida?»

«Sostieni che non riuscirei a farti godere.»

Katie ne era convinta.

Il telefono di Dean squillò. Era Jacob, ma lui non rispose.

Katie sorrise. «Era lui?»

«Non c'è nessun *lui.*»

Il sorriso di Katie si fece più aperto. «Già.»

Dondolandosi sulla sedia gli offrì la vista delle sue gambe, concessione che non era stata riservata a nessun altro in ufficio. Katie non si comportava in modo malizioso, non aveva mai usato il suo fisico per attirare l'attenzione, anche se avrebbe potuto. Era sempre più a suo agio con lui che con gli altri colleghi e per la prima volta questo dettaglio lo irritò.

«Sei convinta che non sia abbastanza uomo?» le domandò lui.

Il sorriso morì sulle labbra di Katie che si accigliò. «Come, scusa?»

«Sei convinta che non sia abbastanza uomo» ripeté Dean.

«Dai, Dean, non dirai sul serio, spero.»

Il rimprovero non lo fece sentire meglio, specialmente dopo che lei ebbe spostato la sedia per sistemarsi davanti allo schermo del computer, come a congedarlo. Dean la obbligò a voltarsi a guardarlo. Katie rimase sorpresa almeno quanto lui.

«Voglio farlo» mormorò lui.

Katie prese un respiro profondo. Aveva un buon profumo, come sempre, ma quel giorno lui lo notò ancora di più. Sembrava notare tutto di lei più del solito, ricordando la sua mano sul proprio sesso.

«Cambieresti idea» mormorò Katie in tono roco, «se ti dicessi che sono assolutamente convinta che riusciresti a farmi godere?»

«Te lo proverò.»

Una risata uscì dalla sua gola. Dean non l'aveva mai sentita ridere così. «Va bene. Provamelo, se per te è così importante.»

«Allora siamo d'accordo» confermò Dean mentre il suo cellulare riprendeva a suonare. «Quando?»

«Questa sera. Non ha senso aspettare.»

«A casa tua?»

«Ti aspetto per le otto» annuì Katie. «Non voglio fare tardi.»

«Ti sbagli, faremo molto tardi, forse fino all'alba.»

Non è niente di speciale, si ripeté Katie. In fondo non sarebbe stata la prima volta che si chiedeva com'era Dean a letto o che avesse fatto sesso con un amico. In effetti qualche anno prima aveva avuto un'esperienza di quel genere con un uomo con il quale si teneva ancora in contatto. Era anche vero che con altri, invece, alla fine si era vista costretta a rompere l'amicizia. Accidenti. Continuava a pensare al profumo e al sapore di Dean e a chiedersi se davvero sarebbe riuscito a farla godere come le aveva promesso.

Per dirla tutta, sperava proprio di sì.

Distratta dal ricordo dell'erezione di Dean nella sua mano, per poco non andò a sbattere contro la porta della caffetteria aperta all'improvviso da una signora anziana, nascosta sotto una serie di sciarpe con in mano una tazza enorme di caffè. Fortunatamente colpì la porta solo con il gomito.

«Grazie per le scuse» mormorò in tono sarcastico voltandosi per seguire la donna con lo sguardo.

Fu allora che con la coda dell'occhio vide Jimmy in jeans, con i capelli lunghi, scompigliati e la faccia stanca, appoggiato a un cartello segnaletico, intento a parlare al telefono. Se si fosse trattato di qualcun altro, perfino di un ex, Katie non avrebbe avuto alcuna esitazione ad avvicinarsi, ma con Jimmy, il maestro delle telefonate in tarda serata era diverso. Specialmente alla luce del sole, tutto appariva differente.

Prima che avesse il tempo di rientrare nella caffetteria, Jimmy sollevò lo sguardo e con gli occhi che gli brillavano, le sorrise, mettendo fine alla telefonata.

«Katie.»

«Ciao, Jimmy. Come va?»

«Bene, bene» annuì lui. La brezza gli scompigliava i capelli e il sole gli illuminava il viso. Aveva occhi del colore del caramello, dettaglio a cui non aveva fatto caso prima. «Stai entrando?»

«Sì.»

«Bene.» Jimmy le sorrise di nuovo, le tenne aperta la porta ed entrò dietro di lei.

Era la stessa caffetteria dove si erano conosciuti. Jimmy ordinò due caffèlatte e dei brownie e scostò la sedia dal tavolo affinché lei si sedesse, cosa che nessun altro uomo aveva mai fatto prima per lei. Seduta di fronte a lui con le ginocchia che si sfioravano, Katie si sforzò di non conferire alla situazione una connotazione romantica.

Fu difficile con Jimmy che la guardava negli occhi e che rideva delle sue battute, che le sfiorava la mano per prendere un tovagliolino, la panna o una forchetta. La toccò posandole una mano sulle spalle anche quando si alzò per salutare un amico che era appena entrato.

La sfiorò diverse volte, sempre in modo spontaneo che Katie trovò eccitante al punto da perdere l'appetito. Se l'avesse toccata un'altra volta, si sarebbe sciolta ai suoi piedi.

«Bene, è stato bello» concluse lui alla fine, lanciando un'occhiata all'orologio, «ma adesso devo scappare.»

Alzandosi lasciò Katie con un palmo di naso e senza parole.

Maledizione.

Non era da lei. Katie detestava non essere se stessa e non capiva per quale motivo si fosse comportata come una ragazzina innamorata. Detestava anche il fatto che Jimmy sembrava non essersi assolutamente accorto dell'effetto che aveva su di lei. Forse era talmente abituato a scatenare quel genere di emozioni nelle donne da darle per scontate.

«Grazie per il caffè» mormorò Katie alzandosi.

«Ci sentiamo» le promise lui allontanandosi con un sorriso.

Katie lo osservò andarsene, augurandosi che mantenesse la promessa e che la sua non fosse una frase fatta che usava con tutte.

Jacob non era stato felice di sapere che Dean sarebbe tornato da Katie quella sera. Se qualsiasi altro uomo lo avesse aggredito in quel modo, accusandolo di non sapere quello che voleva e che avrebbe dovuto smetterla di scopare in giro per dimostrare che ne era in grado invece di farlo perché voleva, Dean lo avrebbe mandato al diavolo. E in effetti ci era arrivato molto vicino.

«Vuoi che disdica l'appuntamento?» gli aveva chiesto assaggiando la salsa al pomodoro e aglio, indispettito all'idea che Jacob avesse voluto affrontare l'argomento prima di cena.

Jacob aveva chinato la testa da un lato fulminando Dean con lo sguardo. «Se te lo chiedessi lo faresti?»

«No.»

Jacob aveva scrollato le spalle. «E allora fa' quello che ti pare, ma non pensare che io stia qui ad aspettare che tu ti decida a capire che cosa vuoi, quando hai tutto quello che ti serve davanti a te.»

«È una minaccia?»

«No, è un'affermazione.»

Poi gli aveva indicato la porta e Dean se ne era andato con la coda tra le gambe, cosa che l'aveva innervosito non poco, tanto da indurlo a decidere di cancellare il suo numero dal cellulare. Tuttavia non lo fece. Seduto in macchina davanti alla casa di Katie teneva in mano il telefono aspettando che squillasse.

Ma non squillò.

L'ultimo uomo che aveva desiderato e di cui aveva avuto bisogno lo aveva tradito mentendogli e lasciandolo. Quello che ancora bruciava non era tanto il fatto che Ethan si fosse divertito e che gli avesse mentito, ma che alla fine, nonostante lui lo avesse perdonato, se ne fosse andato.

Non pensare che io stia qui ad aspettare che tu ti decida a capire che cosa vuoi, quando hai tutto quello che ti serve davanti a te.

«Al diavolo!» imprecò Dean gettando il telefono nel cassettino così da non sentirlo suonare. Guardando la casa, si passò la lingua sulle labbra.

L'avrebbe fatto comunque. Era sicuro che Katie non si sarebbe risentita se lui avesse disdetto l'appuntamento, ma poi l'avrebbe considerato un pavido. Non che a lui importasse.

Ma perché vincere quella sfida con Katie era diventato così importante? Perché non poteva semplicemente lasciar perdere?

La luce sotto il portico si accese. Probabilmente Katie si era accorta che se ne stava seduto in macchina come un idiota, incapace di prendere una decisione. Dean emise un respiro profondo. Era ora di andare. I giochi avevano inizio.

Katie lo accolse con un sorriso che non le illuminò gli occhi.

«Ehi, ero convinta che avessi cambiato idea.»

«No, sono qui» replicò lui pentendosi di non aver portato dei fiori o qualcos'altro. Accidenti, in fondo si trattava di Katie, la sua amica, avrebbe almeno potuto portare una bottiglia di vino.

«Entra» lo invitò lei facendosi da parte per lasciarlo passare.

Più che mai a disagio rimasero in piedi nell'entrata. Dean ripensò alla sera del ballo di fine anno insieme alla ragazza con cui aveva deciso di uscire, convinto che non sarebbe comunque riuscito a darla a bere a nessuno.

Doveva baciarla? Se il loro fosse stato un incontro normale, come minimo l'avrebbe abbracciata e baciata sulla guancia, seguendola in salotto e chiedendole com'era andata la giornata. Peccato che ora non riuscisse più a comportarsi in modo spontaneo con lei.

«Vuoi qualcosa da bere? Ho del vino che sono sicura ti piacerà. In realtà l'ho già versato, perciò non puoi dirmi di no e poi non posso finire la bottiglia da sola.»

Katie indicò il tavolino basso sul quale erano stati disposti una bottiglia e due bicchieri. Il vino era il preferito da Dean.

«Con piacere» accettò lui sedendosi. «Hai bisogno di *questo*?»

Katie sembrò sorpresa mentre si sedeva accanto a lui. «Ti riferisci al vino?»

«Sì. Vuoi che lasciamo perdere? O vuoi essere un po' ubriaca?»

Katie rise scuotendo la testa. «No, tesoro, non ho bisogno di essere ubriaca per scopare con te... a meno che tu non lo voglia.»

Katie era a disagio ed esitante, agitata dallo stesso stato d'animo che spaventava anche lui. «No. A meno che non lo voglia tu.»

Katie emise un lungo sospiro, abbandonandosi contro i cuscini. «Oh, Dean, ascolta, è stata una tua idea, quindi se non vuoi andare avanti, io capirò. Non dobbiamo farlo per forza, credimi. Non saresti il primo uomo che non vuole venire a letto con me.»

Accidenti, la conversazione stava prendendo una piega ancora peggiore di quella della discussione con Jacob. «Si tratta di Jimmy?»

Katie si strinse nelle spalle, accarezzando il bordo del bicchiere con un dito.

«L'ho visto oggi» gli confidò, dopo un sospiro, raccontandogli dell'incontro casuale, del caffè e del modo in cui lui l'aveva toccata.

Dean era dispiaciuto di sentirla così triste.

«È un idiota» commentò in tono piatto. «Un cretino. Davvero, tesoro.»

Katie sospirò posando il bicchiere sul tavolo. «Farei meglio a dimenticarlo.»

Sorpreso Dean si accorse che Katie stava per scoppiare a piangere. La Katie che conosceva lui non era così vulnerabile. «Ehi, vieni qui.»

Dean l'attirò contro di sé e lei appoggiò la guancia sul suo petto, sospirando.

«Starò bene» lo rassicurò con voce rotta dall'emozione.

Dean le accarezzò i capelli e dopo un lungo istante di silenzio pronunciò una serie di parole che sorpresero lui per primo.

«*Lui* vuole avere una relazione con me.»

«Ma certo, chi non vorrebbe?» mormorò Katie strofinando il viso contro il suo torace. «Sei fantastico.»

«No... cioè, sì, ma non è quello che intendevo dire.»

«Hai paura?» mormorò Katie. «Ti capisco. So tutto di te ed Ethan.»

Per la prima volta da molto tempo, Dean non si irrigidì sentendo quel nome. Per la prima volta il viso di Ethan gli apparve sfuocato e lui non ebbe alcuna difficoltà a sostituirlo. «Non voglio essere come lui, Katie, e Jacob mi ha accusato di comportarmi esattamente come lui si è comportato con me.»

Katie sollevò lo sguardo. Aveva gli occhi colmi di lacrime. «Te l'ha detto lui?»

«Non proprio» ammise Dean. «Lui non sa di Ethan, non quello che sai tu, ma ha detto che non starà ad aspettarmi mentre io non faccio altro che fuggire.»

«Ah, be', forse non ha tutti i torti.»

«Non voglio che abbia ragione.»

Katie sorrise con labbra tremanti. «Siamo proprio una bella coppia, non credi? Tu stai con qualcuno che non sei sicuro di volere e a me piace un uomo che non mi vuole.»

Una lacrima le rigò il viso.

«Ehi, non piangere, ti prego.»

Dean le asciugò la lacrima con il pollice. Katie rabbrividì, poi gli baciò il palmo della mano tenendola vicina al viso per un momento prima di sollevare su di lui uno sguardo triste. Tante donne avevano pianto sulla sua spalla, ma mai Katie. Vedendola così, Dean riusciva a pensare solo a quanto fosse profonda la loro amicizia e a come gli dispiacesse che lei fosse infelice.

Quando la baciò, lei mormorò qualcosa contro le sue labbra, ma non protestò. Aveva un sapore dolce, come lo ricordava. Continuando a baciarla, Dean le fece scivolare una mano dietro la nuca. L'attimo seguente Katie si trovò seduta sopra di lui mentre i baci si facevano sempre più profondi.

Lei era riuscita a farlo eccitare con la benda sugli occhi, ma questa volta Dean non ebbe bisogno di essere bendato. Nella sua mente il sapore e il profumo di Katie erano indissolubilmente legati al ricordo del piacere e il suo sesso reagì. Dean l'attirò contro di sé, continuando a baciarla, premendo l'erezione contro il suo addome.

Katie sussurrò il suo nome, la voce soffocata dal bacio.

Dean preferiva gli uomini della sua stessa corporatura, paragonati ai quali Katie era minuta, quindi non ebbe alcun problema a infilare le mani sotto le sue natiche e a sollevarla, strappandole un gemito di sorpresa. Nemmeno allora smise di baciarla. Le loro lingue avvinghiate provocavano in lui una sensazione molto piacevole.

Dean non prese nemmeno in considerazione l'idea di

raggiungere le scale e tanto meno di salirle. Il tappeto era morbido e fu lì che la trascinò con sé, sistemandosi tra le sue gambe. Poi chiuse gli occhi e si lasciò trasportare dalle sensazioni. Il desiderio disperato che si propagò in lui lo sorprese, inducendolo a pensare che il suo sesso avesse davvero la capacità di ragionare per conto suo.

Con una destrezza ammirevole Katie riuscì a spogliarlo senza smettere di baciarlo mentre lui cercava di liberarla dai vestiti. In mutandine e reggiseno sotto di lui, Katie rise sommessamente dei suoi maldestri tentativi di slacciarle il reggiseno che alla fine si tolse da sola.

«Non l'hai mai fatto, vero?»

«Certo che no» rispose lui accarezzandole i fianchi. Si fermò prima di raggiungere il seno e la guardò negli occhi. «Pensavi che l'avessi già fatto con una donna?»

Katie si appoggiò su un gomito, alzandosi per guardarlo meglio. «Pensavo che forse non sono poi così speciale.»

«Taci» la zittì lui prima di ricominciare a baciarla. «Tu sei molto speciale.»

Katie rise di nuovo e la sua risata fu molto più eccitante delle lacrime. Distendendosi con lui tra le gambe allungò una mano per afferrare il suo sesso, accarezzandolo fino a quando non fu completamente eccitato. Dean rabbrividì di piacere. Quando lei accarezzò i testicoli trattenne il respiro, poi aprì gli occhi e la guardò.

«No, no» mormorò. «La sfida prevede che io faccia godere te.»

«Tesoro, vedere che quello che faccio ti piace è già di per sé molto eccitante, credimi.»

«Voglio farti dimenticare tutti gli altri questa sera.»

«Ci sei già riuscito» mormorò lei con gli occhi che le brillavano. «Toccami.»

Dean le accarezzò di nuovo i fianchi poi appoggiò le mani sul seno.

I capezzoli si inturgidirono contro i suoi palmi e Katie prese un respiro profondo mordicchiandosi il labbro inferiore.

Dean capì che si stava muovendo nella direzione giusta. Doveva sforzarsi di immaginare che cos'altro le sarebbe piaciuto. Probabilmente le stesse cose che piacevano a un uomo, tutto stava nel concentrarsi sui punti giusti. Il problema era trovarli, pensò mentre Katie piegava la schiena e apriva le gambe.

Maledizione, era più difficile di quanto avesse immaginato.

Chinandosi su un capezzolo lo succhiò con delicatezza, scoprendo che non era piatto come quello di un uomo, ma che si gonfiava a mano a mano che lui lo accarezzava con la lingua. Quando Katie si mosse spingendo il bacino contro il suo addome, Dean si prese cura dell'altro capezzolo fino a quando non furono entrambi scuri e turgidi.

Katie lo attirò contro di sé, agitandosi sotto di lui e baciandolo in modo sempre più appassionato. Baciava benissimo. Sapeva quando ritrarsi e quando succhiare la sua lingua quel tanto che bastava per strappargli un gemito di piacere.

Poi si mosse contro il suo sesso accarezzandogli il torace nudo. Gli toccò i capezzoli prima di calarsi le mutandine. Quando se ne fu liberata, si distese di nuovo, nuda, e lo guardò negli occhi, sollevando appena il mento.

Dean non era stupido. «Sei bellissima» la rassicurò.

Katie inarcò un sopracciglio.

Lui la baciò, accarezzandole i fianchi, poi l'addome, poi di nuovo il seno tornando a succhiare i capezzoli. «Sei davvero bellissima» ripeté.

«Mi piace» mormorò Katie, affondandogli le mani nei capelli.

Dean si rese conto che andando avanti di quel passo non sarebbe riuscito a regalarle un orgasmo. Forse non gli piacevano le donne, ma ciò non significava che non conoscesse la loro anatomia. Tutte quelle ore in cui aveva tentato di studiare mentre i suoi compagni guardavano film porno forse ora gli sarebbero tornate utili, se non altro aveva una certa idea di dove trovare il clitoride, cosa che i suoi compagni di stanza non erano mai riusciti a fare a giudicare dagli scarsi successi con le ragazze.

Voltandosi su un fianco, la baciò di nuovo mentre la sua mano scivolava sul suo ventre e tra i riccioli che coprivano il suo sesso. Quello che le sue dita incontrarono era del tutto nuovo per lui e sorprendentemente erotico. Katie era morbida, calda e umida e quando lui trovò quello che cercava, si lasciò sfuggire un gridolino.

Bingo.

Katie aprì gli occhi. «Sì, così. Mi piace.»

Mettendogli una mano sul polso rallentò il suo ritmo e lo lasciò libero non appena ebbe ottenuto quello che voleva. Affascinato, Dean la osservò distendesi di nuovo sul tappeto, le guance rosse e gli occhi chiusi mentre si mordicchiava il labbro inferiore e poi dischiudeva la bocca turgida.

Era tutto così diverso da quello che era abituato a fare. Questa volta sotto le sue dita c'era qualcosa di molto piccolo su cui era necessario concentrarsi. Quella era la vera sfida e Dean non intendeva perderla.

Lui era così eccitato da provare quasi dolore, ma non fece niente per alleviare la tensione. Non poteva permettersi di perdere la concentrazione su quello che stava facendo. Per quanto ne sapeva lui, bastava un niente per rovinare un orgasmo femminile.

Intanto, per non sbagliare, continuò a baciarla. Non gli importava quanto ci avrebbe messo per raggiungere l'obiettivo. Alla fine gli sembrò di aver trovato un ritmo simile a quello a cui era abituato e il modo in cui Katie reagì gemendo e muovendo il bacino gli lasciò intendere che era sulla strada giusta.

All'improvviso Katie si irrigidì e di nuovo posò la mano sul suo polso. Teneva la bocca aperta, ma non lo stava più baciando. «Oh...»

Dean si fermò, temendo di avere sbagliato qualcosa. «Katie?»

«Accidenti, sono così vicina» mormorò guardandolo. «Cerca solo di rallentare un po'. Fallo durare.»

Dean sorrise, rallentando il ritmo. «Così?»

«Oh, sì...»

Il tono della sua voce, carico di piacere, scatenò in Dean un'ondata di eccitazione. Katie si mosse contro la sua mano. Ora oltre alle guance anche il suo collo era rosso, così come il seno e guidato dall'istinto Dean si chinò a succhiare un capezzolo.

Katie si lasciò sfuggire un grido. Sentirla muoversi sotto di sé lanciò un segnale inequivocabile al suo sesso. Quando poi lei lo baciò, Dean sentì il clitoride pulsare sotto la punta delle dita.

«Scopami» mormorò Katie. Più che un ordine, la sua era una supplica.

Dean avrebbe voluto, ma logisticamente non sapeva come fare. Katie batté forte le palpebre e per un istante il suo sguardo tornò limpido. Invitando Dean a rotolare sulla schiena, dal cassetto del tavolino prese un preservativo e glielo infilò, quindi si posizionò sopra di lui appoggiandogli le mani sulle spalle. L'erezione di Dean premeva sul suo addome, poi scivolò più in basso mentre lei lo guardava.

«Sei sicuro di volerlo fare?»

«Tu sei già venuta?» le chiese lui sentendo il suo sesso premere contro quello di Katie. Le sue natiche erano morbide sotto le sue mani.

Katie sorrise facendo scivolare una mano tra di loro per accarezzarlo e poi lo spinse dentro di sé. «Al diavolo» imprecò Dean. «Sei così calda e stretta.» Sorpreso, lasciò che il piacere si propagasse in lui mentre affondava dentro di lei e si sentì avvolgere e stringere molto meglio di quanto avesse mai fatto una mano umana. Dovette respirare lentamente per evitare di perdere il controllo come un ragazzino alla sua prima esperienza.

Katie premette per un istante la fronte sulla sua spalla. «Oh, sì.»

Dean non aveva mai scopato in quella posizione, ma gli ci volle poco per capire come muoversi. Il suo membro scivolava dentro di lei senza sforzo mentre lei gli mordeva la spalla. Dean non amava sentire dolore, ma in quel frangente trovò quel gesto più che eccitante.

«Sì» mormorò Katie. «Così.»

La voce di lei era suadente e dolce, il suo corpo morbido e tutto curve. Dean scoprì che malgrado dettagli di quel genere non fossero mai entrati a far parte delle sue fantasie erotiche, sentirsi avvolgere da lei e percepire la sua lingua che leccava il punto sulla spalla dove prima l'aveva morso era eccitante oltre ogni misura.

«Toccami» lo invitò Katie, prendendogli una mano, la posizionò tra di loro, premendo il pollice sul clitoride. «Sì, lì, così, così... oh, Dean. Sì!»

Fino a quel punto tutto quello che le aveva promesso erano state solo parole. Ora però sentendola vibrare e gemere, sul punto di soccombere a un orgasmo, Dean capì che non si era sentito affatto sicuro che sarebbe riuscito a farla godere. Felice di esserci riuscito, si lasciò andare anche lui con un tempismo perfetto.

Katie batté forte le palpebre, poi rise. «Accidenti. Devo ammettere che hai vinto. E bravo, signore.»

Dean respirò a fondo. «Dire che te l'avevo detto mi renderebbe antipatico ai tuoi occhi, non è vero?»

Katie lo baciò su una guancia, scostandosi da lui, poi si stiracchiò prima di raccogliere i vestiti. «Più o meno.»

Dean la osservò mentre si vestiva senza mostrare il benché minimo imbarazzo, cosa per la quale lui la ammirò. Nemmeno lui si sentiva in imbarazzo, ma di sicuro si stava chiedendo che cosa diavolo aveva fatto.

Katie si incupì. «Va tutto bene?» gli chiese.

Dean annuì e alzandosi a sedere abbassò lo sguardo sul suo sesso ancora avvolto nel preservativo. Aveva fatto sesso con la sua migliore amica. Una donna. Non sapeva più che cosa pensare.

Katie si chinò accanto a lui porgendogli dei fazzolettini. «Non pensavo che fossi il tipo da emozionarti, dopo.»

«Non lo sono, infatti» puntualizzò lui rivestendosi.

Katie studiò la sua espressione. «Già.»

«Non lo sono.»

Sorridendo Katie si alzò in punta di piedi e lo baciò sulla guancia.

«Abbiamo fatto sesso, Dean. Ed è stato bello. Per me, almeno, e sono sicura che è piaciuto anche a te. Il che non fa di te una persona etero, ma sicuramente dalla mente aperta.»

Il suo sorriso fu contagioso anche se Dean non si sentiva gratificato come aveva immaginato.

Aveva pensato che per lui sarebbe stata un po' come una conquista, invece si ritrovò a sperare che Jacob lo perdonasse. «Maledizione» imprecò intristito. «Vuoi per favore ricordarmi che sono uno stronzo?»

«Perché? Hai intenzione di dirmi *te l'avevo detto*?»

«No, non per quello.»

Katie lo conosceva troppo bene. «Si tratta di lui, non è vero?»

«Jacob.»

«*Lui* ha un nome?» chiese lei impressionata. «Accidenti, Dean.»

«Maledizione!» Dean si lasciò cadere sul divano, coprendosi il viso con le mani. «Cosa ho fatto, Katie?»

«Ehi.» Katie si sedette accanto a lui e gli prese una mano tra le sue. «Non fare così o mi farai venire un complesso. Quello che è successo... credi davvero che si sia trattato solo di una stupida scommessa? Voglio dire che so benissimo che di regola non vai con le donne, ma forse è per questo che l'hai fatto. A suggerirti l'idea è stato sicuramente il tuo ego sproporzionato, ma a farti andare fino in fondo...»

Dean non capiva.

«Stare con lui ti fa paura. E io so perché. Invece stare con me non ti fa paura. Giusto?»

«Certo che no.»

Katie sorrise.

«Perché entrambi sappiamo che benché quello che abbiamo fatto sia stato fantastico, non porterà a niente. Giusto?»

Dean annuì. «Giusto.»

«E, per quanto mi riguarda, io avevo bisogno di farlo con qualcuno che mi volesse bene. Anche solo per un'ora.»

Dean le strinse la mano e lei sorrise facendolo sentire meglio.

«Hai capito che cosa voglio dire.»

«Sì» annuì lui appoggiandosi allo schienale con un sospiro e rivolgendo lo sguardo verso il soffitto.

«Lui riesce a far sembrare tutto così semplice.»

«Non è come riesce a farlo sembrare» lo corresse lei, «è come ti fa sentire.»

Jacob lo faceva sentire a suo agio. Dean si incupì sentendo il cellulare di Katie vibrare sul tavolino. Katie lesse il nome sul display, sospirò, ma non rispose.

«È Jimmy.»

Dean afferrò il telefono e rispose. «Pronto?»

«... Katie?»

«È impegnata» dichiarò Dean.

«Ah. Posso lasciarle un messaggio?»

«No» rispose Dean riagganciando.

«Dean!» lo rimproverò Katie preoccupata, anche se stava ridendo.

Dean scrollò le spalle. «Così ci penserà due volte prima di continuare a prenderti in giro.»

«Forse non mi chiamerà mai più.»

«E sarebbe una grande perdita?»

Katie non rispose e Dean l'abbracciò. Rimasero seduti così per un po', senza parlare, poi lei sospirò scostandosi.

«Va' da lui.»

Dean annuì e alzandosi le porse il cellulare. «E tu telefona a Jimmy.»

Non essendo sicura di quello che provava nei suoi confronti, Katie si decise a telefonare a Jimmy solo il mattino seguente, dopo aver aspettato invano che fosse lui a richiamarla.

Ora però non le importava più. Lo aveva chiamato e gli aveva chiesto di incontrarla alla caffetteria. Lui aveva esitato prima di accettare e quella pausa le era sembrata protrarsi per un secolo. In quei pochi istanti aveva trattenuto il respiro. Come in quel momento, vedendolo entrare dalla porta.

Era bellissimo. Non era giusto.

«Ehi» l' apostrofò Jimmy sedendosi al tavolo.

«Ehi a te» rispose lei stringendo la tazza con il caffè ormai freddo.

«È bello incontrarsi così. Grazie per avermi invitato» esordì lui in tono incerto. Non sembrava il solito Jimmy.

Ma qual era il solito Jimmy? Katie era sicura di conoscerlo? Probabilmente no. Lo conosceva solo tramite le conversazioni serali e il fatto che si fosse confidata con lui non significava che lui avesse fatto lo stesso con lei.

«Grazie per essere venuto. È bello vederti.»

Non avevano mai parlato così, stando sulle spine. Anche la prima volta che si erano sentiti per telefono, la conversazione si era svolta all'insegna della spontaneità. Ora era come se si fossero appena conosciuti e non ci tenessero ad approfondire l'amicizia.

Jimmy sorrise stancamente. «Sì, due volte in una settimana incomincia a essere esagerato, non credi?»

Katie era convinta che la sincerità fosse il miglior approccio in qualsiasi situazione, ma ora, davanti a Jimmy, nella piccola caffetteria, non riusciva a pensare ad altro che a trovare una scusa per giustificare la voglia di vederlo, invece di dirgli la verità. «Sì, esagerato.»

Jimmy sembrò rilassarsi. Con il ginocchio sfiorò il suo. «Scusa.»

«Non preoccuparti.»

La conversazione languiva. Katie incominciava a innervosirsi. Avrebbe voluto chiedergli se lei gli piaceva davvero o se preferiva semplicemente sentire la sua voce al telefono. Avrebbe voluto dirgli quanto le piaceva il suono della sua voce e quanto avrebbe desiderato ottenere di più.

Jimmy lanciò un'occhiata verso il bancone. «Vado a prendere una tazza di caffè, ne vuoi una anche tu?»

Katie scosse la testa. «No, grazie.»

Jimmy la sfiorò di nuovo alzandosi e passandole accanto le posò una mano sulla spalla in un gesto casuale che le piacque molto.

Seguendo l'impulso del momento, Katie si alzò e uscì dalla caffetteria senza voltarsi indietro. Il vento le sferzava il viso, facendole bruciare gli occhi colmi di lacrime.

Aveva già svoltato l'angolo quando lui la raggiunse.

«Katie!» Jimmy l'afferrò per un braccio e lei si irrigidì. «Aspetta.»

Katie aprì la bocca per protestare e Jimmy la baciò. Con passione. Premendo le mani sulle sue natiche. Il bacio fu più bello di come lei l'aveva immaginato e il corpo di Jimmy più solido.

«Io non...» mormorò lui alla fine, affannato, scostandosi.
Katie lo baciò di nuovo, con più calma, accarezzando la sua lingua con la propria mentre lui la stringeva forte contro di sé. Katie sentì la sua erezione premere contro l'addome e si scostò affannata.
Jimmy sorrise. «Avrei dovuto farlo molto tempo fa.»
«E perché non l'hai fatto?»
«Non ero sicuro che volessi una storia con me.»
I passanti lanciavano loro occhiate incuriosite. Jimmy indietreggiò portando Katie con sé in un androne dove l'abbracciò di nuovo. Solo allora Katie notò che per rincorrerla aveva lasciato il cappotto nella caffetteria.
«Come mai? Jimmy, ormai parliamo da mesi. Conosci il colore delle mie mutandine preferite e il nome del mio primo cane!»
«Lo so, lo so... ma il fatto è che sono meglio al telefono che di persona.»
Katie si leccò le labbra, nervosa. «Questa è una pessima scusa.»
Jimmy emise un sospiro. «Lo so, ma... be', se vuoi la verità, te la dirò. Fino all'età di quindici anni balbettavo.»
Katie piegò un sopracciglio.
«Ora non balbetto più, ma nel frattempo ho scoperto di riuscire a esprimermi meglio al telefono che di persona. Al telefono posso prendermi il tempo che mi serve. Non lo so. È diventata un'abitudine.»
Katie scosse la testa. «A me non importa se balbetti. Avresti potuto dirmelo.»
Jimmy l'attirò ancora di più contro di sé. «Mi sei piaciuta subito, appena ti ho vista, Katie, ma poi abbiamo incominciato a parlare...»
«E non ti sono più piaciuta?»
«No» negò lui ridendo. «Mi sei piaciuta ancora di più e non volevo rovinare tutto.»
Katie sbuffò nonostante in cuor suo l'avesse già perdonato. «E ci sei quasi riuscito.»
«Lo so, mi dispiace» mormorò lui baciandola, questa volta con maggiore dolcezza. «Credi che potremmo ricominciare tutto da capo?»

«Certo che no, proseguiamo da qui, a meno che tu non sia davvero meglio al telefono.»

Jimmy sorrise sussurrandole all'orecchio. «Perché non vieni a casa mia? Potrai decidere da te.»

«Questa sì che mi sembra un'ottima idea.»

Dean aveva comprato dei fiori.

Non sapeva nemmeno se a Jacob piacessero i fiori.

A lui piacevano, viola, rossi e gialli, legati con un nastro verde. Gli piaceva averli in casa. Gli piacevano perché erano belli e non duravano a lungo e lui non doveva prendersene cura come delle piante in vaso.

Forse era arrivato il momento di smetterla di avere tanta paura di doversi prendere cura delle cose.

Quando la porta si aprì, gettò il mazzo in un cespuglio. Jacob seguì il movimento con lo sguardo che poi tornò a posare su di lui.

«Perché lanci dei fiori nella mia siepe?»

Dean cercò di assumere un'espressione innocente, senza per altro ingannare Jacob che glielo fece notare inarcando un sopracciglio.

«Be'...»

«Mi hai portato dei fiori e poi li hai gettati via?»

«Sì» ammise Dean irrigidendosi.

Jacob sorrise.

Quando lo baciò, Dean ebbe la sensazione di essere tornato a casa e quando Jacob rispose al bacio fu ancora meglio.

«Mi piacciono i fiori» gli confidò Jacob con le labbra sopra le sue. «Grazie.»

Dean si scostò quanto bastava per guardarlo negli occhi. Aveva tante cosa da dirgli, ma in quel momento non riusciva a parlare. Lasciò che fosse il suo corpo a esprimere quello che provava e Jacob sembrò capire.

«Entra» lo invitò.

Dean annuì, poi sorrise seguendo Jacob dentro casa.

Ora non sarebbe più scappato.

Fantasie su carta
di Emelia Elmwood

. 1 .

I miei due migliori amici, Jake e Derek, quel sabato mattina vennero a trovarmi per sollevarmi il morale. Preparai tre tazze di caffè e offrii loro dei biscottini danesi, leccornia peccaminosa, in onore del fatto che ero stata scaricata da Stephen, il mio ragazzo, dopo tre anni che stavamo insieme.

Né Jake né Derek ebbero la decenza di fingersi dispiaciuti per me.

«Hai bisogno di dimenticarti di lui al più presto» disse Jake assaporando uno dei biscotti.

«Per liberarmi del suo ricordo potrei darmi all'alcol» suggerii.

Derek scosse la testa. «No, credo che serva qualcosa di più... simbolico.»

«Prendermi una vacanza e andarmene in qualche luogo sperduto per ritrovare me stessa? Trascorrere un finesettimana in un centro benessere, magari alle terme?»

Jake e Derek, i miei vicini di casa, erano una coppia gay e mi avevano adottata dopo che mi ero trasferita a Los Angeles dall'Oklahoma. Jake era un avvocato e lavorava per un'organizzazione no profit, Derek era un fantastico parrucchiere che gestiva un rinomato salone di bellezza a Hollywood. Io li consideravo ormai come i fratelli che non avevo mai avuto. Senza contare che ora avevo dei capelli favolosi.

«È da un po' che ci penso» intervenne Jake. «Credo che sia ora che tu trovi la felicità con un uomo e, per correggere il tuo karma, hai bisogno di identificare l'elemento più problematico che hai avuto nella relazione con Stephen e lavorarci sopra. Altrimenti potresti ritrovarti ad avere a che fare con un altro tipo come lui.»

Riflettendo sorseggiai il caffè. «Sei sicuro che ci sia un unico problema da identificare? Potrei stilare una lista.»

Derek prese un secondo biscotto al burro. «Se ci rifletti sopra capirai che tutti i tuoi problemi erano ramificazioni di quello principale e quindi problemi secondari.»

Guardai Derek. «A sentirti parlare si direbbe che hai già identificato il problema primario.»

«Eh dai, Emma» mi esortò lui rivolgendomi uno sguardo di supplica, «rifletti.»

Non sapevo da che parte incominciare. Stephen e io sembravamo compatibili. Entrambi amavamo il cinema, fare trekking, viaggiare, leggere e il cibo messicano.

Perplessa, sollevai lo sguardo.

«Sesso» mi suggerì Derek. «Eravate sessualmente incompatibili.»

«Non è vero, così mi offendi.»

«Ne sei sicura? Lui mi sembrava molto più felice di te quando usciva di casa al mattino.»

Avvampai. Era sconcertante rendersi conto che i tuoi due fratelli gay si interessavano della tua vita sessuale.

«Adesso ti dico come la penso io» dichiarò Jake. «Credo che Stephen ti abbia corteggiato perché ha visto in te la classica bella ragazza americana, dell'Oklahoma, il che non è una cattiva cosa in sé.» Alzando una mano frenò le mie proteste sul nascere. «In te però si nasconde una tigre a cui piace l'avventura e quando ti sei accorta che la tigre che c'è in te avrebbe potuto spaventarlo, l'hai chiusa in gabbia.»

«Per come la vedo io» aggiunse Derek, «il problema è che Stephen ha capito che gli nascondevi qualcosa e che non eri felice. Per questo se ne è andato.»

«E adesso vi preoccupa l'idea che io possa tenere ancora in gabbia la mia tigre interiore» conclusi io inarcando un sopracciglio. «Non vi sembra di esagerare?»

«No. Credo che tu sia preoccupata che un uomo possa scoprire la tigre che c'è in te, perciò ti impegni a fondo per tenerla in gabbia a costo di rinunciare alla felicità. E se tu non sei felice, non lo siamo neanche noi» sentenziò Jake. «Tu però non vuoi renderci infelici, vero?»

Appoggiandomi allo schienale della sedia, sorseggiai il caffè. La conversazione si stava facendo imbarazzante per una classica ragazza americana come me. «E la cura quale sarebbe?»

«Una settimana di avventure ti farà dimenticare il sesso casto con Stephen» propose Derek.

Scoppiai a ridere.

«E con chi?» chiesi ridendo. «Con voi?»

«Io ti voglio davvero bene, Emma, ma non sei il mio tipo» specificò Jake. «Tuttavia conosciamo un sacco di ragazzi, e anche qualche ragazza, che potrebbero fare al caso tuo.»

Guardai prima Jake e poi Derek. «Voi due non state scherzando.»

«Certo che no» confermò Derek.

«Non se ne parla neanche» replicai, decisa.

«Ma se non sai neanche che cosa abbiamo intenzione di proporti» protestò Jake.

«Non sono obbligata a seguire il vostro consiglio. Non credo che sia una buona idea, inoltre non ho bisogno che mi buttiate giù con le vostre opinioni sulla mia vita sessuale, sono già abbastanza depressa.»

Derek si sporse verso di me e mi guardò serio. «Tesoro, non c'è niente che ci piacerebbe di più che vederti a tuo agio con te stessa. Come puoi pensare che il nostro sia un giudizio negativo su di te?»

Sia Jake sia Derek si erano alienati le proprie famiglie decidendo di dichiararsi apertamente omosessuali. Il padre di Derek, un uomo che predicava l'amore universale dal pulpito, lo aveva buttato fuori di casa non appena aveva compiuto diciotto anni. La famiglia di Jake in un primo momento aveva tentato di dimostrarsi comprensiva, ma dopo la nascita dei nipotini, Jake si era stancato di vedere le sue sorelle che facevano di tutto per proteggere i bambini dalla sua influenza ritenuta negativa e quindi se ne era andato.

Non avevo mai riflettuto a fondo su quanto doveva essere stato difficile per loro lasciare le famiglie e gli amici, tuttavia non potevo immaginare Jake e Derek felici se non fossero stati loro stessi.

«E pensate che basterebbe una settimana?»

«Ora ti dico quello che penso che dovresti fare.» Allungando una mano verso il ripiano di lavoro dove tenevo penna e blocco, proseguì, «chiedi alla tua tigre interiore di elencarti le tre cose più audaci che vorrebbe sperimentare. Tre cose che la imbarazzano. Scrivile su tre pezzi di carta e poi mettile in una busta che farai scivolare sotto la nostra porta. Ci penseremo noi a realizzare per te le tue fantasie.»

«State scherzando, non è vero?» commentai, allibita.

«Pensaci» mi esortò Derek e dopo avermi baciato sulla guancia, lui e Jake si congedarono.

Naturalmente io mi rifiutai di riflettere sulla proposta. Misi in ordine l'appartamento, andai a fare una passeggiata, mi sforzai di fare jogging, poi noleggiai una mezza dozzina di film. Passarono due settimane e io mi sentivo ancora frustrata, irrequieta e a disagio.

Fu allora che i sogni ebbero inizio. Sogni molto sensuali in cui ero nuda, legata e c'erano delle mani che accarezzavano ogni parte del mio corpo.

Per tre notti di fila mi svegliai accaldata, bagnata, sudata ed eccitata. Spingermi oltre il confine non bastava, volevo di più.

Alle tre e mezza di un mercoledì mattina, mi sedetti al tavolo in cucina e con mani tremanti presi carta e penna.

Le immagini dei miei sogni mi attraversarono la mente. Nonostante fossi da sola, arrossii per l'imbarazzo. Una brava ragazza non doveva avere pensieri di quel genere. Una brava ragazza non doveva sedersi al tavolo della cucina a pensare a cose stravaganti che sognava di fare con degli estranei.

Che cosa mi sta succedendo?, pensai. *Sto semplicemente scrivendo i miei pensieri. In fondo non devo mostrarli a nessuno. Potrò pur avere delle fantasie? E potrò scriverle?*

Ero pronta a mettere nero su bianco quello che mi frullava in testa.

Alle quattro e un quarto non avevo ancora scritto niente.

Quando ero diventata così codarda?

Forse il problema era che non riuscivo a ridurre la mia lista a tre fantasie. Risi. *Accidenti, Jake*, mi immaginavo di dire: *Spero che non ti dispiaccia che abbia infilato sotto la vostra porta trentacinque foglietti. Mi auguro che abbiate altrettanti amici.*

Ti prego, scrivi qualcosa, mi esortai. *Qualsiasi cosa. La prima che ti viene in mente.*

Prendendo un respiro profondo scrissi.

Voglio leccare il sesso di una donna.

Non potevo credere di avere scritto una cosa simile. Ero eccitata e mi bagnai al solo pensiero. Presi un altro foglio di carta e scrissi un'altra fantasia.

Voglio due uomini alla volta. Voglio fare sesso con uno mentre l'altro mi prende da dietro. Scioccata gettai via la penna e scattai in piedi, scoppiando a piangere, ma ero così eccitata che mi distesi sul pavimento del soggiorno e mi toccai fino a raggiungere tre orgasmi prima di ritenermi abbastanza calma da poter tornare a dormire.

Scrissi anche una terza fantasia e infilai la busta sotto la porta di Jake e di Derek con la speranza che nessuno mi vedesse.

Durante il tragitto di quattro chilometri per andare al lavoro, che nel traffico di Los Angeles equivaleva a quarantatré minuti d'auto, ripensai a quanto avevo fatto. Avevo messo nero su bianco tre fantasie. Non potevo ancora credere di averle condivise con Jake e Derek. Che cosa avrebbero pensato leggendole? E che cosa avrebbero fatto? Che cosa avrebbe detto il mio padrone di casa vedendo una serie di estranei venire nel mio appartamento e sentendo i rumori inconfondibili di un amplesso attraverso le pareti sottili?

Per poco non tamponai l'auto davanti a me.

Ciononostante ero eccitata.

Tornata dal lavoro, salii in punta di piedi nel mio appartamento. Non ce l'avrei fatta ad affrontare Jake e Derek dopo quello che avevo incominciato a definire *Il Caso della Busta*. Sollevata nell'essere riuscita a passare inosservata, chiusi la porta a chiave e mi avviai in cucina per prendere un bicchiere d'acqua. Il cellulare mi avvertì che avevo ricevuto un nuovo messaggio. Era di Derek.

Biltmore, ore 20.00, stanza 436.

Merda, mancavano solo due ore.

Jake e Derek mi conoscevano così bene da sapere che avrei trovato il modo di svignarmela se mi avessero dato il tempo di inventarmi una scusa. A quanto pareva non intendevano concedermi una via d'uscita.

Mi feci una doccia e uscii, diretta al Biltmore.

Salii sull'ascensore e premetti il tasto che mi avrebbe portata al quarto piano. Percorsi il corridoio fino alla stanza 436 e rimasi a lungo davanti alla porta, tentata di andarmene. Poi però pensai che in quella stanza mi aspettava una delle mie fantasie. Il corridoio era deserto. Chi sarebbe venuto a sapere che ero stata lì?

La tigre che albergava in me bussò alla porta.

Una donna elegante, dagli occhi azzurri e i capelli scuri, legati in una crocchia aprì la porta. «Sono Evie» si presentò. «E sono qui per prepararti.»

La stanza in realtà era una suite elegante. Mi trovavo nell'entrata che portava a una grande sala in fondo alla quale c'era una porta che doveva dare accesso alla camera da letto.

Evie mi prese per mano e mi portò nel bagno degli ospiti. Mi aiutò a spogliarmi e poi mi fece indossare una vestaglia nera, di pizzo. Mi guardai allo specchio, apprezzando i miei capelli biondo scuro, gli occhi grigi, il fisico piacevole, da ragazza di campagna, un po' più procace di quanto fosse di moda a Los Angeles. Mi sentivo esposta e insicura.

Evie mi guardò come se riuscisse a vedere oltre la vestaglia e io provai una forte sensazione di calore notando il suo sguardo d'approvazione. «Jake aveva ragione, piacerai molto a Nate e Alex.»

Evie mi condusse attraverso la sala e aprì la porta della camera. Due uomini bellissimi mi aspettavano, uno seduto su un letto imponente, l'altro in una poltrona. Entrambi indossavano vestaglie nere e si alzarono quando entrai nella stanza.

Rimasi in piedi, seminuda e imbarazzata, non sapendo

che cosa fare. L'uomo biondo che era seduto sul letto, mi si avvicinò e mi accarezzò il mento, il collo e l'avvallamento tra i seni. Era parecchio più alto di me, abbronzato, muscoloso e aveva occhi azzurri. Mi eccitai solo a guardarlo.

«Io sono Nate» si presentò. «Jake ha pensato che Alex e io potessimo prenderci cura di te.»

Alex si avvicinò e accarezzò la mia schiena dalla nuca fino alle natiche. Aveva una carnagione olivastra, capelli e occhi scuri e benché fosse leggermente più basso di Nate, era altrettanto muscoloso.

«Perfetta» mormorò. «Proprio come Jake ci aveva promesso.»

Guardai entrambi negli occhi. Erano sinceri.

«Adesso che cosa facciamo?» mormorai.

«Ora saziamo la tigre che c'è in te» rispose Nate baciandomi. Erano labbra morbide e allo stesso tempo forti. Io dischiusi la bocca lasciando che vi infilasse la lingua, poi feci scivolare una mano sotto la vestaglia e lo accarezzai. Le sue mani si muovevano sulle mie braccia e nonostante io tenessi gli occhi chiusi, memorizzai il suo torace con le dita, poi scesi più in giù raggiungendo l'addome e il suo membro caldo e vellutato.

Per poco non raggiunsi l'orgasmo lì dove mi trovavo.

Alex era dietro di me. Mi baciava il collo, mordicchiandolo e provocandomi una serie di brividi lungo la schiena. Poi Nate si inginocchiò davanti a me e prese un capezzolo tra le labbra. Alex mi sorresse quando le ginocchia minacciarono di cedermi.

Mentre Nate succhiava il mio seno, affondai le mani tra i suoi capelli. *Sì*, pensai, *tutto questo è troppo eccitante per essere descritto in modo elegante. Questa sera si fa sesso. Punto.*

La mia tigre interiore approvò con un ruggito.

Mentre succhiava i miei capezzoli, Nate infilò una mano tra le mie cosce.

«Oh, sei pronta» commentò sorpreso, muovendo le dita sul clitoride. Poi le leccò prima di infilarle lì dove volevo sentirle. Ero sul punto di lasciarmi andare a un orgasmo spettacolare quando sentii Alex che delicatamente scostava le mie natiche l'una dall'altra e che inginocchiandosi si mise a leccare il punto più delicato.

Persi subito il controllo e venni, aggrappandomi a Nate per evitare di crollare a terra.

«Adesso» disse Nate e alzandosi mi portò sul letto, prese un preservativo dal comodino e si protesse porgendone un altro ad Alex.

Nate si distese sul letto, con le gambe che penzolavano oltre la pediera.

«Vieni sopra di me, Emma» mi suggerì. Come ipnotizzata, io ubbidii, appoggiando le mani sul suo torace e sfregando il mio sesso contro il suo. «Adesso» ripeté e io scesi sul suo membro, strappandogli un gemito.

«Non muoverti» mi ordinò a quel punto. «Vieni solo un po' più avanti.»

Io mi sporsi su di lui e lasciai che mi accarezzasse il seno e che stringesse i capezzoli tra le dita. «Ti piace, Emma?» mi chiese sentendomi gemere. «Vuoi che ci metta più energia?» Il suo sesso pulsava dentro di me e io gemetti di nuovo. «Dimmi, Emma, dimmi quello che vuoi.»

«Sì, mi piace quando sei deciso.» Nate strinse il mio seno e succhiò con più forza i capezzoli. Una scarica di elettricità si propagò in me.

Dietro di me, Alex stava mettendo del lubrificante sulle dita. «Rilassati» mormorò e con delicatezza massaggiò la mia seconda entrata. A quel punto non sapevo se avrei resistito fino in fondo. Il sesso di Nate pulsava avido dentro di me.

«L'hai mai fatto prima?» mi chiese Alex.

«Solo da sola, con un fallo finto» ammisi.

«Dimmi che cosa ti è piaciuto» mi chiese muovendo delicatamente le dita.

Per tutta risposta mi lasciai sfuggire un gemito.

«Dimmelo» insistette lui. «Dimmi che vuoi sentirmi dentro di te.»

«È bello sentirsi... riempire fino al punto in cui potrebbe far male. Mi eccita pensare che sia un pene a tenermi aperta così» spiegai lasciandomi sfuggire un singhiozzo di piacere nel momento in cui lui infilò un dito dentro di me facendolo scivolare dentro e fuori. Le pareti del mio sesso pulsarono intorno a quello di Nate.

«Di più» chiesi ad Alex, «voglio di più.» Lui inserì un altro dito.

«Ti prego» lo supplicai, «non ce la faccio ad aspettare ancora.»

«Dicci che cosa vuoi, Emma» sussurrò Nate sotto di me. «Dicci che cosa vuoi che facciamo ora.»

«Alex, ti prego, voglio che tu ti muova con me. Voglio cavalcare Nate. Voglio che mi scopiate entrambi. Adesso, Vi prego!»

Alex si posizionò tra le gambe di Nate e spinse il suo membro dentro di me. Io soffocai un gemito. Mi sentivo eccitatissima. Alex si mosse con lunghe spinte ritmate che mi spingevano su e giù sul sesso di Nate. Ero sicura che non avrei retto la situazione. Le mani di Alex mi accarezzarono la schiena mentre io e Nate ci baciavamo. Sentivo il sangue pulsare nelle orecchie. Non riuscivo a pensare. Nemmeno a respirare. Stavo per esplodere, ero sempre più vicina alla meta e alla fine il mio corpo cedette regalandomi l'orgasmo più spettacolare che avessi mai provato. Nate mi afferrò per i fianchi e prese a muoversi con decisione fino a quando non sentii i suoi spasmi dentro di me. Poi fu Alex ad afferrarmi per i fianchi e con tre spinte si lasciò andare anche lui.

A quel punto mi abbandonai sul torace di Nate.

E Alex si lasciò cadere sopra di me.

Per un istante si sentirono solo i nostri respiri affannati che lentamente si calmavano.

«Sei pronta?» mi chiese alla fine Alex.

Io annuii e lui uscì da me lasciandomi una sensazione di vuoto.

«Tocca a te» disse Nate e io mi sollevai dal suo corpo.

Pensavo che mi sarei sentita in imbarazzo una volta che fosse tutto finito, ma non fu così. Mi sentivo forte e compiaciuta di me stessa.

Nate mi coprì con la vestaglia e mi baciò. «Sei un tesoro, Emma» mormorò, spingendomi verso la porta. «Evie ti sta aspettando.»

Due sere più tardi, ricevetti un altro messaggio, questa volta da Jake.

Omni, stanza 1605, ore 21.00.

Mi chiesi quale delle due fantasie che restavano sarei riuscita a realizzare e a quanto ammontava il mio debito con Jake e Derek per le spese che avevano sostenuto.

Presi l'ascensore per il sesto piano, questa volta più eccitata che nervosa, pronta a ricevere il regalo che mi aspettava oltre la porta della camera 1605.

Bussai ed Evie venne ad aprire.

«Gli altri saranno qui presto» disse. «Ti aiuto a prepararti.»

Evie mi condusse nel bagno lussuoso completo di vasca in marmo. Senza parlare abbassò la cerniera del mio vestito e mi accarezzò la schiena.

«Peccato che non sia io la tua fantasia questa sera» mormorò. Il vestito scivolò a terra e io mi slacciai il reggiseno e mi sfilai il tanga. Evie mi mostrò l'abbigliamento che avrei indossato quella sera. Un babydoll con due buchi per il seno e uno sul cavallo.

«Accidenti» mormorai ammirata. Persino io avrei voluto fare sesso con me vedendomi con un simile abbigliamento.

Seguii Evie verso il letto enorme. Sul cuscino c'era una benda nera e una serie di manette bordate in velluto era appesa alla testata del letto con nastri di seta. Il cuore prese a battermi forte.

«Perché tutte quelle manette?» chiesi.

Lei mi sorrise. «Dipende da quello che decideranno di fare con te. Ma ho ricevuto specifiche istruzioni riguardo alla prima fantasia di questa sera. Distenditi sulla schiena.»

Evie chiuse una paio di manette ai miei polsi e un paio intorno alle caviglie. Mi sentivo esposta sul letto, con il seno che usciva dal babydoll e l'aria che mi solleticava il sesso nudo. Evie mi sistemò la benda sugli occhi, poi fece scivolare una mano dal collo fino al mio sesso. I capezzoli si inturgidirono e mi bagnai.

«Tornerò per prepararti per il secondo round» mi spiegò uscendo dalla stanza senza fare rumore.

Qualche istante più tardi sentii la porta aprirsi e poi

chiudersi. Qualcuno si avvicinò con passi pesanti al letto. Ci fu un fruscio, forse la persona che era entrata si stava spogliando e, quando una mano grande si posò sul mio seno, tirai con forza la catena che mi legava al letto.

«Perfetta» commentò una voce maschile. Le mani erano ruvide e forti. Con poca delicatezza mi accarezzò il seno facendomi gemere per l'eccitazione. Poi sentii le sue gambe ai lati del mio torace e capii che si era posizionato a cavalcioni sopra di me. Qualcosa di turgido, caldo e vellutato mi sfiorò le labbra. Il suo pene.

«Lecca» mi ordinò lui con voce profonda. Io ubbidii e lui sfregò il suo sesso sulle parti scoperte del mio viso, sul collo e sul seno. Poi scivolò su di me, la sua pelle ruvida contro la mia, coperta dalla stoffa leggera del babydoll. Le mie gambe erano aperte e io mi bagnai ancora di più, rendendomi conto di quanto fossi esposta. Trattenni il respiro sentendo le sue dita rozze insinuarsi dentro di me.

L'uomo numero uno mormorò la sua approvazione mentre sfregava il suo membro contro il mio sesso. Poi mi sollevò il bacino e con un unico movimento deciso mi penetrò. Io gridai, in preda all'estasi più completa. Lui si mosse con lunghe spinte, tenendomi per i fianchi in modo che potessi sentirlo fino in fondo. Quasi subito capii che stavo per venire. Avrei voluto stringerlo contro di me e controllarlo, ma le manette me lo impedivano e non riuscii a fare altro che a gemere e a lasciare a lui il controllo della situazione. Quando venni lui si ritrasse.

Poi lo sentii salire di nuovo a cavalcioni su di me, le ginocchia sotto le ascelle.

«Senti il tuo sapore» mi ordinò e io leccai i miei umori dal suo pene. Dolce e salato, caldo e umido.

«Apri la bocca» mi esortò e me lo infilò tra le labbra. Io succhiai e leccai mentre lui si muoveva dentro e fuori con un ritmo delicato, ma deciso. Quando si scostò qualche goccia di sperma scivolò sulle mia labbra e sul collo. L'uomo numero uno si allontanò e un istante più tardi sentii la porta aprirsi e richiudersi.

Il suo seme era ancora caldo sul mio collo quando sentii Evie ridere sommessamente. L'attimo seguente lei mi passò un asciugamano bagnato sul viso, sul collo e tra le gambe. Poi mi tolse le manette e mi chiese di sdraiarmi a pancia in giù. Mi legò di nuovo e uscì dalla stanza.

L'uomo numero due entrò e si spogliò. La stanza era immersa nel silenzio e io mi sentii nervosa quando capii che probabilmente mi stava studiando. Credo che fosse ai piedi del letto. Poi sentii due mani grandi infilarsi sotto il babydoll e accarezzarmi le natiche.

«Ho in serbo qualcosa di speciale per te» mormorò con voce profonda. Poi ritrasse le mani e io sentii dei rumori che non riuscii a identificare, quindi le sue dita scostare la striscia di stoffa che mi copriva e un oggetto freddo, liscio e scivoloso tracciare dei cerchi sulle mie natiche. Il mio corpo fu scosso da un brivido di eccitazione e mi bagnai chiedendomi che cosa avesse intenzione di fare l'uomo numero due.

«Rilassati» mormorò. «Voglio vederti giocare con questo...»

Mi imposi di aprirmi per ricevere l'oggetto erotico e lasciai sfuggire un sospiro felice per quella strana sensazione.

«Ti piace?» mi chiese lui e io risposi con un gemito.

L'uomo numero due si allontanò dal letto e dall'altra parte della stanza lo sentii dire: «Allora questo ti piacerà ancora di più». L'oggetto incominciò a vibrare dentro di me e io mi agitai tirando le catene. I capezzoli si inturgidirono sfregando contro il copriletto. Sentivo che il babydoll era bagnato dei miei umori e le vibrazioni mi portarono inesorabilmente sempre più vicino all'orgasmo. All'improvviso l'oggetto smise di vibrare.

«No» protestai, «di più.»

«Non ancora» mi ammonì lui. «Non abbiamo finito.» Sentendo le labbra del mio sesso pizzicare e dolere per l'eccitazione voltai il viso da un lato. Cercai di muovermi, ma le manette mi bloccavano. Aspettai e aspettai ancora, sentendo l'eccitazione recedere, poi sussultai quando l'oggetto tornò a vibrare. Gemetti e gridai e per poco non venni, ma quando fui sul punto di lasciarmi andare, l'uomo numero due arrestò di nuovo la vibrazione.

«No!» urlai. «Ti prego!»

Passò dell'altro tempo e io piansi lacrime di disperazione, poi sentii l'uomo numero due avvicinarsi al letto, sollevarmi il bacino e affondare dentro di me con un'unica, lunga spinta. Rimase immobile, accontentandosi di riempirmi.

«Ti prego» singhiozzai, «devo venire.»

Lui accese di nuovo il meccanismo. Non si mosse, ma io sentii il suo pene pulsare e lui gemere a mano a mano che le vibrazioni aumentavano.

Non resistetti oltre e desiderai ancora quell'oggetto, raggiungendo presto l'orgasmo. Poi sentii che anche lui veniva con lo stesso impeto. Lasciando vibrare delicatamente il giocattolo si ritirò e uscì dalla stanza mentre io mi godevo le pulsazioni fin nel profondo.

«Sei sicura di essere pronta per il terzo round?» mi chiese Evie. Ero affannata, ma annuii. Aveva estratto il giocattolo e mi stava pulendo con un altro asciugamani umido.

Mi tolse le manette e mi aiutò ad alzarmi.

«Resta in piedi qui per un attimo» mi disse, poi sentii la porta aprirsi e richiudersi. Sapevo che Evie non era più da sola, ma non capii perché dovevo stare in piedi accanto al letto.

«Questo soggetto ha idee diverse» mi spiegò Evie. La benda mi copriva gli occhi, ma sentii che qualcuno si distendeva sul letto e che veniva ammanettato. Evie mi condusse sul letto. «È tutto tuo» mormorò e uscendo si chiuse la porta alle spalle.

A tentoni mi sporsi sul letto fino quando non entrai in contatto con la pelle calda sotto di me. Passai le mani sui muscoli del torace e individuai capezzoli, poi sentii la barba in crescita pizzicarmi le dita quando gli accarezzai il viso. Il suo pene era lungo e grosso, morbido e già bagnato.

«Che cosa vuoi che faccia?» chiesi all'uomo numero tre.

«Usami.»

Cercai di togliermi la benda dagli occhi.

«No» mi ordinò lui. «Tienila.»

La sua voce mi era familiare. Provai una sensazione di terrore all'idea che qualcuno che conoscessi potesse venire a parte del mio segreto. Mi bloccai, incerta sul da farsi.

Fu la tigre che c'era dentro di me a decidere.

Salii sul letto, mi posizionai sopra di lui e gli appoggiai il seno sul viso.

«Succhiami il seno» gli ordinai e lui ubbidì. Quando titillò il primo capezzolo ebbi l'impressione di essere attraversata da una scossa elettrica. «Sì, più forte, mordimi.» Mi reggevo sopra di lui, godendo di quel piacere provocato dal dolore, stringendo l'altro capezzolo tra le dita.

«Sì, mi piace» mormorai, offrendogli l'altro capezzolo. Mi ritrovai a sfiorare ripetutamente il sesso contro il suo e capii che era arrivato il momento di chiedere di più. Afferrandomi alla testata del letto mi abbassai sulle sue labbra.

«Leccami» gli ordinai e la sua lingua si mosse su di me attraverso l'apertura nel babydoll. Mi aggrappai alla testata del letto, respirando appena. Lui leccò il clitoride e le labbra, poi si insinuò nell'apertura. Continuò fino a quando non incominciai a tremare.

Alla ricerca di aria mi voltai. «Voglio farlo io ora» dissi strappandogli un gemito. «Ma tu puoi continuare a leccarmi» gli proposi posizionando il mio sesso sul suo viso. «Se ti fermi, mi fermerò anch'io.»

Passai la lingua sul suo membro. L'uomo numero tre sollevò il bacino premendo la lingua nel mio sesso.

«Bravo» mormorai e continuando a leccarlo gli massaggiai i testicoli con le dita mentre lui succhiava delicatamente il mio clitoride.

Percepivo l'odore dei nostri umori e mi leccai le labbra prima di prenderlo tutto in bocca.

Lui sollevò il bacino e si allontanò da me lasciandosi sfuggire un grido. Anch'io mi allontanai da lui.

«Continua...» gli suggerii. «Fammi venire e io ti accontenterò.»

Appoggiai di nuovo il mio sesso sul suo viso e gemetti sentendo la sua lingua sul clitoride. Lo ripresi in bocca e lo leccai e massaggiai con le labbra e la lingua. Sapevo che era sul punto di lasciarsi andare e quando il suo bacino si sollevò, mi abbandonai anch'io alle ondate di un orgasmo esplosivo, continuando a leccarlo e ad accarezzargli i testicoli. Lo sentii agitarsi e venire nella mia bocca. Lasciai che il suo seme scivolasse fuori continuando a succhiarlo fino a quando mi implorò di smettere.

Mi sentii forte, sensuale e deliziosamente usata. Prima che lui potesse protestare, tolsi la maschera e scoprii che l'uomo era Nate, lo stesso che mi aveva aiutato a realizzare la fantasia numero uno. Mi chinai a baciarlo compiacendomi di sentire il sapore dei miei umori misti ai suoi.

I miei amici al lavoro si meravigliarono del fatto che negli ultimi tempi ero incredibilmente di buon umore. In effetti mi sentivo molto bene. Tuttavia Jake e Derek avevano ancora un mio bigliettino e io ero molto più nervosa all'idea di vivere quella fantasia di quanto non lo fossi stata per le altre.

Non avevo mai visto una donna nuda e tanto meno avevo fatto sesso.

Due giorni più tardi mi chiesi per quanto tempo Jake e Derek mi avrebbero fatto aspettare poi, il venerdì sera, mentre mettevo via la spesa, ricevetti un messaggio da Jake.

Bonaventura, suite 1725, ore 21.00.

La fantasia numero tre stava per essere realizzata.

Questa volta fu Nate ad aprirmi la porta. Capii che gli ero apparsa nervosa perché mi accarezzò i capelli e mi baciò mormorando: «Ti piacerà».

«Mi vestirai tu questa sera?» scherzai.

«Lei ti vuole nuda» rispose Nate conducendomi nel bagno principale, verso una vasca gigante. Dopo avermi tolto la maglietta sorrise nel vedere il mio reggiseno azzurro.

Mi sbottonò i jeans e li calò fino alle caviglie.

Mi accarezzò tra le cosce, sopra la stoffa delle coulotte in tinta con il reggiseno. «Sono sexy» commentò compiaciuto, e inginocchiandosi davanti a me spinse forte la lingua contro la stoffa coprendo le mie labbra. Un'ondata di fuoco mi pervase mentre lui mi accarezzava con la lingua e il respiro.

«Peccato che non tocchi a me questa sera» dichiarò, poi

mi slacciò il reggiseno e lo gettò a terra prima di calarmi le coulotte e aiutarmi a liberarmene.

Entrai nell'acqua calda e profumata della vasca, godendo delle attenzioni di Nate che mi lavava.

Quando mi condusse di nuovo nella stanza ero eccitatissima.

Evie era in piedi di fronte al letto. «Finalmente tocca a me» mormorò slacciando il nodo che teneva chiusa la sottoveste che le cadde ai piedi.

Non avevo mai osservato con attenzione il corpo nudo di una donna. Non l'avevo mai accarezzato con lo sguardo, soffermandomi sui capelli lucidi, legati in grosse trecce. Non avevo mai osservato con attenzione il seno di un'altra donna né visto i capezzoli inturgidirsi e tanto meno accarezzato i riccioli di un sesso femminile.

Ma ora volevo farlo.

«Voglio guardarti mentre la tocchi» mi sussurrò Nate nell'orecchio. Docilmente mi avvicinai a Evie e la guardai negli occhi azzurri.

«Voglio toccarti» le dissi e le accarezzai il viso, le labbra, le spalle e le braccia. Evie guidò le mie mani tremanti sul suo seno e per la prima volta in vita mia godetti della sensazione di accarezzare la pelle morbida del corpo di un'altra donna.

Evie emise un gemito e si sporse verso di me per baciarmi. Non avevo dubbi sul fatto che stessi baciando una donna. Le sue labbra erano delicate e morbide, ma non meno esigenti di quelle di un uomo. La sua lingua si infilò nella mia bocca.

Quando mi concessi di ammettere che era meraviglioso baciare un donna, mi salirono delle lacrime di pura felicità agli occhi.

Evie si scostò da me. «Dimmi che cosa vuoi, Emma» mormorò e io deglutii a fatica.

Volevo davvero farlo? Sì.

«Voglio toccarti. Dappertutto. Voglio succhiarti il seno, voglio sentire le tue dita che aprono le labbra del mio sesso. Voglio assaggiare il tuo. Voglio che tu affondi il viso nel mio» dichiarai con le lacrime che mi rigavano le guance.

Volevo tutto quello che avevo descritto, nonostante fossi spaventata all'idea di ottenerlo.

Evie mi accarezzò il viso con fare rassicurante, poi lanciò un'occhiata a Nate che si posizionò dietro di me.

«Voglio guardarti mentre le succhi il seno, Em» mi sussurrò all'orecchio. Io mi chinai di fronte a Evie e le presi un seno nella mano. Il capezzolo divenne duro e l'areola intorno a esso tesa per l'eccitazione. Posai le labbra su di lei e accarezzai il capezzolo con la lingua. Evie si piegò verso di me lasciandosi sfuggire un gemito. Io succhiai con più forza ed Evie si aggrappò alle mie spalle. Con la mano accarezzai l'altro seno mentre con i denti mordicchiavo il capezzolo che avevo in bocca.

«L'altro adesso» mi implorò lei e io la accontentai, spostando le labbra sull'altro capezzolo.

Il mio seno era pesante per il desiderio di essere toccato. I capezzoli mi facevano male. Sapevo che le mie labbra erano umide e mi chiesi se lo fossero anche quelle di Evie. Senza staccare le labbra dal suo seno, feci scivolare le mani lungo i suoi fianchi. Intuendo quello che volevo fare, Evie aprì le gambe e io accarezzai l'interno delle cosce. La mia mano sinistra salì contro la sua pelle morbida verso il punto più caldo. Accarezzai i riccioli fino a quando le mie dita non trovarono la fessura che cercavano. Accarezzai le labbra e poi le aprii.

Oh, sì.

Così umida, così morbida, così calda.

Per la prima volta sentii sotto le dita il clitoride di un'altra donna e lo accarezzai delicatamente, ancora e ancora poi, sentendomi particolarmente coraggiosa, la penetrai con un dito.

Evie trattenne il respiro. «Letto» mormorò. E quando fu distesa sulla schiena piegò le ginocchia.

Io la indussi ad aprire le gambe ancora di più con il palmo della mano e osservai il suo sesso. Le sue labbra erano lucide e bagnate. Le dischiusi con le dita e guardai i suoi umori scivolare fuori. Penetrandola con due dita mi meravigliai della forza dei suoi muscoli.

Lasciando le dita dove si trovavano, mi chinai ad annusare il suo odore salato. Sentii i suoi occhi su di me mentre le leccavo delicatamente il clitoride. Pensai a come mi piaceva essere accarezzata e continuai a leccarla sui lati, su e giù, facendo crescere in intensità il suo piacere e poi scostandomi per un momento. Mi concentrai nel muovere dentro e fuori le dita. Quando vidi che si stava lasciando andare aumentai il ritmo. Le sue gambe si strinsero contro la mia testa. Il respiro di Evie si fece accelerato.

Evie spinse in su il bacino verso di me, ma io non mi fermai fino a quando non mi implorò di farlo.

A quel punto mi scostai consapevole di avere i suoi umori e il suo sudore sulla mia pelle.

Mi ero quasi dimenticata della presenza di Nate nella stanza. «Ora tocca a te, Emma. Distenditi sulla schiena» mi suggerì.

Evie si alzò a sedere mentre io mi distendevo. Mi sorrise. «Sei stata incredibile considerato che è la prima volta che lo fai.»

Evie si posizionò sopra di me e si sporse per accarezzarmi il seno. «È molto bello» commentò stringendo i capezzoli tra le dita. Io piegai la schiena affidandomi alle sue mani.

«Non c'è bisogno che tu sia delicata» la istruii e mi lasciai sfuggire un grido quando strinse con più forza. Poi chinò la testa su un capezzolo. Non riuscii a distogliere lo sguardo mentre lo prendeva in bocca e lo succhiava forte.

Evie si reggeva sul braccio destro. Con la mano sinistra mi accarezzò l'addome e poi si spostò tra le cosce. Il cuore mi balzò in gola quando le sue dita si insinuarono tra le mie labbra, accarezzandomi con movimenti sapienti.

«Aiutami, Nate» disse Evie. Lui si appoggiò al letto tenendomi aperte le gambe. Sentii che Evie mi apriva le labbra e vidi il suo viso abbassarsi sul mio sesso.

Mi infilò dentro la lingua e io sollevi il bacino contro le mani di Nate.

La bocca di Evie si mosse sul clitoride, la sua lingua mi leccava portandomi sempre più vicino a un orgasmo sensazionale. Mi penetrò un paio di volte con due dita che poi fece scivolare indietro, quindi prese ad accarezzare il clitoride tracciando allo stesso tempo cerchi intorno all'altro orifizio.

Mi bagnai ancora di più.

Evie inserì un dito e io rabbrividii.

«Sì, so quanto ti piace» annuì lei e infilando un altro dito dietro, continuò ad accarezzarmi il clitoride.

Non riuscii a resistere a lungo. Con un grido cercai di chiudere le gambe, ma Nate me lo impedì. Ero sempre più sensibile, ma Evie non aveva intenzione di smettere, al contrario mi infilò un terzo dito dietro e il pollice davanti.

Lacrime di piacere mi rigarono il viso.

«Stai giù, Nate» mormorò Evie. «C'è una cosa che voglio fare.» Ritirando le mani dal mio corpo si alzò, prese una confezione di lubrificante e l'aprì. Nate e io la osservammo versarselo sulle dita e sul palmo della mano destra.

Un'ondata di eccitazione mista a timore si scatenò in me.

Nate era così eccitato che sembrava stesse per esplodere dentro i boxer.

Evie scese di nuovo a leccare il clitoride strappandomi un gemito. Poi infilò un dito nel mio orifizio, quindi un secondo...

Mi sentivo bruciare. Gli umori scendevano dal mio sesso verso la sua mano. Evie estrasse per un attimo le dita, poi ne inserì quattro, e spinse a fondo. Io mi aprii per lei mentre la sua mano si muoveva dentro di me e il pollice accarezzava il mio sesso.

Gridai, mi agitai, ardente di piacere e di dolore in preda a un'estasi mai provata. La mia mente accoglieva immagini erotiche di Evie che mi teneva aperta. Venni con un'intensità inaudita.

Evie mi leccò ancora delicatamente, poi sollevò il viso e mi guardò negli occhi ritirando la mano. Il suono provocato dalla sua mano che lasciava il mio corpo, riecheggiò nella stanza. Affannata e disarmata dall'intensità di quello che avevo provato, mi sentii comunque frustrata e incompleta.

Evie mi sorrise mentre si allontanava verso il bagno.

«Credo che abbia bisogno di te ora, Nate» commentò chiudendo la porta.

«È vero, Emma?» mi chiese lui.
«Sì, Nate» confermai io.

Quella mattina aprii la porta a Jake e a Derek che avevo invitato da me per colazione. Nate era in cucina, intento a tostare il pane. Con aria soddisfatta, Jake mi mostrò il giornale e in particolare un articolo in cui si parlava del mio ex fidanzato Stephen.

Per poco non mi soffocai con il caffè mentre leggevo il titolo. *Dirigente arrestato per frode.*

«Perfetto» commentai.

«Hai un bell'aspetto» osservò Derek mentre Jake beveva un sorso di caffè dalla sua tazza.

Io accarezzai la mano di Nate appoggiata sulla mia spalla. «La vita è bella» annuii.

E dopo che Jake e Derek se ne furono andati lasciai che Nate mi distendesse sul tavolo della cucina.

Il tocco delle sue mani
di Anne Calhoun

. 1 .

Tess Weston inumidì una salvietta sotto il getto d'acqua fredda e, spostando i capelli su una spalla, la pose sulla nuca per dare tregua al caldo che sembrava scioglierla. Persino con le finestre spalancate e il ventilatore azionato alla massima potenza, la temperatura al secondo piano era infernale.

Si passò il panno fresco su tutto il collo e piccoli rivoli d'acqua scesero fino alla canottiera rigata che le copriva a malapena il seno. Osservò le tende che oscillavano mollemente fuori dalla finestra aperta. Che privilegio! Il suo ragazzo, Drew Norwood, arruolato nelle forze speciali della Marina americana, era esperto nell'affrontare pericoli di ogni genere nelle situazioni più complesse e, considerato il vicinato poco raccomandabile, aveva insistito che lei tenesse porte e finestre sbarrate, giorno e notte. Lui, però, era scomparso da circa un mese, senza avvertirla. Non che fosse la prima volta. Nel giro di sei mesi si era volatilizzato già tre volte, riapparendo settimane più tardi, smagrito e bruciato dal sole.

Queste operazioni segrete non la preoccupavano. Sapeva che facevano parte del servizio attivo di un ufficiale e, inoltre, era abituata a essere abbandonata.

La terribile ondata di calore, invece sì, che l'aveva colta di sorpresa, soprattutto quando il condizionatore aveva smesso di funzionare tre giorni prima. Quella sera le erano rimaste due opzioni: o disubbidire alle direttive di Drew, o sciogliersi nel letto, come neve al sole.

Ma lui non c'era, quindi la decisione fu subito presa. Finestre spalancate!

Ripose la salvietta sul bordo del lavandino, con un vago senso di colpa, poi spense la luce del bagno e si mosse alla luce della luna. Nella penombra vide una figura scura che si avvicinava. Ancor prima che potesse emettere un suono, si sentì afferrare per un polso mentre una mano callosa le copriva la bocca. Spaventata, iniziò a dimenarsi e si aggrappò con la mano libera a una spalla muscolosa, quindi spinse indietro più forte che poté. Il suo aggressore, superiore a lei in altezza e forza, non si spostò di un millimetro e approfittò del suo attimo di sbigottimento per infilare una gamba tra le sue e intrappolarla con la faccia contro il muro, con il minimo sforzo.Con gli occhi spalancati per il terrore, lei provò a girare la testa per liberarsi della mano enorme che la stava soffocando. Quel poco che poté percepire confermò la sua prima impressione. Spalle larghe e un torace possente, l'ombra la manteneva schiacciata alla parete, con un braccio ripiegato dietro la schiena.

Contorcendosi come un serpente nel vano tentativo di voltarsi, si ritrovò con i glutei, appena coperti da un paio di calzoncini, contro i suoi fianchi e la sua insistente erezione.

Sconfortata, esalò un sospiro pieno di rabbia, pronta a gridare come una forsennata. D'improvviso, fu colpita dalla fragranza familiare di muschio e di sapone, e tutti i suoi muscoli tesi iniziarono a rilassarsi.

Drew.

Era tornato senza avvertirla, come al solito. Come aveva fatto a entrare? Le finestre al piano terra erano sbarrate. Sia la porta principale che quella secondaria erano bloccate e, sebbene lui avesse le chiavi, non le aveva usate. C'era anche una catena, per maggiore sicurezza.

Di sopra, tuttavia, le finestre erano spalancate e, con ogni probabilità, lui si era arrampicato per entrare dalla sua stanza da letto.

«Tess, sei in pericolo.»

Il monito giunse basso e roco mentre lui si sfilava il cappuccio nero, gettandolo lontano. I suoi capelli, umidi di sudore e schiariti dalle lunghe giornate trascorse al sole e nell'acqua salata, brillavano ai raggi della luna.

Forse per il suo incredibile sesto senso o solo per fortunata tempestività, la colse in un momento di debolezza, con addosso solo il leggero abbigliamento per la notte, canottiera e calzoncini.

«Posso spiegarti» farfugliò lei, sotto la mano che le copriva la bocca.

«Che cosa?»

Ruggendo di collera, Tess diede uno strattone e si liberò. «Ho detto che posso spiegarti!»

Lui l'ammutolì di nuovo con il suo palmo. «Non voglio nessuna spiegazione» grugnì. «Sono stato lontano per ventisei giorni e l'unica cosa che voglio sei *tu*. Subito.»

Tutta la rabbia svanì di colpo per essere sostituita da una bollente ondata di eccitazione. Tess trasalì quando le mordicchiò il lobo dell'orecchio.

Docile e tremante, non oppose resistenza quando lui le fece scivolare i pantaloncini lungo le cosce, per poi armeggiare con i bottoni dei propri calzoni militari.

Scariche di adrenalina le fecero venire la pelle d'oca, mentre le sue mani accarezzavano i suoi glutei sodi. Si insinuò poi tra le sue gambe, che lei spalancò eccitata, inarcando la schiena e sollevando i fianchi verso di lui.

Il suo grugnito di anticipazione non mascherò lo strappo dell'involucro del preservativo. Dopo averlo indossato, Drew pose le forti mani sulla sua vita e Tess serrò le palpebre, godendosi quell'inatteso assalto nell'oscurità, poggiando la guancia contro l'intonaco scrostato. Percepì ogni suo più piccolo movimento, la maglietta che sfregava contro la schiena, il ventre piatto incollato al suo sedere.

Il desiderio divenne incontenibile e lei rimase in attesa, con i sensi accesi.

«Ti sono mancato?»

Una strana inflessione, dubbiosa, nella sua voce la colpì. Come poteva mettersi a discutere in quel momento, con le mani che le accarezzavano l'addome e il suo pene gonfio contro i glutei?

«Mi manchi sempre» sussurrò lei, infine.

Con un gemito soddisfatto, Drew piegò le ginocchia e, sollevandola sulla punta dei piedi, la inarcò verso di sé. La punta soda del suo membro sfiorò il sensibile clitoride e poi scivolò dentro di lei con una sola spinta, strappandole un lamento.

Lui si bloccò. «Tutto bene?»

Forse. «Io... sì.»

Rassicurato, Drew riprese a spingere, aumentando il ritmo, senza posa. L'esperienza le aveva insegnato che, sebbene la prima volta fosse sempre rapida e forsennata, lei riusciva comunque a raggiungere l'orgasmo, cavalcando le onde della sua intensa furia erotica. Ogni volta che tornava dalle missioni, raramente riuscivano a raggiungere il piano superiore prima che lui la possedesse. Spesso non si allontanavano dal pavimento dell'ingresso o, al massimo, si spingevano fino al tavolo della cucina. Guardare Drew che la penetrava e che fremeva tra le sue braccia la riduceva allo stato di femmina primitiva. Impazziva quando le mordicchiava la spalla o le stringeva brutalmente le cosce.

Quella sera, però, era differente. Lo choc per la sua inattesa apparizione si era mescolato all'eccitazione, facendola sentire umile e remissiva, molto più delle volte precedenti in cui l'aveva stesa e posseduta appena entrato in casa.

La scomoda e precaria posizione la costringeva a rimanere in punta di piedi e ad appoggiare le mani alla parete per evitare di sbattere la fronte a ogni spinta. Il suo stato di silente sottomissione eccitò ancora di più Drew, facendogli emettere grugniti di piacere.

I suoi movimenti frenetici e la sua stretta sui fianchi sembravano volessero punirla implacabilmente. Con l'altra mano, le raccolse i capelli spettinati e madidi di sudore e la obbligò a girare la testa per poterla vedere in viso.

Lei faticava a tenere gli occhi aperti per l'intensità della passione e stava per raggiungere il punto del non ritorno quando notò un'insolita tensione in fondo alle sue pupille dilatate. Per un istante emerse dal vortice di quelle indicibili sensazioni erotiche, ma, subito, lui angolò le anche ancora più in avanti, sfregando contro un punto sensibile dentro di lei, provocandole una pioggia di scosse elettriche in tutto il corpo.

Tess cedette immediatamente. Prese a tremare e a gemere al ritmo frenetico del suo addome contro i suoi glutei. Drew fece scivolare la mano sudata in basso e, trovata l'umida e bollente parte della sua femminilità, prese a torturarla con gesti esperti.

Lei gettò la testa indietro, intanto che le sue spinte raggiungevano un ritmo incontrollato e selvaggio. L'orgasmo la colse all'improvviso, con violenza, un istante prima che lui lanciasse un grido soffocato e la raggiungesse nell'oblio del piacere.

Il suo pene pulsò dentro di lei diverse volte, finché Drew non si accasciò contro la schiena di Tess, esausto. Onda dopo onda, i tremori scemarono e lei attese che i propri muscoli stremati riprendessero forza ed energia, per poi regalare a Drew un sorriso languido e un sospiro di soddisfazione.

Quell'amplesso aveva superato ogni aspettativa, tanto era stato bollente ed eccitante, e aveva persino fatto passare in secondo piano la questione delle finestre aperte.

Drew non ricambiò il suo sorriso. Il volto era arrossato, anche sotto la sua perenne abbronzatura, e rivoli di sudore gli scendevano dalla fronte.

«Anche tu mi sei mancata, Tess. Ora puoi spiegarmi la faccenda delle finestre.»

Dannazione!

Si scostò, permettendole di riappropriarsi dei calzoncini. Tess non aveva intenzione di affrontare quella conversazione seminuda. «Non muoverti» le intimò lui, brusco, dirigendosi verso il bagno. Quando ritornò nella stanza, si fermò sotto i raggi della luna. I suoi corti capelli biondi gli celavano in modo disordinato il viso stanco e ricoperto da un filo di barba incolta.

Lei si aspettò che Drew la fissasse, come sempre, con lo sguardo famelico e pieno di desiderio. La sua canottiera era intrisa di sudore, mettendo in evidenza le punte turgide del suo seno, e i cortissimi pantaloncini scoprivano le gambe dall'inguine alla caviglia. Stranamente, invece di assorbire la sua immagine particolarmente sexy, non staccava gli occhi dal suo viso. Tess si raccolse i capelli e li arrotolò sulla nuca, poi incrociò le braccia e lo fissò con espressione interrogativa.

Si era rivestito di tutto punto, con i pantaloni militari ben allacciati e la maglietta, completamente bagnata, incollata al torace. Ma era a piedi scalzi. Lei fu sul punto di domandargli dove avesse lasciato gli stivali, poi però decise che era troppo caldo per una questione così irrilevante. Ogni volta che tornava da una missione, i suoi primi momenti a casa erano sempre cupi e intensi, probabilmente per il desiderio fisico, represso troppo a lungo.

Di norma, condividevano una doccia rigenerante, ma quella sera c'era qualcosa di diverso e il suo contegno distaccato la metteva a disagio.

Dopo un solenne sguardo verso le finestre, tornò a scrutarla con i suoi tempestosi occhi azzurri.

«Che cosa devo fare con te?»

Tess non aprì bocca e lui si avvicinò lentamente. L'afferrò per i polsi, la fece girare e la spinse di nuovo contro il muro, dove le inchiodò le braccia in alto. Con un leggero tocco del piede sulla caviglia, la costrinse ad allargare le gambe.

Un'improvvisa ondata di adrenalina prese a scorrerle nelle vene e, con il viso in fiamme per l'eccitazione, si chinò in avanti, alzando il sedere verso di lui.

Fare sesso in quella posizione era anche piacevole, ma avere una conversazione con Drew alle proprie spalle non era accettabile. Era un sottile e deliberato gioco di potere.

I nervi stavano per saltarle. «Non lo abbiamo appena fatto così? E cosa diavolo ti è saltato in mente di spaventarmi a quel modo?»

Lui non rispose e appoggiò il torace contro la sua schiena sudata. I gesti erano lenti e calmi, mentre le spostava i capelli in una cascata di riccioli scuri sulla spalla sinistra. «I tuoi capelli erano rosa, quando sono partito.»

«Avevo voglia di cambiare.»

Drew chinò la testa e le premette le labbra sull'altra spalla, poi sul collo, fino a raggiungere la mandibola. Ogni suo bacio le provocava brividi di piacere tanto intensi, da farle inturgidire i capezzoli e pulsare il clitoride.

«Quanto tempo credi mi ci sia voluto per arrampicarmi fin quassù, dal tetto della veranda?»

Maledizione! Non c'era modo di evitare l'argomento. Nemmeno una bella scopata era stata sufficiente, né la calura soffocante o i ventisei giorni di lontananza. Grugnì fra sé e calcolò quanto tempo aveva trascorso in bagno a lavarsi i denti, prima del suo assalto. Al massimo, trenta secondi o poco più.

«Un minuto?» buttò lì, stufa di arzigogolare con i conti.

Lui affondò i denti sulla sua spalla. «Dieci secondi, Tess. Dieci secondi per arrampicarmi sulla tettoia, scostare la zanzariera e saltare dentro. Ho impiegato più tempo a raccontarlo che a farlo. Non mi hai nemmeno visto quando sei entrata nella stanza.»

«Eri già qui quando sono salita? Non ho sentito nulla!» esclamò, sbalordita, gettando uno sguardo alle sue spalle.

I suoi occhi erano senza espressione. «Le zanzariere non fanno rumore, e il volume della musica che stavi ascoltando non ti avrebbe permesso di accorgerti nemmeno di un bombardamento aereo. Non va affatto bene così, Tess. Non è sicuro.»

Un vago senso di colpa le strinse il petto. In effetti, aveva alzato lo stereo al massimo mentre era intenta a schizzare un progetto di una scala a chiocciola per un loft in centro. La società immobiliare aveva apprezzato le sue precedenti opere e le aveva chiesto delle bozze. Se avesse ottenuto la commissione, quelle sarebbero state le ventesime scale di design unico e avrebbero accresciuto la sua reputazione.

Avrebbe potuto permettersi di acquistare un nuovo condizionatore e depositare il resto del denaro in banca. Tuttavia, la prolungata assenza di Drew e la sua vulnerabilità avevano prodotto solo vaghi schizzi di decorazioni intricate, per niente soddisfacenti.

Con un gesto gentile ma fermo, lui le fece girare la testa verso l'angolo buio della stanza. «Ti osservavo da lì, mentre ti sfilavi la tua gonna sexy e indossavi la canottiera. Poi hai preparato il letto per la notte, sei andata a lavarti i denti e ti sei rinfrescata con un panno inumidito. Ho seguito i rivoli d'acqua fresca che scendevano lungo il tuo collo e il seno, Tess.»

Respirò profondamente e lei tentò di calmare il batticuore che le sue parole e il tono basso e caldo della sua voce le avevano provocato. Lui era stato nascosto lì, a meno di un metro di distanza, osservandola ed eccitandosi ai suoi gesti. Una scena molto sensuale, ma se al posto di Drew ci fosse stato uno sconosciuto?

Nonostante il caldo soffocante, le venne la pelle d'oca. «Ho afferrato ciò che intendi.»

«Davvero? Mettiti al posto mio e immagina quello che ho provato.»

Tess percepì la contrazione di tutti i suoi muscoli, i bicipiti che guizzavano nervosi. Chiuse gli occhi, tentando di vedere la scena dalla sua prospettiva.

Esausto per la lunga missione, dopo un mese di lontananza da casa, affamato di sesso e di riposo, era arrivato e aveva trovato le finestre spalancate, dopo averle ripetuto mille volte che era molto pericoloso.

Okay, ma qual era il ruolo di Drew nella sua vita? Si frequentavano da sei mesi, ma lei non aveva idea di che direzione avrebbe preso la loro relazione. Era il suo ragazzo, la portava a cena fuori o ai concerti, facevano picnic sulla spiaggia e dormiva da lei quando non era in servizio.

«Vuoi ascoltare la mia versione della storia?» gli domandò, rigida e vagamente incollerita.

Drew l'attirò a sé e le lambì il delicato sentiero dal collo all'orecchio. «Sono tutto orecchi.»

«Il condizionatore si è rotto la settimana scorsa.»

La casa, piccola e piuttosto decadente, era composta da due piani. Le pareti esterne erano color lavanda, elemento irrilevante per il suo eclettico quartiere, vicino al suo studio nella zona industriale. Con *eclettico*, lei intendeva a buon prezzo e abitato da personaggi, a dir poco, particolari. Quando tornava a casa dal lavoro, era costretta a passare in mezzo a tossicodipendenti, ubriachi, spacciatori e prostitute, per non menzionare famiglie intere di senza tetto. I furti con scasso erano all'ordine del giorno.

Solo dopo una settimana che stavano insieme, Drew aveva stretto amicizia con la sua vicina, la signora Delgado, che gli aveva fornito un lungo elenco riguardo ai pro e ai contro dell'abitare in quell'area. Inutile dire che i pro erano pressoché inesistenti.

«Me lo ero immaginato» ribatté lui, secco.

«E hai comunque pensato di spaventarmi a morte?»

Drew sembrò ignorare la sua domanda. «Perché non lo hai fatto aggiustare?»

Tess lo fulminò con un'occhiata da sopra una spalla. «Dovrei fare i doppi turni al *Blue Dog*, per potermelo permettere.»

«Quanto costerebbe?»

«Molto di più di quanto tu possa pensare.»

«*Quanto*, Tess?»

Che cosa gli era preso? Non era mai stato così rigido e ostinato.

«Seicento dollari.»

Lo sentì prendere un profondo respiro. «Ti avevo lasciato del denaro.»

Vero. Le aveva allungato duecento dollari, insieme a un biglietto con annotati i numeri di due suoi commilitoni a cui poteva rivolgersi, giorno e notte. Lei aveva rifiutato entrambe le cose.

Ne era seguita una discussione piuttosto tesa, una di quelle che lei aveva creduto di chiudere infilando soldi e biglietto nella tasca dei suoi calzoncini militari. Mentre rientrava alla base, Drew l'aveva chiamata per informarla che, nei trenta secondi in cui lei lo aveva lasciato solo in cucina, aveva infilato tutto quanto in un barattolo di vetro nella dispensa.

Il giorno successivo era partito in missione, ma lei non aveva nessuna intenzione di usare né il denaro, né i contatti telefonici.

«Questa è la mia vita, Drew, non un'emergenza. Non prenderò i tuoi soldi. Se lo facessi, mi ci vorrebbero mesi per poterteli rendere, e inoltre...»

«Non devi ridarmeli» la interruppe lui.

«Invece sì.»

«Tess» iniziò lui, dopo qualche istante di silenzio. «Che

cosa devo fare per guadagnarmi la tua fiducia? Non ce la faccio più ad andare avanti così.»

Il tono sconsolato le diede la forza di spingerlo indietro e girarsi per guardarlo negli occhi. «Puoi fidarti di qualcuno, ma non accettare prestiti da loro.»

Drew mantenne le braccia appoggiate al muro, ai lati della sua testa, penetrandola con lo sguardo. «Non è solo il fatto del denaro. Ormai vivo qui da te, a volte mi permetti di fare la spesa o di occuparmi di qualche lavoretto in casa, ma tu, testarda come un mulo, ti rifiuti di accettare quello che ti offro. Ti ammazzi di lavoro e, la maggior parte delle volte che vengo a casa tua, trovo il frigorifero vuoto. E non vuoi approfittare di seicento dollari per stare meglio, oltre che al sicuro! Si muore di caldo qui dentro!» Sospirò profondamente. «So bene come sei cresciuta. Rispetto la tua indipendenza, ma sto solo tentando di fare la cosa giusta per te. Se non me lo permetti, non posso rimanere.»

Tess aveva frequentato diversi perdenti – artisti, baristi e un paio di manager – e nessuno di loro aveva mai ficcato il naso nella sua dispensa, né si era preoccupato di lei. Ed era giusto così. Il problema non era il denaro, ma, piuttosto, il timore di abituarsi a contare su qualcuno, a condividere i fardelli quotidiani. «Non è che tu sia tanto più ricco di me» protestò.

«Certo che sai come colpire l'orgoglio di un uomo!» Drew scherzò, increspando le labbra in un rapido sorriso. «Comunque, sono abbastanza ricco da permetterti di aggiustare il condizionatore. Il mio non è un prestito. Ti amo e voglio che tu stia bene.»

Mentre Tess rimaneva impietrita e scossa dalle sue parole, lui si allontanò di scatto. «Drew, aspetta!» Gli afferrò un braccio con forza e lo fissò, con espressione incredula. «Tu mi ami?»

«Certo, Tess. Ti amo» ripeté lui con dolcezza.

Lei rimase sconcertata, considerando che un uomo rude e austero come Drew, un militare, le aveva aperto completamente la propria anima, esponendosi senza timore. Paragonata alla sua sicurezza nell'affrontare ogni questione della vita, lei era un'irresoluta e una codarda.

«Tu...» Si interruppe per stringergli una mano, mentre tante e confuse emozioni si intrecciavano dentro di lei. «Non me lo avevi mai detto prima. Perché adesso?»

Passarono diversi istanti prima che lui ricambiasse la stretta.

«Sono imprevedibile, lo sai. Stasera ho sentito il bisogno di dirtelo. Non devi per forza ricambiare, almeno non subito, ma se non mi lasci un po' di spazio, non posso restare.»

Quelle parole suonarono come un ultimatum, un minaccioso tentativo di imporle una scelta – tutto o niente – ma pronunciate con un tono di tristezza. Doveva essere successo qualcosa, ovunque fosse stato in quell'ultimo mese, da provocargli una reazione così inusuale.

Ora stava a lei scegliere. Tess deglutì a fatica, la gola stretta in una morsa d'ansia, gli occhi puntati sulle loro mani intrecciate.

«Non so come fare» ammise alla fine, abbassando lo sguardo sullo smalto blu delle unghie dei piedi.

«Non devi fare niente, Tess. Voglio solo avere la possibilità di prendermi cura di te. Come aggiustare il condizionatore, fare in modo che tu sia al sicuro quando non ci sono.» Sorrise in modo stentato, sollevandole il mento con un dito. «Non voglio starti addosso o romperti le scatole.»

«Perché?»

Era incomprensibile per lei.

Data in affidamento dagli undici ai diciotto anni, aveva appreso ben presto – una volta che lo stato non aveva coperto più le spese per il suo mantenimento – che se voleva qualcosa, una casa o una laurea, doveva lottare per ottenerla. «Nessuno si è mai occupato di me, in tutta la mia vita. Per quale motivo tu vorresti farlo?»

«Perché tu sei tu.»

Non poté trattenersi e scoppiò a ridere.

«Oh, certo!» Lui scrollò le spalle e, di nuovo, un'ombra di tristezza offuscò il suo sguardo. «È proprio qui che entra in gioco la fiducia. Che cosa accadrà, Tess?»

Per la prima volta nella sua vita, qualcuno desiderava averla accanto a sé su base permanente, non perché lo stato lo pagava per questo. Tutto ciò che Drew chiedeva era che lei si abbandonasse alle sue cure, alle sue attenzioni.

La cosa la terrorizzava. Ma anche rifiutare e perderlo per sempre la spaventava da morire.

La tensione nell'aria era percepibile a pelle, e Tess si rese conto di trattenere il fiato.

Si rifece con un profondo respiro e assorbì la fragranza della sua colonia al muschio, mista a sudore.

Quell'odore le riportò alla memoria il suo sapore unico, la pelle liscia del suo corpo, le cosce muscolose e la potenza delle sue erezioni.

Un brivido l'attraversò tutta e seppe cosa doveva fare. Nelle mani di Drew si sarebbe sentita protetta e al sicuro.

«Okay» pronunciò, infine, con un cenno della testa e un sorriso tremante.

Una luce di vittoriosa esultanza brillò in fondo ai suoi occhi. Drew chinò la testa e le sfiorò le labbra salate con un bacio seducente. Con la punta della lingua tracciò il labbro inferiore per poi insinuarsi pigramente nel calore umido della sua bocca, già dischiusa.

Tess si agitò, colta da un'ondata di desiderio che le tormentò il seno turgido, il ventre e la parte più intima di lei.

D'improvviso lui si staccò, lasciandola con gli occhi sbarrati e il cuore che le batteva a mille nel petto. Le infilò le dita tra i capelli, prendendole la nuca.

«Okay, *cosa*?»

«Prenderò il tuo denaro per aggiustare il condizionatore.»

Drew le massaggiò la base del collo, dove lo stress forma insopportabili nodi di tensione. «E poi?»

«Mmh?» Fu l'unico suono che lei riuscì a emettere, persa nell'incantesimo delle sue mani.

Con un cenno degli occhi rivolti alla finestra, le fece capire che cosa intendeva.

«Mi dispiace di aver aperto le finestre» ammise e sperò che si fosse dimenticato un particolare.

«Come ti avrei punito se ti avessi scoperta a fare proprio quello che hai fatto?»

Maledizione. Non se lo era dimenticato.

Di colpo le sue mani non sembrarono così sensuali come

qualche istante prima. Non aveva bisogno di guardarlo negli occhi per avere la certezza che non stava scherzando.

«Drew. No.»

«Non ricordi quella conversazione? Cosa ti dissi?»

Tess rimase chiusa in un ostinato silenzio. Perché, se lei taceva, la sua promessa non esisteva. Il cuore le martellava nel petto con una frequenza tale che fu costretta ad arrendersi.

«Eravamo stati a letto tutto il giorno e avevamo inzuppato le lenzuola, nonostante il condizionatore fosse acceso. Tu affermasti che stava per rompersi definitivamente e io replicai che non mi importava perché potevo dormire anche con le finestre aperte. Lo avevo fatto in precedenza, e lo avrei fatto di nuovo.» Sollevò lo sguardo per fissarlo negli occhi. «E tu hai minacciato di sculacciarmi tanto forte da impedirmi di sedermi per una settimana.»

Con la schiena rivolta alle finestre, il suo viso era malamente illuminato dai raggi della luna, rendendo impossibile decifrare la sua espressione. Riuscì solo a notare uno strano scintillio nei suoi occhi che le provocò una stretta allo stomaco e le impedì quasi di respirare. Allo stesso tempo, sentì i capezzoli che si inturgidivano sotto la stoffa sottile della canottiera.

«Ringrazia il cielo che non possiedi una scrivania» rimarcò lui con voce roca e bassa.

Tess non lo trovò divertente e indietreggiò, agitando la testa e un braccio per liberarsi, per ritrovarsi con la schiena contro la parete.

«Drew, non è possibile che tu dica sul serio. È folle e... primitivo!»

Lui avanzò, con aria minacciosa. «Sai che io non scherzo mai.»

Lei scosse la testa e spalancò la bocca. Un attimo prima, Drew era un maschio razionale del ventunesimo secolo, che aveva ottenuto una laurea in Legge studiando giorno e notte, e d'improvviso si era trasformato in un troglodita.

«Te lo meriti.»

«Assolutamente no!» sbraitò lei, indignata e furiosa.

Drew le sorrise. «Sì, Tess. Lo sai...»

. 2 .

Per la terza volta nel giro di mezz'ora, Tess sentì scorrere una violenta e conturbante scossa elettrica nelle vene. Impietrita, incapace di respirare, scrutò i suoi occhi azzurri nella semioscurità. La mano che, fino a quell'istante, le aveva accarezzato la nuca, ora le stringeva come una morsa la mascella, il pollice sfiorava le sue labbra piene. Le dita ruvide di Drew scivolarono poi lungo il collo, tra i seni ansimanti, sul ventre, per raggiungere i fianchi. Piano, senza fretta. Superato l'ostacolo della banda elastica dei suoi pantaloncini, si insinuò per aggrapparsi ai glutei.

«Stai tremando.»

«Mi stai facendo di nuovo paura.»

«Non ti sto spaventando, ti sto facendo impazzire» la corresse lui con un sorrisetto malizioso. «Sai bene che non accadrà niente di terribile. D'altra parte, ho trovato le finestre aperte e, lungo il vialetto per giungere a casa tua, ho incontrato parecchi ubriachi e drogati.»

Tess volse la testa da un lato, lontano dal suo sguardo accusatore. «Ti ho detto che mi dispiace.»

«Scuse accettate, ma ti meriti ugualmente una buona dose di sculacciate.» Le strinse le natiche sode, costringendola a intrecciare gli occhi con i suoi. «A volte il dolore può essere molto piacevole.»

Tess avrebbe voluto ribattere, ma, alla fine, l'agitazione che la divorava la spinse a tacere. Invece gli assestò una spinta per allontanarlo da sé, passò sotto il suo braccio e si precipitò giù dalle scale per raggiungere il lavello della cucina. Aprì il rubinetto e, dopo essersi spruzzata il getto fresco dell'acque sul viso, ne bevve grandi sorsi.

Drew doveva aver perso la ragione. Era davvero pazzo se credeva che si sarebbe lasciata malmenare per una sciocchezza come quella.

Scosse la testa e richiuse il rubinetto, certa di trovarselo alle spalle. Le scale, invece, erano vuote e lo scricchiolante pavimento del piano superiore era silenzioso.

Che gli fosse passato quel momento di follia? Aveva un'espressione smarrita ed esausta e le occhiaie erano visibili persino nella semioscurità. Probabilmente, dopo una buona nottata di sonno, sarebbe stato più propenso a ridere di quell'assurda idea.

Era anche possibile che lui l'attendesse, nascosto da qualche parte, per tenderle un agguato, rovesciarla sul divano e percuoterla sul sedere fino a procurarle degli ematomi.

I minuti trascorsero nel totale silenzio.

Bene.

Poteva anche rimanere lassù, finché non si fosse cotto il cervello per il caldo insopportabile. Lui e le sue manie di controllo dei pericoli!

Sollevò le sopracciglia al pensiero che forse lo aveva atterrito davvero con la questione delle finestre aperte. *Complimenti!* Era riuscita a spaventare un ufficiale dell'esercito.

Ripensandoci, realizzò che, oltre per difendersi dal caldo, aveva spalancato le finestre per sfidare l'unica regola che le aveva imposto in modo categorico.

Drew era un tipo tranquillo, capace di sopportare i suoi orari decisamente inusuali, e le permetteva di fare tutto ciò che desiderava.

Un soldato speciale della Marina americana aveva altro per la testa che occuparsi dei suoi capelli arcobaleno o del suo guardaroba trasandato.

Okay, non voleva provocargli altri fastidi, dato che lui era già impegnato a salvare il mondo.

Se sculacciarla lo avrebbe fatto sentire meglio, allora lo avrebbe lasciato fare, certa che non le avrebbe procurato troppo dolore.

Convinta di concludere al più presto quell'assurda situazione, Tess riprese a salire le scale con aria riluttante. Trovò Drew seduto sul letto, la schiena appoggiata al muro, le gambe distese, i piedi accavallati.

Sotto i raggi argentei della luna, notò che le nocche delle sue dita erano graffiate e tumefatte. Niente di nuovo, al ritorno dalle sue missioni.

Le mani di Drew l'avevano stregata fin dal loro primo incontro, in un giorno d'inverno con il sole che faceva capolino dietro le nuvole, dopo un violento temporale, a San Diego. La forte risacca gettava ondate spumeggianti sulla sabbia intrisa di pioggia.

Attirata da quel panorama e dallo sciabordio delle onde, Tess aveva trascorso la giornata a costruire un enorme e bizzarro castello di sabbia, con tanto di mura consistenti, il fossato, il ponte levatoio e diverse torrette dai tetti a punta. Nel tardo pomeriggio, alcuni surfisti si erano fermati ad ammirare il suo capolavoro. Drew era uno di loro.

Benché fosse alto e con un fisico atletico, ciò che attirò immediatamente la sua attenzione furono le sue mani. Erano ricoperte di tagli, graffi e cicatrici, mentre i palmi erano callosi e ruvidi.

Si mise a discutere, scherzando con un amico, di strategie di assalto, di quali potessero essere i punti deboli della sua incredibile costruzione.

Muscoli e tendini erano evidenti sulle sue forti braccia, gli addominali degni di una scultura marmorea.

Tutte le ragazze di San Diego sanno riconoscere gli ufficiali della Marina. Quelle in cerca di marito, poi, li scorgono anche a distanza. Dopo aver lavorato per tre anni come barista in un locale vicino alla base militare, Tess riusciva a indovinarne nove su dieci.

Drew era un bel tipo, uno di quelli che di solito non amano perdere tempo a corteggiare le ragazze sulla spiaggia. Tuttavia, concesse molta attenzione a Tess, inginocchiandosi per ammirare meglio il castello.

«Lo hai fatto tu?»

«Sì» replicò lei, orgogliosa del capolavoro che l'aveva tenuta impegnata per sette ore.

«Non ti ha aiutato nessuno?»

«No.»

Lui la osservò con intenzione, fotografando con gli occhi il suo maglione sformato, i jeans arrotolati, i piedi nudi con le unghie viola e i capelli biondi raccolti in due trecce.

«Notevole.»

Si alzarono contemporaneamente e, dopo che Drew ebbe consegnato la propria tavola agli amici che se ne stavano andando, rimasero a conversare da soli.

Tess gli sorrise. «Come rientrerai alla base, ora?»

Dopo aver lanciato uno sguardo al parcheggio ormai vuoto e poi allo splendido tramonto davanti a sé, ricambiò il suo sorriso.

«Se ti offro la cena, mi dai un passaggio?»

«Lo farei volentieri, ma... non possiedo un'auto.»

La sua risposta fu immediata, come se quell'invito inatteso non le avesse provocato un brivido in tutto il corpo. Per tutta risposta, si sarebbe aspettata incredulità o irritazione da parte di lui. Invece, gettò la testa indietro e scoppiò in una sonora risata.

La sua allegria e le sue mani l'avevano subito conquistata.

Drew estrasse il cellulare dalla tasca posteriore dei pantaloni e digitò un messaggio. Quindi si presentò, l'aiutò a ripulire i suoi attrezzi e li ripose in un sacchetto nell'ampia borsa che conteneva anche i rimasugli del suo picnic solitario.

In quell'istante giunsero nel parcheggio un camion nero e una macchina sportiva rossa dalla quale scese un ragazzone dalle spalle larghe. Dopo aver gettato le chiavi a Drew, lo salutò con un cenno della mano e salì sul camion nero.

Afferrate le chiavi, lui la fissò negli occhi. «Messicano, indiano o italiano? Scegli tu.»

«Allora?»

La brusca domanda la riportò alla realtà, all'uomo vestito di nero, sdraiato sul letto.

Il proprio tono di voce risultò misurato e calmo, perfetto per controllare la propria esasperazione. «Ho capito. Mi hai chiesto di fare qualcosa e io non ho ubbidito. È stata una mancanza di rispetto da parte mia. Se vogliamo stare insieme, non posso essere un peso mentre tu lavori. In futuro, vedrò di essere più cauta. E se tu senti la necessità di picchiarmi per risolvere questa faccenda, sono pronta.»

Ecco fatto. Aveva ammesso le sue colpe.

Con una smorfia incredula, lui le rivolse uno sguardo inflessibile. «Credi che lo faccia per me? Sbagliato, Tess. Le tue scuse erano sincere e sono certo che non ripeterai più lo stesso errore in futuro. La punizione serve a te.»

L'esasperazione, mescolata a irritazione, esplose incontenibile. «Non posso credere che tu stia parlando sul serio.»

Drew allungò una mano, invitandola ad avvicinarsi.«Hai affermato di essere pronta. Vieni qua, allora.»

La collera che le stringeva la gola stava per prorompere in un grido, ma Tess riuscì a contenerla, respirando profondamente e contando fino a dieci.

«Va bene, va bene. Finiamola, una buona volta» borbottò fra sé, raggiungendo il letto.

Un accenno di sorriso increspò la bocca di Drew, poi lui le impose di fermarsi alzando una mano. «Togliti la canottiera.»

La passione nei suoi occhi e il tono scontroso con cui le si rivolse azionarono un interruttore nel suo cervello e ogni cellula del corpo reagì meccanicamente.

Sollevò il leggero indumento sopra la testa e lo lasciò cadere sul pavimento. Chinò il capo affinché i capelli spettinati celassero, in qualche modo, il rossore che le aveva acceso le gote. Percepì un lieve ansimare da parte di Drew, segno che l'uomo di ferro non era del tutto immune all'eccitazione suscitata dalla vista del suo corpo seminudo. Il che le provocò una notevole accelerazione del battito cardiaco.

Strisciò sul letto, pronta ad accettare la punizione per essere stata disobbediente, mentre la sua selvaggia femminilità pompava adrenalina pura nelle sue vene.

Drew sollevò le braccia per permetterle di sdraiarsi, faccia in giù, posizionando i glutei contro le cosce di lui.

«Tira giù i pantaloncini.»

Il viso in fiamme, le emozioni che oscillavano fra l'eccitazione e la vessazione, lei eseguì il suo comando, infilando i pollici nella banda elastica. Irrigidì la mascella per trattenere una replica furiosa, sollevandosi a sufficienza per farli scorrere fino a metà coscia.

Drew accarezzò le curve sode con tocco gentile e così seducente da farle esalare un sospiro. Quando imbarazzo e irrequietezza la spinsero ad agitare i fianchi, e la posero a contatto con la sua erezione, forte e pronta, le mani di lui si irrigidirono.

«Riproviamo. Perché hai lasciato le finestre aperte?»

Accaldata, eccitata e confusa, Tess inspirò più aria che poté e si issò sulle mani e le ginocchia. «Dannazione, Drew! Sai benissimo perché!»

Lui la spinse di nuovo in giù senza tanti complimenti e le colpì la parte sinistra a mano aperta, facendola sobbalzare.

«Risposta sbagliata.»

«Drew, non puoi...»

Un'altra sculacciata. Tess strillò, percorsa da una scossa di dolore.

«Le finestre, Tess. Perché?»

Cosa diavolo voleva che gli rispondesse? Qualunque cosa fosse, se lei lo avesse saputo, gliel'avrebbe detto subito.

Di nuovo un colpo. «Pensaci bene, Tess. Non c'è fretta» la invitò, con una risatina.

Si stava divertendo? «Sei un bastardo!»

L'ennesimo schiaffo rimbombò in tutta la stanza e lei nascose la testa fra le braccia per attutire l'urlo spaventato che emise. Il dolore andava aumentando.

Un'altra sculacciata sul lato sinistro e poi altre cinque su quello destro. I colpi le ferivano il corpo e l'anima, ogni impatto in maniera sempre più acuta.

Drew proseguì senza posa e lei continuò a sobbalzare e gemere. La forza delle cosce di lui, la solidità del suo addome la mantenevano concentrata su quel momento di sofferenza, carico di erotismo.

Era evidente che tutto ciò avesse a che fare con la propria ostinata indipendenza e come questa lo infastidisse. Colpo su colpo, sembrava volesse punirla per quello, ignorando i suoi lamenti che minacciavano di trasformarsi in singhiozzi, mentre il dolore andava crescendo a dismisura.

Drew avrebbe potuto ignorare la storia della finestra, del condizionatore e delle sue precarie condizioni finanziarie e preferire una bella scopata, una pizza e una lunga dormita ristoratrice. O anche andare su tutte le furie e abbandonarla lì...

Invece, era rimasto per mantenere quanto aveva promesso. Perché lui non l'avrebbe piantata in asso, qualunque cosa lei avesse fatto.

I colpi seguitarono inesorabilmente. E Tess, d'improvviso, comprese di aver dubitato del suo impegno e della sua serietà, di aver temuto che scomparisse davvero, e non perché chiamato in qualche missione. Così come suo padre e poi sua madre l'avevano abbandonata e non erano più ritornati.

Ecco perché meritava la punizione, per la sua mancanza di fiducia e per farle comprendere che lui manteneva sempre una promessa.

«Ho capito» strillò lei, al di sopra del ritmo delle percosse. «Ho capito, Drew, ti prego!»

La sua mano si fermò sui glutei irritati e tormentati, lasciando la stanza in un vibrante silenzio, carico di aspettativa. Lentamente, Tess rilassò i muscoli tesi e Drew le scostò i capelli dal viso.

«Perché hai lasciato le finestre aperte, dunque?» ripeté con tono gentile, questa volta.

La verità bruciava. Molto più del suo sedere indolenzito.

«Perché volevo vedere come ti saresti comportato se avessi trasgredito alla regola.»

«Anche se ti avevo avvertito riguardo alla punizione che ti avrei inflitto» concluse lui.

«Già» dovette ammettere lei.

«Che cosa hai imparato, allora?»

«A fidarmi di te.» Tess sospirò, con il viso in fiamme. «Ho capito che tu mantieni sempre la parola.»

«Esatto. Sempre. Se vuoi che io me ne vada, non hai che da dirmelo. Ma io non ti abbandonerò solo perché fai i capricci» la rassicurò, accarezzandole le curve, ancora pulsanti per le percosse. «È probabile che in futuro tu possa meritarti un'altra punizione, ma ciò non significa che io me ne vada.»

Le parole di Drew, chiare e confortanti, raggiunsero il profondo della sua anima, spazzando via ogni paura. Il suo corpo, tuttavia, provava ancora una forte necessità di sollievo, quasi di liberazione. Il continuo dondolio sulle sue cosce muscolose aveva generato un acuto desiderio, qualcosa a lei sconosciuto per impetuosità e urgenza.

Drew la percorse con un lento sguardo di possessiva ammirazione, dalle lunghe gambe alla schiena ben disegnata, soffermandosi sul sedere arrossato, e poi su fino ai capelli castani arruffati sulle spalle.

E infine gli occhi, cupi e intensi.

«Vuoi che completi la tua punizione?» mormorò, come se le avesse letto nel pensiero.

Tess annuì.

Drew sollevò la mano, ma questa volta la colpì con maggior delicatezza sotto i glutei, provocandole un brivido tanto intenso da farle inumidire la sua parte più intima. Gemette, sì, ma non di dolore. Era lo stesso piacere che provava quando lui le lambiva il clitoride con la lingua calda e morbida.

Tess sollevò la testa per voltarsi verso di lui. Ed ecco che di nuovo giunse un colpo, sempre sullo stesso punto. Un violento e tempestoso desiderio si diffuse in tutto il suo corpo, soffocandole un grido in gola.

«Troppo forte?» Drew esitò.

«Non smettere» lo incitò, con voce roca.

Il suo membro gonfio spinse contro di lei, intanto che la sculacciava con un ritmo lento ma inesorabile. Il piacere si dilatava dentro di lei, accendendole tutti i sensi.

Tess cominciò a oscillare a ogni colpo, gemendo e prestando ascolto solo al pulsare del clitoride e ai capezzoli turgidi che sfregavano sul vecchio copriletto di cotone.

Alla fine, quando il dolore minacciava di annientarla,

un'ultima sferzata la condusse oltre il limite, facendola esplodere in un violento orgasmo che la scosse tutta.

Quando riuscì a sollevarsi, Tess sentì le mani di Drew che le accarezzavano la schiena e l'aiutavano a sfilare i calzoncini. Esausta, si puntellò sui gomiti e rotolò per poi posizionarsi, con comprensibile cautela, a cavalcioni sulle sue cosce. Si sistemò i capelli arruffati dietro le orecchie e intrecciò lo sguardo con il suo, inumidendo le labbra con la punta della lingua.

Drew le prese il volto accaldato tra le mani e l'attirò a sé per un lungo tenero bacio che le fece abbandonare ogni tensione accumulata.

Occhi negli occhi, lui la scrutò a lungo, attentamente. «Stai bene?»

Bella domanda. Non lo sapeva neanche lei. Il cuore le batteva ancora forte, ma non era chiaro se per l'eccessiva afa o per le troppe emozioni contrastanti delle ultime ore.

«I miei glutei sono a pezzi» esordì, scrollando le spalle. «Però mi sento bene. Domani chiamerò l'assistenza per il condizionatore. E grazie per avermi prestato...»

«Averti dato...» la corresse lui.

«Okay, per avermi dato il denaro.»

«È stato un piacere.»

Tess gli tracciò con un dito una linea sulla mascella e sulle labbra, per poi scendere sul petto e l'addome, fino alla cintura dei pantaloni, premendo la parte più intima di sé contro la sua evidente erezione. La sua maglietta era così madida di sudore che avrebbe potuto strizzarla come uno straccio. Gli occhi brillavano, traboccanti di intenzioni perverse.

Gli piantò il dito nell'ombelico, maliziosa. «Ti è piaciuto.»

Drew era incapace di mentire e ammiccò.

«Quanto è rosso il mio sedere?»

«Direi piuttosto che è rosa shocking» scherzò lui con voce roca, sfregando il bacino contro il suo.

«Hai intenzione di colpirmi ancora?»

Drew la strinse per i fianchi. «Se te lo meriterai o me lo domanderai molto gentilmente.»

«Uh, questa sì che è una promessa che mi piace.» Tess ridacchiò, posando le mani sul suo petto.

Benché leggera, la pressione sulle costole lo costrinse a emettere un lamento e a trattenere il fiato. Gli ci volle qualche attimo per riprendere a respirare regolarmente e rilassare la mandibola contratta. «Drew!» esclamò lei, spaventata, tirandogli la maglietta per estrarla dai pantaloni.

«Calmati, Tess» la rassicurò, con un tono che non la convinse affatto.

Tess non volle sentire ragione e lo obbligò a sollevare le braccia e a sfilarsi l'indumento dalla testa.

Un'ondata di terrore le gelò il sangue nelle vene. Il lato sinistro del suo torace era un reticolato di tagli, più o meno profondi, e di ematomi. Una ferita, più grave delle altre, lo attraversava dal lato destro del petto all'anca sinistra.

«Mio Dio, Drew, che cosa ti è successo? Sei stato colpito?»

Erano domande sciocche, ma Tess, terrorizzata a morte, non poté trattenersi.

«Solo un breve scontro. Niente di preoccupante, tesoro» le spiegò, con un sospiro.

Per Tess, quelle parole significarono *non posso dirti altro.* E la cosa non le piacque per niente.

«Hai delle costole fratturate?»

«No, ringraziando il cielo.»

Lo trafisse con lo sguardo per qualche istante nel tentativo di leggere qualche messaggio nei suoi occhi azzurri. Voleva fargli altre domande e saperne di più, ma poi si convinse che non sarebbe servito a nulla. Quello che accadeva durante le sue missioni rimaneva sempre, rigorosamente segreto. Si chinò a baciargli la fronte, con un sospiro carico di ansia.

«Ti amo, Tess» dichiarò lui, la sua voce roca ed esausta. «È bello essere a casa.»

Aveva bisogno più che mai di una doccia, un pasto decente, dodici ore di sonno e qualche pastiglia di antibiotico. Per un istante, Tess accantonò tutte le preoccupazioni e raddrizzò la schiena, ostentando un broncio incredulo.

«Davvero? Dal mio punto di vista, il tuo ritorno ha significato solo spavento e lividi sul sedere. Tuttavia, mi fa piacere che per te sia un fatto positivo.»

Drew aggrottò le sopracciglia bionde, stupito dalla sua impertinenza. «Vuoi dire che per te non lo è stato? Strano, mi è parso che tu abbia goduto parecchio.»

Tess roteò gli occhi. «Okay, mi è piaciuto.»

«Solo? Se vuoi, posso fare di meglio» le garantì, annuendo.

Ancor prima che lei potesse ribattere, Drew la spostò di peso giù dal letto. In pochi attimi, con l'aiuto di Tess, accucciata sul pavimento, si liberò dei pantaloni e degli slip.

Da quella posizione eroticamente strategica, lei iniziò a sfiorare le sue gambe muscolose, dai polpacci alle cosce. Dopo una breve occhiata alla sua potente erezione, fece scorrere la lingua su tutta la sua lunghezza, stregata dall'afrodisiaco sapore di sesso e di sudore maschile. Non indugiò e riprese a salire verso l'addome. Lambì ogni graffio e ferita, sospirò parole che Drew, annebbiato dall'eccitazione, non udì nemmeno, mordicchiò i capezzoli, strappandogli gemiti di piacere.

Tess abbassò lo sguardo e notò che il suo pene stava pulsando contro il suo bacino. «Ti sono mancata molto, a quanto vedo» osservò, sistemandosi a gambe divaricate su di lui.

«Mi manchi sempre» puntualizzò Drew, afferrandola per i glutei, affinché il suo membro rigonfio potesse sfiorare meglio la parte più intima di lei.

«Vacci piano con il tuo terreno di gioco preferito» lo ammonì lei con tono scherzoso. «Sono ancora dolorante là dietro.»

Con un sorriso divertito, lui ubbidì e le accarezzò il torso e i seni, tormentando i capezzoli già turgidi. «Mi piace giocare anche qua.»

«Oh, sì...» mormorò Tess.

Violente scosse di tensione erotica le attraversarono il corpo, facendola oscillare come un giunco. Si chinò, appoggiando le mani sulle sue spalle, e lui ne approfittò per impossessarsi della sua bocca, godendone l'umido calore. Una mano tra i suoi capelli, l'avvicinò ancora di più a sé, intensificando il bacio e suggendole il labbro inferiore.

«Drew, ti prego» gemette lei, ormai fuori controllo. «Voglio venire sentendoti dentro di me.»

Non aveva mai desiderato un uomo in una maniera tanto selvaggia e totale. Era incredibile pensare di avere una relazione con un militare della Marina. Solo immaginarlo la sgomentava. Ci sarebbero stati spiegamenti di forze, mobilitazioni, missioni e poi graffi, ferite e cicatrici. Dolore, tanto dolore. E incubi.

Con Drew, tuttavia, avere un legame assumeva ben altri contorni.

Significava amore con la A maiuscola, forte e fiero come l'impegno che aveva assunto nei confronti del paese e della sua squadra. Era un prato soffice su cui atterrare. Era una vita intensa e sregolata, nei momenti in cui lui sarebbe stato a casa, a iniziare dal letto.

E Tess voleva lasciarsi risucchiare da questo abisso con lui, anima e corpo.

Drew la sostenne, quando lei si allungò per afferrare un profilattico sul comodino, e poi si scostò per poterlo indossare. Tess non perse altro tempo e si sollevò sulle ginocchia, permettendogli di scivolare dentro di lei, e di riempirla completamente. Lo udì trattenere il respiro quando lei prese a cavalcarlo con studiata lentezza. Si appoggiò di nuovo al muro, dietro di sé, e serrò le palpebre. «Scopami, Tess, sì!» grugnì.

Il ritmo che lei mantenne, fluido e inesorabile, gli fece perdere il contatto con la realtà e si abbandonò a quel piacere tanto potente da divorargli l'anima. Dalla sua gola scaturirono gemiti selvaggi, lambiti via dalla lingua di lei che gli tormentava labbra e capezzoli. Lui prese un respiro profondo e si inarcò per possederla con tutta la forza che gli era rimasta in corpo.

«Con quanta gentilezza devo domandarti un'altra piccola sculacciata?»

Drew sollevò le palpebre e la fissò con uno sguardo torbido. «Con molta, molta umiltà e deferenza.»

Tess allargò le gambe e intensificò l'andatura della sua cavalcata, affinché il suo membro rigonfio potesse affondare sempre di più nella sua apertura bollente e bagnata.

«Non te lo sto chiedendo per ora, tu capisci» sussurrò lei. «Volevo solo gettare lì l'idea per la prossima volta. Pretenderai anche che mi metta in ginocchio?»

Le sue parole furono come gettare benzina su un incendio che minacciava di consumarlo. Così l'afferrò strettamente per i fianchi e impose un ritmo sfrenato a quella corsa verso la vertigine assoluta.

«Oddio, Tess!»

«Immagino di doverlo intendere come un sì. Vediamo... io in ginocchio, nuda, la mia bocca umida che si è appena scostata dal tuo pene gonfio... andrebbe bene così?»

«Chiedimelo così e ti darò tutto ciò che desideri» ruggì con il poco fiato rimasto, baciandole la gola.

«E mi picchierai per averti stuzzicato?» farfugliò Tess, persa nei sensi fuori controllo.

Drew, allora, la rovesciò sul letto, scivolando fuori da lei e premendole il corpo ansimante sotto di sé.

«Ti scoperò fino a farti impazzire, ecco cosa ti farò» ringhiò.

Intrecciò le loro dita, alzandole le braccia sopra la testa, e zittì ogni suo commento con un bacio colmo di passione. Poi si chinò sui suoi seni per soffiare sui capezzoli che subito si inturgidirono. Quindi, uno alla volta, li chiuse fra le sue labbra e lei fu percorsa da un brivido di esaltante eccitazione. A ogni morso, a ogni lambire di lingua, lei gemeva sempre di più.

Drew slacciò le loro mani e abbandonò le punte ansimanti all'aria bollente della notte, poi tracciò una linea con le labbra lungo le sue costole, l'ombelico, fino a scivolarle tra le cosce. Chiuse le dita a coppa sui suoi glutei arrossati e la sollevò per dissetarsi dal suo sesso, come da una coppa di champagne.

Con la lingua sferzò il clitoride, la leccò, la tormentò senza fretta, conducendola verso inimmaginabili vette di estasi, finché lei non si irrigidì, arcuando la schiena, e precipitò nell'oscurità.

Il lento e voluttuoso scivolamento del suo pene dentro di lei risvegliò il corpo sazio ed esausto di Tess.

In perfetto equilibrio sopra di lei, Drew aveva invaso il suo sesso con forza e iniziato nuovamente la danza erotica che li avrebbe portati verso il piacere ultimo.

Stringendola per le natiche, incurante di provocarle ancora dolore, la possedette, spinta dopo spinta, e Tess si aggrappò con le caviglie ai suoi polpacci per rispondere ai suoi movimenti.

Questa volta l'orgasmo sopraggiunse improvviso e selvaggio, esplodendo dentro di lei, stordendola. Un'ultima spinta feroce e anche Drew la raggiunse, il corpo scosso da interminabili ondate di piacere.

Lui crollò, insinuando la testa nella curva del suo collo, e rimase immobile e ansimante per diversi minuti. Tess gli accarezzò la schiena madida di sudore, nel tentativo di fargli rilassare i muscoli tesi.

Alla fine, Drew rotolò giù dal letto per dirigersi verso il bagno, imprecando quando sbatté la spalla contro lo stipite della porta.

Tess si lasciò sfuggire una risatina divertita e si mise a pancia in giù. Poco dopo, lui ritornò e si sdraiò di nuovo al suo fianco e l'attirò contro il fianco privo di ferite, ma comunque sofferente.

«Dannazione, Tess. Pesi come un sacco di cemento sulle mie costole ammaccate.»

«Non sono io. Probabilmente avrai riportato delle fratture e sono certa che non hai dormito molto in queste quattro settimane» lo sgridò con dolcezza, sfiorandogli le labbra con un bacio. «Dove sono i tuoi stivali?»

«Chiusi nel bagagliaio della mia auto, insieme alla mia sacca da viaggio. Andrò a recuperarli più tardi.» Sbadigliò. «Lavori domani?»

«Sì, nel mio studio. Ho già cambiato i miei turni al *Blue Dog*. I costruttori hanno apprezzato il balcone che ho disegnato per la casa vicino al parco e vogliono vedere i miei progetti per le scale interne entro lunedì.»

Drew sollevò la testa per osservarla con un sorriso straripante soddisfazione. «Tess, ma è magnifico!» esclamò. Poi crollò di nuovo sul cuscino, esausto. «Dannazione, fa un caldo terribile qui dentro. Facciamo una doccia e usciamo a festeggiare. In un locale con l'aria condizionata, s'intende.»

Tess gli mise le braccia al collo e lo strinse forte a sé. «Ti amo, Drew.»

Dimenticate le ferite e la stanchezza, lui ricambiò la stretta e cercò il suo sguardo. «Dici davvero?»

Lei annuì, lo guardò e gli sorrise dolcemente. «Sì. Bentornato a casa.»

SOMMARIO

Della stessa collana

Sconosciuti - M. Hart
Peccati d'innocenza - A. Torre
Possesso - S. Walker
Afterburn / Aftershock - S. Day
Ballando con il fuoco - E. Tassi
Stai con me - M. Banks
Il numero perfetto - M. Hart
Il confine del piacere - M. Banks
Fondente come il cioccolato - M. Hart

Questo volume è stato stampato nel dicembre 2014
presso la Rotolito Lombarda - Milano